Urlaubslesebuch

Herausgegeben von
Karoline Adler

Deutscher Taschenbuch Verlag

**Ausführliche Informationen über
unsere Autoren und Bücher
finden Sie auf unserer Website
www.dtv.de**

MIX
Papier aus verantwortungsvollen Quellen
FSC® C019821
FSC
www.fsc.org

Originalausgabe 2013

Umschlagkonzept: Balk & Brumshagen
Umschlagfoto: plainpicture/Lubitz+Dorner
Gesetzt aus der Garamond 10/12·
Gesamtherstellung: Druckerei C. H. Beck, Nördlingen
Gedruckt auf säurefreiem, chlorfrei gebleichtem Papier
Printed in Germany · ISBN 978-3-423-21439-1

Inhaltsverzeichnis

Dora Heldt

Reiseallergie

»Zehn Euro ein Los.« Gerlinde stand mit glänzenden Augen vor mir und ließ die Papierröllchen in einer Kunststoffbox kreisen. »Reisen, Kosmetik, Taschen, unsere Werbepartner haben die schönsten Preise gestiftet. Komm, Christine, es ist sogar ein langes Wellness-Wochenende dabei.«

Ich musterte unsere Empfangsdame, die mich aufmunternd anschaute und versuchte, ihren aufgeregten Schluckauf zu unterdrücken. Gerlinde vertrug keinen Sekt, das vergaß sie auf jeder Feier, ganz besonders auf der Weihnachtsfeier. Da war sie immer so aufgeregt – wegen der Tombola. Sie hatte die ehrenvolle Aufgabe, bei den Werbepartnern unserer Zeitschrift Preise zu erbetteln, die Lose drucken zu lassen und anschließend auch noch die Preisverleihung zu vollziehen. Das machte sie jedes Jahr fix und fertig. Aber die Preise waren wirklich toll, das musste man ihr lassen.

»Ich nehme drei Lose«, sagte ich und suchte passendes Geld im Portemonnaie. »Ich will unbedingt das Fahrrad. Kannst du da was drehen?«

Unter Gerlindes strengem Blick fischte ich drei Papierröllchen aus der Box und warf dabei einen Blick auf die Bühne, auf der die Drei-Mann-Kapelle wieder zu ihren Instrumenten griff.

»Hier wird gar nichts gedreht«, Gerlinde zog beleidigt die Box wieder weg. »Da geht alles mit rechten Dingen zu. Das Fahrrad ist übrigens nicht der Hauptgewinn. Das ist dieses Mal die Reise.«

»Ich hasse Reisen«, antwortete ich. »Und mein Fahrrad ist letzte Woche geklaut worden. Vor der Redaktion. Übrigens unter deinen Augen, Gerlinde. Vom Empfang aus hättest du die Diebe sehen können.«

»Also bitte.« Gerlindes Empörung ging in den einsetzenden Takten von ›Last Christmas‹ unter. Ich hasse übrigens auch Weihnachtsfeiern.

Meine Kollegin Anna hatte Gerlindes Abgang beobachtet. »Jetzt ist sie beleidigt«, sagte sie. »Du musst sie nicht immer so provozieren. Sie ist doch die Einzige, die das hier alles zusammenhält, den ganzen Laden, die Weihnachtsfeier und die Tombola. Was hast du eigentlich gegen den Hauptgewinn?«

»Ein langes Wochenende in einem teuren Hotel?« Ich schüttelte angewidert den Kopf. »Lauter alte reiche Schachteln, arrogantes Personal, Handelsvertreter an der Bar, auf schick getrimmte Zimmer und eine ewig lange Anfahrt, schönen Dank auch.«

Genervt verdrehte Anna die Augen. »Du hast so viele Vorurteile! Das kommt davon, weil du nie verreist. Du kannst doch nicht immer deinen gesamten Urlaub zu Hause oder bei deinen Eltern verbringen. So was Langweiliges! Fahr doch mal weg.«

»Meine Eltern leben auf Sylt«, belehrte ich sie sanft. »Ein schöner Fleck Erde, für den ich noch nicht mal etwas bezahlen muss. Warum sollte ich woandershin? Ich habe da alles, was ich brauche. Und meine Eltern lassen mich weitgehend in Ruhe.«

Anna sah mich verständnislos an. »Mein Gott, Christine. Du hast keine Ahnung, was dir alles entgeht.«

»Ja, ja, ich weiß schon. Wir hatten das Thema schon mehrmals«, unterbrach ich sie und griff zu meinem Weinglas. »Ich habe jedes Mal schlechte Erfahrungen beim Verreisen gemacht. Lass mich doch einfach in Ruhe zu Hause bleiben oder auf die Insel fahren. Sollen doch die anderen durch die Weltgeschichte gurken.« Trotzig schaute ich an Anna vorbei. »Ach, sieh an, da kommt Gunther. Na, der hat auch schon einen im Kahn.«

Gunther war der Leiter unserer Reiseredaktion. Er warf sich mit Schwung auf einen Stuhl und strahlte uns an. »Na, ihr Süßen?«, nuschelte er. »Alles klar bei euch? Mannomann, ich habe den Winter jetzt schon satt, dabei fängt er erst an. Aber ich hab meinen Urlaub schon gebucht. Costa Rica, Ende Januar. Das wär doch auch was für dich, Christine, oder?«

»Ich habe Flugangst«, antwortete ich wie aus der Pistole geschossen. »Ich packe nicht gern Koffer, ich schlafe nicht gut in fremden Betten, ich habe keinen Orientierungssinn und verlauf mich an fremden Orten. Dafür habe ich eine schöne Wohnung und will nicht für viel Geld Reisen buchen, zu denen ich sowieso keine Lust habe. Noch Fragen?«

Anna und Gunther sahen sich nur an.

»Wir kommen zur Preisverleihung«, erklang Gerlindes aufgeregte Stimme plötzlich durch das Mikrofon. »Unsere Werbepartner haben uns wieder wunderbare Preise zur Verfügung gestellt. Ich bitte um Applaus.«

Während meine Kollegen frenetisch klatschten, wickelte ich meine drei Lose aus. ›Hauptsache dabei‹, las ich, also eine Niete. Das zweite Röllchen enthüllte ein tröstendes ›Nicht traurig sein‹. Alles klar, ich hatte noch nie etwas gewonnen. Der Erlös der Tombola ging an einen guten Zweck, das war der einzige Grund, hier mitzumachen. Auch wenn ich auf das Fahrrad spekuliert hatte. Das dritte Los wickelte ich ganz langsam aus und las: ›Herzlichen Glückwunsch. Sie haben die Siegernummer 3‹.

»Yes!«, rief ich und zeigte Anna das Los. »Drück mir die Daumen, dass es das Fahrrad ist.«

Anna hatte drei Nieten und sah mich neidisch an. Bevor sie etwas sagen konnte, meldete sich Gerlinde wieder zu Wort.

»Ich möchte euch an dieser Stelle ausdrücklich darum bitten, diese Preise, falls es Gutscheine sind, weder umzutauschen noch verfallen zu lassen. Das würde unter Umständen auf mich zurückfallen. Danke. – So, dann beginnen wir. Die Gewinnernummern sind willkürlich geordnet, damit es spannend bleibt. Als Erstes haben wir einen Gutschein für eine Kosmetikbehandlung, je nachdem für Herren oder Damen. Der hat die Gewinnernummer zwei. Wem darf ich gratulieren?«

Unter freundlichem Applaus ging Gunther zur Bühne. Richtig begeistert wirkte er nicht. Gerlinde dagegen war in ihrem Element. Sie küsste den Gewinner und gratulierte ihm und fuhr dann fröhlich fort. Die Nummer fünf war ein Restaurantbesuch, die vier ein Kofferset, die eins das nagelneue Fahrrad. Anna schickte mir ein tröstendes Lächeln. Die Gewinnerin war Jutta aus der Buchhaltung. Und ich bildete mir ein, dass Gerlinde mir einen triumphierenden Blick zuwarf. Enttäuscht knüllte ich das Los wieder zusammen. Schade.

»Jetzt kommen wir zu einem ganz besonderen Preis.« Gerlinde wartete ab, bis Jutta das Fahrrad an die Seite geschoben hatte. »Das neu eröffnete Wellnesshotel ›Seesternchen‹ in Hörnum auf Sylt hat ein langes Wochenende gestiftet. Luxus pur von Donnerstag bis Sonntag. Und freuen kann sich die Gewinnernummer … drei.«

Mein Blick lag immer noch auf dem schönen Fahrrad, bis Anna mich anstieß.

»Christine, die Drei. Das bist du.«

Gerlinde sah sich ungeduldig um: »Wer hat denn das Los mit der Drei?«

»Hier«, brüllte Gunther und zeigte auf mich. »Christine. Unsere Reisemaus.«

»Nach Hörnum?« Ich schüttelte ablehnend den Kopf. »Was soll ich denn da? Kann ich nicht mit Jutta tauschen?« Langsam stand ich auf und ging Richtung Bühne zu Gerlinde, die mir mit schmalen Lippen den Umschlag überreichte.

»Glückwunsch«, sagte sie bemüht lächelnd und schickte leise hinterher: »Versuche gar nicht erst zu tauschen. Sonst werde ich mich nie wieder um diese Tombola kümmern.«

»Das ist Erpressung«, zischte ich zurück.

Gerlinde nickte und lächelte in Richtung unseres Chefs.

In den folgenden Wochen traf mich der Spott der gesamten Redaktion. Es gab tatsächlich niemanden, der mir nicht zu diesem Preis gratulierte. Es war allen bekannt, dass ich nicht gern verreiste, und nun ausgerechnet Hörnum. Meine Eltern lebten am anderen Ende der Insel. Da fand ich es auch schöner. Was sollte ich in diesem neu eröffneten Hotel herumsitzen, das ich nicht kannte? Ich hatte einfach keine Lust. Aber die Kollegen hatten ihren Spaß.

Zwei Tage vor dem Reisetermin saß ich in meinem Wohnzimmer und starrte zum hundertsten Mal auf den Hotelprospekt. Der war ja auch ganz schön. Sie konnten ja nicht wissen, dass ausgerechnet ich dieses Wochenende gewinnen würde. Das war einfach Pech. Für sie und für mich.

Resigniert warf ich den Prospekt auf den Tisch, im selben Moment klingelte das Telefon.

»Hallo, Christine, hier ist Pia.«

Die Stimme meiner Cousine klang belegt, entweder war sie erkältet oder verheult. In der nächsten Sekunde sollte ich es erfahren.

»Ich muss ein paar Tage hier weg. Ich habe mich mit Stefan gestritten. Kann ich Donnerstag zu dir nach Hamburg kommen?«

Also verheult. Ich zog den Prospekt näher zu mir.

»Ich, ähm, ich bin am Wochenende nicht hier. Ich muss Donnerstag leider weg.«

»Oh«, Pias Enttäuschung war deutlich zu hören. »Beruflich? Wo musst du hin?«

»Nach Sylt«, ich schluckte. »Ich habe …«

»Du kommst her?« Pia klang jetzt irritiert. »Ich habe Onkel Heinz heute getroffen, der hat aber nichts davon gesagt, dass du nach Hause fährst.«

»Ich fahre auch nicht nach Hause, ich fahre in dieses neue Hotel nach Hörnum. ›Seesternchen‹. Meine Eltern wissen das gar nicht.«

»Ins Hotel nach Hörnum?« Pias Irritation wuchs. »Was machst du denn da? Du kannst doch Hotels nicht leiden. Und dieses neue Ding ist so ein riesiger Kasten. Das haben irgendwelche Berliner gebaut. Die haben noch nicht mal die Insulaner zur Einweihung eingeladen. Dein Vater findet das unmöglich.«

»Ich weiß.« Ich wedelte mir mit dem Prospekt Luft zu. »Ich habe das Wochenende bei unserer Weihnachtstombola gewonnen. Meine Kollegen bestehen darauf, dass ich den Gutschein einlöse. Erst wollte ich es meinen Eltern erzählen, aber dann kam mir die Idee, dass ich auch mal inkognito auf die Insel fahren könnte. Ich finde es ja selber komisch, auf der Insel woanders zu wohnen. Viel Lust habe ich nicht. Aber ich ziehe das jetzt durch und fertig. Und du verrätst mich bitte nicht.«

Pia schwieg.

»Ist das ein Doppelzimmer?«, fragte Pia zögernd.

»Ja, warum fragst du?«

»Kann ich mit?« Pias Stimme klang kläglich. »Ich muss hier wirklich weg. Und ich sage einfach, ich fahre zu dir nach Hamburg. Da kommt doch keiner aus der Familie drauf, dass wir beide auf der Insel fremdschlafen. Und vor allen Dingen soll Stefan das nicht wissen. Der soll mich ruhig vermissen.« Sie schniefte plötzlich laut. »Ich glaube, der hat eine andere.«

»Aber Pia, ich glaube nicht ...«

Pia unterbrach mich sofort. »Das ist doch eine großartige Idee. Wir fahren da zusammen hin. Stefan denkt, ich wäre in Hamburg, und ich kann heimlich gucken, was er macht. Das ist super. Ich fahre mit dem Zug nach Niebüll, und wir treffen uns da und fahren zusammen wieder auf die Insel zurück. Das merkt kein Mensch.«

Das hörte sich alles gar nicht gut an. Als ob es nicht reichte, dass ich unlustig in ein Schickimicki-Hotel fahren musste, nein, jetzt sollten wir auch noch den Freund meiner Cousine beschatten.

»Pia, glaubst du wirklich ...?«

»Ja.« Sie klang auf einmal sehr entschlossen. »Ich komme mit. Wir sagen es keinem, hörst du, sonst weiß Stefan das sofort. Auf dieser Insel wird zu viel getratscht. Und ich finde schicke Hotels schön. Also, Donnerstagmittag in Niebüll. Danke, Christine, ich freue mich.«

Sie legte auf, und ich nahm mir vor, nie wieder Lose für die Weihnachtstombola zu kaufen. Dann machte ich mich auf den Weg zu meiner Nachbarin, um mir ihren Koffer zu leihen.

Der Zug nach Westerland war rappelvoll. Damit hatte ich nicht gerechnet, schließlich befanden wir uns in der Nebensaison und die Wettervorhersage war katastrophal, es war sogar von einer Sturmflut die Rede. Ich hatte den letzten freien Platz in diesem Wagen ergattert und hielt meine Beine krampfhaft übereinandergeschlagen, damit ich dem mir gegenübersitzenden dicken Typen, der eine Dose Bier nach der anderen trank, nicht ins Gehege kam. Er hatte zweimal versucht, mit mir ein Gespräch anzufangen, ich hatte die einzigen beiden Sätze gesagt, die ich auf Dänisch konnte. Es funktionierte: Er hielt mich tatsächlich für eine Dänin und ließ mich in Ruhe.

Kurz vor Niebüll hatte sich der Regen verstärkt und der Wind zugenommen. Das überraschte mich nicht, es gab einen kausalen Zusammenhang zwischen meinen früheren Urlauben und dem Wetter. Es war immer schlecht gewesen, wenn ich verreiste. Auf Sardinien hatte ich die kältesten Septemberwochen seit den Wetteraufzeichnungen erlebt, in Fuerteventura den schlimmsten Sandsturm seit Gedenken, auf Juist musste ich wegen Eisganges und Sturm meinen Silvesterurlaub bis Mitte Januar verlängern, und in Portugal wurde mein Hotel wegen der Waldbrände evakuiert. Dazu kamen diverse Allergien, zwei Lebensmittelvergiftungen, ein undefinierbarer Insektenstich, der mich fast ins Koma brachte und der Diebstahl meiner Handtasche mit allen Papieren und dem gesamten Urlaubsgeld. Nach diesen Erfahrungen war für mich das Thema Reisen erledigt. Entweder ich zog die Katastrophen an oder die Katastrophen mich.

Und nun musste ich ausgerechnet auf meiner Heimatinsel Urlaub machen, begleitet von einer Sturmflutwarnung und einer liebeskummerkranken Cousine. Das Leben und die Weihnachtstombola waren nicht gerecht.

Kurz vor Niebüll goss es wie aus Kübeln, der Sturm riss an den Bäumen und die ersten Mitreisenden brachten ihre Bedenken zur Sicherheit des Zuges auf dem Hindenburgdamm zum Ausdruck. Ich hatte mich mittlerweile meinem Schicksal gefügt, Gerlinde kaum noch verflucht und eine SMS meiner Cousine gelesen, in der stand, dass ich in Niebüll aussteigen müsste, da ihr Zug von der Insel wegen des Sturms Verspätung habe.

Nach drei Kaffee und einer Portion Pommes mit Ketchup traf der verspätete Zug aus Westerland ein. Ich ließ den Eingang nicht aus den Augen, nach drei Minuten wurde die Tür tatsächlich aufgerissen und Pia in ihrer dicksten Regenjacke, mit Mütze, Schal und Handschuhen, einen riesigen Koffer hinter sich herziehend, betrat die Bahnhofsgaststätte. Sie ließ den Koffer am Eingang stehen, schoss auf mich zu, umarmte mich kurz und sagte atemlos: »Beeil dich, der Zug zurück kommt in zwei Minuten. Das ist dann vielleicht der letzte, wir haben fast Windstärke 9, und irgendwann wird der Bahnverkehr eingestellt.«

Es war gar nicht so einfach, Pias monströsen Koffer in den Zug zu wuchten, wir schafften es mit vereinten Kräften und gerade im letzten Moment vor der Abfahrt.

»Was für ein Scheißwetter«, stöhnte Pia, während sie sich schwerfällig auf ihren Platz fallen ließ. »Ich hatte schon Angst, dass die Züge gar nicht mehr fahren.«

Von der Welt draußen war nichts mehr zu erkennen, ich sah nur auf die dicken Regentropfen, die an die Scheibe trommelten.

»Was um alles in der Welt hast du alles mit?« Pias Koffer war so schwer, dass überhaupt nicht daran zu denken war, dieses Teil auf die Gepäckablage zu hieven. Der Koffer stand zwischen uns und nässte vor sich hin.

»Ich habe Stefan gesagt, dass ich noch nicht weiß, wann ich wieder zurückkomme«, entgegnete Pia. »Er hat mich trotzdem zum Bahnhof gefahren. Ich hatte mir eigentlich überlegt, die Fahrt zu sparen und gleich in Westerland zu bleiben, aber Stefan hat mich bis zum Bahnsteig gebracht und mir auch noch den Koffer in den Zug gestellt. Und so musste ich fahren. Was ein Stress.«

Sie schloss kurz die Augen, dann riss sie sie wieder auf und grinste mich an. »Drei Tage Luxus umsonst, Christine. Vielen Dank. Also, ich freue mich.«

Ich sah sie lange an, dann deutete ich aus dem Fenster. »Regen, Sturmflut, Dunkelheit. Und wir sitzen in Hörnum fest. Außerdem habe ich heute Nacht geträumt, dass wir meinen Eltern über den Weg laufen. Dir ist schon klar, dass mein Vater tödlich beleidigt wäre, wenn er mitkriegte, dass ich auf der Insel bin und mich nicht melde?«

»Du hast ihnen echt nichts erzählt?« Pia blickte bewundernd. »Das hätte ich dir nicht zugetraut. Du kannst doch so schlecht lügen. Ich habe meinen Eltern gesagt, dass ich das Wochenende mit dir verbringe, das stimmt ja sogar. Sie haben gar nicht gefragt, wo. Aber Onkel Heinz und Tante Charlotte kriegen doch gar nicht mit, dass wir in Hörnum sind. Und bei dem Wetter fahren sie bestimmt nicht durch die Gegend.«

Inzwischen fuhren wir über den Hindenburgdamm. Die Wellen klatschten bis an die Schienen. Vermutlich würde der Bahnverkehr tatsächlich bald eingestellt werden, und die Insel wäre abgeschnitten. Himmelherrgott, warum bloß hatte Jutta das Fahrrad gewonnen und ich diese blöde Reise?

Der Sturm riss uns fast um, als wir auf dem Bahnhofsvorplatz in Westerland eintrafen. Innerhalb weniger Minuten waren wir klatschnass.

»Es ist kein einziges Taxi da«, fluchte Pia und wischte sich den Regen aus dem Gesicht. »Das glaube ich jetzt nicht! Los, dann nehmen wir den Bus, der steht da.«

Es waren kaum Menschen unterwegs, die Sturmwarnung hatte die meisten davon abgehalten, sich im Freien aufzuhalten. Mit gebeugten Köpfen beeilten wir uns, zum Bus zu kommen. Der Fahrer kassierte den Fahrpreis und guckte uns mitleidig an.

»Dann holt euch mal nichts weg«, sagte er. »Da habt ihr aber Glück gehabt. Das war der letzte Zug und dies ist der letzte Bus. Dann ist Schluss. Sturmflutwarnung. Der Koffer kann übrigens nicht im Gang stehen bleiben. Schiebt den zwischen die Sitze. Das Fahren ist schon schwierig genug, ohne dass hier die Koffer durch die Gegend fliegen.«

Außer uns saßen nur zwei alte Damen im Bus. Wir schoben Pias Monsterkoffer zwischen die Bänke und legten meine kleine Reisetasche daneben.

Meine Cousine sah mich vielsagend an. »Ich will ja nicht unken, aber kann es sein, dass es doch an dir liegt? Wir hatten hier seit fünf Jahren keine solche Sturmflut mehr. Und jetzt verbringst du hier einmal ein Wochenende in einem Hotel und zack. Irgendwie komisch, oder?«

Ich betrachtete meine durchweichten Schuhe und sehnte mich nach meiner schönen Wohnung in Hamburg. Ich hoffte nur, dass die Sauna im Hotel lange geöffnet war.

Das Hotel war zum Glück nicht sehr weit von der Bushaltestelle entfernt. Wir mussten uns nur knappe zehn Minuten gegen den Sturm stemmen, die reichten aber, damit das Wasser auch bis in die letzten Unterwäscheschichten vordringen konnte.

Pia hob kurz den Kopf und starrte mit zusammengekniffenen Augen Richtung Hotel. »Das sieht so dunkel aus«, rief sie mir zu, um den Sturm zu übertönen. »Ich glaube, die sind nicht ausgebucht.«

Mit letzter Kraft schleppten wir uns und Pias Koffer zur Eingangstür, die wie von Geisterhand aufging. In der schummrigen Rezeption stand eine junge Frau, die gerade hektisch mit einem Gasfeuerzeug Unmengen von Teelichtern anzündete. Meine Schuhe machten unanständig schmatzende Geräusche, als ich über die Fliesen ging. Pias Koffer hinterließ zwei nasse Linien.

»Guten Abend«, sagte ich und blieb vor dem Empfangstresen stehen. »Mein Name ist Christine Schmidt von der Zeitschrift ›Femme‹. Ich habe einen Gutschein für ein Wochenende für zwei Personen.«

»Ach je.« Fassungslos sah die junge Frau mich an. »Ich habe Sie ein paar Mal versucht zu erreichen, aber anscheinend stimmte die Nummer nicht. Also, Frau Schmidt, wir haben ein kleines Problem.«

Das war klar. In meinen Urlauben gab es immer kleine Probleme. Ich war gespannt, welches es dieses Mal war.

»Kein Strom?«, fragte ich freundlich, um erst mal mit dem Offensichtlichen anzufangen.

»Ähm, ja«, antwortete sie zerstreut und blätterte in

einer Liste. »Das auch. Also seit einer Stunde. Irgendein Strommast ist umgeknickt, aber die Elektrizitätsgesellschaft ist schon dabei. Ich hoffe, dass es nicht so lange dauert. Nein, das Problem ist, dass wir an diesem Wochenende eine Tagung des Verbandes der Reiseveranstalter haben. Es gab ein Missverständnis bei der Buchung. Na, um es kurz zu machen, wir sind total ausgebucht. Es tut mir sehr leid.«

Sie sah uns unglücklich an, bevor sie fortfuhr. »Mein Chef kommt aber gleich, vielleicht findet sich irgendeine Lösung.«

»Die muss sich finden«, antwortete Pia und zeigte nach draußen. »Wir kommen nämlich heute Abend hier nicht mehr weg.«

An Ende des Ganges öffnete sich eine Tür und eine Gruppe lärmender Männer drängte in das Foyer. »Wie soll man denn so arbeiten?«, »Gibt es nicht mal Kaffee?«, »Was ist denn das für ein Scheiß?«, »Habt ihr gehört? Weder Flugzeuge noch Fähren noch Autozüge. Frühestens morgen Mittag!«, »Wessen Idee war es eigentlich, die Tagung hier zu machen?«

Die Stimmung beim Verband der Reiseveranstalter war eindeutig gereizt. An der Spitze der Gruppe stand ein dicker Mann. Als er sich umdrehte, erkannte ich den Bierdosentrinker aus dem Zug wieder.

Zu Pia gebeugt sagte ich leise: »Sprichst du eigentlich ein bisschen Dänisch?«

Sie guckte nur erstaunt.

»Frau Schmidt?«

Hinter mir stand plötzlich ein Mann in elegantem Businessoutfit. »Guten Abend, mein Name ist Thomsen, ich bin der Geschäftsführer hier und … Pia?«

Erstaunt starrte er meine Cousine an, die sich jetzt erst umgedreht hatte. »Was machst du denn hier?«

»Ach nee, Jasper.« Lässig musterte Pia ihn. »Du bist hier Geschäftsführer? Seit wann das denn? Christine, das ist Jasper Thomsen, wir sind zusammen zur Schule gegangen. Das ist meine Cousine Christine Schmidt. So, wie lange müssen wir denn noch hier rumstehen? Meine Schuhe lösen sich gleich auf.«

»Ist was passiert?« Der coole Geschäftsführer wirkte irritiert. »Ich meine, weil du hier Gast bist.«

»Das ist doch völlig egal.« Pia trat von einem Fuß auf den anderen. »Christine hat einen Gutschein für ein Luxuswochenende gewonnen, und den wollen wir jetzt einlösen. Jetzt, Jasper.«

»Tja.« Nervös kaute er auf seiner Unterlippe. »Frau Martin hat es ja schon gesagt, wir hatten einen Buchungsfehler und sind mit dem Seminar total ausgebucht. Was machen wir denn jetzt? Könnt ihr nicht …«

»Herr Thomsen?« Die aufgeregte Frau Martin verschaffte sich Gehör. »Die Straße in Rantum ist überflutet, es gibt keine Möglichkeit, nach Westerland zu kommen. Ich habe die anderen Hotels in Hörnum schon abtelefoniert, die sind auch alle wegen des Reiseveranstalterverbandes ausgebucht. Was machen wir denn jetzt?«

»Und ihr kommt im Moment ja auch gar nicht weg«, sagte Jasper und wirkte dabei deutlich überfordert. »Die einzige Möglichkeit ist das Personalzimmer. Frau Martin, ist das in Ordnung?«

»Ja«, antwortete sie zögernd. »Im Großen und Ganzen schon.«

Der Männertrupp, der im Gang stand, war immer noch sehr aufgebracht und man rief nach dem Geschäftsführer. Jasper Thomsen nickte uns kurz zu und eilte von dannen.

Wir sammelten unser Gepäck ein und folgten Frau Martin ins Personalzimmer.

Als wir schließlich alleine waren, blieben Pia und ich lange an der Tür stehen und betrachteten schweigend das Zimmer. Pia fasste sich zuerst. »Ich muss meine nassen Klamotten ausziehen«, sagte sie. »Und duschen. Was hat sie gesagt? Die Dusche ist die erste Tür rechts auf dem Flur, oder?«

»Ja«, ich nickte. »Neben dem Klo. Hast du die Bettwäsche gesehen?«

»Biber.« Pia strich kurz über die Decke. »Und diese Retromuster sind im Moment der letzte Schrei. Ich gehe mal duschen.«

Nachdem die Tür hinter ihr ins Schloss gefallen war, ließ ich mich auf das eine der beiden schmalen Betten sinken. Es war das schlimmste Zimmer, das ich je betreten hatte. Die Möbel sahen aus, als hätte man sie aus dem Kinderzimmer einer Zwölfjährigen geklaut, es fehlte nur ein Poster von Justin Bieber. Wahrscheinlich hatten wir noch Glück, dass die Beleuchtung aus Kerzenlicht bestand, bei Tageslicht war es vermutlich noch schlimmer.

Von wegen Luxuswochenende. Ich machte für alle Fälle Fotos, um sie später Gerlinde zu schicken. Sie würde sie für gefaked halten. Vom Flur hörte ich einen Schrei, der nach Pia klang. Jetzt hatte sie wahrscheinlich gemerkt, dass bei Stromausfall auch das Wasser kalt blieb. Ich hätte ihr das sagen sollen.

Später am Abend saßen wir im Kaminraum. Der Kamin verbreitete zwar eine gewisse Wärme und wir bekamen auch, dank eines Gasherdes, eine warme Suppe. Dafür teilten wir uns den Raum mit etwa fünfzig angetrunkenen Reiseverkehrskaufleuten. Mein dicker Zugbegleiter war auch wieder dabei und feuerte böse Blicke auf mich ab, weil ich seinen dänischen Kollegen, der sich mit mir unterhalten wollte, nicht verstanden hatte. Jetzt hatte auch er gemerkt, dass ich keine Dänin war. Pia rief in der Zwischenzeit ihre Mutter an, die ihr munter erzählte, dass sie so froh sei, sie bei mir in Hamburg zu wissen. Der gesamte Süden der Insel hätte nämlich aufgrund der Sturmflut keinen Strom, nur im Norden sei alles in Ordnung. Pias Eltern saßen also gerade schön gemütlich mit meinen Eltern zusammen und spielten Karten. Im Warmen. Aber sie hätten Stefan getroffen, zufällig, der mit Berit zusammen auf dem Weg zum Feuerwehrhaus gewesen sei. Die Ärmsten hätten bei diesem Sturm natürlich Dienst.

»Berit?« Pia hatte entsetzt nachgefragt und mir anschließend erzählt, dass Berit anscheinend die einzige Frau bei der Freiwilligen Feuerwehr und außerdem die Exfreundin von Stefan war.

»Ich habe es doch gewusst«, sagte Pia wütend. »Ich kann nur hoffen, dass wir die Feuerwehr hier nicht brauchen werden.«

»Sie müssen uns doch nur retten, wenn wir auf dem Dach sitzen«, beruhigte ich sie. »Und so schlimm wird es nicht. Hat dein alter Schulfreund zumindest vorhin gesagt. Der Sturm lässt morgen nach. Und für das Hotel besteht keine Überflutungsgefahr.«

Die Sauna war natürlich auch außer Betrieb, genauso wie die Fernseher, sodass uns nichts anderes übrig blieb, als auf Kosten des Hauses ziemlich viel Rotwein zu trinken. Jasper Thomsen entschuldigte sich alle zehn Minuten für die Fehlbuchung, für die Sturmflut und für die ganzen Unbequemlichkeiten und bemühte sich sehr um uns. Außerordentlich sogar, und ich fragte ihn irgendwann, ob er in meine Cousine verknallt sei. Das könnte im Moment ganz passend sein, weil doch Stefan jetzt mit Berit zusammen die Insel rettete.

Er sah mich etwas verwirrt an. Dafür küsste Pia ihn zum Abschied auf den Mund. Danach gingen wir mit der Taschenlampe in unser Personalzimmer. Jasper Thomsen sah uns lange nach.

Am nächsten Morgen war der Strom wieder da, der Sturm hatte sich abgeschwächt und wir waren verkatert. Nach dem Frühstück überlegte Pia, wie sie Stefan am geschicktesten zur Rede stellen könnte. »Am besten fahre ich zu Berit, ich könnte wetten, dass er auch da ist.«

»Mit dem Bus und deinem Monsterkoffer?« Ich köpfte das Ei mit einem gezielten Schlag. »Und was willst du ihm sagen?«

»Dass Schluss ist.« Pia sah mich triumphierend an. »Und den Koffer lasse ich hier. Danach komme ich zurück und wir gehen in die Sauna.«

»Ist die Straße denn überhaupt wieder frei?«

»Nein, noch nicht.« Jasper Thomsen war an unseren Tisch getreten und hatte anscheinend unser Gespräch mit angehört. »Heute Mittag vermutlich. Und die Sauna ist leider auch noch nicht in Betrieb. Wir haben da offensichtlich ein Problem mit der Technik.«

Wie könnte es auch anders sein? Ich wischte mir über die Stirn. Irgendetwas juckte da.

»Hat dich was gestochen?« Pia ignorierte den Geschäftsführer und beugte sich vor. »Du hast da so kleine Beulen.«

Während sie das sagte, hatte ich das Gefühl, dass sich diese Beulen vermehrten. Jetzt besah sich auch Jasper mein Gesicht.

»Stimmt«, sagte er. »Das sieht nicht gut aus. Bist du auf etwas allergisch?«

Auf das Reisen, dachte ich mir, und im selben Moment spürte ich, dass sich immer mehr Beulen bildeten und mein Kopf ganz heiß wurde.

»Wir haben zufällig einen Gast hier, der Arzt ist«, Jasper gab sich mitfühlend. Wahrscheinlich wollte er Pia beeindrucken. »Soll er vielleicht mal draufgucken?«

Mittlerweile juckte es überall. »Das muss nicht sein«, antwortete ich schwach und rieb mir den Unterarm, auch da tauchten die Hubbel auf. »Bloß keine Umstände.«

»Aber das macht doch nichts«, sagte Jasper beflissen und machte sich auf die Suche nach jemandem, der sich mit Beulen auskannte.

Den restlichen Tag verbrachte ich unter der Retrobettwäsche im Personalzimmer. Der nette Arzt entpuppte sich als Kinderarzt. Er hatte sich am Kopf gekratzt, seine Brille abgesetzt und gesagt, dass er so etwas noch nie gesehen habe. Er würde auf eine allergische Reaktion tippen, hatte mir ein paar Tabletten gegen den Juckreiz dagelassen und mir empfohlen, auf mein Zimmer zu gehen. Erstens sähe ich momentan eher abschreckend aus und zweitens sei er sich nicht sicher, ob das Ganze nicht ansteckend sei. Ich solle auf keinen Fall in die Sauna, ins Schwimmbad oder in die Kälte gehen. Außerdem würde er vor scharfem Essen, Alkohol und Zucker warnen. Aber er wünschte gute Besserung.

Pia hatte mich skeptisch angesehen und plötzlich gemeint, dass sie überhaupt keine Lust hätte, sich anzustecken.

»Weißt du was? Du legst dich am besten ein bisschen hin und ich versuche, nach List zu kommen. Ich muss wissen, ob da etwas mit Stefan und Berit läuft. Das verstehst du doch, oder?«

Ich verstand es natürlich nicht, außerdem fand ich es ganz furchtbar, hier allein zu bleiben, aber ich schloss nur resigniert die Augen und wünschte mich in mein eigenes Bett. Ohne Beulenpest.

Einige Zeit später lag ich, mich unaufhörlich kratzend, immer noch in diesem scheußlichen Zimmer und stellte endlich fest, dass man die Zimmerantenne des klitzekleinen Fernsehers durchaus so drehen konnte, dass man einen Sender fast ohne Flimmern sehen konnte. Deshalb verfolgte ich zwei Stunden lang das Verkaufstalent eines jungen Mannes, der erst Damenblusen mit Applikationen und danach Zimmerspringbrunnen verkaufte. Ich bot nicht mit. Das wäre auch gar nicht gegangen. Es gab kein Telefon im Zimmer und ich hatte vergessen, mein Handy in den letzten Stunden aufzuladen. Jetzt war der Akku leer. Ich war gerade aufgestanden, um das Ladekabel zu suchen, als der Bildschirm plötzlich schwarz wurde und das Licht ausging. Der Strom war wieder weg. Ich konnte noch nicht einmal jemanden anrufen. Das war der Punkt, an dem meine Leidensfähigkeit erschöpft war.

Frau Martin stand, einem Nervenzusammenbruch nah, mit einem Handy am Ohr an der Rezeption. Als sie mich sah, hob sie abwehrend die Hand und ging einen Schritt zurück. »Es ist mir egal, wie sie das hinkriegen, aber wenn hier in einer halben Stunde die Lichter immer noch aus sind, dann können Sie sich warm anziehen.«

Sie legte das Telefon weg und sah mich mitleidig an. »Oje, das wird ja immer schlimmer mit Ihrer Allergie. Das ist gemein, wenn man so etwas ausgerechnet auf Reisen bekommt. Steckt das eigentlich an?«

Ich starrte sie nur an.

»Die Stromversorgung ist jetzt nicht wegen des Sturmes weg, sondern weil jemand von der Feuerwehr bei Aufräumarbeiten ein Kabel gekappt hat. Ich nehme an, dass es hier gleich wieder hell wird. Ach so, und nachher können Sie in ein anderes Zimmer ziehen, einige der Verbandsmitglieder reisen gleich ab. Und …«

Die aufgehende Tür wehte einen kalten Luftstrom ins Foyer zusammen mit einer tiefen Stimme, die mir bekannt vorkam.

»Hallo, Frau Martin, wir haben das Kabel gefunden, es ist … Christine? Was machst du denn hier? Du siehst ja grauenhaft aus.«

»Danke, Stefan. Und was machst du hier?«

Er tippte sich an das Revers seiner Feuerwehruniform. »Ich bin im Dienst. Die Sturmflut hat einige Schäden angerichtet. Und außerdem wollte ich Pia sagen, dass unser Dach ein Loch hat.«

»Wieso Pia?«

Ich hatte mittlerweile wohl auch Beulen im Hirn, wieso wusste Stefan, dass Pia hier war?

»Ihr seid doch zusammen hier. Das hat mir Jasper gestern erzählt. Er fand es komisch, dass Pia hier ins Hotel geht. Ich eigentlich auch, aber das kann sie mir nachher ja auch selbst erklären. Da kommt sie ja.«

In diesem Moment kam Pia durch die Eingangstür geschossen, stutzte kurz und baute sich dann vor Stefan auf.

»Was willst du hier?«

Er lächelte sie entwaffnend an und antwortete: »Dir sagen, dass unser Dach ein Sturmschaden hat, der erst morgen repariert werden kann, und außerdem wollte ich mich entschuldigen. Es tut mir leid, dass wir uns gestritten haben. Das war nicht so gemeint.«

»Könntet ihr das bitte später unter vier Augen klären?« Meine Beulen juckten wie die Hölle. »Ich muss dringend zu einem Hautarzt. Bist du mit dem Auto hier, Stefan?«

»Ja, klar. Mit dem Feuerwehrbus. Ich kann dich fahren.«

»Ist die Straße ganz frei? Bis zum anderen Ende der Insel?«

»Ja.« Stefan nickte. »Schließlich haben wir die ganze Nacht gepumpt und frei geräumt.«

Fest entschlossen sah ich Pia an. »Dann fahre ich jetzt zum Arzt und danach nach Hause. Mir reicht es.«

»Aber wir haben jetzt ein schönes Zimmer für Sie.« Frau Martin winkte aufgeregt mit einem Schlüssel. »Der Gutschein gilt doch für drei Nächte inklusive Spa-Bereich und Frühstück. Sie müssen nicht abreisen. Ich kann den Gutschein ja auch nicht auszahlen.« Sie wirkte fast verzweifelt, vielleicht hatte sie Angst, dass ich in der ›Femme‹ eine vernichtende Kritik schreiben würde.

»Dann bleiben wir eben«, sagte Pia und drückte Frau Martin tröstend den Arm. »Stefan und ich, meine ich. Wenn das Dach sowieso kaputt ist, dann können wir ja nicht nach Hause.«

Genau in diesem Moment ging das Licht wieder an. Frau Martin guckte dankbar zur Decke und lächelte. »Meinetwegen. Es ist ja alles bezahlt und gebucht.«

Meine Erleichterung war genauso groß. »Schön. Dann hole ich jetzt meine Tasche.«

Auf den Straßen waren kaum noch Sturmschäden zu sehen. Als Stefan vor der Praxis des Hautarztes hielt, fragte ich ihn noch kurz vor dem Aussteigen. »Wie ist denn das mit dem Kabel passiert?«

»Das hat Berit gekappt. Sie guckt nie richtig hin. Sie ist eigentlich nur bei der Feuerwehr, weil ihr Mann auch dabei ist.«

»War sie nicht mal deine Freundin?«

Stefan sah mich irritiert an. »Ja. Ich war damals neun. Und sie sieben.«

Manchmal fragte ich mich, warum Pia eigentlich immer so übertreiben musste.

In der Praxis sah die Sprechstundenhilfe mich nur kurz an. »Ach je. Tut es weh oder juckt es nur?«

»Es juckt.«

»Dann kommen Sie mal gleich mit.«

Sie stand auf und ging vor, im selben Moment ging die Tür hinter uns auf.

»Guten Morgen, ich muss ... Christine?«

Ich drehte mich auf dem Absatz um und stand meinem Vater gegenüber. Sein Gesicht war von lauter Pusteln übersät. Wir sahen uns sehr ähnlich.

»Christine! Du hier? Das gibt es ja gar nicht. Mein Gott, du siehst aber nicht gut aus.«

»Auch nicht schlimmer als du.« Ich berührte vorsichtig die größte der Beulen. »Tut es weh oder juckt es nur?«

»Es juckt.« Er nahm meine Hand weg und sagte leise: »Ist aber nicht so schlimm. Stell dir vor, Mama und ich haben eine Reise gewonnen. Nach Hamburg. Musical und Hotel. Ich habe gar keine Lust. Da kommt mir diese Allergie gerade recht. Mama kann doch mit Tante Inge fahren. Und du? Wolltest du uns überraschen? Gut, dass du gestern nicht schon gekommen bist, wir hatten so einen Sturm.«

»Ich weiß.«

Später würde ich ihm alles erzählen. Aber jetzt lassen wir erst mal abklären, ob eine Reiseallergie erblich bedingt ist.

Jess Jochimsen

Aufräumen und Urlaub

Ich hätte einen prima Vorschlag für eine in die Krise gekommene Samstagabendfernsehshow, in der es um absurd schwierige Wetten geht: »Wetten, dass es meinem Sohn Tom gelingt, ein beliebiges Kinderzimmer binnen weniger Sekunden in den Zustand dermaßener Verwüstung zu bringen, dass selbst die Super-Nanny über einen Berufswechsel nachdenken wird.«

Ich könnte wahnsinnig werden. Tom räumt sein Zimmer einfach nicht auf. Bald täglich gibt es Tränen, meist auf beiden Seiten: Tom heult, weil ich bei meinen Versuchen, mir eine Schneise durch sein Kinderzimmer zu bahnen, irgendein Plastikbauklötzchenungetüm zerstöre, und ich heule, weil die Plastikbauklötzchen (vor allem die Einser und Zweier) so höllisch wehtun, wenn man strumpfbesockt oder barfuß drauftritt.

Dass Aufräumen unser beider Schmerzen lindern würde, kommt in Toms Kosmos allerdings nicht vor. Es hilft weder Strafe noch Belohnung, weder Hausarrest noch Bestechung, Aufräumen ist nicht. Er kann es nicht, er tut es nicht, er will es nicht.

In den Urlaub aber will er und vielleicht ist das meine einzige Chance:

»Wenn du nicht aufräumst, fahren wir nicht in Urlaub!«

»Ich mach's ja.«

Er macht es nicht.

»Denk an den Urlaub, Tom.«

»Ja-haa.«

Ja-haa bedeutet *Nein.*

Sein erklärtes Urlaubsziel ist übrigens Afrika. Genau genommen Burkina Faso (für unsere älteren Leser: Obervolta). Tom will dahin, weil sein Lieblingsfußballer von dort stammt, außerdem wegen der Löwen und Elefanten – von denen ich nicht einmal weiß, ob es die da gibt. Dafür weiß ich, wie die Hauptstadt heißt, »Wagadugu« heißt die nämlich. Damit kann man tolle Sätze bilden:

»Ohne Aufräumen kein Wagadugu!«

»Später.«

»Nein jetzt! Sonst findet Wagadugu in deinem Zimmer statt!«

»Glei-heich!«

Glei-heich bedeutet *Nie.*

Bei den Urlaubsvorbereitungen bin ich auf eine schöne Geschichte gestoßen: Burkina Faso wurde in den Achtzigerjahren von einem Mann namens Thomas Sankara regiert, und der befand seinerzeit, dass es in Wagadugu entschieden zu unordentlich sei. (Ein bekanntes Problem.) Also befahl er den Bewohnern, die Hauptstadt aufzuräumen – und zwar alle gemeinsam; Sankara spielte währenddessen E-Gitarre, nicht schön, aber sehr, sehr laut und überall zu hören. Die Arbeit soll schnell von der Hand gegangen sein und Wagadugu war wieder sauber.

Was soll ich sagen? Meine Liebste hat mich genötigt, meine alte Stratocaster wieder auszupacken und ein wenig Aufräummusik zu machen – zur großen Freude der Nachbarschaft, die wenig Verständnis für Erziehungsmethoden aus Afrika zeigte.

»Burkina Faso« heißt übersetzt übrigens »Land der Unbestechlichen«. Ideal für Tom.

»Ohne Aufräumen kein Wagadugu!«, sagte ich, und er: »Ich lass mich nicht bestechen.«

Wir werden wohl fahren. Schon allein, weil der Lärm zu Hause nervt.

T. C. Boyle

Wale weinen

Es heißt, die See sei kalt, doch die See enthält
das wärmste Blut der Erde …
D. H. Lawrence, ›Wale weinen nicht‹

Ich weiß nicht genau, was es war – der Impuls zur Bewahrung angesichts der ständigen Veränderung, eine angeborene Schwäche für Leibesumfang –, wer kann das sagen? Doch plötzlich, im Winter meines einunddreißigsten Lebensjahres, wurde ich vom überwältigenden Wunsch gepackt, die Gesellschaft von Walen aufzusuchen. Ganz recht: Wale. Fluken und Blaslöcher. Leviathan. Moby Dick.

Die Leute sprachen von den Japanern, den Russen. Fabrikschiffe, sagten sie. Zurückgehende Zahlen und bedrohte Bestände, Wale im Schwinden. Ich wollte sie unbedingt sehen, bevor sie ihren Schwanengesang anstimmten, bevor sie zu bloßer Dokumentation wurden, zu Einträgen in einer Kartei, knöchernen Überresten, an Kleiderbügeln befestigt und von den konkaven Decken des Smithsonian herabhängend wie Blaupausen der Vergangenheit. Mehr: ich wollte sie begreifen, sie riechen, berühren. Ich wollte ihren schlüpfrigen Rücken besteigen auf hoher See, zwischen ihnen schwimmen, ihre überschwenglichen Gesten verstehen lernen, ihre überwältigenden Rituale, ihre gewaltigen wälischen Wonnen und abgrundtiefen Schmerzen.

Diese Cetacea-Manie war nichts, was allmählich entstanden wäre, eine Vorliebe, die sich über Monate hin zu Interesse, bewußter Zuwendung und schließlich gänzlicher Inanspruchnahme entwickelt hätte – ganz und gar nicht. Nein: sie nahm mich im Sturm. Natürlich war mir die traurige Lage der Wale und Delphine mehr oder weniger unterschwellig schon seit Jahren bewußt, so heftig wie ich vom Sierra Club, der National Wildlife Federation und den Leuten von »Rettet die Wale« mit Spendenaufrufen bombardiert wurde. Ich aß keinen Thunfisch mehr. Schrieb einen Brief an meinen Kongreßabgeordneten. Trotzdem hatte ich noch nie einen Wal in natura gesehen, und ich kann nicht behaupten, daß mich die Cetacea mehr schlaflose Nächte gekostet hätten als die Berggorillas, die Inflation oder die chemischen Konservierungsstoffe in unseren Lebensmitteln. Dann lernte ich Harry Macey kennen.

Es war auf einer Party, irgendwo in den East Fifties. Eine von diesen saisonbedingten Angelegenheiten: Dom Perignon, geschliffenes Kristall, drei schwarze Mädchen, die zu Diskomusik vom Band jaulten. Pelze waren in. Joggingklamotten. Action. Gesundheit. Ich war mit Stephanie King da, einem Mannequin. Sie war einsachtzig groß, Irisse wie Brunnenwasser, der unverzichtbare Leberfleck neben dem Mundwinkel. Wie die meisten Haute-Couture-Models in der Stadt hatte sie mit der Zeit eine Rolle verinnerlicht, die ein Mittelding zwischen Girl-Scout und Vampir darstellte. Und die ich ganz und gar nicht unlecker fand.

Stephanie stellte mich einem Mann mit Bart, Blazer und Bifokalbrille vor. Er machte gerade einer älteren Frau Vorwürfe wegen der Silberfuchsboa, die ihr vom Hals baumelte.

»Degoutant«, knurrte er und geriet allmählich in Rage, »barbarisch und atavistisch. Was glauben Sie, wozu man Kunstfasern entwickelt hat?« Sein Haar war wie das der Kennedys, jungenhaft, eine Tolle über der Stirn, jede einzelne Strähne um Aufmerksamkeit heischend; seine Augen waren kalt und messianisch. Er rasselte eine Liste bedrohter Arten herunter, vom Senegalgalago bis zum Dreizehenfaultier, wobei seine Stimme trauervoll an jeder einzelnen Silbe sog, als sei er ein Rabbi, der die geheimen

Namen Gottes ausspricht. Dann fing er von den Walen an.

Ich räusperte mich und streckte die Hand aus. »Nennt mich Roger«, sagte ich.

Er grinste nicht mal. Dehnte lediglich seine Einflußsphäre insoweit aus, daß sie auch Stephanie und mich einschloß. »Der Blauwal«, sagte er gerade und schnippte die Asche seiner Zigarette in den Aschenbecher, der rücklings auf seinem Handteller lag, »ist ein ausgezeichnetes Beispiel. Dreißig Meter lang, eine Viertelmillion Pfund schwer. Mit Abstand das größte Lebewesen, das je die Erde bevölkert hat. Allein seine Zunge wiegt drei Tonnen, und sein Penis würde mit seinen knapp drei Metern einen Kodiakbären kleinwüchsig erscheinen lassen. Und wie belohnen wir dieses Urbild des evolutionären Impetus?« Er hielt inne und sah mich an wie ein Quizmaster. Stephanie, die bei unserer Ankunft ihren langen Luchsmantel der Gastgeberin anvertraut hatte, nickte zweimal, murmelte etwas Unverständliches und entfernte sich mit einem rastahaarigen Mann. Die alte Frau war eingeschlafen. Ich zuckte die Schultern.

»Damit, daß wir ihn bis an den Rand der Ausrottung bejagen. Ihn einkochen und zu Margarine, Hundefutter, Schuhcreme und Lippenstift verarbeiten.«

Das war Harry Macey. Er war Meeresbiologe an der NYU und, wie ich damals fand, ein ziemlicher Arsch. Aber an dem, was er sagte, war schon was dran. Mochte er auch aus dem Mund riechen und krankhaft egozentrisch sein; seine Botschaft brachte etwas in mir zum Klingen. Und während er, jetzt eindeutig dozierend, weiterredete und seine Stimme zwischen Zorn, Überzeugung und einer Art missionarischem Eifer hin und her schwang, begann ich eine immer stärkere, instinktive Sympathie für ihn zu empfinden. Wale, dachte ich, während ich an meinem Champagner nippte. Herrliche, unersetzliche Geschöpfe, Symbole der Wildnis und so weiter, mit Gehirnen so groß wie Ottomanen, die einander in der unergründlichen Finsternis umwarben, liebten, zuzwitscherten – genauso, wie sie es schon sechzig Millionen Jahre lang getan hatten. Und all das war durch die Habgier der Japaner und den Zynismus der Russen bedroht. Hier war etwas, wohinein man sich kopfüber stürzen konnte, eine Sache, die keine Gewissensprüfung erforderte, waren die Guten und die Bösen doch so klar unterscheidbar wie Kaninchen und Hyänen.

Maceys Stimme brachte Licht in die Tiefen, erhellte die Äonen, entfachte meinen Enthusiasmus. Er sprach von der subtilen Intelligenz dieser friedfertigen, schwerfälligen Säuger, von ihrem Mut und ihrer gegenseitigen Treue angesichts der Gefahr, von ihrem Werben und Vorspiel und vom monumentalen, subozeanischen Liebesakt selbst. Ich leerte mein Glas, schloß die Augen und sah einen Unterwasser-Pas-de-deux: Gewaltige, sich verlagernde Massen, aneinandergepreßt wie zusammenstoßende Züge, ehrfurchtgebietend, atemberaubend, Schlagzeug- und Baßgehämmer aus den Boxen, bis ich in jeder Zelle meines Körpers nichts anderes spürte als dieses furchterregende, seismische Bumsen in der Tiefe.

Zwei Wochen später hockte ich in einem schaukelnden Schlauchboot irgendwo vor der Küste Britisch-Kolumbiens. Es regnete. Die Wassertemperatur betrug knapp ein Grad. Wer das Pech gehabt hätte, sich in diesem Wasser aufhalten zu müssen, wäre binnen fünf Minuten an Unterkühlung gestorben. Hatte man mir wenigstens gesagt.

Diese Informationen verdankte ich Nick, Gary oder Ernie, meinen Gefährten im Schlauchboot. Alle drei waren Mitte Zwanzig, wildäugig und bärtig, gekleidet in Norwegerpullover, Regenjacken und Wollmützen. Sie waren Rock-and-Roll-, Drogen-, Flugzeug- und Speedboatfreaks. Sie waren außerdem gefährliche Irre mit einer Vorliebe dafür, sich zwischen die Sprengköpfe zwei Meter langer, tetra-widerhakiger, explosiver Harpunen und die riesigen, dahinschießenden Rücken in Panik geratener Wale zu werfen.

Momentan waren allerdings keine Wale in Sicht. Lebende jedenfalls. Die Kadaver dreier Seiwale trieben hinter dem Klaffmaul eines russischen Fabrikschiffs her und harrten ihrer Aufbereitung. Eine niedrige Wolkendecke franste grauviolett von Horizont zu Horizont aus, wie Eingeweide auf einem Schlachtblock, während das russische Schiff bedrohlich über uns ragte, sein endloser, roststreifiger Bug so hoch wie die Klippen von Jersey, die steinernen slawischen Gesichter der russischen Seeleute längs der Reling aufgereiht wie aufgefädelte Erbsen. Es gab zweieinhalb Meter hohe Wellen. Ringsum war die See rosa vom Walblut und wurde von den gewaltigen schwarzen Rückenflossen von (wie ich anfangs glaubte) Haien durchschnitten. Im nächsten Augenblick sah ich einen großen grinsenden Schwertwal krachend aus der Tiefe auftauchen und von einem der Kadaver einen Klumpen Fleisch von der Größe einer Milchkuh herunterreißen.

Nick zündete sich gerade die Pfeife an. »Äh«, sagte ich, »sollten wir jetzt nicht zum Schiff zurück?«

Falls er mich hörte, gab er es durch nichts zu erkennen. Er brummelte unentwegt leise vor sich hin und ließ wütend seine Fingerknöchel knacken. Er tat einen kräftigen, langsamen Zug aus einem angelaufenen Flachmann, starrte dann zornig zu den stoischen russischen Gesichtern empor und streckte ihnen allen seinen Mittelfinger entgegen. »Mörder!«, brüllte er. »Schwule Iwans!«

Ich war im Auftrag eines Nachrichtenmagazins da, und ich hatte es geschafft, zusätzlich von ›Audubon‹ ein bißchen Spesengeld herauszuschlagen. Das Nachrichtenmagazin wollte Actionfotos von der Konfrontation zwischen den Walfängern und Nick, Gary und Ernie; ›Audubon‹ wollte ein paar Weitwinkelaufnahmen von blasenden Walen für den Artikel eines Meeresbiologen, der die Lungenkapazität des Zwergwals erforschte. Ich hatte ihnen den Auftrag regelrecht abgeschwatzt. Wie ein Idiot. Die letzten Jahre hatte ich in der Modebranche ganz ordentlich verdient (ich hatte ein paar Junior-Miss-Sachen für J. C. Penney und Bloomingdale's gemacht und als »Freier« für die eine oder andere Frauenzeitschrift gearbeitet), aber seit einiger Zeit war in mir das Gefühl immer stärker geworden, daß ich irgend etwas vermißte. Nennt es Unbehagen, nennt es Langeweile. Ich verdiente mir meinen Lebensunterhalt, aber was tat ich für die künftigen Generationen? Die Wale zu retten – oder zumindest meinen Teil dazu beizutragen – schien auf der ethischen Skala ein, zwei Striche höher zu rangieren, als die Lust pubertierender Mädchen auf Schlangenlederstiefel und Pelzkragen zu entfachen. Hinzu kam noch, daß ich gute Voraussetzungen dafür mitbrachte, hatte ich doch meine Laufbahn als Naturforscher begonnen.

In der Tat: auch ich hatte meine jugendlichen Illusionen gehabt. Ich war eben sechs Monate aus dem College, als ich für ›National Geographic‹ meine Studie über die Bartmeise machte, und ich glühte vor Erfolg und Begeisterung. Das darauffolgende Jahr wurde ich von ›Wildlife‹ den Xingu hinaufgeschickt, um das Liebesleben des Wasserschweins zu dokumentieren. Ich watete bauchtief durch Sümpfe, kauerte tagelang hinter Flechtwerk, meine Haut schwarz von Moskitos, die ich nicht zu zerklatschen wagte aus Angst, meine Beute zu verschrecken. Ich wurde von drei verschiedenen Arten von Arachniden gebissen. Ich zog mir die Bilharziose zu. Ich beschloß, mein Teleobjektiv zu verkaufen und mich fortan dem Ablichten schöner Frauen mit gequältem Blick in sauberen, luftigen Studios zu widmen.

Nick war aufgestanden und bemühte sich, das Gleichgewicht zu halten, während die Wogen unser Schlauchboot beutelten. »Hängt Breschnew auf!«, kreischte er, und die Sehnen an seinem Hals standen wie Trossen hervor.

Plötzlich holte einer der Russen aus und warf etwas nach uns, etwas Kleines, Rundes. Ich verfolgte mit den Augen seine Flugbahn, wie es über den hohen Bug des Schiffes hinausschoß und in einem anmutigen Bogen auf uns zusauste. Es landete mit einem Zischen durchteilter Luft und einem heftigen elastischen Knall wie von einem Dutzend Gummibändern, die gleichzeitig reißen. Das Projektil entpuppte sich als eine steinhart gefrorene Grapefruit. Sie durchschlug glatt den Boden des Schlauchboots.

Nach erfolgter Rettung verbrachte ich einige Tage in einem Krankenhaus in Vancouver und flog dann zurück nach New York. Gary – oder war es Ernie? – verlor zwei Zehen. Ich handelte mir eine böse Platzwunde über der Augenbraue ein, die mit neunzehn Stichen genäht werden mußte und mir ein verwegenes oder verkommenes Aussehen verlieh, je nach Standpunkt des Betrachters. Die Fotos, für die ich einen Vorschuß erhalten hatte, waren noch immer in der Kamera – in rund dreißig Faden Tiefe. Trotzdem hätte alles gar nicht so schlecht ausgesehen, wenn nicht die Kopfschmerzen gewesen wären. Kopfschmerzen, die mit einem plötzlichen Stich irgendwo unter der Oberfläche des Auges begannen und dann mit einem stetig wachsenden Druck zunahmen, bis sich die ganze linke Hälfte meines Kopfes wie ein Luftballon anfühlte und in mir die Einsicht dämmerte, daß das Thema Wale mich nicht mehr ganz so leidenschaftlich interessierte. Schlußendlich waren die einzigen Wale, die ich irgendwie zu Gesicht bekommen hatte, entweder tot gewesen, am Sterben oder in einem Schwall von Gischt um ihr Leben davongerauscht. Was konnte daran erhaltenswert und schön sein? Und wo, fragte ich mich, war die Sinnhaftigkeit, die diese vorsintflutlichen, mystischen Untiere meinem eigenen entleerten Leben hätten einflößen sollen?

Am Abend meiner Heimkehr kam Stephanie mit einer Flasche Appleton's Rum vorbei. Wir machten Piña coladas und Liebe. *Das* war sinnstiftend. Um sieben Uhr früh stand Harry Macey im Trainingsanzug vor der Tür. Er stieß beim Anblick meiner Naht über dem Auge einen Pfiff aus, verglich mich zu meinen Ungunsten mit Frankensteins Monster, bot mir ein Stück getrocknete Zitronenschale an und setzte sich an den Küchentisch. »Also gut«, bellte er, »raus damit – in allen Einzelheiten. Strömungen, Beobachtungen, der russische Fang – alles.« Bei Red Zinger und Müsli rekonstruierte ich für ihn die Reise, während er nickte und löffelte, löffelte und nickte und sich in Gedanken Notizen machte. Aber ich war noch nicht einmal halb zu Ende, als er mich unterbrach, vom Tisch aufsprang und mir sagte, es gebe da jemand, den ich einfach kennenlernen müsse, auf der Stelle, keine Widerrede, ein Mensch, mit dem ich wirklich würde warmwerden können.

Ich sah von meinem Müsli auf. Mein Kopf pochte. Er stand über mir, berstend vor Energie, zupfte sich am Ohr, blies den Dampf von seiner Teetasse, tanzte fast. »Du wirst bestimmt von ihm begeistert sein«, sagte er. »Der Mann kennt die Wale in- und auswendig.«

Eyolf Holluson wohnte in einer Zweizimmerwohnung in der East Twentysixth Street. Er war sechsundachtzig Jahre alt. Wir nahmen zwei Stufen auf einmal – die ganzen fünf Treppen hoch – und warteten vor der Tür, während Harry seine Herzschläge zählte. »Vierundvierzig in der Minute«, sagte er sachlich. »Nichts im Vergleich mit den Lungenfischen, aber nicht schlecht für einen Mann von neununddreißig.« *Mein* Herz schien durch die Prozedur nach oben in den Kopf abgewandert zu sein, wo es über dem linken Auge wie eine Druckmaschine vor sich hin hämmerte.

Eine hohe, nasale, tremulierende Stimme echote von hinter der Tür. »Harry?«

Harry bejahte, die Stimme erklärte, die Tür sei offen, und wir traten in ein verdunkeltes Zimmer, das nur von blinkenden Weihnachtslichterketten beleuchtet wurde und in dem es nach Corned beef und Pfefferminze roch. Am hinteren Ende des Zimmers saß, in den Falten eines wuchtigen, graubraunen, mit Schichten von Zierdeckchen und Schonbezügen behängten Sessels versinkend, Eyolf. Vor ihm befand sich ein TV-Dinner-Tablett und dahinter ein TV-Gerät mit abgedrehtem Ton, das bunte Bildchen produzierte.

»Eyolf«, sagte Harry, »ich möchte dir gern einen Freund von mir vorstellen – er ist hier, um über Wale zu reden.«

Der alte Mann drehte sich um, schielte über den Rand seiner stahlgeränderten Brille zu mir hoch und wandte sich dann wieder dem Tablett zu. »O ja«, sagte er. »Nur erst mein Frühstück aufessen.« Er aß Corned beef, geschälte Tomaten aus der Dose, Pfefferminzplätzchen.

Harry stachelte ihn an. »Eyolf hat siebenundfünfzig Jahre lang Wale gejagt – zuerst mit der norwegischen Flotte und dann, als die das geschmissen haben, mit den Portugiesen, vor den Kanarischen Inseln.«

»Auf die alte Art«, sagte Eyolf durch einen Brei aus Minze und Tomaten. »Riemen und Harpunen.« Wir durchquerten das Zimmer und machten es uns auf einem schwammweichen Zweiersofa bequem, das nach Katzenpisse roch. Harry zog einen Minirecorder aus der Tasche, schaltete ihn ein und legte ihn auf das Tablett neben den Teller des alten Mannes. Dann ließ er sich im Sofa zurückfallen, schlug die Beine übereinander und sagte: »Erzähl uns davon, Eyolf.«

Der alte Mann trug einen schottisch karierten Bademantel und Pantoffeln. Er war grobknochig, abgezehrt, hatte eine Haut wie gedörrtes Rindfleisch. Er redete zwei Stunden lang, und seine seltsame nasale Stimme knarrte wie Riemen in den Dollen, hob und senkte sich wie die

Gezeiten. Er erzählte uns von einem Pottwal, der in der Japanischen See ein Fangboot umgeworfen hatte, von Schiffskameraden, die in der Antarktis auf Nimmerwiedersehen abgeschleppt worden waren, von einem hünenhaften Schweden, der bei einer Stecherei mit Flensmessern ein Bein verloren hatte. Mit knacksenden Knien erhob er sich aus seinem Sessel, nahm eine Harpune von der Wand, winkelte den Arm an und erzählte uns von den tausend Walen, die er gespießt hatte, vom heißen Blut, das ihm in einem dicken Strahl durch die eisige Gischt ins Gesicht gespritzt war, wie es geschmeckt und wie sein Herz gehämmert hatte bei der wilden Jagd. »Du stichst ihn«, sagte er, »und es ist, wie eine Frau stechen. Besser.«

Auf dem Tisch lag eine Nummer der ›Norsk Hvalfangst-Tildende‹. Hinter mir hing, auf Haken montiert, eine kunstvoll geschnitzte Elfenbeinpfeife und daneben ein riesiges Stück geschwärztes, vor Alter hartgewordenes Leder. Ich fuhr mit dem Finger über seine raue Oberfläche, während ich mich fragte, was es sein mochte – ein Stück Fluke oder Zunge? –, und es gleichzeitig irgendwie, dunkel, intuitiv wußte.

Eyolf spann gerade ein Garn über einen Pottwal, der mit einem sechs Meter langen Tintenfisch zwischen den Zähnen unter ihm aufgetaucht sei, als er sich zu mir wandte. »Ich meine, vielleicht fragen Sie sich, was ist dieses Ding wie ein Stierkämpfertuch, das da an Eyolfs Wand hängt?« Ich nickte. »Ein Geschenk vom Kapitän der ›Freya‹, fast vierzig Jahre ist es her. Zum Dank für meinen Fang von Finn- und Grönlandwal während einer Zeit von zwei, drei hektischen Wochen. Hektisch, o ja. Blut bis zu den Knien hoch – erst heiß, dann kalt. Abends hatte ich Blut in den Schuhen.«

»Das Leder, Eyolf«, sagte Harry. »Erzähl Roger davon.«

»O ja«, sagte er und sah mich jetzt an, als sei ich aus Plastik. »Das hier ist vom größten Geschöpf auf Gottes

Erde. Vom Schwefelbauch, was Sie Blauwal nennen. Ich bewahr's hier auf für Kraft und langes Leben.«

Der alte Mann nahm es behutsam von der Wand ab und schob es zu mir. Es hatte die Größe eines Duschvorhangs und war steif wie Baumrinde. Eyolf lächelte und nickte. »Stabil, was?« Er stand da, sah auf mich herab und zitterte ein wenig von einem seiner mannigfaltigen Gebrechen.

»Also was ist das nun?«, fragte ich, allmählich etwas ungeduldig.

»Sie wissen es nicht?« Er pulte sich im Ohr. »Das hier ist seine Vorhaut.«

Draußen auf der Straße sagte Harry, er hätte mir einen Vorschlag zu machen. Einer seiner Kollegen arbeitete in einer Walbeobachtungsstation auf der Península Valdés, an der patagonischen Küste. Er studierte den Südkaper in seinen Fortpflanzungsgründen und brauchte für das Buch, das er zu schreiben gedachte, einige erstklassige Bilder. Wollte ich den Auftrag für ein Pauschalhonorar übernehmen?

Beim bloßen Gedanken fing es in meinem Kopf an zu pochen. »Kämst du auch mit?«

Harry sah überrascht aus. »Ich?« Dann lachte er. »Verdammt, nein, machst du Witze? Ich hab Studenten zu betreuen, ich sitze in einem Komitee zur Förderung der Ästuarforschung, ich soll sechs Vorlesungen über die Westküste halten.«

»Ich dachte nur –«

»Sieh mal, Roger – Wale sind faszinierend, und sie sind ganz schön beschissen dran. Ich hoffe sogar, eine Monographie über den Geschlechtsapparat der Furchenwale zu schreiben, aber ich bin kein Mann des Feldes. Tatsächlich haben pelagische Säuger fast so wenig mit meinem Spezialgebiet zu tun wie Elefanten.«

Ich verstand nichts mehr. »Dein Spezialgebiet?«

»Ich erforsche die Holothuroidea. Meine Dissertation war über die Seegurke.« Er sah etwas verlegen drein. »Aber ich denke im großen Maßstab.«

Die patagonische Küste Argentiniens ist ein trostloser, gottverlassener Landstrich, von unaufhörlichen Winden gepeitscht, extrem niederschlagsarm, die Heimat so seltsamer, zählebiger Geschöpfe wie des Nandus, des Haubensteißhuhns und des Pampasfuchses. Darwin ging 1832 mit seiner »Beagle« hier vor Anker, ruderte an Land und beschrieb ein Dutzend neuer Arten. Es wimmelte von Tieren. Die Felsen waren dicht mit Vögeln besetzt – Skua und Eismöwe, Kormorane zu Tausenden, Australkiebitz, Falkland-Chimango, rothälsiger Mornellregenpfeifer. Pinguine und Seelöwen ruhten zwischen den Anhäufungen von schwarzen Felsblöcken und tanzten in der grünen Dünung, die küstennahen Gewässer waren reich an Fisch, und Ruderfußkrebse – zehn Milliarden für jeden Stern am Himmel – dickten den Falklandstrom ein, bis er die Konsistenz von Haferschleim annahm. Wale versammelten sich zum Festschmaus. Südkaper, Finn-, Zwergwale – Darwin beobachtete sie, während sie bliesen und das Wasser peitschten, auf- und abtauchten, spielten, sich paarten und kalbten.

Nichts hat sich hier geändert – abgesehen davon, daß es jetzt weniger Wale gibt. Die Kormorane und Pinguine und Robben sind immer noch da und nicht zu zählen, noch immer fett und fetter dank der nahrhaften Potage, die das Litoral umspült. Und noch immer von Menschen ungestört – mit einer kleinen Ausnahme. Den Tsunamis. Shuhei, Grace und ihren drei Töchtern. Fünf Monate des Jahres halten die Tsunamis die Halbinsel Valdes besetzt, wohnen in einem Betonbunker, essen Töpfe voll Reis, Bohnen und Fisch, kämpfen gegen den Wind und die Einsamkeit an, beobachten Wale.

Stephanie und ich landeten mit dem Versorgungsflugzeug knapp fünfzig Meter vom Tsunamibunker entfernt. Es war August, und die Südkaper paarten sich. Während der letzten Monate hatte ich meinen gespaltenen Kopf gepflegt, Kübel von Piña colada geleert und wieder im Junior-Miss-Geschäft mitgemischt. Aber ich blieb in Kontakt mit Harry Macey, verschlang alles Verfügbare über das Thema Wale, trat Greenpeace bei und flog nach Tokio zur Verhandlung von sechs Mitgliedern einer Gruppe terroristischer Walrechtler, die angeklagt waren, auf dem Flughafen Narita einen japanischen Industriellen harpuniert zu haben. Ich hörte mir Vorträge, sah mir Dias an, fuhr nach Nantucket. Nachts, nach einem langen Tag im Studio, schloß ich die Augen, und Wale glitten durch die stygische See meiner Träume. Sie ließen sich nicht verdrängen.

Als die Cessna aufsetzte, wartete Grace schon auf uns: Kapuzensweatshirt, Bluejeans, Augen wie polierter Nußbaum. Die Mädchen waren auch da – Gail, Amy und Melia –, zappelnd, halsreckend, hysterisch vor Aufregung ob der Aussicht, zwei neue Gesichter in der weglosen Einöde zu sehen. Shuhei saß irgendwo in den Dünen, in einem Dickicht von Sonar-Antennen, und horchte nach Walen.

Ich schüttelte Grace die Hand; Stephanie gab ihr, von einem Schwall von Parfüm und windzerwühltem Haar umgeben, ein Küßchen auf die Wange. Stephanie trug Stiefel aus Seehundfell, ihren Luchsmantel und ein »Laßt-sie-leben«-T-Shirt, auf dem die Fluken eines abtauchenden Wals prangten. Sie hatte zwei Tage vor meiner geplanten Abreise angerufen und gemeint, sie könnte einen Urlaub gebrauchen. Okay, sagte ich, herzlich willkommen. Sie fand einen batteriebetriebenen Haartrockner und einen Tropenhelm beim Räumungsverkauf von Abercrombie & Fitch, einen wolfspelzgefütterten Parka bei Max Bogen, Zelte, Spirituskocher und gefriergetrocknetes Bœuf Stroganoff bei Paragon; sie bestellte beim L.-L.-Bean-Versand Khakiwickelgamaschen und Eskimostiefel aus Lammfell, packte ihre überzählige Unterwäsche, Lidschatten, drei Schauerromane und sechs Pfund getrocknete Aprikosen zusammen, und hier war sie nun, im luftigen Patagonien, zu allem bereit.

»Himmel!«, überbrüllte ich das Heulen des Windes. »Zieht's hier immer so?« Es stürmte vom Meer her, stetige fünfzig Knoten.

Grace grinste, Kapuze auf, Haare im Gesicht. Mit ihren Lidfalten, ihrem runden Gesicht und der Unterstützung der Kapuze sah sie aus wie ein Eskimo. »Ich wollte grad sagen«, schrie sie, »für die Península Valdés ist es heute windstill.«

An dem Abend saßen wir um den gußeisernen Kaminofen, aßen Wildpastete und redeten über Wale. Grace war lebhaft und tüchtig, kochte, bediente, räumte ab, scherzte, tapste in Shorts und weißen Frotteesocken im kleinen Zimmer umher. Ausgeprägte Waden, eine Lücke zwischen den Oberschenkeln: Mutter Erde, dachte ich. Shuhei war grüblerisch und zurückhaltend, in Osaka geboren (Grace war aus L. A.). Er ließ sich lang und breit über sein Projekt aus, sprach von Zufall und Wahrscheinlichkeit, von Diagrammen, Permutationen und der Theorie der Artenersetzung. Er war langweilig. Als er einen Witz zu machen versuchte – es war, glaube ich, ein Wortspiel mit »Walverwandtschaft« –, kam es für uns völlig überraschend, und er wurde rot.

Draußen kreischte und schnatterte der Wind. Die Mädchen kicherten in ihren Kojen. Wir verbrannten uns den Rachen an Shuheis Sake und schauten den Flammen zu, wie sie über den Scheiten spielten. Stephanie war einsachtzig lang, ohne BH und üppig. Sie gähnte und streckte sich. Shuhei sah sie an wie ein Bedürftiger ein Kalbskotelett.

»Gut«, sagte ich, gleichfalls gähnend. »Ich denk', jetzt sollten wir wohl in die Falle.«

Wir hatten unser Zelt erst kurz vor Einbruch der Dunkelheit aufgestellt, und es war seitdem schon dreimal umgeweht worden. Als wir jetzt auf die Tür zugingen, kam Leben in Shuhei. »Nein, nein«, sagte er und verstellte uns schon beinah den Weg. »Bleiben Sie heute nacht hier – bei uns.«

Grace sah von ihrem Sake auf. »Ja«, sagte sie. »Wir bestehen darauf.«

Als ich aufwachte, hörte ich Wale. Ein tiefes, dröhnendes Schnaufen und Stöhnen, das ich in den Knochen spüren konnte, ein Geräusch wie Posaunen und Englischhörner. Es war hell. Ich schaute mich um und sah, daß die Tsunamis weg waren, schlüpfte rasch in meine Sachen, schnappte mir die Kamera und schlich hinaus. Es bestand keine Notwendigkeit, Stephanie zu wecken.

Der Himmel war bewölkt, und es wehte noch immer eine steife Brise – sie schleuderte mir Sand ins Gesicht, als ich zur kleinen Bucht hinunterging, wo die Tsunamis ihr Schlauchboot aufbewahrten. Vögel überall – der Himmel war weiß von Möwen, Kormorane tauchten nach Fisch, Pinguine standen zwischen den Felsen herum, als seien sie aus Holz geschnitzt. See-Elefanten lümmelten mit ihren Jungen auf dem Strand herum; Südkaper bliesen in der Bucht ihre Fontänen. Es war wie ein ›National-Geographic‹-Special. Ich machte ein paar Aufnahmen von den Robben und stapfte dann die Küste entlang, bis ich Grace und Melia fand, die, mit Fernglas und Notizblock bewaffnet, auf der Kuppe einer Düne hockten. Grace trug eine Windjacke, weiße Shorts und ein Kopftuch; Melia war sechs Jahre alt.

Grace winkte. »Sollen wir mit dem Boot raus?«, rief sie.

Ich stand knietief im Wasser und kämpfte mit dem Schlauchboot, während Grace die Schnur des Anlassers zog und Melia meine Bronica hielt. Als wir in die gleichmäßige Dünung hinausstampften, merkte ich, daß ich an Nick, Gary und Ernie dachte, aber meine anfänglichen Befürchtungen erwiesen sich als unbegründet: Grace war ein tadelloser und sicherer Lotse. Wir fuhren quer durch die Bucht, auf eine ferne sandige Landzunge zu. Möwen wehklagten über uns, Robben bellten, Gischt flog, und dann, noch ehe ich auch nur die Kamera scharf einstellen konnte, donnerten keine zehn Meter von uns entfernt die mächtigen Fluken eines großen Kapers aufs Wasser. »Das war Bob Tail«, sagte Grace lachend.

Ich wischte das Salzwasser vom Objektiv. »Wie konnten Sie das erkennen?«

»Einfach. An seiner linken Fluke fehlt ein Stück.«

Wir tuckerten gemächlich in der Bucht herum, und sie stellte mir an die dreißig Wale vor, teils namentlich bekannte, teils anonyme. Ich sah Gray Spot, Cyclops, Farrah Fawcett und Domino, und an einen von ihnen kam ich sogar nah genug heran, um ihn anzufassen. Er schöpfte gerade die Wasseroberfläche ab, schwarz wie ein Frachtkahn und mit Seepocken und Walläusen überkrustet, der riesige vergilbte Vorhang seiner Barten wie die Innereien eines Klaviers bloßgelegt. Grace ließ das Schlauchboot, mit dem Motor im Leerlauf, in einer Kurve an ihn herantreiben, und als wir längsseits lagen, streckte ich die Hand aus und tätschelte seine kühle, glatte Haut. Es war, wie wenn man ein sehr verschwitztes Pferd von der Größe eines Hauses klopfte. Ich legte meine offene Handfläche an die Unermeßlichkeit seiner Flanke, und einen verrückten Augenblick lang meinte ich, das Blut zu spüren, das ihn durchströmte, das gigantische Herz, das im Takt mit dem Rollen der Gezeiten und dem Donnern ferner Ozeane schlug; ich hatte das Gefühl, daß ich die Hand ausstreckte und das große dampfende Herz der Erde selbst berührte. Und dann ein Schwall von Schaum, und er war weg.

Die nächsten zwei Wochen verbrachte ich Vormittag, Nachmittag und – wenn das Licht gut war – Abend draußen in der Bucht. Stephanie kam ein-, zweimal mit uns hinaus, suchte aber ansonsten lieber mit den Mädchen den Strand ab; Shuhei war mit dem anderen Boot unterwegs, täglich zur Punta Tombo und zurück – hatte irgendwas mit seinen Sonarantennen zu tun. Er sammelte Daten über die Überwassergeräusche des Südkapers, während Grace die örtliche Teilpopulation hinsichtlich Größe, Farbe und charakteristischer Merkmale aufnahm. Außerdem war sie auch an ihrem Fortpflanzungsverhalten interessiert.

Eines Nachmittags stießen wir auf ein Weibchen, das bauchoben trieb. Zwei Männchen – das eine noch nicht ausgewachsen und höchstens zwei Drittel ihrer Größe – stupsten sie immer wieder an, stießen mit ihren schwieligen Schnauzen gegen ihre gewaltige reglose Masse wie zwei Biber, die einen Baumstamm zu manövrieren versuchen. Grace stellte den Motor ab und zückte ihren Notizblock. »Ist sie tot?«, fragte ich.

Grace lachte. Die Sonne stand schon ziemlich hoch, und sie hob eine Hand, um die Augen abzuschirmen, als sie mich ansah. »Sie paaren sich«, sagte sie. »Beziehungsweise sind kurz davor.«

»Eine Ménage à trois?«

Geduldig erklärte sie es mir. Das Weibchen verweigerte sich ihren Freiern, indem sie ihre relevanten Teile aus dem Wasser wälzte, um zu vermeiden, gewaltsam genommen zu werden. Warum sie den beiden die kalte Flosse zeigte, wußten die Götter. Vielleicht war sie müde oder hatte einen Schnupfen, vielleicht ließ sie sich auch nur nicht mit jedem ein. Sie hatte allerdings ein Problem. Da sie in der Rückenlage nicht atmen konnte, mußte sie sich etwa alle fünfzehn Minuten richtig herum drehen, um einmal rasch nach Luft zu schnappen. Und dann würden die beiden über sie herfallen.

Als sie sich das erste Mal herumdrehte, erkannten wir sie als Domino, so genannt nach der symmetrischen Anordnung von Schwielen auf der Stirn. Sie war eine meisterhafte Spröde: herumgerollt, geblasen, die Lungen gefüllt und wieder bauchoben gerollt, bevor ihre Freier zum Zuge kommen konnten. Ich machte irgendeinen Witz über einen High-School-Ball und den Rücksitz eines Studebakers. Grace kicherte, das Schlauchboot schaukelte, wir aßen Erdnußbuttersandwiches – und warteten.

Grace erzählte mir von ihrer über der Sushi-Bar ihres Vaters in Little Tokyo verlebten Kindheit und Teenagerzeit, von ihrem abgebrochenen Studium der Tiermedizin und dem Wechsel nach Miami und zur Ozeanographie, von Osaka und Shuhei. Ich erzählte ihr von der Bartmeise und dem Wasserschwein und war gerade mitten in einem irrsinnig geistreichen Aperçu über die Junior-Miss-Welt, als das Schlauchboot plötzlich von hinten gerammt und wie ein Stück Treibholz in die Luft geschleudert wurde. Ein drittes Männchen, so groß wie ein D-Zug, war in der Hitze der Leidenschaft, einzig Domino im Sinn, an uns vorbeigeprescht. Wir waren durcheinandergerüttelt, aber unverletzt. Das Boot befand sich mit der richtigen Seite nach oben, die Kamera an meinem Hals, der Notizblock auf Graces Schoß.

Mittlerweile war klargeworden, daß der Eindringling nicht vorhatte, sich mit Förmlichkeiten aufzuhalten. Er verjagte seine Rivalen, schlug mit dem Schwanz die Bucht schaumig, wälzte Domino herum und vergewaltigte sie. Es war erschreckend, furchterregend, faszinierend – anders als alles, was ich mir je vorgestellt hatte. Sie reinszenierten die Geburt von Surtsey, die Verfestigung des Mondes, den Ausbruch des Vesuvs. Er glitt unter sie, Bauch an Bauch, verschränkte seine Flossen mit den ihren und legte los. Wahrhaftig Leviathan.

Ich war ganz erfüllt vor Bewegtheit, verzückt, kribbelig vor Aufregung. So ergriffen, daß ich kein einziges Bild geschossen habe. Graces Hand lag auf meinem Knie. Das Schlauchboot hob und senkte sich, hob und senkte sich, als hielte es den Takt mit jedem einzelnen Stoß und Hub. Irgendwie – ich habe keine klare Erinnerung daran, wie es passierte – waren wir nackt. Und dann lagen wir auf dem Boden des Schlauchbootes, sanft wogendes Gummi, die Schreie der Möwen, salziger Sprühregen, eingeschlossen in einem Mysterium und einem Rhythmus, der der Kontinentalverschiebung und dem Rückfluß der Gezeiten spottete.

Einen Monat später, wieder in New York zurück, traf ich zufällig Harry Macey in einer Bar. »Also, was ist los mit Grace und Shuhei?«, fragte er.

»Was meinst du damit?«

Hatte ich nicht davon gehört? Es hatte irgendwie Krach zwischen den beiden gegeben. Übler Charakter. Hitzig. War mir das nicht aufgefallen? Jedenfalls hatte er es ihr richtig gegeben: blaues Auge, zerkratzte Hornhaut, Arm in der Schlinge. Sie war in San Francisco mit den Kindern. Er war in Miami und grübelte. Das Projekt war gestorben.

Harry drückte seine Zigarette im Aschenbecher aus, den er auf der flachen Hand hielt. »Hast du keine Spannungen zwischen ihnen bemerkt, als du da unten warst?«

»Gar nichts.«

Er grinste. »Schlichter Einsiedlerkoller, hm? Ich meine, ich stell's mir ganz schön öd vor, da unten.« Er bestellte mir noch einen Drink. »Also hör zu«, sagte er. »Was hältst du davon, rüber auf die Azoren zu fliegen? Da gibt's gewaltigen Ärger wegen der kleinen örtlichen Walfangindustrie – die Portugiesen, du weißt schon.«

Ich leerte mein Glas in einem Schluck. Ich fühlte mich wie ein Saboteur, ein Killer, der Harpunier im Bug des davonrauschenden Bootes. »Wenn du die Wahrheit wissen willst«, sagte ich, ohne seinem Blick auszuweichen, »habe ich momentan genug von Walen.«

Franka Potente

Götterwinde

Vorsichtig setzte sie den feinen Pinsel an.

Sie war im Geiste die Linien durchgegangen und hatte das Bild vor ihrem inneren Auge geformt.

Die zarte geschwungene Linie zog sich elegant über das Reispapier, das sofort die Tusche aufsog. Die schwarze Kontur des Fujiyama erhob sich aus dem Nebel und thronte über Tokios Skyline. Sehr oft schon hatte sie dieses Motiv gemalt. Heute allerdings war es besonders gelungen.

Das Bild war fertig. Gerade als sie das Papier zum Trocknen aufhängen wollte, klingelte die Ladenglocke.

Ihr Arbeitsplatz war nur durch einen Vorhang vom Verkaufsraum getrennt. Es gab einen großen Tisch, voll mit Tuschfässchen und Mineralfarben in kleinen Glasbehältern und kostbaren Pinseln, die sie sorgfältig in einem verzierten Holzkästchen aufbewahrte. Eine kleine Lampe spendete Licht, Fenster gab es nicht.

Der Laden selbst war klein. Er war ihr sehr vertraut. Sie war praktisch hier aufgewachsen. Seit vierzig Jahren hatte sich kaum etwas geändert. Es gab einen Tresen aus Teakholz mit einer Glasvitrine. In einer großen Schublade darunter befanden sich die einfachen, schlichten Fächer, die sie zusammengefaltet in Stapeln aufbewahrte.

Im Schaufenster stellte sie die schönsten Originale aus der Edo-Zeit aus. Sie wechselte die Auslage wöchentlich. Die Fächer mussten dann sorgfältig gereinigt und entstaubt werden.

An der Wand hinter dem Tresen hingen gerahmte

Kalligrafien ihres Vaters. Die Mutter hatte sie nach seinem Tod dort aufgehängt. Ein kleines gerahmtes Bild der Eltern stand seit dem Tod der Mutter in einer der Vitrinen, neben dem Päonienblütenfächer aus der Meiji-Zeit. Dieser Fächer war nur ein Ausstellungsstück, es war der Lieblingsfächer der Mutter gewesen. Das Foto der Eltern hatte sie selbst gemacht. Vater und Mutter stehen darauf lächelnd hinter dem Tresen. Ihre Schultern berühren sich leicht. Beide haben die Hände gefaltet. Sie trägt einen dunkelgrünen Kimono. Sie hatte immer einen Kimono im Laden getragen. Einen Baumwoll-Komon, mit kleinem Muster. Frau Michi selbst tat dies nur zu besonderen Feiertagen.

Dann gab es noch zwei Vitrinenschränke, in denen sowohl bunte Blattfächer als auch verschiedene Faltfächer ausgestellt waren.

Frau Michi schlüpfte in ihre Pantoffeln, die unter dem Tisch warteten, zog den Vorhang zur Seite und trat hinter den Tresen.

»Konnichi wa!« Ein Europäer um die fünfzig verbeugte sich höflich. Ein »Gaijin«, ein »Außenmensch«.

»Das ist ein schöner Laden«, sagte er mit angenehm ruhiger Stimme. Oft waren die Ausländer sehr laut. Das fiel besonders in dem kleinen, stillen Laden auf. Das war einer der Gründe, warum Frau Michi sich oft schwertat mit den Gaijin. Sie waren zu laut, zu direkt. Ständig lag Konfrontation in der Luft. Dabei verkaufte sie nur Fächer.

Frau Michi verbeugte sich dankend. Der Mann hatte mittelbraunes, schütteres Haar. Er trug ein Jackett aus Tweed, darunter ein schlichtes dunkelblaues Hemd. Er hatte eine Art Aktentasche dabei, und an seiner Jacke fiel ihr nun ein Plastikschild auf: »Agricultural Congress, All Access, Schreiber«.

Der Mann schien kein typischer Tourist zu sein. Sein Blick war zu unaufgeregt, die Kleidung zu formell. Er sah sich aufmerksam im Laden um, trat an die Vitrinen heran und sah sich die darin ausgestellten Fächer aufmerksam an. Groß war die Auswahl nicht mehr.

Als ihr Vater noch selbst Fächer hergestellt hatte, war der Laden fast zu klein gewesen für das Sortiment. Damals hatten sowohl ihre Mutter als auch sie selbst mitgeholfen. Damals hatten sie zu zweit hinter dem Vorhang gesessen.

»Ein Fächermacher kann nicht alleine arbeiten, Fächer zu machen ist die Kunst guter Zusammenarbeit«, hatte ihr Vater immer gesagt. Oft stellte er noch zwei weitere Gehilfen an, um das Papier zu laminieren und zuzuschneiden. Damals mieteten sie im Kimonoladen nebenan noch einen der hinteren Räume an. Zu Mittag tischte die Mutter für fünf Personen auf. Sie räumten die Tusche und Pinsel beiseite und saßen still hinter dem Vorhang.

Herr Schreiber wandte sich ihr jetzt zu: »Entschuldigung, ich suche ein Geschenk für meine Tochter.«

Frau Michi lächelte: »Was für eine Art Fächer suchen Sie denn?«

Der Mann sah verloren aus.

»Ich kenne mich mit Fächern leider gar nicht aus.« Er klang beschämt.

Frau Michi verbeugte sich entschuldigend: »Das macht nichts. Die meisten Kunden kennen sich nicht mit Fächern aus. Ich zeige Ihnen gerne welche, wenn Sie möchten.«

Sie trat an die Vitrine und nahm einen steifen, runden Blattfächer heraus. »Wir führen sowohl Uchiwa als auch Ôgi.« Sie zeigte auf den Blattfächer: »Dies ist ein Uchiwa, und das ...«, sie nahm einen hübsch bemalten Faltfächer heraus, der einen Kirschblütenzweig zeigte, »das ist ein Faltfächer, ein Ôgi oder Sensu.«

Herr Schreiber schien fasziniert: »Ôgi oder ... Sensu ... hmm ...«

Er nahm den Fächer in die Hand, drehte ihn und sah

sich die zarten Einlegearbeiten am Griff genau an. »Wie hübsch! Ist das alles Handarbeit?«

Frau Michi lächelte: »Ja. Wir führen nur handgearbeitete Ware. Es gibt natürlich auch fabrikgefertigte Fächer.« Sie sprach von ihrer größten Konkurrenz.

Die meisten Touristen kauften die billigere Massenware. Als ihr Vater krank wurde und sie die Fächermacherei einstellten, war es seine größte Sorge, dass das Handwerk aussterben würde.

Doch obwohl die Kundschaft kleiner geworden war, führte sie auch seit seinem Tod nur Handarbeiten. Sie bestellte die Modelle bei Fächermachern in Tokio und Kyoto.

Zweimal im Jahr nahm sie den Shinkansen nach Kyoto und besuchte die Familie Akira. Herr Akira war einer der bekanntesten Fächermacher Kyotos und führte das Geschäft zusammen mit seiner Frau und den drei Söhnen. Die Stammkundschaft bestand aus Schauspielern und Tänzern, vor allem vom Nô-Theater oder Kabuki. Außerdem wurden die Uchiwas noch von Schiedsrichtern beim Sumoringen verwendet, und die Älteren legten Wert auf Handarbeit.

Sie selbst fertigte Fächer nur noch als Hobby. Oft bemalte sie das Reispapier, ohne es auf einen Fächerrahmen aufzuziehen oder zu pressen. Sie liebte den Geruch des Laminats und des Leims, es erinnerte sie an ihre Kindheit. Wie sie zusammen mit ihrer Mutter das jungfräuliche Reispapier mit kostbaren Tuschepinseln bemalt oder beschrieben hatte.

Die Mutter hatte ihr immer gesagt: »Fächer bemalen ist Zen, es ist Meditation. Überstürze nichts. Überlege dir genau, was dein Fächer sagen soll. Stelle dir dein Bild vor, und erst wenn du es genau vor Augen hast, dann zeichnest du. Dann brauchst du nur einen Pinselstrich. Das Reispapier verzeiht nicht. Du kannst nichts korrigieren.«

Wenn ein Kunde kam und einen von ihr bemalten

Fächer in Augenschein nahm, hatte sie vor Aufregung oft den Atem anhalten müssen. Stolz war sie gewesen, wenn einige Tage später der fertige Fächer in der hübschen Vitrine stand, und manchmal traurig, wenn ein Tourist kam und den Fächer kaufte und mitnahm in ein fernes Land, das sie sich damals nicht hatte vorstellen können.

Die Mutter hatte ihr alles über Tuschtechniken, Mineralfarben, Motive und die Geschichte des Fächers beigebracht.

Herr Schreiber wies auf einen Faltfächer aus der Meiji-Zeit. »Was ist dies hier?«

Es war selten, dass ein europäischer Kunde so viel Interesse zeigte. Es fiel ihr schwer, dem Gaijin gegenüber indifferent zu bleiben, so, wie es sich gehörte. Sonst sprach sie mit Fremden nur das Nötigste, wenn sie sich im Laden aufhielten. Auf der Straße tat man im Allgemeinen so, als bemerke man die »Außenmenschen« nicht.

Andererseits hatte sie Ausländer schon als Kind spannend gefunden. Da sie fast ihre ganze Zeit im Laden verbrachte, sah sie regelmäßig Gaijin aus aller Herren Länder. Deren fremde Art, sich zu kleiden, zu sprechen, die großen Gesten oder deren seltsame Mimik hatten bereits im Kindesalter ihre Neugier geweckt. Normalerweise verhielt sie sich still und sprach nur, wenn man sie etwas fragte. Ihr Englisch war relativ gut, dennoch bevorzugte sie es, den zu zahlenden Betrag in den Taschenrechner zu tippen und dann den Kunden das Display zu zeigen, statt mit ihnen zu sprechen. Dann beschwerte sich auch niemand über den Preis.

Der Herr, der dem Schild nach »Schreiber« hieß, schien allerdings sehr höflich zu sein.

Vorsichtig nahm sie den Fächer aus dem Regal. »Dieser Sensu zeigt einen Daikoku. Das ist der Gott des Reichtums und des Glücks.«

Der Fächer war aus dem 19. Jahrhundert und sehr gut erhalten. Sie führte neben neuen Fächern auch Originale aus der Edo- und Meiji-Epoche, die rar und schwer zu finden waren. Der Daikoku-Fächer war besonders schön. Sein Reispapier war zartrosa eingefärbt, und die Tuschezeichnung zeigte den Daikoku mit einem Sack auf dem Rücken, wie er drei Juwelen nacheilt.

»Was bedeutet der Sack?«, wollte Herr Schreiber jetzt wissen.

»Der Sage nach hat der Daikoku immer seinen Sack mit Schätzen dabei, außerdem trägt er einen Hammer mit sich.« Sie wies auf die Zeichnung, in der bei genauem Hinsehen ein Hammer in der Hand des Daikoku zu sehen war.

»Mit dem Hammer kann der Daikoku alles, was er damit berührt, verwandeln.« Herr Schreiber hörte aufmerksam zu. »Früher hatte der Daikoku die Aufgabe, die Tempelküche mit den Lebensmitteln zu bewachen.«

Herr Schreiber zog die Brauen hoch. »Aah, so etwas Ähnliches wie ein Bodyguard?« Er lachte. »Interessant. Was kostet der?«

Er hatte sich einen der teuersten Fächer ausgesucht. Sie sah nach. 27 500 Yen. Das waren etwa 220 Euro. Sie tippte den Betrag in den Taschenrechner und zeigte ihm das Display. Sie sah ihn nicht an.

»Dieser Fächer ist ein Original, er ist über hundert Jahre alt«, sagte sie leise. Wenn der Mann den Fächer kaufen würde, müsste sie sich weniger Sorgen machen diesen Monat. Meist wurden die günstigeren Fächer gekauft, und dann vor allem zu Neujahr. Jetzt, im September, ging das Geschäft schleppend. Erst letzte Woche hatte sie überlegt, den Laden ganz zu schließen, er brachte kaum noch Gewinn. Es hatte die ganze Woche geregnet, und Frau Kim aus dem Kimonoladen hatte auch über fehlende Kundschaft geklagt. »Warum schließen Sie den Laden nicht?«, hatte sie gefragt. »Wenn Sie sich die Ladenmiete sparen, sind Sie fein raus. Da reicht es bald für Satellitenfernsehen.«

Schon am nächsten Tag hatte sie sich geärgert über sich selbst. Der Laden war alles, was sie hatte, die Eltern hatten hart dafür gearbeitet. Und fernsehen tat sie wenig. Nur nebenbei, nach der Arbeit. Sie war in den Tempel gegangen und hatte für mehr Kundschaft gebetet. Danach fühlte sie sich besser und mied Frau Kim seither.

Herr Schreiber sah auf die Uhr. »Hmm, verzeihen Sie bitte. Ich muss zurück zum Kongress. Ich werde wiederkommen. Ich möchte mir noch Ihre anderen Fächer ansehen.«

Mit einer kleinen Verbeugung verließ er den Laden.

Das passierte oft. Die Kunden ließen sich von ihr beraten und kauften dann die billigen Fächer zwei Straßen weiter. Vorsichtig stellte sie den Uchiwa und den Daikoku-Sensu zurück in die Vitrine. Sie räumte die Tusche weg, säuberte die Pinsel, und nachdem sie das bemalte Reispapier zum Trocknen aufgehängt hatte, beschloss sie, den Laden heute früher zu schließen.

Draußen war es grau und windig. In der Nachbarschaft redete man davon, dass der Taifun kommen würde. Die Alten sprachen vom »Kamikaze«, dem »Götterwind«. Sie war froh, dass sie einen Schal mitgenommen hatte.

Allerdings hatte sie es nicht weit. Unterwegs kaufte sie ein paar Gyôza für das Abendessen. Sie war allein, da brauchte sie nicht viel. Gerne hätte sie für einen Mann gekocht, aber irgendwie hatte sie den Absprung nie geschafft. Als sie zwischen zwanzig und dreißig war, hatte sie sich um den Laden und ihre nacheinander erkrankten Eltern gekümmert. Jetzt war sie sechsundvierzig und anscheinend zu alt. Alle Männer ihres Alters waren verheiratet. Außerdem betrachtete man eine alleinstehende Frau ihres Alters argwöhnisch. Manchmal, so schien ihr, auch mitleidig.

Als sie nach Hause kam, heizte sie den Kotatsu ein. Dann schaute sie fern. In den Lokalnachrichten wurde von einer hochschwangeren Frau berichtet, die von sieben

Krankenhäusern abgewiesen wurde, weil sie keine Krankenversicherung hatte. Mehr oder weniger auf den Treppenstufen des achten Hospitals brachte sie dann ihr Kind zur Welt. Die Frau verstarb, sie hatte einen Gehirntumor.

Frau Michi fragte sich, ob sie und die einsame Frau etwas gemeinsam hatten. Allerdings besaß sie selbst eine Krankenversicherung. Der Bericht war kurz. Als Nächstes wurde von den Einbußen beim Thunfischfang berichtet, worauf eine Reportage über wachsende Landwirtschaft östlich von Tokio gesendet wurde.

Plötzlich sah sie den Mann, der heute bei ihr im Geschäft gewesen war.

Der Europäer mit dem dunkelblauen Hemd saß neben anderen europäischen Herren mit Namensschildern an einem großen Tisch und diskutierte. Es war ein Bericht über einen Landwirtschaftskongress, der zurzeit in Tokio stattfand.

»Was für ein Zufall«, dachte Frau Michi. Fast hatte sie den einzigen Kunden dieses Tages schon wieder vergessen.

Der Wetterbericht schloss mit einer Sturmwarnung.

In der Nacht regnete es heftig. Wolkenbruchartiger Regen prasselte herunter, und Frau Michi stand mitten in der Nacht auf, um das Fenster zu schließen. War das der Kamikaze? Sie brauchte lange, um wieder einzuschlafen. Irgendwo schlug ein Fensterladen gegen die Häuserwand.

Am nächsten Morgen regnete es immer noch, aber der Wind hatte etwas nachgelassen. Sie zog ihre Gummistiefel an, als sie zum Geschäft ging, und setzte ein Kopftuch auf. Menschen mit Regenschirmen eilten die Straße entlang, Kinder spielten in Pfützen, und nasse Hunde suchten einen Unterstand.

Es war kalt im Laden. Und es tropfte von der Decke. Eilig holte sie einen Eimer aus der kleinen Abstellkammer. Es tropfte auf eine der beiden Vitrinen. Zum Glück war keiner der Fächer nass geworden. Sie borgte sich im

Kimonoladen eine kleine Leiter. Frau Kim schaute vorwurfsvoll: »Ich habe Sie lange nicht gesehen. Wie gehen die Geschäfte?«

Sie unterhielten sich kurz über das Wetter, dann eilte Frau Michi mit der Leiter zurück in ihren Laden. Es stürmte und regnete jetzt wieder so heftig, dass sie schon nach wenigen Metern durchnässt war.

Vorsichtig schob sie einige Kartons beiseite und stellte die Leiter auf. Nun konnte sie die Pfütze aufwischen, die sich oben auf dem Vitrinenschrank gebildet hatte. Der Schrank war mindestens fünfzig Jahre alt, und das Holz war über Nacht aufgeweicht.

Die Glocke läutete, und ein Kunde mit Regenschirm trat ein.

»Konnichi wa!« Es war der Herr aus dem Fernsehen. Herr Schreiber. Sein Schirm hatte sich nach außen gestülpt.

Er verbeugte sich höflich. »Was für ein Wetter! Ich bin um ein Haar weggepustet worden.«

Fast wäre Frau Michi von der Leiter gefallen, als sie eine Verbeugung versuchte.

Er eilte zu ihr und reichte ihr seinen Arm: »Darf ich Ihnen helfen?«

Frau Michi erschrak, seine Geste kam überraschend. Sie hielt sich an der Leiter fest und stieg vorsichtig herunter. »Danke, es geht schon.«

Der Gaijin trug heute eine Windjacke über seinem Jackett. Seine Wangen waren gerötet. Frau Michi bemühte sich, ihn nicht zu offensichtlich anzusehen. Herr Schreiber stellte seinen Schirm ab und strich sich über das Haar. »Ich wollte mir noch in Ruhe Ihre Fächer ansehen. Gestern war leider nicht genug Zeit.« Gerade als Frau Michi ihn ermuntern wollte, sich umzusehen, gab es einen lauten Schlag.

Der Wind war stärker geworden, und ein aus der Verankerung gerissener Mülleimer war gegen das Schaufenster geschleudert worden. Frau Michi entfuhr ein kleiner Schrei. Auch Herr Schreiber erschrak. Die Fensterscheibe hatte einen kleinen Sprung.

Herr Schreiber hastete zur Tür, die sich kaum öffnen ließ, so stark drückte der Sturm dagegen. Der Metallmülleimer schlug gegen den Türrahmen.

Herr Schreiber musste die Tür ganz öffnen und einige Schritte auf die Straße hinaustun, um ihn zu fassen zu kriegen. Frau Michi stand erstarrt im Laden und sah zu.

Der Wind heulte auf, als er die Tür hastig schloss. Den geretteten Mülleimer legte er in eine Ecke. »Puuh, das war knapp. Ich nehme an, das ist nun der ›Kamikaze‹, vor dem mich meine japanischen Kollegen gewarnt haben?«

Frau Michi brachte ihm ein kleines Handtuch. Sein Gesicht war nass vom Regen. Sie überlegte. »Ich muss die Rollläden herunterlassen, sonst gehen noch die Fenster kaputt!«

Herr Schreiber half ihr.

Der Sturm fegte durch die kleine Straße, man hörte laute Rufe, Türenschlagen und das Prasseln des Regens. Im Laden war es recht still. Und dunkel. Frau Michi zündete die kleine Öllampe an, es war eine Frage der Zeit, wann der Strom ausfallen würde. Herr Schreiber zog seine nasse Windjacke aus: »Macht es Ihnen etwas aus, wenn ich meine Jacke zum Trocknen aufhänge?«

Frau Michi nahm ihm die Jacke ab und hängte sie über einen Stuhl. Kurz war sie unschlüssig. »Möchten Sie einen Tee?«

Er nickte. »Gerne. Es scheint, als hätten wir ein bisschen Zeit, die Fächer anzusehen.«

Sie setzte Teewasser auf. Als sie sich ihm wieder zuwandte, hielt er den Spatzenfächer aus der Meiji-Zeit in den Händen, der drei Spatzen auf einem Bambuszweig zeigte.

Das Reispapier war cremefarben eingefärbt, die Tusche schon etwas verblasst. Der Kontrast des zarten Rosa mit dem Dunkelgrün des Bambuszweiges war wunderschön. Er gab ihr vorsichtig den Fächer zurück, und sie hielt ihn gegen das Licht der Lampe.

»Das ist mein Lieblingsfächer. Eigentlich war er immer nur ein Ausstellungsstück. Meine Mutter sagte immer: ›Die drei Spatzen, das sind wir. Und der dicke Spatz ganz rechts, das ist der Vater.‹« Sie musste lachen. Schnell drehte sie sich weg, um den Tee aufzugießen.

Er lachte mit. »Gab es Fächer schon … immer?«

Sie brachte Tee. »Ich glaube, seit dem 6. Jahrhundert. Aber zunächst kamen die Fächer aus China. Die waren noch nicht aus Papier, sondern häufig aus Fasanenfedern. Später gab es dann Hiôgi, Zypressenholzfächer für Hofdamen. Und Faltfächer wie diese dort gibt es seit dem 9. Jahrhundert.«

Herr Schreiber hörte aufmerksam zu. »Aber Fächer werden doch hauptsächlich im Sommer benutzt oder für Feste und Tänze, nicht wahr?«

»Ja, aber eigentlich symbolisiert ein Fächer Zurückhaltung.«

Sie hörte sich selbst reden und dachte, dass sie in den ganzen letzten Wochen nicht so viel gesprochen hatte wie heute. Und ihr eigener, unsichtbarer Fächer war heute noch unsichtbarer als sonst.

Herr Schreiber wartete auf weitere Ausführungen, also sprach sie weiter: »Nun, die Damen verbergen hinter dem Fächer ihr Gesicht, ihre Gefühle, zum Beispiel im Gespräch mit einem Herrn. Solche Situationen kommen heute natürlich nicht mehr so oft vor. Aber trotzdem trägt jede Frau in Japan ihren unsichtbaren Fächer.«

Herr Schreiber sah sie ruhig an. Dann nickte er leicht und nahm einen Schluck Tee.

Es war plötzlich sehr still. Frau Michi überlegte, ob sie zu viel gesagt hatte. »Und diesen schönen Fächer hier«, er zeigte auf den Spatzenfächer, »den verkaufen Sie auch, oder ist das nur ein Ausstellungsstück?«

Sie zögerte. Eigentlich hatte sie den Spatzenfächer nicht verkaufen wollen. Es hingen so viele Erinnerungen daran. Andererseits brauchte sie das Geld für den Laden.

»Der Fächer steht zum Verkauf.« Sie zögerte. »Er ist allerdings recht teuer.«

Der Gaijin wandte sich jetzt dem dunkelroten Päonienblüten-Sensu zu. Dieser Blattfächer zeigte eine zartrosa Päonienblüte auf dunkelrotem Grund. Die Ränder waren mit goldener Mineralfarbe verziert. »Der könnte meiner Tochter gefallen!«, sagte er begeistert. »Sie wird zweiundzwanzig. Sie studiert Biologie, da dachte ich, die Blüte ...«

Frau Michi nickte aufmunternd: »Sie sind sicher sehr stolz auf sie.«

Herr Schreiber fuhr sich durchs Haar und sah traurig aus. »Wissen Sie, seit dem Tod meiner Frau vor sechs Jahren haben wir uns zu zweit durchs Leben gekämpft. Jetzt ist Jessi seit einem Jahr auf der Universität in München, das ist in Süddeutschland. Kennen Sie München?« Frau Michi war sich nicht sicher. Von Deutschland hatte sie natürlich gehört. Es kamen viele deutsche Touristen in den Laden. Sie lächelte.

»Sie ... sie ist ein tolles Mädchen.« Er starrte den Fächer an. »Und ... ja. Ja, ich bin sehr stolz auf sie.« Er lächelte. »Haben Sie Kinder?«

Frau Michi schüttelte den Kopf. Einmal, vor vielen Jahren, da hätte sie ein Kind haben können. Aber sie war zu jung. Es hätte dem Vater das Herz gebrochen. Jetzt bemerkte sie, wie selten sie in den letzten Jahren daran gedacht hatte.

Herr Schreiber räusperte sich leise. »Verzeihen Sie, das war sehr neugierig von mir.« Er nahm ein zerknicktes Foto aus seiner Brieftasche und reichte es ihr. Die junge Frau darauf hatte eine Sonnenbrille im Haar und lachte. Im Hintergrund war ein großes Schild mit Micky Maus zu sehen. Sie hatte dasselbe Grübchen am Kinn wie ihr

Vater. Er lächelte stolz. »Das Foto ist schon einige Jahre alt. Wir waren im Urlaub in Florida, in Orlando. Wir hatten uns den heißesten Tag ausgesucht, um nach Disneyworld zu fahren.« Er lachte. »Wir haben uns mit Eiswürfeln gefüllte Tücher um den Hals gebunden ...« Er schien kurz in seinen Erinnerungen versunken.

Draußen heulte noch immer der Sturm.

Frau Michi goss Tee nach. Gerne würde sie sich dem Fremden anvertrauen.

Er schien ähnlich einsam wie sie zu sein. »Ich ... ich habe nie geheiratet«, begann sie leise. »Ich habe mich um meine Eltern gekümmert und dann allein den Laden geführt. So ist die Zeit vergangen. Nun bin ich wohl zu alt.«

Herr Schreiber nickte. »Ja, ich kenne das Gefühl. Plötzlich entdeckt man graue Haare und fragt sich, wo all die Jahre geblieben sind. Kennen Sie Ernest Hemingway?«

Nein, sie kannte ihn nicht.

»Er war ein berühmter amerikanischer Schriftsteller und hat einmal gesagt: Die Jugend ist uns gegeben, um Dummheiten zu machen, und das Alter ist uns gegeben, diese Dummheiten zu bereuen.« Er lachte. »Ich weiß gar nicht, was ich bereue. Ernest Hemingway hatte wahrscheinlich eine wildere Jugend als ich.«

Frau Michi verstand nicht, wovon der Mann sprach, aber es klang nett.

Sie setzte neues Teewasser auf und öffnete eine Packung Reisgebäck.

Sie zeigte auf den Päonienblütenfächer, den Herr Schreiber immer noch in den Händen hielt. »Dieser Fächer war der Lieblingsfächer meiner Mutter. Sie selbst war sehr geschickt mit Pinsel und Tusche. Mein Vater hat ihre Fächer immer gut verkauft. Er hat sie aber nie gelobt für ihre Fertigkeit. Er zeigte immer auf diesen Fächer und sagte: Das ist wahre Kunst. Mache einen solchen Fächer, und wir werden reich.«

Herr Schreiber sah sich den Fächer noch einmal genau

an. Die Farbwahl war bestechend. Das blasse Rosa auf burgunderrotem Untergrund hatte eine Intensität, die magisch war. Die Verbindung von der Zartheit der Blüte mit ihrem kräftigen Rot und dem goldenen Rand war wirklich etwas Besonderes. Und trotz seiner Schlichtheit hatte der Fächer eine opulente Note. »Sie haben recht. Der Fächer ist tatsächlich etwas ganz Besonderes. Man sieht es sofort. Ich bin mir sicher, dass Ihre Mutter sehr begabt war.«

Frau Michi sprach leise und sah dabei auf die Innenflächen ihrer Hände: »Nun, kurz bevor mein Vater starb, kopierte meine Mutter den Päonienblütenfächer. Wir brauchten Geld, um die Arztrechnungen zu bezahlen, so verkaufte sie das Original. Sie halten ihre Kopie in den Händen. Das Original hatte blassblaue Blütenblätter. Meine Mutter gab dem Fächer mit den blassrosa Blüten eine eigene Note. Ich fand immer, dass dieser Fächer weitaus schöner war als das Original.«

Sie nahm einen Schluck Tee.

»Eine Woche später starb mein Vater. Er hat nie erfahren, was für ein Kunststück meine Mutter geschaffen hat. Ich bereue bis heute, dass ich es ihm nicht gesagt habe.«

Vorsichtig fragte Herr Schreiber nach: »Warum hat Ihre Mutter ihm den Fächer nie gezeigt? Er wäre sicher stolz auf sie gewesen!«

Frau Michi schüttelte den Kopf: »Es ist nicht an dem Künstler, auf seine Kunst hinzuweisen. Das wäre Hochmut.«

Still tranken sie ihren Tee. Herr Schreiber sah auf die Uhr. Der Sturm hatte nachgelassen. Er musste gehen. Er würde gerne den Daikoku-Fächer und die drei Spatzen kaufen, sagte er.

Frau Michi rechnete. Es kamen fast 50 000 Yen zusammen, die Herr Schreiber mit einem Lächeln zahlte. »Ihre Fächer sind bei mir in guten Händen. Vielen Dank für den schönen Nachmittag und den Tee.« Er verbeugte sich tief. »Es war mir eine Freude.« Er drückte zum Abschied leicht ihren Arm.

Frau Michi sah ihm nach, wie er eilig die nasse Straße herunterlief.

Die 50 000 Yen würden ihr über die nächsten zwei Monate helfen. Sie war frohen Mutes.

Nachdem sie die Teekanne ausgespült hatte, brachte sie Frau Kim die Leiter zurück und erzählte ihr, sie werde in der nächsten Woche den Zug nach Kyoto nehmen, um die Familie Akira zu besuchen.

Es regnete nur noch leicht, und sie schloss den Laden, bevor der Sturm möglicherweise wieder stärker werden würde.

Als sie an diesem Abend ihre Füße unter dem Kotatsu wärmte, dachte sie daran, dass im entfernten Deutschland Menschen lebten, die die Welt sahen und zu ihr in ihren kleinen Laden fanden. Das beruhigte sie.

Am nächsten Tag war der Himmel wolkenlos. Sie rief einen Handwerker, um die Scheibe im Laden zu erneuern. Dann wechselte sie die Auslage und staubte die Fächer ab.

Am Mittag brachte ein Bote ein Päckchen.

Sie erwartete keine Lieferung und glaubte zunächst, der Bote habe sich geirrt. Doch es war tatsächlich für sie.

Obenauf lag ein kleines Kärtchen: »Dieser Fächer und seine Geschichte gehören Ihnen. Es war mir eine Freude, davon zu hören, und ich möchte Ihnen Ihre Spatzenfamilie zurückschenken. Es war sehr schön, Sie kennenzulernen. Falls sie einmal nach Deutschland kommen, würde ich mich freuen, Ihnen München zu zeigen. Ihr Wilhelm Schreiber.« Er hatte auch eine Adresse und eine E-Mail-Adresse angegeben.

Unter weißem Seidenpapier verborgen lag der Spatzenfächer.

Frau Michi atmete hörbar aus. So etwas war ihr noch nie passiert. Fast hätte sie weinen müssen.

Sie bemerkte Frau Kim nicht, die vor der Ladentür stand und im Begriff war anzuklopfen.

Frau Kim hatte ein Schwätzchen halten wollen. Doch als sie Frau Michi mit dem Kärtchen in der Hand am Tresen stehen sah, das geöffnete Paket vor sich, da zögerte sie. Sie lugte durch die Scheibe, und als sie meinte, Tränen in Frau Michis Augen zu sehen, da machte sie kehrt und ging in ihren Laden zurück.

Selma Lønning Aarø

Die Sache mit der Badehose

»Sie ist nicht dabei«, verkündet mein Ehemann dramatisch.

»Sicher ist sie dabei. Ich hab ja selbst gesehen, wie du sie eingepackt hast.«

»Dann such du doch mal!«

Er hat recht. Seine Badehose ist nicht auffindbar im Koffer. Wir stehen in unserem Hotelzimmer im Land der Verheißung am Atlantik und wollen uns eigentlich sofort in den Pool stürzen, als uns die grausame Erkenntnis trifft: Die neue Badehose liegt noch zu Hause im Schrank.

»Was für ein Pech! Und jetzt??«

Mein Ehemann zuckt hilflos mit den Schultern.

»Dann nimm die Adidas-Shorts, in denen du joggen willst.«

Mein Ehemann schüttelt den Kopf. Dann schlendert er zum Fenster und blickt in Richtung des teuren Einkaufszentrums, das gleich neben der Hotelanlage steht. Dort hat er sich vor drei Jahren seine erste Armani-Badehose zugelegt.

»Nein«, sage ich sofort.

»Doch«, entgegnet er.

Ehe ich noch mehr sagen kann, hat er die Brieftasche an sich gerissen und ist schon aus der Tür.

Der Kleine und ich lassen uns am Beckenrand nieder. Wir kommen mit einem dieser sympathischen Rentnerehepaare ins Gespräch, das schon seit sechs Wochen auf Gran Canaria weilt. Die beiden stammen aus Porsgrunn und er bringt umgehend seine Besorgnis über die Preissteigerung seit der Euroeinführung zum Ausdruck.

»Nehmen wir zum Beispiel Kühlschränke. Viel teurer als in Norwegen.«

»Wollen Sie denn hier einen Kühlschrank kaufen?«

»Nein. In unserer Ferienwohnung steht doch einer.«

»Wie gut«, sage ich.

»Aber das gilt auch für das Essen. Eine Kartoffel kostet das Gleiche wie in Norwegen.«

Zum Glück kommt jetzt mein Ehemann zurück und unterbricht die eher langweilige Unterhaltung. Er ist strahlender Laune.

»Jetzt schau mal her«, sagt er stolz.

Die neue Armani-Hose ist schmutziggrau. Wie ein weißes Kleidungsstück, das durch ein Missgeschick zusammen mit schwarzen und anderen dunklen Sachen in der Waschmaschine gelandet ist. Ich verkneife mir einen Kommentar und erkundige mich besorgt nach dem Preis.

»Hundertvierundfünfzig Euro«, sagt mein Ehemann.

Ich drehe mich zu dem Rentner aus Porsgrunn um.

»Er hat sich eine Badehose zu hundertvierundfünfzig Euro gekauft«, sage ich entrüstet.

»Nicht schlecht!«

Seine Frau reißt sich von ihrer Reader's-Digest-Lektüre los und fischt den Taschenrechner aus ihrer Gürteltasche.

»Moment, ich rechne mal um, Knut«, ruft sie.

Rentner Knut scheint sich gerade an etwas verschluckt zu haben, aber dann fasst er sich wieder.

»Hundertvierundfünfzig Euro! Wer bezahlt denn so viel für eine Badehose?«

»Nach dem Kurs von gestern sind das dreizehnhundertvierundzwanzig Kronen«, teilt seine Gattin fast triumphierend mit.

Ihr Mann schaut an sich herunter, hebt seinen beachtenswerten Speckbauch etwas an und zeigt auf eine rosahellblaue Badehose mit dem Bildnis eines fröhlichen Surfers.

»Davon habe ich zwei Stück unten auf dem Markt für dreizehn Euro gekauft. Man muss eben handeln. Darauf kommt es hier doch an.«

»Aber das ist sicher nicht überall willkommen«, wende ich zaghaft ein.

Der Rentner aus Porsgrunn lässt sich erschöpft in seinen Liegestuhl sinken und schüttelt resigniert den Kopf. So viel Unwissenheit hat ihn anscheinend sprachlos gemacht. Ich bin eigentlich herzensfroh, dass er für einen Moment einfach mal nichts mehr sagt. Das ist mir sogar hundertvierundfünfzig Euro wert.

Mein Ehemann hat sich derweil in die Badehose geworfen und marschiert stolz am Beckenrand auf und ab. Eine blonde Schönheit beobachtet ihn dabei, und ich bemerke, wie geschmeichelt er das registriert.

»Wenn dir die Badehose auch nicht gefallen mag, so wird sie zumindest von anderen durchaus gewürdigt«, raunt er mir im Vorübergehen zu. Ausnahmsweise muss ich meinem Ehemann recht geben, denn die Dame am Pool kann ihre Blicke offenbar gar nicht von ihm losreißen.

Umso mehr staune ich, als sie plötzlich neben meinem Liegestuhl auftaucht.

»Meine Liebe, ich sehe gerade, dass auch Sie mit dem Waschpulver hier Probleme haben. Das Zeug ruiniert wirklich alles Weiße. Und dann ausgerechnet die Armani Ihres Mannes!«

Ich bringe es einfach nicht über mich, das meinem geliebten Ehemann zu erzählen. Ich bin ja kein Unmensch.

Rafik Schami

Der letzte Zettel

Gertrud, meine alte Nachbarin in Heidelberg, hatte mir die Kiste auf dem Sterbebett vererbt. Sie war lange mit einem indischen Zauberer verheiratet gewesen.

Als dieser sich eines Tages vor den Augen seines Publikums in einen Affen verwandelt hatte, tobten die Zuschauer. Es war mitten auf der Straße unter dem staubigen Himmel von Kalkutta – ohne doppelten Boden und schwarze Vorhänge. Ein Busfahrer, der die Verwandlung miterlebte, fuhr mit seinem Bus gegen eine große Laterne, zwölf Taxis verkeilten sich hoffnungslos ineinander.

Der Affe erschrak und der Zauberer im Affen vergaß die Rückkehrformel. Abends hüpfte er fast erschöpft vor Müdigkeit durch das Fenster der Küche. Gertrud sah ihm in die Augen und wusste, wer er war. Sie weinte dreißig Nächte, doch als alle Mittel nicht halfen, verschwand der Affe, der ihre Trauer nicht mehr ertragen konnte. Er hinterließ ihr diese Kiste.

Jedenfalls kehrte Gertrud nach dreißig Jahren mit exotischem Schmuck, bunten Tüchern und Kleidern und ebendieser Kiste zurück.

Die Kiste war nicht größer als ein Schuhkarton und sah seltsam aus. Ihre rote Farbe war längst verblichen und an mehreren Stellen abgeblättert. Auch Reste einer exotischen Schrift konnte man noch erkennen.

Als ich sie eines Tages fragte, was in der Kiste sei, sagte sie: »Mein Fernrohr in die Zukunft.« Sie sagte das so gelassen, als wäre dieses merkwürdige Rohr Thymian oder Zimt. Ich unterdrückte ein Lachen. Die Nachbarn lachten oft über die schrullige alte Dame, aber ich liebte sie und wusste, dass sie sehr verletzlich war.

»Und kann ich mal reinschauen«, fragte ich.

»Selbstverständlich«, antwortete sie.

Ich öffnete die Kiste. Sie war voller Zettel. Ich nahm einen heraus. Oben rechts in der Ecke stand mein Name und darunter war geschrieben, was mir in den nächsten Wochen und Monaten passieren sollte. Während ich las, fragte ich mich, ob das ein Trick war. Sie hat wahrscheinlich meine neugierigen Blicke bemerkt und die Zettel vorbereitet, dachte ich. Von einem Autounfall war die Rede und von einem Stipendium und einer unglücklichen Trennung. Die Prophezeiungen erinnerten mich an das harmlose Kaffeesatzlesen der Frauen in meiner Damaszener Gasse. Ich lachte. Gertrud verzog das Gesicht. Ihr Blick brannte auf meiner Haut. »Erst wenn alles eingetroffen ist, darfst du mich wieder besuchen«, sagte sie und schickte mich weg.

Ich musste mich bald entschuldigen. Den Autounfall hatte ich überlebt, das Stipendium bekommen und eine Liebe, die für die Ewigkeit gedacht war, hatte eine kurze Halbwertszeit.

Und wie gesagt schenkte Gertrud mir die Kiste kurz bevor sie starb. Ich wurde bald süchtig und las im Voraus, was mir passieren würde. So war ich immer ein bisschen besser vorbereitet als die anderen, die von ihrem Schicksal keine Ahnung hatten. Verändern oder gar umkehren konnte ich die Ereignisse allerdings nicht.

Aber bald wurde mir das Leben langweilig. Jedwede Spannung ging verloren. Ich versteckte die Kiste auf dem Dachboden und wollte sie nie wieder öffnen. Und plötzlich war das Leben wieder interessant, voller Überraschungen, Glücksmomente und Fallgruben.

Als ich im Jahre 2003 eine furchtbare Diagnose erhielt, Leukämie, konnte ich nicht schlafen und fühlte mich wieder einmal zu der Kiste hingezogen. Wie hypnotisiert suchte ich das »Fernrohr in die Zukunft« auf dem Dachboden. Mit zitternden Fingern öffnete ich den Deckel. Ich musste vor Freude weinen. Falsche Diagnose, einmaliger Urlaub, Roman abgeschlossen, Erfolg und positive Zukunftsperspektiven, las ich. Ich schloss die Kiste und suchte den Arzt auf. Wortreich entschuldigte er sich für den Irrtum. Ich genoss den Urlaub und beendete den schwierigen Roman, der allen Unkenrufen zum Trotz – mit tausend Seiten zu sperrig und bisweilen zu hart – ein Riesenerfolg wurde. Die Kiste und ich hatten das im Voraus gewusst.

Doch danach legte ich sie dankbar in eine Ecke auf dem Dachboden und flüsterte ihr fast hämisch zu: »Bis zur nächsten Diagnose!«

Das Leben draußen mit seinen Unsicherheiten reizte mich. »Sicher werde ich erst sein, wenn ich selbst in einer Kiste liege, und dafür ist es noch zu früh.«

Für etliche Jahre vergaß ich die Kiste, aber vor Kurzem räumte ich den Dachboden auf, und da lag sie in der Ecke, verblichen rot. Aus Neugier machte ich sie auf. Ein einziger Zettel lag darin, auf dem in hastiger Schrift geschrieben stand: Hoffnung.

Seitdem rätsele ich, was damit gemeint ist.

Bethan Gwanas

Ein Salatblatt macht noch keinen Sommer

Susanne, die deutsche Hilfslehrerin, sprach ein ganz wunderbares Französisch, die Wörter flossen als perfekter samtweicher Strom von ihren Lippen. Als Iola jedoch erstmals das Wort an M. le Directeur richtete, tauschte das Personal des Lycée St. Exupéry ein Lächeln. Es war einfach ein himmelweiter Unterschied. Die Waliserin gab sich alle Mühe, aber ihre Aussprache wurde mit jeder Silbe noch unbeholfener, harfenspielend walisischer und kuhdunghafter. M. le Directeur, ein affenähnlicher Mann mit bernsteinfarbenen Zähnen, nannte sie nur *la petite anglaise.* Sie erwiderte, *mais non, monsieur, je suis galloise,* doch für den Rest des Jahres blieb sie *la petite anglaise.* Zum Glück sah sie ihn nicht sehr oft. Er ließ sich nur selten in der englischen Abteilung sehen. Er brachte *les Britanniques* nicht sehr viel Achtung entgegen.

Susannes Englisch war ebenfalls makellos, aber sie und Iola beschlossen von Anfang an, sich immer nur auf Französisch zu unterhalten, also ziemlich oft, da sie sich ein Haus teilten.

Es war ein Reihenhaus mit langweiligen kalbskackefarbenen Mauern, das Badezimmer lag im Keller, und es gab keine Zentralheizung. Sie hatten mit einer Münze das größere Zimmer mit dem Doppelbett verlost. *Pile,* sagte Iola. *Face,* sagte der Franc. Iola trug ihr Gepäck in das kleinere Zimmer mit dem sehr schmalen Einzelbett, dem braunen Teppich, den rosa Vorhängen und dem Fenster, das den Straßenlärm in Stereo zu verstärken schien.

Susannes Bett machte sich jede Nacht bemerkbar. Es

wimmerte, ächzte und knackte zur Begleitung des außergewöhnlichsten französischen Vokabulars, Wörter, die Iola trotz aller Mühe in keinem Wörterbuch finden konnte, obwohl die rizlapapierdünnen Wände den Zusammenhang klar erkennen ließen.

Obwohl Susanne zu Hause einen gut aussehenden Freund hatte – einen großen, dunkelhaarigen Mann, der alle zwei Wochen aus Heidelberg in seinem BMW angefahren kam, um sie zu besuchen –, nutzte sie doch jede Gelegenheit, um ihre Kenntnisse von *la vie en France* und der französischen Sprache zu erweitern. Nie mangelte es an Studenten, die ihr bei ihren Recherchen behilflich sein wollten. Susanne hatte lange wohlgeformte Beine und jede Menge kurzer Röcke, in denen diese Beine voll zur Geltung kamen. Eine weitere nützliche Hilfe war ihre Frisur, sie hatte eine blonde Mähne, die ihr halbes Gesicht verdeckte und die sie auf verführerische Weise nach hinten schleuderte, wenn ihr Blick auf einen potenziellen Forschungsassistenten fiel. Immer musste Iola die Tür öffnen und einer bemerkenswerten Anzahl von Männern einen Aperitif anbieten, während Susanne mit einem bereits früher eingetroffenen Besucher ihren Wortschatz erweiterte. Auch Iola hätte die Möglichkeit gehabt, etwas für ihren Wortschatz zu tun, denn so mancher Besucher mochte nicht zu lange warten, aber sie beschränkte sich auf das Grundvokabular und schrieb jeden Tag einen Brief an ihren Liebsten daheim.

Eines Abends, als drei junge Männer im Wohnzimmer ihr drittes Glas Wein tranken, fragte einer, ob *les Britanniques* wirklich ein kaltes, emotional zurückhaltendes Volk seien. Iola erklärte bereitwillig, die Waliser seien noch schlimmer als die Engländer, was Küsse und Berührungen betreffe, die wirklich für Babys und Liebesbeziehungen reserviert seien. Beispielsweise habe sie ihre Mutter nie in ihrem Leben geküsst. Unglücklicherweise, da sie sich ja aufs Grundvokabular beschränkte, benutzte sie für »küssen« das Verb *baiser,* das sie in ihrem zweitklassigen Wörterbuch gefunden hatte. Sie wusste nicht, dass dieses Wort im Laufe der Jahre einen Bedeutungswandel durchgemacht hatte und jetzt etwas ganz anderes bedeutete als die Berührung zweier Lippenpaare. Peinlich berührt starrte sie die jungen Männer an, die vor Lachen kein Wort herausbrachten. Sie wurde bis zu den Haarwurzeln rot, als einer mit Tränen in den Augen endlich erklären konnte, sie habe soeben mitgeteilt, dass sie ihre Mutter noch nie gevögelt habe.

Danach machte ihr Französisch große Fortschritte, und sie stürzte sich aus vollem Herzen ins französische Leben. Sie gewöhnte sich an den Geschmack von Rotwein, obwohl sie nach ihrer ersten Flasche Bull's Blood beim Rockfestival in Padarn geschworen hatte, dieses Gesöff nie wieder anzurühren. Sie schätzte nun zumindest pro Abend ein Glas. Und nach jahrelangem dentalem Ringen mit nach altehrwürdigem walisischem Brauch zur Konsistenz von zu Beton gekochtem Fleisch war die erste Begegnung mit einem rohen Filet in einer scharlachroten Blutlake geradezu ein Schock für sie. Aber ihre neuen Bekannten hatten Geduld, und Iola erkannte bald, dass rohes Fleisch ihr doch sehr gut schmeckte. Sie aß Käse, der vergammelt aussah und noch schrecklicher stank, und verliebte sich Hals über Kopf in dessen Geschmack. Sie liebte les *îles flottantes* und stopfte sich mit *crème brulée* voll. Sie ging in die Breite wie ein schwangerer Wal und musste sich neue Röcke mit elastischem Bund kaufen.

Susanne dagegen blieb fadendünn, denn sie mochte Käse nicht, und ihre nächtlichen Forschungen waren harte Arbeit und ungeheuer physisch. Iola gewöhnte es sich an, beim Liebesbriefeschreiben den Walkman laufen zu lassen, und spazierte oft zur Telefonzelle, um die Stimme des Liebsten daheim zu hören.

»Hallo. Ich bin's.«

»Wie geht's dir, Schatz?«

»Jetzt besser. Du fehlst mir.«

»Du mir auch und ich bin scharf auf dich.«

»Ich auch auf dich und ich liebe dich.«

»Ich bin verrückt nach dir und bald besuch ich dich.«

»Was?«

»Ich nehme eine Woche Urlaub und dann setz ich mich in den Zug.«

»Echt? Oh, Wyn, wann denn?«

»Nächste Woche.«

»Wunderbar, aber kannst du dir das leisten?«

»Nein, aber für dich überzieh ich mein Konto doch gern.«

»Meine Güte, ist das alles aufregend.«

»Spar dir die Aufregung. Warte damit auf mich.«

Das restliche Gespräch verlief ziemlich handfest, dann rollte Iola zurück zu ihrem Haus.

Am nächsten Tag ging sie in einer unterrichtsfreien Stunde zum Hypermarché Leclerc, um sich aufregende Unterwäsche zu kaufen, doch zu Hause musste sie dann feststellen, dass die Wäsche zu klein war. Ihr Fleisch quoll über und unter den beiden Eierschalen des BHs hervor. Die glänzende Unterhose rutschte ihr immer wieder unter den Nabel, aber wenn sie die Luft anhielt, würde es wohl gehen. Sie verzichtete beim Nachmittagstee auf *mille-feuille* und begnügte sich jeden Abend mit Quark und einer Kartoffel, aber am schicksalhaften Morgen konnte sie ihre Jeans noch immer nicht schließen, und ihr Magen brüllte vor Unzufriedenheit. Sie machte sauber, wischte Staub, wusch sich, rasierte sich und schrubbte sich die Zähne, bis ihre Spucke rosa wurde. Sie zog die glänzende schwarze Unterwäsche an, streifte sich ein weiß-schwarzes Sweatshirt über den Kopf und quetschte sich in ihre schwarzen Leggings. In dem lockeren Regenmantel, den sie sich von ihrem ersten Gehalt gekauft hatte, sah sie ziemlich gut aus. Sie zog einen Stuhl vor den Spiegel, kletterte hinauf und musterte ihre untere Hälfte. Und die sah unmöglich aus. Sie warf die Stöckelschuhe in den Kleiderschrank und griff zu einem Paar schwarzer Stiefel. Das war schon besser. Vielleicht ein wenig winterlich, aber einwandfrei eleganter. Eine dünne Schicht Make-up, eine halbe Tonne unters Bett getretener Müll, ein kurzes Ausschütteln der Tagesdecke, dann machte sie sich auf den Weg zum Bus.

Es war kalt und feucht, die Fabriken spien ungesehen ihren Qualm in die Nebelsuppe. Der Bahnhof sah aus wie eine schwarz-weiße Filmkulisse, ein einsamer Mann in Bogart-Regenmantel zog an seiner Gauloise. Iola lief zur Toilette, um ihre Frisur in Ordnung zu bringen. Der Gestank traf sie wie ein Fausthieb, aber sie rümpfte die Nase und wischte den Spiegel mit dem Ärmel ab. Verdammt. Sie musste sich die Haare schneiden lassen. Ihr Pony fiel ihr in die Augen, war aber zu kurz, um hinter die Ohren gestrichen zu werden. Sie versuchte, ihn anzufeuchten und um ihren Finger zu Locken zu wickeln, aber das klappte nicht. Sie strich die Rattenschwänze nach hinten und hob ihr Kinn, um die Gesetze der Schwerkraft auszutricksen. Sie rieb sich die Zähne mit ihrem Finger, dann trat sie zurück und lächelte. So würde es gehen.

Als sie auf den Bahnsteig zurückkehrte, regnete es.

Endlich fuhr der Zug aus Brüssel ein. Sie biss sich in die Lippe. Endlose Fensterreihen zogen langsam an ihr vorbei, graue Gesichter starrten ausdruckslos aus ihren verräucherten Abteilen. Jahrhunderte später, so kam es ihr vor, hielt der Zug, und hier und dort wurde eine Tür geöffnet. Junge uniformierte Männer sprangen lärmend und schwer bepackt heraus, um dann nach Hause zu stürzen und jede Sekunde ihrer wenigen Tage der Freiheit zu nutzen. Dann erschienen noch zwei Geschäftsleute und eine junge Frau, die sich mit ihrem Baby und allem notwendigen Zubehör abmühte. Irgendwer half ihr und reichte ihr noch eine Tasche. Ein langer starker Arm mit musikalischen Fingern. Lange Beine landeten auf dem Bahnsteig, und er schaute auf. Als er Iola sah, lächelte er.

Iola hätte sich so gern in seine Arme geworfen, aber Schüchternheit und eine methodistische Erziehung hielten sie zurück. Langsam, auf weichen Knien, ging sie ihm entgegen. Er sah so unglaublich gut aus, über sechs Fuß harte Muskeln, hellbraune Locken über warmen blauen Augen und ein göttliches Lächeln.

Er breitete die Arme aus und drückte sie an sich. Er kam ihr so groß und solide vor. Sie kam sich so groß und weich vor. Er legte die Hände um ihr Gesicht und küsste sie mit einer Leidenschaft, die sich in vielen Monaten angestaut hatte. Sie strich ihm durch die Haare und über den Nacken und küsste ihn ebenfalls leidenschaftlich. Fäuste schlugen gegen die Zugfenster, und durch die Scheiben war Applaus zu vernehmen. Die beiden lächelten ihr Publikum aus pickligen Knaben an, erröteten leicht und umarmten sich dann noch einmal.

Nachdem er den ersten Schock beim Anblick des Hauses verdaut hatte, ging Wyn aufs Klo. Das Klo war im Keller und außerdem für einen Zwerg gebaut. Was im Bus so groß gewesen war, schrumpfte hier in der Kälte zu einem Nichts zusammen. Er zog den Kopf ein, quetschte sich vor das Waschbecken und betrachtete im Spiegel seine Stirn. Zum Glück hatte der Pickel, über den er sich die ganze Nacht Sorgen gemacht hatte, den Rückzug angetreten. Das Wasser war kalt. Und verdammt, Iola war so fett geworden. Aber das ließ er wohl besser unerwähnt, er wollte diese Woche nicht verderben, aber verdammt, sie sah aus wie ein Ballon, wie ein Fass, eine echte Dicke Bertha. Und warum hatte sie in ihren Briefen das Haus nicht beschrieben, sodass er sich immer ein weißes Häuschen auf einem wunderschönen Hügel vorgestellt hatte, mit Blick auf weite grüne Weinberge. Dieses Haus hier war ein verdammtes Loch. Er ließ sich ein Glas Wasser einlaufen und hielt es an die Lippen, dann goss er es ganz schnell wieder aus. Französisches Leitungswasser war vermutlich nicht für menschlichen Verzehr geeignet.

Sie saß auf dem Bett, sie hatte Mantel, Stiefel und Socken ausgezogen, aber das war alles. Warum lag sie nicht nackt da, wie in seinen Träumen, um ihn willkommen zu heißen?

Sie hatte ja eigentlich nackt und sinnlich auf der Bettdecke liegen wollen, aber sie wusste, dass er ihren Gewichtszuwachs bemerkt hatte, auch wenn er nichts gesagt hatte, das musste sie ihm lassen. Es wäre so viel leichter, im warmen dunklen Schutz der Bettdecke alles zu verstecken.

Er setzte sich neben sie und legte los. Kleidungsstücke flogen durch die Luft. Als sie ihren BH ablegte, knipste sie das Licht aus.

»Was soll das denn?«

»Im Dunkeln ist's schöner.«

»Aber ich möchte dich sehen.«

»Aber … ach … na gut.«

Sie umschloss ihn wie angegossen, sie war wunderbar, sie war weich, sie gab sich alle Mühe, ihn zu befriedigen. Er war abwechselnd sanft und aggressiv. Sie betete ihn an. Das hölzerne Kopfende des Bettes stieß immer wieder gegen die Wand und machte einen ohrenbetäubenden Lärm, aber er konnte jetzt nicht aufhören. Der Krach ging ihr auf die Nerven, aber sie konnte ihn nicht um eine Pause bitten.

»Kommst du?«

»Fast.«

Er konnte es nicht mehr zurückhalten.

Ein Crescendo aus Stöhnen und Wimmern folgte, dann noch mehr ohrenbetäubender Lärm. Das Bett war zusammengebrochen, und das Kopfende war auf ihnen beiden gelandet.

»O Scheiße …«

Nach kurzem Schweigen prustete Iola los, leise und

nervös zuerst, dann laut und hemmungslos, bis ihr die Tränen übers Gesicht strömten.

»Ich weiß wirklich nicht, was hier so verdammt komisch ist.«

Sie brachte kein Wort hervor, ihr Bauch tat viel zu weh.

»Jetzt hör schon auf, ja?«

»Ich versuch's ja.«

»Und nimm dein Bein da weg, das tut mir weh.«

Das Bett war kaputt und der dünne Lattenrost in der Mitte fast durchgebrochen.

»Scheißdrecksbett. Können diese Froschfresser denn keine anständigen Möbel bauen?«

Sie ließ ihn sein handwerkliches Geschick unter Beweis stellen und ging Tee kochen. Es war halb elf Uhr morgens, ein spätes Frühstück stand an. Sie wärmte die teuren Croissants an, die sie für diese Gelegenheit gekauft hatte, große goldene Croissants, gefüllt mit einer himmlischen Mischung aus Mandeln und Zucker, überzogen mit weißer Glasur und gerösteten Nussstücken.

Wyn kam in die Küche, er fror in seinem Wollpullover.

»Ist das arschkalt hier. Ich dachte, Frankreich ist ein warmes Land?«

Sie lächelte ihn an und schob ihm einen Stuhl unter den nackten Hintern.

»Der Tee wird dich aufwärmen.«

Er schaute misstrauisch das viereckige Pappstück an, das über seinen Tassenrand hing.

»Was ist das denn?«

»Der Teebeutelanhänger. Die Teebeutel hier sehen anders aus als bei uns.«

»Warum denn?«

»Keine Ahnung. Meistens wird hier Kaffee getrunken.«

»Und was soll das sein?« Er nickte zu den Croissants auf seinem Teller hinüber.

»Frühstück.«

»Hä?«

»Ganz besondere Croissants. Wirklich köstlich. Probier doch mal, sie sind noch ganz warm.«

»Die mag ich nicht.«

»Woher willst du das wissen, du hast doch noch gar keins probiert.«

»Zum Frühstück esse ich immer Eier und Speck, das weißt du.«

»Aber … du bist jetzt in Frankreich, Wyn.«

»Na und? Gibt's hier vielleicht keine Schweine?«

»Doch, ja, natürlich, aber es gibt keinen Speck wie bei uns.«

»Typisch. Dieses ganze Gefasel von der tollen französischen Küche, und dann kriegen sie nicht mal Speck zustande.«

»Probier doch einfach mal.«

»Nein. Dann ess ich eben Cornflakes. Die gibt's hier doch wohl, oder?«

Nachdem sie drei Tage lang auf dem Boden geschlafen und gevögelt und jeden Abend ein dickes Steak mit Pommes verzehrt hatten, war Wyn ein wenig zufriedener. Aber dieses deutsche Flittchen konnte er nicht ausstehen. Strich sich über die Oberschenkel und versuchte vor Iolas Augen, mit ihm zu flirten. Für wen hielt die sich bloß? Aber sie hatte wirklich umwerfende Beine, das musste man ihr lassen. Aber keine Titten. Und was taugt schon eine Frau ohne Titten?

Die von Iola waren großartig. Er liebte sie wirklich und mochte sie gar nicht aus den Augen lassen. Iola war vielleicht etwas umfangreicher als sonst und plapperte die ganze Zeit mit ihren Bekannten Französisch, aber ansonsten hatte sie sich nicht verändert, sie war noch immer seine Iola, sexy und zärtlich.

Iola legte lächelnd den Telefonhörer auf. »Wir sind für morgen Abend zum Essen eingeladen.«

»Wo denn?«

»Bei Evelyne, einer der Englischlehrerinnen. Sie ist

ganz toll, du wirst sie mögen, sie und ihren Mann und einen Freund.«

»Sprechen Mann und Freund Englisch?«

»Der Mann ein bisschen, beim Freund weiß ich das nicht. Er ist Grieche, glaube ich. Wir können da übernachten, sagt Evelyne, und du brauchst dir wegen des Essens keine Gedanken zu machen, ich habe ihr gesagt, wie wählerisch du bist, und sie werden das Steak für dich braten, bis es zu Asche verbrennt.«

»Klasse. Danke. Und zu trinken?«

»Ich habe ihnen gesagt, dass du Wein nicht ausstehen kannst, mach dir also keine Sorgen.«

Sie freute sich darauf, seit seiner Ankunft erstmals wieder mit jemand anderem reden zu können, und sie war glücklich über diesen Grund, das Haus zu verlassen. Wyn hatte kein Interesse daran gezeigt, einen Spaziergang zu machen, sich die Stadt anzusehen oder mit ihr und ihren Bekannten in eine Kneipe zu gehen. Natürlich fand sie es wunderbar, nach Monaten, in denen sie sich mit ziemlich pornografischen Briefen hatte begnügen müssen, stundenlang zu vögeln, aber sie musste doch ab und zu der Klaustrophobie ihres Zimmers entrinnen.

Er hatte keine Lust, mit einer blöden Lehrerin und ihren ausländischen Freunden zu essen, aber Iola wollte das offenbar unbedingt. Vielleicht würde er ja ein großes Glas Ale bekommen statt der winzigen Fläschchen Katzenpisse, die er im zollfreien Laden gekauft hatte.

»Willkommen, Iola. Willkommen, Ween«, Evelyne und Iola küssten einander auf die Wangen, zweimal, dann war Wyn an der Reihe, der keine Ahnung hatte, welche Wange zuerst geküsst werden musste, weswegen er und Evelyne fast mit den Köpfen zusammengestoßen wären. Für ihr Alter sah Evelyne verdammt gut aus. Sie war fünfunddreißig, das wusste er von Iola, aber er hätte sie auf zehn Jahre jünger geschätzt. Evelyne führte sie ins Wohnzimmer und stellte ihnen Patrice, den Ehemann, und Stavros, den Freund, vor. Iola nahm die rituellen Küsse entgegen, und Wyn brach der Schweiß aus. Aber Patrice streckte zum Glück die Hand aus und schüttelte Wyns mit festem Griff. Stavros' Händedruck war ein wenig schlaff, aber zumindest sah Stavros ziemlich normal aus. Und sie hatten große Flaschen Stella. Gutes Bier. Sie tranken nicht viel, dafür redete Stavros weniger als Evelyne. Jesus, Wyn war kurz vorm Verhungern. Ob sie wohl vor Mitternacht noch essen würden, fragte er sich.

»You have hungry, Ween«, fragte Patrice.

»Ja, mordsmäßig«, antwortete Wyn. »Diese Dreckscroissants sind doch nichts im Vergleich mit Bacon und Eggs, oder was? Davon wird doch nicht mal ein Floh satt, Mann.«

Sie gingen ins Esszimmer, das groß und grün und wie das restliche Haus mit Perlen und Kugeln und anderem Hippiekram und Bildern von Sanddünen und Arabern geschmückt war.

»Warum stinkt es hier überall nach Katzenpisse«, fragte er Iola, als er hinter ihr das Zimmer betrat.

»Das ist Patschuli.«

»Zum Kotzen, der Geruch.«

»Benimm dich.«

Warum war sie bloß so sauer? Er gab sich doch alle Mühe, oder was?

Mitten auf dem Tisch stand eine große Schüssel Salat, umringt von Körbchen mit Brot ohne Butter.

»Help yourself to ze zalad, Ween«, Evelyne lächelte.

»Ja. Gut.« Er blickte Iola Hilfe suchend an.

Sie starrte stirnrunzelnd zurück. »Der steht genau vor deiner Nase.«

Grüne Salatblätter? Nur grüne Salatblätter? Wieso keine eingelegten Zwiebeln, Käse, Schinken, hart gekochte Eier? Wo steckten Tomaten, Kartoffelchips und Salatsoße? Das sollte Salat sein? Er nahm ein schlaffes Blättlein aus der Schüssel, ließ es verachtungsvoll auf seinen Teller fallen und reichte die Schüssel dann an Iola weiter. Iola war rot angelaufen. Zu viel Rotwein, zweifellos. Sie häufte sich, wie die anderen, fettige Salatblätter auf den Teller.

Stavros lächelte ihn an. »You are not like salad?«

»Salad yes, lettuce no.« Er zuckte zusammen, als Iola ihm unter dem Tisch auf den Fuß trat.

»He, lass den Scheiß«, sagte er auf Walisisch zu ihr.

»Dann sei nicht so verdammt unhöflich.«

»Ich hab nur die Wahrheit gesagt. Dieses Scheißgrünfutter kann ich nicht ausstehen.«

Die drei anderen verzehrten gelassen die grünen Blätter und versuchten, die Spannung in der fremden Sprache ihrer Gäste zu ignorieren.

»More *bière,* Ween«, fragte Patrice nach kurzem Schweigen.

»Ja, das ist wirklich gutes Bier, danke.«

Endlich wurden dann die Steaks serviert. Der Wein hatte Iola ein wenig entkrampft. Wyn gab sich jetzt alle Mühe, er lächelte sogar, das musste sie ihm lassen. Anscheinend hatte er nicht kapiert, dass der Salat nur die Vorspeise war. Sein einsames Blatt hatte auf das Steak gewartet – »durchgebraten – sehr gut durchgebraten – kremiert, bitte« –, während die anderen Salat aßen und die Vinaigrette mit Brot auftupften.

Das Steak sah großartig aus, wenn es auch um einiges kleiner war als das erhoffte T-Bone-Steak. Er stieß erwartungsvoll sein Messer hinein und erstarrte dann. Innen war das Steak knallrot, Blut quoll hervor. Als er aufschaute, begegnete er Evelynes Blick.

»Stimmt etwas nicht, Ween?«

Er schaute zu Iola hinüber, aber die hatte sich abgewandt und die Stirn in ihre Hand gepresst. Sie erwartete doch wohl nicht von ihm, dass er rohes Fleisch essen würde?

»Na ja, also, es ist nicht durchgebraten. Es blutet noch, schau mal.«

»Ach, tut mir leid. Hatte ich vergessen. Engländer …«

»Waliser.«

»Tut mir leid, Briten essen Steaks wie Pappkartons, *hein!* Ich geb's noch mal in die Pfanne, *pas de problème.*«

Der zweite Versuch war viel besser, aber mit den klebrigen, sahnigen Kartoffeln stimmte etwas nicht.

»Iola, meine Kartoffeln sind grauenhaft. Wie sind deine?«, fragte er sie, abermals auf Walisisch.

»Wunderbar. Iss einfach, ja? Sie sind so, wie sie sein sollen.«

»Nie im Leben.«

»Sie sind mit Knoblauch gewürzt, klar? Das ist alles, das bringt dich nicht um.«

»Knoblauch?«

Wieder schauten die anderen auf. Patrice schmunzelte. »You are not like garleec, no?«

»Ob ich wie Knoblauch bin? Nix da, ich rieche viel besser.«

»Aber für uns in Frankreich gehört Knoblauch eben dazu. Alle lieben es.«

»Ja, wissen wir doch alle. Deshalb können wir euch ja auch schon meilenweit riechen, Mann.«

»Qu'est-ce qu'il a dit? Je n'ai pas compris.«

Der Rest des Essens verlief in gedämpfter Stimmung, und weil zwischen den auslaufenden, stinkenden, ekelhaften Käsesorten kein Cheddar zu finden war, trank Wyn noch zwei Flaschen Bier, während die anderen schweigend ihren *fromage* verzehrten.

Iola konnte eine Entschuldigung anbringen, als Wyn endlich auf der Toilette seine Blase entleerte, und alle waren sehr höflich und behaupteten, sich durchaus nicht gekränkt zu fühlen. Aber alle gingen ungewöhnlich früh schlafen.

»He, schönes Bett, was? Das werden wir mal so richtig auskosten.«

»Nix da.«

»Hä?«

Er gab sich alle Mühe, um sie dazu zu überreden, Größe und Qualität des Bettes und sein Verlangen danach, sie zum Himmel und zurück zu tragen, zu nutzen, aber ebensogut hätte er Marmor küssen können. Sie kehrte ihm den Rücken zu und wehrte ihn ab wie eine zudringliche Fliege. Er versuchte, die Hand zwischen ihre zusammengepressten Beine zu schieben, was ihm eine Faust zwischen seinen einbrachte. Als er wieder sprechen konnte, drehte auch er sich zur Wand. »Dann eben nicht, du blöde Kuh.« Und Sekunden später schnarchte er schon.

Iola lag noch stundenlang wach. Als sie am nächsten Morgen aufwachte, waren ihre Augen wie rote Klicker, und ihr Kopf kam ihr vor wie eine geschwollene, pochende Bleikugel.

Wyn schlief wie ein Baby und drückte sein Kopfkissen an sich. Ihr Körper und ihr Herz hätten ihn gern umarmt wie eine warme Bettdecke, aber zwischen ihnen stand immer noch der gestrige Abend wie eine Mauer. Als Wyn die Augen aufschlug und sie anlächelte, wurde Iola fast weich, aber als er dann einen herzhaften lauten Furz ausstieß, war die versöhnliche Stimmung dahin.

»Los, aufstehen. Wir gehen nach Hause.«

»Was? Jetzt, sofort?«

»Ja.«

»He, hör doch mal, ich muss doch erst wach werden …«

»Dazu ist keine Zeit.« Sie sprang aus dem Bett und warf Wyn die Kleider in sein verwirrtes Gesicht.

Er hustete sich selber wach. Was zum Henker war bloß in Iola gefahren? Bestimmt bekam sie ihre Tage. Er stöhnte und quälte sich ins Sitzen hoch. Himmel, er hätte stundenlang furzen können. Dieser ausländische Scheißfraß. Und sein Kopf tat auch weh.

Iola wollte ihn nicht einmal eine Tasse Kaffee trinken

lassen. Wyn kämmte sich die Haare, während sie für Evelyne einen Zettel schrieb – auf Französisch. Wenige Minuten später standen sie auf der kalten grauen Straße, und ein alter Mann mit einer Kehrmaschine war das einzige Lebenszeichen. Jeder vernünftige Mensch würde am Samstagmorgen noch im Bett liegen.

»Wieso hast du es so eilig, Iol?«

Er erhielt keine Antwort, nur einen Medusenblick, bei dem er fast zu Stein erstarrt wäre. Sie ging vor ihm her, die Hände in den Taschen vergraben, ihr Hintern bewegte sich so gut wie nicht. Wyn schaute zu den Wolken hoch und folgte ihr widerwillig, er konnte gerade noch beiseitespringen, ehe die Kehrmaschine Wasser auf seine neuen Turnschuhe spritzte. Er hatte inzwischen hämmernde Kopfschmerzen.

In einem fragwürdigen Café tranken sie einen zum Schneiden dicken Kaffee, von einem Gespräch aber konnte weiterhin nicht die Rede sein.

»Wirst du je wieder mit mir sprechen?«

Ein schafsartiges Grunzen.

»Was zum Teufel hab ich dir denn getan?«

Stumm funkelnde Augen.

»Du stellst dich wirklich verdammt bescheuert an, Iola.«

Er folgte ihr auf die Straße. Die Läden hatten jetzt geöffnet, und die Bürgersteige glänzten, jetzt, da der Nebel sich verzogen hatte.

»Würdest du mir vielleicht erzählen, was wir heute vorhaben?«

Iola drehte sich um. »Bis gestern Abend hatte ich sehr viel vor.«

Er runzelte die Stirn. »Hä?«

»Aber ich will das jetzt alles nicht mehr und habe nicht die Spur einer Ahnung, was wir jetzt machen sollen. Was möchtest du denn?« Ihre Lippen waren Unheil verkündend dünn, und ihre Stimme hatte einen seltsamen Beiklang. Was immer in sie gefahren sein mochte, er wusste, dass ihre Stimme, ihre Augen und ihre Lippen anders waren als sonst und dass er sich nicht weiter mit ihr streiten wollte, schon gar nicht mitten auf der Straße, deshalb versuchte er Vorschläge zu machen, die ihr gefallen könnten.

»Hm, wie wär's denn mit einem Einkaufsbummel?«

»Einkaufsbummel. Mit dir?«

»Ja.«

Sie musterte ihn skeptisch. »Na gut. Da hinten ist eine Ladenpassage.«

»Schön. Also gehen wir, ja?«

Sie wanderten von Schaufenster zu Schaufenster und sagten dabei kaum ein Wort. Er wusste nicht, wie er sich verhalten sollte, denn ihre Lippen waren noch immer verkniffen. Bei einer Art Kreuzung mit einem Springbrunnen in der Mitte blieben sie stehen.

»Wohin jetzt?«, fragte Wyn.

»Mir egal. Entscheide du.«

»Du kennst dich hier aber aus.«

»Und du willst einkaufen gehen.«

»Ich dachte, das wolltest du.«

»Nein, will ich nicht. Aber das ist doch jetzt ohnehin zu spät, findest du nicht?«

»Zu spät wofür?«

»Etwas mir zuliebe zu tun.«

»Ach, red doch nicht. Alles, was ich tue, tu ich dir zuliebe.«

»Ha! Das kommt so gut wie nie vor, Kumpel.«

Er brauchte einen Moment, um zu begreifen. »Du kannst ein ganz schönes Miststück sein. Was ist eigentlich los? Warum benimmst du dich so unmöglich?«

»So blöd bist du doch nicht, Wyn.«

»Wie meinst du das?«

»Das machst du immer so, was? Spielst den Begriffsstutzigen, um dir Unannehmlichkeiten zu ersparen.«

»Was redest du hier für einen Scheiß.«

»Ich rede keinen Scheiß. Der Abend gestern war wichtig für mich, Wyn. Wir waren bei meinen Freunden, und ich wollte, dass sie dich mögen. Aber du hast nicht einmal einen Versuch gemacht, oder? Du warst ganz bewusst so unhöflich, hast alles runtergemacht, was sie dir angeboten haben. Du hast einfach keinen Respekt und bist schlecht erzogen, oder?«

»Red kein Blech. Dieser Scheißfraß – daran war ich doch nicht schuld.«

Sie weinte. O Scheiße, sie weinte wie ein kleines Kind, und ihre Stimme wurde bei jedem Wort schriller, und alle starrten sie an. Er hätte sich gern entschuldigt, aber sie ließ ihn nicht an sich heran. Sie stand vor ihm wie eine Windmühle, mit wilden Armbewegungen.

»Ich hatte mich so darauf gefreut. Ich hatte ihnen immer wieder erzählt, wie wunderbar du bist, aber jetzt sieh dir an, was du angerichtet hast. Seit du gekommen bist, hast du keinen anderen Menschen zur Kenntnis genommen. Du warst verdammt peinlich für mich, und ich kapiere nicht, was ich je an dir gefunden habe. Ich muss wahnsinnig gewesen sein. Und ich war so sicher, dich zu lieben ...«

»Iola ... ich wollte doch dich besuchen, nicht deine ...«

Aber sie war verschwunden. Für ihren Umfang war sie wirklich beweglich. Sie war nirgendwo zu sehen. Er rannte ihr nach. Genauer gesagt, in dieselbe Richtung, aber sie war wie vom Erdboden verschluckt. Nachdem er in jeden Laden geschaut hatte und sich dabei wie ein Vollidiot vorgekommen war, überlegte er, dass sie sicher zurückkommen würde, wenn sie sich etwas beruhigt hätte. Er ging zum Springbrunnen zurück. Sie ließ sich aber Zeit, verdammt. Was, wenn sie einen Unfall gehabt hatte, überfahren worden war oder so? Er hätte heulen können. An der Ecke lag ein Café, aus dem es wunderbar duftete, aber er hatte kein Geld. Er hatte darauf bestanden, dass Iola sein französisches Geld übernahm. Sie war ja schließlich daran gewöhnt. Er durchwühlte seine Taschen und fand eine seltsam geformte Silbermünze. Ob die für einen Kaffee reichen würde? Er versuchte, die Preisliste zu entziffern, kapierte aber nur Bahnhof. Er ging zum Tresen und versuchte, sich verständlich zu machen.

»Oh, see voo play. You. Aye. Coffee? This enough?« Er hielt dem Wirt die Silbermünze hin. Der schaute ihn verständnislos an, schüttelte mit einem verächtlichen *non* den Kopf und verzog den Mund dann zu einem Kükenarschloch, ehe er sich wieder seinen Gläsern zuwandte.

»Dann leck mich doch. Du Scheißwichser.«

Wyn ging hinaus, setzte sich auf den Springbrunnenrand und wartete. War das da vorne Iola in dem blauen Mantel? Nein, eine ältere Frau, die wirklich nicht viel hermachte. Na, komm schon, Iola, wo steckst du? Tut mir leid. Ich wollte doch gar nicht bei deinen Freunden essen, oder was? Ich wollte nur bei dir sein. Ich habe mich monatelang nach dir gesehnt, und ich wollte jeden Tag und jede Nacht mit dir verbringen. Ich dachte, du wolltest das auch.

Wyn bemerkte nicht, dass Iola ihn vom Balkon des Hauses gegenüber beobachtete. Einen Moment lang hätte sie ihm gern einen Blumentopf auf den Kopf fallen lassen. Sie nahm eine Zigarette aus der soeben gekauften Packung und gab sich Feuer. Sie rauchte nie in seiner Gegenwart. Er wusste gar nicht, dass sie rauchte. Sie starrte auf ihn hinunter. Er sah so jämmerlich aus, so traurig und ganz und gar verloren. Sie sah, dass er auf Zehenspitzen versuchte, sie in der Menge zu entdecken. Ausgerechnet er, mit seinen sechs Fuß. Sie musste unwillkürlich lächeln. Er bewegte seinen Kopf hin und her wie eine Mischung aus Gockelhahn und Giraffe. Sie hatte einen Kloß im Hals und Schmetterlinge im Bauch. Natürlich würde sie bald wieder zu ihm hinuntergehen. Sie machte einen Lungenzug und schnippte die Asche in den Blumentopf.

Als er sie kommen sah, stürzte er los, riss sie in seine Arme und küsste sie – lange, ausdauernde Küsse, bei denen sich ihre Zehen kräuselten. Als sie sich endlich trennten, brach die kleine Zuschauerschar, die sich um sie versammelt hatte, lächelnd in Applaus aus.

»Na, was habt ihr denn erwartet? Ich bin ein verliebter Waliser. *Chanson d'amour!*«, rief er und fügte dann auf Englisch hinzu: »I love her!«

In dieser Nacht teilten sie sich, nachdem sie sich stundenlang dermaßen leidenschaftlich geliebt hatten, dass Susanne sie angebrüllt hatte, sie sollten ein bisschen leiser sein, zwei Brote mit Spiegelei und eine Flasche Wein.

Wolfgang Brenner

Das Haus am Meer

Es gibt ein paar Dinge, die ändern sich nie. Zum Beispiel, dass Frauen ein Haus am Meer wollen. Jede Frau kommt irgendwann damit an: »Weißt du, wovon ich schon lange träume? Von einem Haus am Meer.« Oder direkter: »Ich will endlich mein Haus am Meer – oder können wir uns das auch nicht leisten?«

Elke mag anspruchsvoll sein – etwa wenn es um Schmalenbachs Äußeres geht. Aber den Tick mit dem Haus am Meer hat sie nicht. Schmalenbach bietet ihr eben alles, was sie braucht.

Das Haus am Meer – das ist nur ein Symptom dafür, dass eine Frau ihr Leben nicht gelebt hat. Dass sie unzufrieden ist mit sich und ihrem Ein-Euro-Job, dem übergewichtigen Lebensgefährten und der muffigen Mietwohnung in einem sozialen Brennpunkt der Großstadt. Also baut sie sich eine imaginäre Gegenexistenz auf. Das romantische Haus am Meer eben.

Wenn solche Frauen in die Verlegenheit kämen, ans Meer ziehen zu müssen, würden sie sich wundern. Sagt Pfeifenberger. Dessen Frau Carola träumt auch von einem Haus am Meer. Aber Pfeifenberger wird ihr das schon austreiben. Indem er ihr vor Augen führt, was das für eine Plackerei ist mit dem Sand, der ständig hereinweht. Alle paar Minuten muss die ganze Bude durchgefegt werden, wenn man nicht als Sanddüne enden will.

»Carola isst nicht mal Meeresfrüchte«, schimpfte er kürzlich. »Jemand, der keine Meeresfrüchte mag, sollte auch nicht am Meer wohnen.«

»Elke mag Meeresfrüchte. Aber sie will trotzdem kein Haus am Meer«, erklärte Schmalenbach. Er war ein bisschen stolz auf seine vernünftige und glückliche Frau.

Pfeifenberger schaute ihn groß an. »Jede Frau will ein Haus am Meer. So, wie sie zweimal die Woche einen multiplen Orgasmus will und ab und zu eine Flasche Prosecco für achtzehn Euro. Irgendwas muss mit deiner Elke nicht in Ordnung sein, Schmalenbach.«

Pfeifenberger hatte von richtigen Frauen überhaupt keine Ahnung. So wusste er nicht, dass Frauen mit Herz und Verstand es gar nicht nötig hatten, Luftschlösser zu bauen oder multiplen Orgasmen hinterherzujagen, wenn der Mann an ihrer Seite sich für ihren Alltag, ihre Arbeit, ihre Wünsche, Nöte und Sorgen interessierte. Eine solche Frau hatte keine Defizite. Sie brauchte auch kein Haus am Meer. Sie war zufrieden. Was einen multiplen Orgasmus ja nicht ausschloss – aber der musste dann auch nicht gleich zweimal die Woche sein.

Carola Pfeifenberger kümmerte sich mehr schlecht als recht um den Pfeifenbergerschen Haushalt, wenn man ihre »Konserven-Wirtschaft« (O-Ton Elke) so bezeichnen konnte, und vernachlässigte nach Lust und Laune die Kinder. Worüber sollte man mit so jemandem reden? Über Nachmittagstalkshows und die aktuellen Preise für Pediküren?

Bei Elke war das ganz anders. Sie erlebte im Büro tagtäglich menschliche Dramen und Komödien von Shakespeareschem Ausmaß. Darüber konnte man sich stundenlang köstlich mit ihr unterhalten. Für unausgegorene Mädchenträume war gar keine Zeit mehr, wenn man sich so intensiv austauschte wie Schmalenbach und Elke.

»Na, wie war's heute im Büro?«, fragte Schmalenbach wie üblich an diesem Abend.

»Wie soll's gewesen sein? Wie immer.«

»Hast du dich wieder über deine Kolleginnen ärgern müssen?«

»Ich bin doch nicht bescheuert und ärgere mich auch noch über diese intriganten, hysterischen, neidgeplagten Schnepfen. Die können mir gestohlen bleiben.«

Das war genau die richtige Haltung. »Elke, du bist denen sowieso haushoch überlegen. Hauptsache, du hast Freude an deiner Arbeit. Alles andere ist zweitrangig.«

Da kamen Elke die Tränen. »Ich habe die Nase gestrichen voll. Diese blöde Arbeit kotzt mich so an. Alles kotzt mich an.«

Die Arme. Schmalenbach streichelte sie. »Das geht vorbei. Hauptsache, du behältst die Füße auf dem Boden.«

Doch Elke wollte sich nicht trösten lassen. »Und weißt du, was das Schlimmste ist: Du kotzt mich auch an.«

Auch das ging vorbei. Schmalenbach kannte sich damit aus. »Wenn wir beide zusammenhalten, dann kann gar nichts passieren. Du bist ja schließlich nicht Carola Pfeifenberger. Die ist zutiefst unzufrieden und setzt Pfeifenberger ständig mit irgendwelchen Spinnereien zu.«

Wenn man über ihre beste Freundin schimpfte, heiterte das Elke immer auf. »Was für Spinnereien denn?«

»Na ja, sie will zweimal die Woche einen multiplen Orgasmus.«

Jetzt musste Elke sogar lachen. »Mit Pfeifenberger? Da muss man als Frau doch dankbar sein für jeden multiplen Orgasmus, der einem erspart bleibt.«

So liebte Schmalenbach seine Elke: rotzfrech und realistisch. »Und denk dir nur: Sie liegt ihm auch in den Ohren: Madame will ein Haus am Meer, ekelt sich aber vor Meeresfrüchten.« Schmalenbach schüttelte sich vor Lachen.

Elke fuhr ihn an: »Was gibt's da zu lachen?«

»Ein Haus am Meer. Stell dir vor, wie Carola, diese Couchpotato, den Sand ausfegen muss, der da reinweht. Es riecht doch am Meer immer nach Meeresfrüchten. Carola spuckt von morgens bis abends Gift und Galle.«

Jetzt brach es aus Elke heraus: »Weißt du was, du

Klugscheißer: Ich beneide sie darum. Ich würde liebend gerne den Sand aus meinem Haus am Meer fegen und morgens schon Meeresfrüchte essen. Schmalenbach, warum haben wir eigentlich kein Haus am Meer?«

Da hatten sie den Salat. Hätte er doch nur seinen Mund gehalten. »Elke, damit keine Missverständnisse aufkommen: Auch Pfeifenbergers haben kein Haus am Meer. Carola redet nur unentwegt davon. Pfeifenberger aber denkt nicht im Traum daran, sich wegen so einer Grille elend zu verschulden.«

»Was gehen mich diese bescheuerten Pfeifenbergers an? Ich will jedenfalls ein Haus am Meer. Und zwar schon lange. Ich habe nur meinen Mund gehalten, weil ich dich damit nicht unter Druck setzen wollte. Aber jetzt halte ich es nicht mehr aus. Wenn ich nicht bald mein Haus am Meer bekomme, weiß ich nicht, was geschieht! Ich habe alles so satt: Das Nordend, miese Leute wie die Pfeifenbergers, alle diese hohlen Angeber und Windmacher …«

Schmalenbach flehte sie an: »Aber wir haben doch uns, Elke!«

»… und was glaubst du, wie satt ich dich erst habe? Dich – mit deiner Selbstgenügsamkeit und diesem spießigen kleinen Realismus.« Jetzt äffte sie ihn auch noch nach: »Wir brauchen das nicht und das nicht. Warum sollten wir glücklich sein und das Leben genießen, wir haben doch uns. Ich will endlich ein Haus am Meer, sonst …«

»Und wie wär's zweimal die Woche mit einem multiplen Orgasmus?«

»Mit wem denn? Mit dir? Ich glaube, da wäre es realistischer, auf ein Haus am Meer hinzuarbeiten, Schmalenbach. Unter uns gesagt.«

Das tat weh. Dabei war Schmalenbach sich so sicher gewesen, dass Elke anders war. Was konnte man da tun – wenn nicht mal der Sand in der Bettwäsche sie abschreckte. »Wenn es dir so wichtig ist, kaufen wir eben ein Haus am Meer.«

Vor lauter Glück umarmte und liebkoste sie ihn. »Und wo? An welchem Meer?«

Schmalenbach nahm den Atlas zur Hand. »Die Kanalküste wäre das Nächste.«

»Die ist unromantisch. Alle diese Industrieanlagen in Rotterdam und Dünkirchen.«

Schmalenbach seufzte. »Das Mittelmeer ist weit und wetterabhängig. Die Ostsee ist politisch unsicher.«

»Wenn überhaupt, will ich ein Haus in der Karibik«, entschied Elke.

»Gut. Ich kümmere mich gleich morgen darum«, sagte Schmalenbach und gähnte.

»Aber keine enge Bude, in die man nicht mal Freunde einladen kann.«

»Also etwas Gediegenes mit Pool und eigener Bootsanlegestelle.«

Elke schmiegte sich an Schmalenbach. »Ach, hätte ich nur früher mit dir darüber geredet!«, gurrte sie glücklich. Genau – man musste darüber reden.

Arno Geiger

Es rührt sich nichts

Es ist niederschmetternd, wie sehr die Anrufe immer spärlicher werden. Der Mittagsanruf erst um 13.10. Als ich deswegen eine Bemerkung machte, reagierte Jenny mit schon gewohntem Unverständnis. Es gab Streitereien. Jetzt darf ich in der Firma nicht mehr anrufen, und von zu Hause aus haben wir nur, wenn überhaupt, zweimal Kontakt: um 7.00 in der Früh und vor dem Schlafengehen. Dabei hat sie mich noch gestern ganz lieb gebeten, nächstes Wochenende schon früher zu ihr zu kommen, worüber ich mich sehr gefreut hatte. Doch nach 20.30 war dann nichts mehr, nur ihr AB. Heute ab 8.00 versuchte ich vorsichtig, sie zu wecken, doch bis jetzt 10.05 nur wieder der AB. Natürlich ist mir bekannt, daß sie mit Birgit Windisch zum Brunchen fährt, aber daß sie mich nicht anruft beziehungsweise auch jetzt nicht da ist, kann ich mir nicht erklären. Ich frage mich, ist sie nach unserem Telefonat noch weggefahren und über Nacht nicht nach Hause gekommen oder ist jemand bei ihr. Jedenfalls habe ich dadurch wieder einen beschissenen Sonntag.

Nicht einen einzigen Millimeter kommt mir Jenny entgegen. Ein kleines Hallo-hier-bin-ich! würde genügen, ich wäre ein anderer Mensch. Aber die Aktion von gestern, kein Gute Nacht, und heute einfach nichts, das macht mich fertig. Mir kommt vor, Jenny bricht den Kontakt förmlich ab. Meine E-Mails beantwortet sie nicht mehr, dabei weiß ich, daß sie mit Bekannten und Freunden stundenlang telefoniert und ihnen seitenlange E-Mails schreibt. Ich möchte das mit keiner Silbe erwähnen, sonst ist sie nur wieder böse und erzählt mir, wie wichtig ihre Freunde für sie sind. Aber die Frage, was eigentlich *ich* für sie bin, drängt sich irgendwie auf. Wo sie mich so behandelt. Da fehlt mir komplett der Durchblick. Wenn wir einmal im Monat miteinander schlafen, wirkt sie abwesend und gähnt. Es ist schon lang her, daß sie nach mir gefaßt oder mich aus eigenem Antrieb geküßt hat. Bei jedem zweiten Wort von mir sagt sie, ich sei blöd. Und beim Geld ist sie furchtbar leichtsinnig, und ständig ist sie abgebrannt. Ich habe schon zweimal ihr Konto ausgeglichen, trotzdem ist es schon wieder hoffnungslos überzogen, und wenn ich ihr nicht wieder unter die Arme greife, dreht man ihr das Licht ab oder, noch schlimmer, das Telefon. Mittlerweile habe ich locker 7000 Euro in sie investiert. Es liegt mir fern, dieses Geld zu thematisieren, aber es ist für Jenny anscheinend so, als hätte ich nichts für sie getan. Heute hat sie mir erzählt, daß ihre Freundin Natalie genauso veranlagt sei. Na, bitte. Am liebsten würde ich auf der Stelle mit Natalie Kontakt aufnehmen und versuchen, das Problem großräumig in den Griff zu bekommen. Aber auch das ist nur Wunschdenken, denn wenn Jenny davon Wind bekäme, wäre alles aus. Dabei hätte ich so gerne, daß ihre Freundinnen ihr etwas ins Gewissen reden, damit sie ein wenig auf mich zugeht. Auch zu meinen eigenen Freunden und Bekannten habe ich fast keine Kontakte mehr, denn die führen ihr eigenes Leben und sind nicht neugierig auf einen wie mich. In meinem ganzen Leben habe ich noch nie so traurige und einsame Zeiten erlebt wie das letzte halbe Jahr. Es ist schier zum Verzweifeln. Wenn ich mit meinen Sorgen wenigstens bei Jenny Verständnis finden würde. Aber da darf ich nichts davon erwähnen, sonst geht sie an die Decke. Vielleicht können wir uns nächste Woche wieder etwas annähern.

Heute löst Jenny bei Walli das Raclette-Essen ein, das Walli ihr zum 28. Geburtstag versprochen hat. Wir hatten nur zweimal telefonischen Kontakt, morgens um 8.20 und mittags um 12.55. Zwischendurch ist sie immer wieder verschollen. Ich habe keine Ahnung, wo sie die ganze Zeit steckt. Das verschafft mir 24 Stunden ununterbrochene Krise. Wenn ich nicht zusehe, daß ich gefühlsmäßig wieder etwas lockerer werde, ist das mein Untergang. Das alles zieht mich fürchterlich hinunter. Hoffentlich ruft Jenny bald an.

Ab heute nacht haben wir wieder Winterzeit, also eine Stunde länger schlafen.

Am Abend um 22.00 hat Jenny am Telefon gesagt, daß sie mich in der Früh anruft. Um 9.00 habe ich's das erste Mal versucht. Sie war nicht zu Hause. Erst das dritte Mal, um halb 11, hat sie abgehoben und mir gleich Vorwürfe gemacht, daß ich sie ständig kontrollieren würde. Mittlerweile ist unser Telefonkontakt definitiv auf zweimal pro Tag geschrumpft, es gibt auch am Morgen keinen Anruf mehr. Da entwickelt sich etwas in die falsche Richtung. Außerdem glaube ich, daß Jenny mich belügt. Bestimmt gibt es einen zweiten Mann, anders kann ich mir nicht erklären, weshalb sie so oft nicht zu erreichen ist. Wenn man bedenkt, wie das alles noch vor zwei Monaten war. Dagegen jetzt. Ich fühle mich, als würde ich jeden Moment einen Herzinfarkt bekommen.

Für Mittag koche ich mir ein Paprikahenderl mit Nudeln, es brutzelt schon im Kelomat. Um 11.10 ruft Jenny an und verkündet, daß sie Drachensteigenlassen geht. Ihre Waage ist mal wieder auf die friedliche Seite gekippt. Ich habe ein gutes Gefühl.

Am Nachmittag war ich im 1. Bezirk spazieren. Ein sonniger Tag, viele Menschen unterwegs. Vor dem Casino saß ein slowakischer Gitarrist und spielte. Ich habe über eine Stunde zugehört und eine CD gekauft. 15 Euro. Gerade jetzt spiele ich die CD in Jennys CD-Player. Leider kommt mir wieder diese verfluchte Traurigkeit hoch, ich kann absolut nichts dagegen tun, egal, wie ich's anstelle.

Um 8.00 hat Jenny angerufen. Sie geht noch in die *Schwingkiste*, dann muß sie am Flughafen Birgit Windisch abholen. Bin gespannt, ob ich tagsüber etwas von ihr höre, glaube aber nicht, weil sie sich bis zum Abend verabschiedet hat. Sie war auch wieder etwas mürrisch und hat wegen meiner Wettergeschichten geschimpft. Ich schau doch am Morgen immer TW 1, und da hab ich gesehen, daß es in ihrer Gegend nur 1 Grad hat. Na ja, ich werd vom Wetter nicht mehr sprechen so wie von der Liebe, das ist ihr beides zu dumm und zu oberflächlich. Nun werd ich zu meinem Bruder und zu Mama fahren, da bin ich zum Mittagessen eingeladen, und am Nachmittag geht's zu den Friedhöfen, nach Neulengbach zum Vati und nach Tulln zu den Großeltern. Anschließend gibt's bei Susitante das obligatorische Allerheiligentreffen. Ob mich Magda anruft wegen der Geldübergabe? Sie wußte noch nicht, ob es sich ausgeht. Na ja, ich glaube, sie will mich auch nicht mehr sehen. So leb ich halt einsam und allein in den Tag und vor allem in die Nacht hinein und weiß nicht, was ich tun soll in diesem Zustand. Leider sind meine Freunde von früher alle weit weg und rufen mich auch nicht mehr an. Aufdrängen möchte ich mich nicht, außerdem weiß ich, daß es die Tesars waren, die Magda alles über mich und Jenny erzählt haben. Ich glaube, deshalb ist Magda seit einiger Zeit so abweisend.

Jetzt ist es 9.45, ich werde losfahren. Ich möchte in Auhof noch mein Auto waschen.

Soeben bin ich zu Hause angekommen. Ich mache mir Sorgen, weil ich nicht weiß, was mit Jenny ist. Mir ist es ein Rätsel, wie meine Eltern das geschafft haben, als sie jung waren, wenn sie eine oder zwei Wochen gewartet haben, bis sie Antwort auf einen Brief hatten. Das muß mörderisch gewesen sein, richtig finstere Zeiten.

Jetzt um 17.30 hat Jenny angerufen und gesagt, daß sie schlafen geht und morgen früh zum Massieren, *Schwingkiste* und dann in die Stadt. Mir drängt sich der starke

Verdacht auf, daß sie am Abend wegfährt und irgendwo anders schläft, dort nicht so früh aufstehen kann oder will und deshalb die Geschichte von den zeitigen Aktivitäten erfindet.

Ich war noch auf ein Bier. Wieder zu Hause, 20.15, habe ich versucht, Jenny anzurufen, doch der AB ist aus und das Telefon läutet. Auch das Handy ist abgeschaltet. Morgen schickt Jenny einen vierseitigen Brief an mich, das hat sie angekündigt. Es ist davon auszugehen, daß eine Schlußerklärung drin sein wird, deshalb warte ich mit meiner Geldsendung noch zu. Bitte, lieber Gott, gib, daß all das nicht wahr ist. Aber warum sollte Jenny ihr Telefon um 18.00 abschalten und zu Bett gehen, wenn sie Urlaub hat? Und vor allem: Warum darf ich in der Früh nicht anrufen, bevor sie massieren geht? Das ist nicht erklärbar. Wenn das so weitergeht, werde ich vor Gram sterben. Ich fühle mich hundeelend. Es ist jetzt 20.50, ich liege im Bett und kann mich nicht *derfangen.* Bei Jenny hebt niemand ab. Wahrscheinlich ist sie über Nacht bei einem anderen und kommt erst am Mittag nach Hause.

Die Vorstellung, daß Jenny unsere Beziehung beenden könnte, macht mich irr. Ich glaube, sie hat da ein wenig vergessen, daß sie es war, die mich dazu gebracht hat, zu Hause auszuziehen und mich von Magda scheiden zu lassen. Sie wollte sogar, daß ich für Fabian einen Gentest mache, ob er mein Sohn ist. Sie hat sich in den E-Mails schon meine Frau genannt. Sie wollte ein Kind von mir (eine Laura oder einen Paul), wir haben gemeinsame Zukunftspläne gemacht, ich habe ihre Schulden bezahlt, ich habe alles Erdenkliche für sie getan und sie verwöhnt. Und jetzt das.

Am Morgen war ich noch völlig fertig, weil ich nicht wußte, was mit Jenny los ist. Ich fuhr zur Arbeit und bin noch jetzt total durch den Wind. Ab 7.00 versuchte ich anzurufen. Sie hat nicht abgehoben. Doch endlich um halb 8 war sie da, mir fiel ein Stein vom Herzen. Ich kann sie aber nicht verstehen, warum sie das Telefon schon um 18.00 abstellt und mich im ungewissen läßt, obwohl sie bis 23.00 vor dem Fernseher sitzt. Bleibt mir ein Rätsel. Na ja. Über den Tag gibt es einige schöne Gespräche, wo wir das Wochenende als Besuchstermin fixieren. Da freue ich mich darauf.

Heute ist wieder so ein Tag, wo ich mich schon um halb 6 in der Früh in die Arbeit vergrabe. Als erstes setze ich die E-Mails an Jenny ab, wir hatten gestern abend um 21.00 den letzten Kontakt. Heute hat sie bei der neuen Firma ab 8.00 den zweiten halben Arbeitstag, es ist sehr schwer für sie, weil da so viel Zeug von der Vorgängerin herumliegt und aufgearbeitet werden muß. Also in der Früh ruft Jenny nicht an. Als ich um 15.30 nach Hause komme, ist bei ihr erst einmal eine gute halbe Stunde besetzt, andere sind immer wichtiger. Dann kann ich endlich mit ihr sprechen, das ist um 16.10. Sie ist richtig unfreundlich. Ich frage mich, was ich für Jenny eigentlich bin, ich frage mich immer öfter, liebt sie mich oder braucht sie mich nur wegen der Finanzmisere, die sie ständig hat, weil sie mit ihrem Geld nicht umgehen kann. Heute abend fährt sie zum Papermoon-Konzert und kommt erst um Mitternacht nach Hause. Da hör ich bestimmt nichts mehr von ihr.

Sie hat mich angerufen, als ich gerade in einem Möbelmarkt war, leider konnten wir nicht viel verstehen, weil das alles so Betonbauten sind.

Am Mittwoch habe ich mich um 15.00 auf den Weg gemacht. Diesmal fuhr ich über das kleine deutsche Eck, was auch nicht besser war. Alles verstopft. Bei Jenny die übliche Begrüßung; kühl. Am Donnerstag mußte Jenny bis 13.00 arbeiten. Wir waren im Schloßpark. Am Freitag ging's dann in die Berge zu Hedwig. Jenny fuhr die ganze Strecke. 11.00 Ankunft. Ich war mit Hedwig zwei Stunden im Thermalbad, es war richtig nett. Jenny hat in der Zwischenzeit gebastelt. Um 19.00 ging's weiter nach Wien in meine Wohnung, wo sich Jenny gleich in die Badewanne legte. Leider konnte sie nicht gut schlafen. Samstag früh hatten wir Sex, das hat mir gutgetan. Leider ist Jenny noch immer nicht gesund und hatte nicht viel davon. Am Vormittag ging's zu Lutz und IKEA, um ein Schlafsofa und eine Kommode zu kaufen, die ich dann zusammengebaut habe. Jenny hat die ganze Wohnung auf den Kopf gestellt und in einem schönen Gelb ausgemalt. Am Sonntag habe ich Jenny zum Bahnhof gebracht, der Abschied war wieder sehr schwer für mich, und mittlerweile hat Jenny den Kontakt zu mir total eingeschränkt. Am Morgen ein kurzer Anruf, sehr muffelig, und am Abend, wenn ich Glück habe, gibt es noch kurzen Kontakt. Wenn ich Jenny von Herzen sage, daß ich sie liebe, erwidert sie schon lange nichts mehr. Ich denke, daß Jenny ein großes Geheimnis vor mir hütet. Sie hat täglich zig Anrufe am AB und viele Mails von Männern. Sie ist immer ganz nervös, wenn ich hinter ihr stehe, während sie sich einloggt, ich glaube, damit ich das Passwort nicht sehe. Ich habe schon lange keine E-Mail mehr von ihr bekommen.

Um 0.15 klingelt das Telefon. Jenny ist dran. Sie erzählt von der Einladung bei Natalie. Es ist ein sehr nettes Gespräch.

In der Firma habe ich als erstes eine E-Mail an Jenny geschrieben. Ich wollte sie nicht wecken. Diese E-Mail wurde schon um 8.00 beantwortet, und ich habe dann versucht, Jenny anzurufen, doch da war bis 9.10 permanent besetzt. Als ich endlich durchkam, gab's Ärger, weil ich wieder störte, sie hätte jetzt keine Zeit für so dummes Geschwätz (wegen der Versicherung). Daraufhin habe ich eine verärgerte E-Mail an sie geschickt. Beim Nachhausefahren um 13.15 rief Jenny am Handy an und bat um Rückruf. Angerufen hab ich sie vom Festnetz, da ging's richtig zur Sache, von wegen daß sie sich von mir trennen werde wegen meiner Art. Sie sieht überhaupt nichts ein, nur alles ich, ich sei zwanghaft und enge sie ein. Dabei ist sie es, die einen zwingt, daß man ein Auge auf sie hat. Jeden zweiten Termin würde sie versäumen. Vor vier Wochen wäre sie ohne Reisepaß am Flughafen gestanden, lauter so Dinge, und am Ende habe ich den Schwarzen Peter, während sie tun und lassen kann, was sie will. Ich kann mich fast nicht mehr wehren. Der kleinste Hinweis auf ihre Umgangsweise oder Unfreundlichkeit oder Unverläßlichkeit, und sie rastet aus. Ich muß mich immer bemühen, alles zu kitten, sonst ist es vorbei. Jetzt weiß ich wieder nicht, was tun. Man darf Jenny ja nicht durch Anrufe stören. Sie telefoniert lieber stundenlang mit anderen Leuten und lacht und scherzt dabei. Es ist zum Verzweifeln.

Ich war im Sparmarkt zum Einkaufen. Jetzt sitze ich ganz gemütlich in meinen vier Wänden und versuche trotz allem zufrieden zu sein. Wenn ich nur wüßte, wie ich Jenny günstiger stimmen kann.

Jenny ruft ganz kurz an, um sich nach der *Schwingkiste* zu melden, legt aber gleich wieder auf wegen der Herzblattsendung. Um 23.30 telefonieren wir wieder. Leider werden unsere Gespräche immer einsilbiger. Sie schimpft ständig über meine mangelnde Bildung, und ich habe dann nicht den Mut, viel zu sagen, weil Jenny alles als *Wischiwaschi* abtut. Was mir besonders weh tut, ist die Tatsache, daß sie meint, wenn ein Mann in ihr Leben träte, der ihre geistige Ebene teilt, dann würde sie ihm ihr Herz schenken. Das ist unglaublich niederschmetternd, weil ich doch dachte, daß ich der Mann ihres Herzens bin. Ich muß mich jetzt auf den Weg machen und mir einige Bücher besorgen wegen meiner Bildung, die so unzureichend ist. Ich werde alles Erdenkliche daransetzen, Jenny nicht zu verlieren.

Das Bild von ihr, das ich am 29. August im Prater beim Auto-Scooter gemacht habe, steht immer vor mir, und ich kann es nicht aus der Hand geben. Ich hoffe immer noch, daß Jenny den gleichen Schmerz empfindet wie ich und deshalb wieder in meine Richtung schaut. Ich selbst gebe mein Bestes.

Um 9.30 vormittags bin ich losgefahren, habe mir zwei Gedichtbände gekauft und ein Buch, das mir Jenny empfohlen hat. Anschließend war ich auf einen Kaffee. Bei Eduscho kaufte ich mir noch Turnschuhe. Um 15.00 war ich zurück in der Wohnung. Nun ist meine Sehnsucht nach Jenny wieder so groß, das macht mich dermaßen unruhig, daß ich die Wände hochgehen könnte. Ich habe ohne Erfolg bei ihr angerufen, der AB randvoll, was vermutlich bedeutet, daß sie seit der Früh nicht zu Hause war. Vielleicht steckt einer ihrer Bastelabende in der *Schwingkiste* dahinter. Es dämmert schon wieder, ich bin deprimiert. Wenn das so weitergeht, dieses Dahinsiechen vor Liebesschmerz; ich weiß nicht. Mein Herz schlägt bis zum Hals, ich glaube, ich bin der traurigste und einsamste Mensch auf dieser Welt. Hoffentlich kommt Jenny bald heim und ruft mich an. 16.20.

Um 16.45 versuche ich es bei Jenny, tralali … sie meldet sich, sie hört gerade ihren randvollen AB ab. Nun telefonieren wir noch zweimal. Jenny räumt ihre Wohnung auf, weil morgen Birgit kommt, die bei der Tabellenerstellung für die neue Firma hilft. Ich glaube, Jenny kocht auch etwas. In der Zwischenzeit habe ich in einem der Bücher gelesen. *Das Buch der Unruhe* von Fernando Pessoa. Man könnte sagen, nomen est omen. Ein sehr schwieriges Buch, das es einem nicht gerade leichtmacht. Jenny und ich haben uns bis zum Abend verabschiedet.

Jenny meldet sich mit einmal Läuten, und ich rufe zurück. Sie erzählt vom Aufräumen ihrer Wohnung und schwärmt von ihren Katzen. Es ist ein gutes Gespräch, ich muß halt immer aufpassen, nichts zu sagen, was ihr nicht paßt. Sie hat 6 Kleiderbügel *Lift* bestellt. Da soll ich auch 3 Stück bekommen.

Heute ist Sonntag. Soeben um 10.00 habe ich auf ihr Band gesprochen, bin einmal gespannt, ob da was zurückkommt.

Nun werde ich etwas Gutes kochen, hoffentlich gelingt es mir.

Nach dem Essen und Briefschreiben fahre ich um 14.15 Richtung Augarten-Manufaktur. Als ich vor dem Schloß stehe, ruft Jenny an und sagt mir, daß sie mit Birgit bastelt und Excel-Listen erstellt. Nach einem Spaziergang über die Kärntner Straße und den Graben fahre ich um 17.00 wieder in die Wohnung. Jenny hat ihr Telefon abgestellt, so gibt es erst um 20.00 Kontakt, und der ist nur kurz. Um 21.15 telefonieren wir ausführlich, eine halbe Stunde. Das Gespräch verläuft meinerseits vorsichtig. Ich sag nichts von Liebe oder *ich brauch dich,* weil Jenny das nicht möchte und nicht mehr erwidert.

Heute ist den ganzen Tag Funkstille. Ich darf in der Früh nicht anrufen, und Jenny sitzt den ganzen Tag in der Firma, so ist auch während des Tages nichts. Nun ist es 17.45, und Jennys Telefon ist noch immer aus. 19.30 und noch immer kein Ton. Mir geht das ziemlich an die Nerven.

Am Morgen schon wieder keine Anrufe, auch keine E-Mails. Aber mit David telefoniert und mailt sie stundenlang und mehrmals am Tag. Leider komme ich nicht in Jennys aol, weil ich kein Paßwort weiß, da tut sie immer ganz geheimnisvoll, damit ich nicht sehe, was sie als Kennwort eingibt. Wenn ich ihre E-Mails lesen könnte, würde ich wahrscheinlich aus den Schuhen kippen.

Der erste Anruf kam kurz nach 13.00 und dann gleich noch zwei, aber jetzt ist seit 14.00 niemand zu Hause, der AB ist bereits wieder randvoll, das ist auch komisch. Wenn ich bei Jenny bin, läutet den ganzen Tag kein Telefon, und es sind keine Gespräche am AB. Entweder sagt sie ihren Freunden Bescheid, oder da ist etwas faul. Ich weiß es nicht, da steige ich nicht dahinter. Es ist jetzt

18.30, und es rührt sich nichts. Morgen fahr ich um 15.00 los. Ich hab schon fast alles eingepackt.

Am 2. bin ich um 15.15 zur Tür raus, und um 20.15 war ich bei Jenny. Ein schönes verlängertes Wochenende. Leider kam es immer wieder zu Streitereien, weil Jenny alles kritisiert und mich schlecht behandelt. Sie sagt zwar immer, daß alles in Ordnung sei, aber auf der anderen Seite hält sie Riesendistanz. Sonntag früh hat Jenny mit mir geschlafen, wir hatten wunderbaren ungeschützten Sex mit Höhepunkt von Jenny. Sie hat phantastisch mitgemacht. Anschließend waren wir im Zoo frühstücken. Der Abschied am Sonntag war für mich wieder fürchterlich und die Heimreise arg. Ich habe mich bis heute nicht gefangen. Anrufe gibt es nur mehr äußerst wenige, obwohl ihr Telefon stundenlang besetzt ist. Außerdem war Jenny letztes Wochenende bei ihrer Freundin, die meinte, daß man sich von Zwilling-Männern trennen muß, weil sie keine Freiheiten lassen. Am Freitag war Jenny auf der Weihnachtsfeier ihrer Firma bis halb 3 in der Früh. Sie hat dort mit einem gleichaltrigen Kollegen geplaudert. Sie meinte, der sei sehr lieb. Ich bin überzeugt, der hat sie angebaggert. Jetzt muß ich fürchten, daß der Kollege volles Programm fährt und Jenny herumkriegt.

Um 6.15 ruft Jenny in der Firma an. Ich ruf dann noch um 7.10 an, da hat sie es aber schon eilig (Laune mittelmäßig). Heute muß sie am Nachmittag mit französischen Kunden in die andere Fabrik. Ich würd gern wissen, was Jenny, die in der Firma neu ist, den Franzosen groß erzählen könnte. Ich denke, sie wird mit ihrem Neuen unterwegs sein.

Gestern am Abend um 19.30 hab ich mit Jenny telefoniert. Es war schrecklich, was ich hören mußte. Sie hat ja diesen Kollegen Martin kennengelernt, in den sie sich wahrscheinlich Hals über Kopf verliebt hat. Er schreibt ihr E-Mails nach Hause, hat wahrscheinlich auch ihre

Telefonnummer. Sie spricht sehr viel von ihm, wie nett er ist, und meint, man müsse abwarten, wie sich die Sache entwickle. Mir scheint, sie läuft ihm hinterher. Dabei baut Martin mit seiner Freundin ein Haus. Jenny gelingt es am Ende noch, ihn von da wegzulocken. Wahrscheinlich deshalb möchte Jenny mich am 3./4. Jänner wieder nach Wien schicken. Angeblich, weil sie lernen muß. Ich glaube, wegen Martin. Sie muß irgendwann im Jänner in der Firma Notdienst schieben, hat angeblich ihr Chef angeordnet. Ich halte es für wahrscheinlicher, daß sie sich mit Martin einen Dienst zusammengelegt hat. Jetzt bin ich verzweifelt wie nie zuvor in meinem Leben.

Um 8.00 wollte ich anrufen, aber da rührt sich nichts.

Jenny ruft um 8.25 an und spricht wieder ganz lieb, da soll sich einer auskennen, einmal ultimativ alles beenden und gleich darauf so freundlich. Auch um 18.15 erreiche ich sie. Sie kam gerade von Walli, da war sie Saft holen.

Nun ist es endgültig. Jenny möchte mit mir keine Zukunft haben. Sie hat Angst vor mir. Sagt sie. Aber ich bin der Meinung, sie redet sich da etwas ein, da ich im Gegenteil der bin, der auf sie aufpaßt. Aber leider ist es jetzt schreckliche Gewißheit. Sie hat mir den Laufpaß gegeben, aus und vorbei. Als ich wegen Martin eine Bemerkung machte, daß sie, seit sie ihn kenne, verändert sei, hat sie komischerweise fast nichts gesagt, mir jedenfalls keine Vorwürfe gemacht, daß ich mißtrauisch sei, was sie sonst immer tut. Ich meine, da ist etwas im Busch.

Es kommt mir vor, als wär's gestern gewesen, da kannte ich Jenny noch nicht, wir sprachen beruflich am Telefon miteinander, und ich spürte vom ersten Moment an, diese Stimme gehört zu einer Erscheinung wie aus einer anderen Welt. Ich weiß noch, daß sie meine ersten E-Mails gar nicht schnell genug beantworten konnte. Jetzt plötzlich fühlt sie sich von mir eingeengt und sagt, ihr fehle die Luft zum Atmen. Sie läßt es nicht gelten, wenn ich sage: Es ist doch verständlich, daß einer, der am felsigen Abgrund hängt, versucht, nach dem Menschen zu greifen, der ihm am meisten bedeutet.

Ich habe schon gar kein Selbstbewußtsein mehr. Ich hatte ein sehr gutes Selbstbewußtsein, bevor ich Jenny kennenlernte.

Aber gut, es steht ihr frei, die Beziehung zu beenden, wenn's ihr zu eng oder zu heiß oder auch zu kalt wird. Wie auch immer.

Gestern abend kam Jenny so circa gegen 23.00 nach Hause, ich weiß das, weil ich da immer wieder versucht habe anzurufen. Bis 23.00 meldete sich der AB, dann war er abgeschaltet. Ich werde versuchen, mich zu beherrschen und nicht anzurufen, solange es geht. Hab's zwar zwischen 7.00 und 8.00 drei- oder viermal versucht, aber sie schläft noch. Da bin ich gespannt, wie lange ich das Stillhalten durchstehe, denn ich muß sagen, mir geht es saumäßig schlecht. Noch nie in meinem Leben war ich so verzweifelt wie jetzt. Ich bin richtig verwirrt. Ob Jenny irgendwann anruft, darauf bin ich gespannt. Sie sagt immer nur ein paar Worte, wie geht's, aha, und ich hab keine Zeit mehr, bis dann einmal, und das ganze EISKALT, fremd, als würde sie mich hassen.

Aus einem der Gedichtbände:

Das Glück ist dunkel / und es läuft schnell! / Das Unglück aber / ist lang und hell (Bert Brecht).

Dinge, die ich für Jenny gekauft habe:

Das Bett, 2 Matratzen, ein Waschtisch, Eckregal, der orange Webteppich, Stereoanlage, Beleuchtungskörper, 2 Ringe, Gmundner Keramik, die beschichtete Pfanne, das Lexikon, Schulden bei Walli, Konto dreimal ausgeglichen, Urlaub in Frankreich, 4 Winterreifen, Stabilisator, Computer und Drucker von mir, Modem, jede Menge Kleidung.

Es ist Heiligabend, ich bin erstmals im Leben allein und kann jetzt ermessen, wie es all diesen Menschen geht, die so langsam vereinsamen. Man trifft ein paar falsche

Entscheidungen, hat zur falschen Zeit ein gutes Herz, und plötzlich ist niemand mehr da. Ich sehe mich auch schon dort.

Offenbar habe ich das seltene Talent, daß ich anderen, wenn ich ihnen einen Gefallen tun will, auf die Nerven gehe.

Von Jenny habe ich heute noch nichts gehört, mit aller Gewalt halte ich mich vor einem Anruf bei ihr zurück; obwohl – ich habe um 9.20 mit dem Handy auf den AB gesprochen, daß ich zum Friseur gehe, was sicher ein Fehler war, denn bis jetzt kam kein Rückruf. Entweder Jenny verbringt ihre ganze Zeit bei Martin, oder Martin ist bei ihr. Diese ganze Telefongeschichte ist nicht zu durchschauen. Am Vormittag war bis 9.00 besetzt, dann kam der AB, kein Anruf bei mir. Ich frage mich, was habe ich Jenny angetan, daß sie mich derart bestraft. Wenn nicht bald etwas geschieht, gehe ich zugrunde. Warum nur? Warum? Ich würde so dringend Hilfe benötigen. Niemand hat Zeit. Gähnende Leere. Außerdem Weihnachten.

Habe am Nachmittag mit Frau Kuster telefoniert, der Nachbarin von Jenny, wir haben uns das Du angeboten. Sie heißt Gerti. Ein schönes Weihnachtsgeschenk. Nun haben wir vereinbart, daß Gerti die nächsten Tage rote Rosen zu Jenny hochbringt mit lieben Grüßen von Simon. Da würde ich gerne ein Mäuschen sein, um zu sehen, wie es Jenny geht, wenn sie die Rosen vor ihrer Tür findet. Hoffentlich kann ich noch was ändern. Andererseits, wenn sie frisch verliebt ist, wird alles nichts nützen.

Julia hat jetzt um 16.00 angerufen. Das finde ich nett von ihr. Aber das kann mich nicht trösten, mein Herz schlägt mir zum Hals hinauf, und ich zittere am ganzen Körper. Es wird mich Jahre meines Lebens kosten, Jenny zu verarbeiten. Ich sehe jetzt schon uralt aus. Als ich beim Friseur vor dem Spiegel saß, hab ich's gesehen: Furchtbar.

Kein Ton von Jenny. Fast könnte man glauben, die Welt hat mich vergessen. Wenn ich morgen in der Früh noch lebe, kann ich von Glück reden oder von Pech, weil ich dann nachhelfen muß. Ich werde mich jedenfalls hier von allen, denen ich im Leben etwas bedeutet habe, verabschieden und allen die Warnung ins Stammbuch des Lebens schreiben: Seid immer menschlich und ehrlich zueinander, achtet euch gegenseitig, die ihr euch Treue und Liebe und Freundschaft versprochen habt.

Nachdem den ganzen Nachmittag bei Jenny der AB angestellt war, hat sie ab circa 17.30 telefoniert. Ich habe es immer wieder versucht. Um 19.15 hat Jenny abgehoben, aber erst, nachdem ich sie über den AB angebettelt hatte. Jenny war unglaublich entfremdet für mich, als würde sie mich hassen. Sie sagt, ich solle sie nicht ständig kontrollieren und sie in Ruhe lassen.

Jetzt darf ich nie wieder anrufen. Jenny sagt, es gibt keine Chance mehr. ENDE.

Nach einer schlimmen Nacht bin ich schon seit 6.30 wach. Ich mußte an das Wochenende bei Walli und Jo denken, als wir Heidelbeermarmelade gemacht haben. Ich weiß noch, ich habe ein kariertes Hemd von mir gestiftet, Jenny hat es zerschnitten und mit einer roten Schnur ein Stück Stoff über jedes Glas gespannt. Das sah sehr hübsch aus. All das geht mir nicht aus dem Kopf. Ich wollte dann gleich die Telefonnummer von Walli und Jo ausfindig machen, hatte aber kein Glück, was schade ist, denn ich muß mich irgend jemandem mitteilen, sonst ersticke ich daran. Julia hat mir eine CD geschenkt, die ich grad höre. Gestern in der Nacht bin ich noch zu Julia gefahren, um etwas Trost zu bekommen, aber da ist Julia so komisch wie Jenny. Magda war in solchen Dingen viel einfühlsamer und teilte den Schmerz mit mir. Jetzt sitze ich hier griesgrämig und habe niemanden, der mit mir redet.

Es ist nicht zu glauben, aber gerade eben läutet das Telefon, und es ist Jenny. Sie ist freundlich, fragt, ob ich meine Kamera brauche, was ich verneine. Sie soll sie noch behalten, damit sie ihre Fotos machen kann. Da hoffe ich, daß wir uns irgendwann wiedersehen schon wegen der Kamera. Jenny geht heute angeblich zu Walli und Jo, wo sie schon gestern abend zum Spielen war. Ich hoffe, daß ich bald wieder etwas von ihr höre.

Soeben habe ich noch einmal bei der Auskunft angerufen wegen Walli und Jo. Jetzt habe ich Name und Telefonnummer von den beiden, habe auch schon aufs Band gesprochen.

Den Nachmittag habe ich mit Briefschreiben an Jenny verbracht und versucht, ihr einige Dinge in Erinnerung zu bringen, unter anderem habe ich das Wochenende mit der Heidelbeermarmelade erwähnt, den Urlaub in Frankreich, und wie sehr ich mich um sie gekümmert habe, als sie sich die Bauchgrippe eingefangen hatte. Hinterher lag ich auf der Couch und habe Jennys E-Mails und Briefe durchgesehen. Es ist der pure Wahnsinn, was da drinnen steht, wie sehr mich Jenny begehrt hat, so arg sprüht die Liebe heraus. Bestimmt ist jemand Dritter im Spiel, denn so viele Fehler kann ich gar nicht gemacht haben, daß Jenny all das Schöne so ohne weiteres zerstört und beendet. Es muß auch für Jenny extrem schmerzhaft sein, und das kann sie nur ertragen, wenn ihr jemand beisteht (also Martin). Was mich auch beschäftigt, ist die Frage, ob Jenny ihr Versprechen bezüglich ewiger Freundschaft und gegenseitigen Besuchen einhalten wird. Jedenfalls sind das seit Sonntag die schwärzesten Tage in meinem Leben. Ich weiß noch nicht, wie ich's überstehe.

Ich hoffe, Jenny fällt mit diesem Mann auf die Nase, ich wünsche ihr mit diesem Typen nichts Gutes. Sie möge es mir verzeihen.

Um 22.00 gebe ich wieder nach und rufe sie an, ein kurzes nüchternes Gespräch. Gute Nacht.

Obwohl ich gestern spät schlafen gegangen bin, war ich heute früh wach und habe vor mich hin gelitten. Leider geht mir Jenny nicht aus dem Kopf, schon den dritten Tag. Ich liebe dieses Mädchen so sehr, daß mir der Verstand fehlt, es zu begreifen. Nun habe ich stundenlang mit Julia telefoniert, auch mit Magda wegen Fabian. Wenn ich nur abschätzen könnte, wie ich mich verhalten soll. Eins steht fest, Jenny hat zuletzt am 25.12. um 9.40 angerufen, für zehn Minuten, seither ist nichts mehr passiert, und ich glaube, da kann ich warten bis an mein Ende, sie wird sich nicht mehr melden, und auch aus unserer ewigen Freundschaft oder einem baldigen Treffen wird nie etwas werden. Die Kamera wird eines Tages als Paket hier ankommen mit Fotos im Beipack, das war's dann für immer.

Am 29. am Nachmittag hat mich Jenny angerufen und sich für den Brief bedankt. Ich hab dann nochmals zurückgerufen.

Mit ihrem Anruf hat mir Jenny eine Riesenfreude bereitet. Ich denke, es ist wirklich nicht nötig, daß sie so böse auf mich ist, ich habe ihr ja nicht so viel Schlechtes angetan. Ich will und wollte sie zu keiner Zeit kontrollieren, es würde mich aber interessieren, wie bei ihr das Sturmtief war und wie's ihr so geht – oder ist das unter Freunden nicht üblich. Ich wüßte auch gerne, ob ich sie im Jänner sehen darf. Es würde mir sehr helfen, wenn ich einen Ausblick auf etwas hätte, woran ich mich orientieren kann. Vor allem, ob es bei der beiderseits versprochenen Freundschaft bleibt, die mir die allerwichtigste wäre. Jenny kann sich bestimmt nicht vorstellen, was sie mir nach wie vor bedeutet. Ich muß immerzu denken, ob ihr wohl etwas fehlt, ob sie etwas braucht und ob ich ihr helfen könnte. Leider lehnt sie mich seit dem 19. total ab, und ich fühle mich deswegen elend. Für mich würde es schon genügen, wenn ich alle paar Tage von ihr hören würde. Es war doch eine so wunderbare Zeit mit ihr. Also, ich wünsch mir einen Einkaufstag bei ihr oder in München, einen Spaziergang im Schloßpark und anschließend einen Salat von ihr und einfach eine nette Plauderei unter Freunden. Oder doch einen entspannten Tag in den Bergen.

Diese Woche war Fabi bei mir, seit Sonntag. Es waren schöne Tage, und ich habe gespürt, wie sehr er mich liebt. Leider kann ich mich derzeit auf nichts richtig konzentrieren, mir fehlt Jenny so sehr. Gerti Kuster hat am 25.12. einen Strauß Rosen bei Jenny vorbeibringen lassen. Jenny hat ihn selbst in Empfang genommen, hat aber nichts gesagt. Daß ich so etwas verdient habe.

Heute nacht wieder kein Auge zugemacht.

9.30–10.03: Ich habe Jenny angerufen und wollte mich in aller Freundschaft mit ihr aussprechen. Aber sie weist alles zurück, was ich sage, wahrscheinlich bin ich so dumm. Sie meint, ich übe großen Druck auf sie aus. Jetzt ist mal Schluß mit den Anrufen, ich muß mich auf mich konzentrieren und Ruhe finden und mir darüber klarwerden, was bei mir falsch läuft.

Um 14.27 ruft Jenny wieder an, bis 14.44. Sie beschwert sich, weil ich am Vormittag gesagt habe, daß sie es sich nicht leisten kann, mir etwas zurückzugeben von dem, womit ich sie unterstützt habe. Wir haben lange diskutiert, aber was ich auch vorbrachte, es war unrecht. Habe ich getadelt, war ich ein Unmensch, habe ich mich für etwas entschuldigt, war ich ein Schleimer. Ich habe um 14.45 nochmals angerufen, bis 14.52, wegen der Weihnachtsgeschenke, da war der Streit perfekt. Wenn wir uns im Leben nochmals begegnen, dann ist's ein Wunder. Am Abend gehe ich zu Julia, dort Silvester feiern. Sie freut sich schon sehr und ist guter Dinge.

Ein neues Jahr hat begonnen, und ich bin momentan ganz happy, weil Jenny mich angerufen hat. Sie wünschte mir ein frohes neues Jahr und sagte, daß sie zu ihren Eltern fährt. Jetzt bin ich ganz aufgewühlt. Ich glaube, daß ich von Jenny mein Leben lang nicht loskomme, zu groß ist die Liebe. Vielleicht ruft sie mich dieser Tage noch einmal an oder heute, wenn sie gut angekommen ist.

Ich war den ganzen Tag zu Hause und habe auf den zweiten Anruf gewartet. Fehlanzeige. Auch Julia habe ich am Vormittag angerufen, die war gerade mit einem Freund beim Brunchen. Julia ist eine ebenso schwierige Frau wie Jenny, man weiß nie, wie man dran ist. Julia genießt es, von vielen Männern umschwärmt zu werden. Ich habe da keine Chance, glaube ich. Bei den verschiedensten Gelegenheiten läßt sie mich immer wieder den ganzen Abend allein und unterhält sich mit anderen Männern. Nicht daß ich deswegen eifersüchtig bin. Aber es verletzt, daß sie mich völlig ignoriert. Erst wenn wir nach Hause gehen, ist sie wieder ansprechbar.

Um 20.53 kommt von Jenny eine SMS mit JA ICH BIN GUT ANGEKOMMEN DANKE DER NACHFRAGE JENNY. Es ist unbeschreiblich traurig, nichts von Jenny zu hören. Sie wird sich bei ihren Eltern sicher mit ihrem Studienfreund treffen, der mit ihr die Sonnenfinsternis sehen wollte. Er hat ihr in einem Brief geschrieben, wie er sie gerne vögeln würde und wie oft.

Und immer das Bild von Jenny, das ich am 29. August im Prater aufgenommen habe. Sie strahlt mich dermaßen an, daß es eine Verschwendung wäre, das nicht wiederholen zu wollen. Es gibt ja auch andere Fotos, auf denen man sieht, wie glücklich wir waren, im Garten ihrer Eltern, nachdem wir die Rosenbeete umgegraben hatten. Oder bei der Taufe ihrer Nichte.

Ihr Horoskop ist seit unserer Trennung auch so niederschmetternd, immer auf der Suche nach neuer Liebe und Liebhabern, das macht mich total krank. Ich kann es nicht glauben, daß es aus ist zwischen uns, wo es doch so schön war.

Fast zwei Tage habe ich jetzt nichts mehr von ihr gehört. Jenny ist wirklich eine harte Nuß und anscheinend fest entschlossen, von mir wegzukommen. Das ist für mich das absolute Limit an Belastung. Niemand kann sich vorstellen, was ich durchmache.

In aller Früh, 7.40, läutet mein Telefon, zu meiner Überraschung ist es Jenny. Sie fragt mich, ob ich was will, weil meine Telefonnummer auf ihrem Display aufscheint. Aber ich habe bestimmt nicht angerufen, ich würde mich hüten. Nur weiß ich nicht, was ich davon halten soll. Ist das ein Vorwand oder war da eine ähnliche Nummer zu sehen? Ich hoffe halt sehr, daß Jenny langsam draufkommt, was sie aufgegeben hat. Sie möchte am Wochenende wieder anrufen, bin gespannt, ob's so lange dauert.

Um 19.50 hat mich Julia angerufen und mir gesagt, daß sie gerne bei mir vorbeischauen möchte. Sie kam mit dem Taxi. Um circa 22.00 fuhren wir ins *Brünnerbräu* nach Stammersdorf, wo wir Franz trafen. Übernachtet habe ich bei Julia. Wir haben zum ersten Mal miteinander geschlafen, fast bis 7.00 früh, ab 2.00 nachts. Hoffentlich ist Julia jetzt nicht böse auf mich. Wir waren beide alkoholisiert.

Jenny fehlt mir, ich weiß für mich, daß keine Frau dieser Welt mir Jenny ersetzen kann. Am liebsten würde ich zu ihr fahren. Ich hoffe, daß sie mich bald anruft.

Fabi ist bei mir, es gefällt ihm sehr gut. Er will, daß ich ihm die Langspielplatte, auf der die Pummerin läutet, jeden Tag zehnmal vorspiele. Die ganze Wohnung ist vom Geläute des Stephansdoms erfüllt. Fabi ist sehr lieb, leider bin ich nicht immer so bei der Sache, wie es eigentlich sein sollte.

Um circa 22.00 versuche ich in N. anzurufen, und ganz plötzlich schaltet sich der AB ein. Ich versuch's ein zweites Mal, weil ich vergessen habe zu hören, ob der AB voll oder leer ist. Leer. Also ist Jenny wieder zu Hause. Fünf Minuten später läutet bei mir das Telefon. Als ich drangehe, meldet sich niemand. Das war sicher Jenny.

Heute früh um 7.20 hat Jenny angerufen, bis 7.35, und, wie sollte es anders sein, sie hat mich beschimpft wegen der Anrufe und wegen ihrer Eltern, weil ich bei ihrer Mutter angerufen habe, und überhaupt total negativ. Ich glaube, es kommt so weit, daß sie mich nie mehr wiedersehen möchte, zumindest zu sich wird sie mich nicht mehr einladen. Julia ist jetzt auch sehr schnippisch. Sie hat mir versprochen, daß sie mich am Nachmittag anruft wegen heute abend. Aber ich habe längst Fabi nach Hause gebracht, und nichts ist geschehen. Julia ist unauffindbar. Ich weiß nicht, was derzeit los ist.

6.00 Wecken von Julia. 7.00 zweiter Anruf. Julia ruft während des Tages dreimal an, das ist ungewöhnlich. Ich soll am Abend zum Gulaschkochen kommen. Einkauf Merkur, circa halb 7 bei Julia zum Kochen, habe auch da geschlafen, ist aber nichts passiert.

6.00. 7.00. 8.10. Julia ist zeitig in der Firma. Sie ruft um 12.20 kurz an, am Nachmittag ruf ich an wegen Einkaufen, dann um 15.30 und jetzt um 16.50 von der Alserstraße. Julia hat um 17.00 einen Termin beim Frauenarzt, da bin ich gespannt, ob sie mich anruft, wenn sie fertig ist oder ob sie ohne Anruf ins *Chelsea* geht, weil sie so herumgedrückt hat. 17.55 vom Arzttermin ruft sie mich am Handy an, sie werde nach Hause gehen und aufräumen. Werde es um 20.00 probieren, um zu sehen, ob sie da ist oder im *Chelsea.* Habe jetzt um 20.00 angerufen, Julia ist noch am Putzen. 22.00 habe ich nochmals angerufen und – juppijeh! – sie kommt zu mir, mit dem Taxi.

Wir haben miteinander geschlafen. Julia ist eine sehr liebe und zarte Frau mit einem schönen Körper. Leider ist sie um 4.00 früh nach Hause gefahren, und so konnten wir nicht gemeinsam frühstücken.

Um 10.00 habe ich Julia angerufen, um den heutigen Abend zu besprechen. Julia wollte mich in einer Stunde wieder anrufen wegen gemeinsamem Mittagessen, aber das dürfte mittlerweile, ich weiß nicht, warum, kein Thema mehr sein. Es ist halb 12 und kein Anruf. Ich werde den Abend allein verbringen und meinen Gedanken nachhängen müssen.

Um 17.30 bin ich zu Hause und finde einen Brief von Jenny im Postkasten. Es sind Gründe aufgeführt, die Jenny zur Trennung bewogen haben. Alles, was gut war, ist jetzt schlecht. Unter anderem sagt sie, ich sei nicht in der Lage, mich in die Bedürfnisse anderer Menschen einzufühlen, außerdem habe sie sich von kompetenter Seite bestätigen lassen, daß meine Versuche, sie zu kontrollieren, nicht normal seien. Das tut mir leid. Sie müßte halt ein bißchen Geduld mit mir haben. Ich habe Jenny dann auf den AB gesprochen und mich bedankt, worauf sie mich um 20.50 zurückruft, bis 20.55. Es ist im großen und ganzen ein nettes Gespräch, und Jenny lacht sogar. Ich glaube, es ist seit Wochen das erste Mal, daß ich sie zum Lachen gebracht habe. Zehn Minuten später spreche ich nochmals auf ihren AB, aber es rührt sich nichts.

6.00 Wecken von Julia, das übliche Gemurmel. Dann noch einmal um 7.00. Julia berichtet über den Abend mit Hilde im *Bieramt* und im *Bettelstudent* – nur kurz. Um 8.00 ruft sie wie vereinbart aus der Firma an und erzählt, daß Steffi heute keine Zeit für sie habe. Auf meinen Vorschlag, sie soll den Abend bei mir verbringen, keine Antwort. Ist auch schon egal. Um 9.10 ruft Jenny in der Firma an und beschimpft mich, weil ich mit Walli telefoniert habe. Ich bin total fertig. Seit Jennys Anruf ist mir totenübel. Ich könnte dringend einen Arzt gebrauchen.

Um 17.15 kommt die Volkszählung, damit wäre ich also gezählt. Ich versuche, Julia am Handy davon zu informieren, es läutet dreißigmal. Sie hebt nicht ab. Um 17.45 wieder zwanzigmal, dann geht sie ran. Julia ist mit Carmen auf der Mariahilferstraße und hat angeblich nichts gehört. Ich bin sauer. Sie wahrscheinlich noch mehr. Heute wird sich nichts mehr rühren. 19.55 ruft Julia an, sie ist gerade nach Hause gekommen. Da es sehr stark regnet, mußte Steffi sie von der Haltestelle abholen. Keine Einzelheiten über den Abend. So weit ok.

Anrufe 6.00 – 7.00 – 8.12, dann noch 10.50 und 12.20, ein leeres Gespräch. 16.30 nochmals und dann um 21.30, da habe ich sie wegen morgen gefragt, ob wir uns am Nachmittag sehen. Sie sagte, daß sie noch nicht weiß, wie sich das mit den vielen Besorgungen ausgeht. Also, ich bin derart am Boden zerstört, denn ich wüßte nicht, was sie für Besorgungen hätte.

15.30 habe ich in der Firma angerufen. Julia meint, sie ruft mich an, wenn sie zu Hause ist. Es ist jetzt 18.43, ich bin in meiner Wohnung, und Julia macht sich nicht bemerkbar. Ich meine, sie kann ja nicht schon wieder einkaufen, das hat sie am Montag erledigt. Ich kenne mich nicht mehr aus. Morgen, so habe ich erfahren, möchte sie ins *Chelsea* gehen. Bin gespannt, ob sie etwas zu mir sagt.

Gleich ist es 19.00, eigentlich haben die Geschäfte jetzt zu. Was man da noch besorgen kann?

Nina George

Das Spiel ihres Lebens

Wer zuerst die Idee hatte, das Mädchen lebendig zu begraben, bleibt für immer in der schwülen Nacht des Mangrovenwaldes verborgen. Nur dass sie es verdient, darüber sind sich die drei Männer einig, als sie die ohnmächtige Precious Lee hastig in der dampfenden Erde vergraben, kniend in einer leeren Ginkiste, den Deckel mit zornigen Schlägen vernagelt. Milchig klebt das Mondlicht über dem Nigerdelta und auf den schweißnassen Gesichtern der Männer, als sie die Grube mit bloßen Händen zuschaufeln.

Ihr Bruder hebt den Ball auf. Blutige Fingerabdrücke verschmieren das ehemals weiße Leder. Das Blut seiner kleinen Schwester. Sie hatte sich an dem Ball festgekrallt, als hinge ihr Leben an ihm. George Lee spuckt aus und wirft den Ball weit hinter die grünen Mauern des schwitzenden Dschungels. Dann machen sich die Männer auf den Rückweg nach Port Harcourt, zurück in den Slum von Bundu Ama. Jetzt würde alles wieder gut werden.

Die leere Coladose war Precious wie ein Geschenk zum 14. Geburtstag erschienen. Einer der Soldaten – einer von jenen, die am 12. Oktober 2009 nach Bundu Ama gekommen waren, um die Bulldozer zu beschützen, die die Wellblechhütten zwischen Njemanze Street und Bonny niederrissen, während die Slumbewohner über dem Mittagessen kauerten – hatte sie fallen lassen, bevor er einem Jungen in den Bauch schoss, der es nicht geschafft hatte, die Hände rechtzeitig aus den Taschen zu nehmen.

Precious hatte die Dose unter ihrer Hose verborgen und war fortgerannt, fort von den Gewehren und den Baggern und in den ältesten Teil des Hafenslums, ihrem Zuhause. Sie hatte ihren drei Brüdern das Essen gekocht, hatte Wasser geholt – zwei Stunden Fußmarsch, die Jungen gingen nie, Wasserholen war Frauensache –, hatte ihrer Mutter beim Verkauf von Yams geholfen und die Dose niemandem gezeigt. Zum Geburtstag hatte Precious ansonsten nichts außer der Ankündigung ihres Vaters bekommen, dass sie nicht mehr zur Schule gehen brauche; die Uniformen und das Schulgeld für die drei Söhne kosteten ihn genug.

Am nächsten Tag war sie durch die Müllhalden gewandert und hatte vier junge Mädchen eingesammelt, die nach dem Niederreißen der Hütten nicht wussten, wohin. Ohne einen Platz zum Schlafen, ohne einen Beschützer, der verhinderte, dass irgendein Aidskranker sie vergewaltigte, um sich mit dem Jungfrauenblut zu »heilen«, oder dass sie von den Area Gangs und religiösen Milizen als Kindersoldaten rekrutiert wurden.

Precious Lee zeigte den Yoruba-Töchtern und Ibo-Schwestern von Bundu Ama, wie sie gleichzeitig laufen und den »Ball« vor sich hertreten konnten. »Stell dir vor, es ist der Kopf deines Onkels, der dich mit seinen Zigaretten verbrannt hat«, flüsterte Precious, wenn ein Mädchen zu schüchtern war, oder »Tritt so fest zu, wie du den Geist treten würdest, dem dein Vater Gin opfert, bevor er das Geld deiner Mutter stiehlt!« Jeden Tag spielten sie, nachdem sie die Hausarbeit, den Marktverkauf und das Wasserholen erledigt hatten. Barfuß im öligen Schlamm, zwischen Müll und Scherben, dürren Ziegen und kokelnden Feuern – und unter den missbilligenden Blicken der Clanchiefs. Mädchen und Fußball: Das gehörte sich nicht! »Fußball macht Frauen unfruchtbar, das weiß man doch«, sagte John Mmoba, der Yoruba-Chief zu Precious' Vater Tony. »Es macht sie dünn und hässlich, wie sollen sie da einen Mann finden?«, warnte Florence Otuwe, die Ibo-Heilerin, Precious' Mutter. Mr Bones, der Juju-Sangoma, schwieg und verscheuchte die Fliegen mit seiner Ochsenschwanzknute, während seine sauren Augen Precious beobachteten.

Gut, es war ja nur eine rote Dose. Und außerdem waren es nur Mädchen. Sie würden bald zur Vernunft kommen und sich für Männer interessieren und im Petroleumhafen oder als Dienstboten arbeiten. Oder als Prostituierte. Die Frauen des Deltas waren berühmt für ihre Schönheit, viele von ihnen wurden von den Vätern nach Italien verkauft, um für schwitzende weiße Männer die Beine breit zu machen und ihren Familien Geld zu schicken, damit die Söhne im eigenen Mercedes spazieren fahren konnten. Sollten sie bis dahin mit Dosen spielen.

Irgendwann waren es elf Mädchen. Sie nähten aus Lumpen Bälle und füllten sie mit Plastikabfällen, und Precious Lee lehrte sie die Namen der Delta Queens, der Rivers Angels, und alle durften sich Spitznamen der Super Falcons aussuchen, der Frauennationalmannschaft Nigerias. Dem besten Soccerteam Afrikas. Besser als alle Männerclubs zusammen! Natürlich wollten alle wie Stella Mbachu und Perpetua Nkwocha, die Stürmerinnen, heißen. Nur die kurzatmige Onome entschied sich für »Oliver Kahn«.

Die Jungs des Distrikts machten sich über die Lumpenkrähen lustig, die von Precious so drollige Spielzüge lernten wie »der Skorpion« oder »der Moskito«. Die Mütter gaben ihren Töchtern noch mehr Pflichten, die Väter drohten, dass sie kein Schulgeld mehr bekämen, doch die Mädchen spielten jeden Tag, sie schlichen sich weg, denn Fußball mit Precious war das Einzige, was all das wert war, durchzuhalten.

Mr Bones, der Juju-Priester, schwieg immer noch und sah, seine Knute träge nach den Fliegen schwingend, zu, wie Precious Lee die Freiheit zu den Frauen brachte.

An einem Abend hatte George Lee seine jüngere Schwester verfolgt. Er kam nicht allein; sie waren zu fünft und traten den Mädchen den Lumpenball unter den Füßen weg, trieben ihn johlend zwischen sich hin und her. Immer wenn eines der Mädchen nach dem Ball angelte, stießen es zwei Jungen grob zu Boden, traten ihr auf die Hand, in die Rippen. »Holt ihn euch, wenn ihr könnt!«, höhnte George zu seiner Schwester, die das Spiel mit zornigen Augen beobachtete. Spiel? Nein. Das war kein Spiel mehr.

Mit dem Kampfschrei »Yansà jecua jei!« stürzte sich Precious auf ihren Bruder, täuschte nach links – und holte sich den Ball. »Christie! Kahn! Nkwocha – Moskito!«, rief sie, nun bewegten sich auch die anderen Mädchen, schirmten sie im Schwarm von den Jungs ab, und Christie nahm Precious' Pass auf, dribbelte rückwärts, flankte weit über Georges Kopf zu Precious zurück.

»Das war unfair!«, schrie George mit sich überschlagender Stimme. Und setzte Precious nach, riss an ihrem T-Shirt, kam wieder an den Ball. Die Mädchen und Jungen kämpften atemlos und verbissen. Mit den Füßen. Fäusten. Zähnen.

Zum Schluss kämpften nur noch George und Precious, wer als Erster den Lumpenball gegen den Karton schoss, den sie als »Tor« gegen einen Drahtzaun gelehnt hatten. Immer wieder riss George Precious an ihrem Shirt, umklammerte sie, kniff ihr grob in die Brüste – bis sie mit der Ferse den Ball erreichte und ihn ihrem Bruder durch die Beine tunnelte und ins Tor schoss.

»Gooooaaal!«, schrie sie, und dann: »Yansà jecua jei!« Die anderen Mädchen fielen ein in den Kampfschrei der Göttin des Sturms, der Wasserheiligen Oyà Yansà: »Yansà jecua jei! Yansà jecua jei!«

Schwer atmend stieß George Precious von sich, hielt sich die Seiten und ging keuchend auf die Knie. Precious' Brustwarzen glühten vor Schmerz. Trotzdem ging sie auf ihren Bruder zu und reichte ihm die Hand. »Wir können uns den Fußball teilen«, sagte sie. George spuckte aus. Seine Augen waren dumpf, hasserfüllt. »Das ist kein Fußball«, zischte er. »Das ist ein Stück Dreck. Genauso ein Stück Dreck wie du – *Ogbanje!*«

Ein paar Tage später übertrug Precious die Aufsicht der Mädchen an Christie, die stolz war, von Geburt so zu heißen wie die Kapitänin der Super Falcons, Christie George, und stieg in ein Sammeltaxi. Als sie nach drei Tagen zurückkam, müde, verdreckt, aber glücklich, wölbte sich unter ihrem Shirt eine Kugel, rund und prall.

»Du siehst aus wie eine schwangere Prinzessin!«, jubelte Christie. »Ja, wie ein fettes Huhn von Mr Bones dem Juju-Mann«, lachten die anderen, »oder wenn du gemästet wirst im Fattening-House für deinen künftigen Mann!«, schwärmten die Ibo-Mädchen.

Precious hatte bei diesen Worten abrupt aufgehört mitzulachen. »Ich will mehr vom Leben als nur einen Mann«, sagte sie rau.

Die Mädchen schwiegen betreten.

Dann zog Precious den weißen glänzenden Fußball unter ihrem Shirt hervor. »Der hier, der wird euch mehr bieten als ein Fattening-House und ein Mann es jemals tun können!«

Ehrfürchtig betrachteten die Mädchen den zuckerweißen Ball. »Woher hast du ihn?«, fragte die dicke Mabel. »Hast du ihn … gestohlen?«

Precious lachte. Sie war nach Lagos gefahren, zu »Search & Groom«, der regierungsunabhängigen Initiative für Streetsoccer in Nigeria. Tausende Straßenkinder spielten dort, sie stellten Ligen auf, trainierten gemeinsam, fuhren zu Straßenfußball-WMs, nach Deutschland, nach Schottland, sogar nach Südamerika! Und manche von ihnen wurden von den Talentsuchern der großen Fußballvereine Afrikas entdeckt. Und dann … stand ihnen die Welt offen. Sie könnten eines Tages für England spielen. Für

Finnland. Oder für Deutschland, dem besten Team des Universums! Gut, nach den Super Falcons, versteht sich.

»Aber … wir sind doch nur Mädchen«, sagte Melba, die bei einer Explosion der Shell-Pipelines ein Auge verloren hatte.

»Nur Mädchen?«, wiederholte Precious. »Was soll das heißen?«

Precious sah in den Augen der Kinder die Antwort. Sah die Prügel und die Vergewaltigungen. Sah die Essensreste, die sie aus den Schalen der satten Brüder herauskratzten, sah die Märsche zu den Brunnen und Feldern, sie sah die Angst, auf diesen Wegen verloren zu gehen, ohne dass es jemanden kümmerte. Sie sah die Furcht, gegen all das aufzubegehren.

»Wer nur ein Mädchen bleibt, wird immer verlieren. Aber wisst ihr, wer nicht? Soccer! Solche wie Stella, wie Perpetua, wie Christie! Und wir sind Soccer und wir werden spielen!« Precious hatte sie als Mannschaft bei »Search & Groom« gemeldet. Sogar Melba und auch die kurzatmige Onome mit ihrem Erdgasasthma. Sie nannte sie Dock Princesses – Hafenprinzessinnen. Und in vier Wochen war das erste richtige Spiel gegen andere Mädchen- und Streetteams aus dem ganzen Delta – direkt in Port Harcourts Liberation Stadium!

Daraufhin lachten die Mädchen, sie wollten das weiße Leder berühren, und Precious ließ sie alle ihre Hände auf den Ball legen.

»Lasst uns schwören«, rief sie.

»Auf die Göttin Yansà?«, fragte Christie, und die halb blinde dicke Melba wisperte: »Dürfen wir das denn ohne Mr Bones?«

»Fußball braucht keine Götter und keinen Mr Bones«, antwortete Precious nach einer Weile. »Denn Gott ist kein Spieler.« Sie dachte kurz nach. Dann: »Mein Leben ist mein Spiel. Kein Gott und kein Mensch spielt es für mich. Mein Leben. Mein Spiel.«

»Mein Leben! Mein Spiel!«, wiederholten die Mädchen, erst zögernd, dann lauter, »My life, my game!«, sie stampften im Rhythmus der Wörter und klatschten im Takt, und so schworen elf Mädchen auf den Fußball und besiegelten den Pakt der Dock Princesses.

An diesem Abend wurde Precious das erste Mal überfallen. Die Schatten waren mit den Fledermäusen aus der Nacht gekommen, und sie schlugen der Hafenprinzessin mit einem Eisenrohr von hinten in die Kniekehlen. Dann begannen die gesichtslosen Schemen, auf die sich im Sand krümmende Precious einzutreten. Einer versuchte, den zuckerweißen Ball aus ihren Armen zu reißen. »Lass ihn los, dann kannst du gehen!«, zischte die sich überschlagende Stimme, Precious rollte ihren mageren Körper um das Leder, spannte alle Muskeln an. Sie traten ihr gegen den Kopf.

Und dann hörte sie Schreie, Schritte, ein Sausen und Sirren in der Luft – und da war es auf einmal vorbei.

Als Precious aufsah, kniete Mr Bones der Juju-Hexer mit einer Machete vor ihr. Die Schläger waren weg, verschluckt im Schweigen, doch Precious spürte, wie tausend Augen aus der Dunkelheit warteten, was als Nächstes geschah.

»Precious, die Kostbare ... ist dir dein Leben so wenig kostbar, dass du es für einen Fußball gelassen hättest?«

Sie schlug seine Hand weg, als der Witchdoctor ihr helfen wollte.

»Stolze Hafenprinzessin, mutige Schlammkönigin, der Ball soll also dein *juju,* dein *Fetisch* sein ...«, flüsterte der Voodoopriester. »Aber er wird dich nicht vor deinem Schicksal retten. Deine Träume sind zu groß für diese kleine Welt. Zu groß für diese kleinen Mädchen. Vergiss das Spiel im großen Stadion. Du machst es ihnen sonst nur schwerer.«

Precious starrte ihn an. Er war alles, was sie hasste. Die

Regeln. Die Geister. Nichts ging in Afrika ohne Männer wie ihn, nichts. Sie flüsterte: »Es sind, verdammt noch mal, keine kleinen Mädchen!«

Auf dem Weg nach Hause vergrub sie den Ball in einem Kanal, unter Asche und Kot. Er würde morgen stinken wie die Rückseite eines Wasserbüffels, aber wenigstens spielten sie kein Handball.

Am nächsten Tag humpelte Precious durch den Slum, um mehr Mädchen zu rekrutieren, und sie trug den Dock Princesses auf, nicht allein durchs Township zu gehen. Sie verschärfte das Ausdauer- und Krafttraining, damit die jungen Frauen schnell und hart wurden, sie brachte ihnen bei, leise wie ein Schatten und wach wie ein Falke zu sein. Auf dem Platz. Und in den Nächten.

Es nützte nichts. In der folgenden Woche holten sie sich Christie. Mit geschwollenen Augen und zerschlagenen Lippen quälte sich die Stürmerin zum Training. Und sie brachte mehr Mädchen mit. Bald waren sie 15, dann 19, und als die Sonne blutrot versank, waren sie 22; die jüngste acht, die älteste 15. Precious ließ sie alle auf den Ball schwören und dann gegeneinander spielen, wie echte Mannschaften. Sie würden den Jungs und der Welt schon zeigen, wo der Ball rund ist!

In der darauffolgenden Nacht wurden Onome und drei der Ibo-Mädchen in ein Fattening-House geschafft. In fünf Wochen würden sie verheiratet werden, und dann war Schluss mit diesem Unfug!

Jetzt wurde Precious wirklich wütend. Verdammt, sie hatten ihr ihre beste Torwartin und das halbe Mittelfeld genommen! Dahinter konnte nur Mr Bones stecken! Hatten die Männer und Mütter denn so viel Angst vor einem Fußball? Dann musste es stimmen: Der weiße Ball hatte die Macht, die Welt zu verändern. Er musste einen mächtigen Geist besitzen. Es wurde Zeit, ihn anzurufen.

Die grauen Frauen, die das Masthaus führten, schrien auf, als ein weißer Dämon durchs Fenster schoss und einmal quer über den Esstisch raste, Geschirr und Speisen mit sich riss, die Öllampen umstieß, die augenblicklich die Bastmatten in Brand setzten.

Onome hielt ihn mit einem Sprung auf.

Die Dock Princesses kamen wie ein Sturm über das Fattening-House. Rasch und präzise, eine Viererkette deckte die Eingänge, die Verteidigung sicherte den Rückzug, die Stürmerinnen lösten die Fußringe der trägen Mädchen, die den Göttern schon reichlich Gin geopfert hatten, das Mittelfeld half ihnen hinaus. Kein Schiri weit und breit. Precious stand mit geballten Fäusten vor der brennenden Hütte. »Guter Schuss«, rief Onome Precious glücklich zu. »Gut gehalten, Löwenhand Kahn«, antwortete Precious. »Du gehörst ins Tor, Sister, wenn du sogar Geister halten kannst!«

Die Nachricht von ihrem Angriff auf das Masthaus und das Gerücht, sie hätten Juju-Magie und einen Ball benutzt, der sich in einen brennenden Kochtopf verwandelt hätte, verbreiteten sich schneller, als der Regen fiel. Immer mehr Mädchen aus ganz Port Harcourt gesellten sich zu den Spielerinnen und wurden zu Soccer Sisters. Sie schauten beim Training zu, nähten Trikots in den neun Farben der Sturmgöttin Yansà, kochten Fufu, tanzten am Spielfeldrand, sie steckten einander an mit Stolz und Mut – und auf einmal waren es die Brüder, die zu den Wasserlöchern gehen mussten und auf den Markt, denn die Mädchen waren es leid, die Sklavinnen aller zu sein und niemals Herrin ihrer selbst. Doch nun mussten sie nicht mehr allein für sich kämpfen, jetzt waren sie ein Team!

Precious wurde so innig gehasst, wie sie bewundert wurde.

Eine Delegation holte Precious' Vater Tony und schleifte ihn zum Clanchief John Mmuba. »Du hast deine Tochter an die Wassergeister verloren, sagte mir dein tapferer Sohn«, hielt der ihm vor, »sie ist eine *Ogbanje*, sie wird den anderen Töchtern Unglück bringen, bald wird Schlamm in ihrem Blut sein!« Wenn Precious sich nicht bekenne, aus den bösen Wassern zu kommen, würde alles um sie herum unfruchtbar – die Frauen, die Tiere, das Land, sie würde Unglück über alle bringen. Doch man würde Precious' Vater nicht allein mit seiner Dämonentochter lassen. Ein Shango-Priester aus Abeokuta sei unterwegs, um sie zu heilen.

Fünf Tage vor dem Spiel führte ihr Vater die Männer zu Precious Schlafstatt unter einer Plane. Sie nahmen sie mit. Und den verfluchten Ball. Ohne diese beiden würden die Fußballprinzessinnen zu dem werden, was sie von Natur aus waren: nur Mädchen.

Rötlicher Sand klebt wie Blut an der Mauer. In der Mitte des Raums: ein Altar. Ausgeblutete Hühner, Ziegenhufe, das Fell einer Katze, Kästen und Tiegel. Männer tragen die sich windende Precious hinein, reißen ihr den Ball aus den blutverkrusteten Händen, fesseln sie mit Stricken an den Füßen, fixieren ihre Arme auf dem Boden. Der fremde Priester mit dem weißen Umhang pustet Precious ein nach Leichenwasser riechendes Pulver ins Gesicht, in die Augen, in den Mund. Sie wird ohnmächtig.

Wenn sie kurz erwacht, versteht niemand ihre Worte, denn ihre Zunge ist angeschwollen, füllt ihren Mund aus. Trommeln dröhnen, sie sieht Tanzende, sie schwitzen, singen, Blut tropft aus Tierköpfen auf sie herab. Precious' Haut brennt und juckt, der Priester raunt ihr zu: »Ich werde dich heilen.« Drei Nächte und Tage dauert das Ritual. Wenn Precious zu sich kommt, kreist der Priester mit einer Kalebasse über ihr und zischt: »Du bist eine *Ogbanje* – eine Wassergöttin. Gestehe, gestehe, gestehe!« Sie sieht den weißen Ball zwischen ihren gespreizten Beinen, sie fragt sich, wie die Dock Princesses ohne ihn trainieren, sie fragt sich, von was sie geheilt werden soll, sie fragt sich, ob jemand kommen wird, um sie zu retten.

Niemand kommt.

Als sie das nächste Mal erwacht, kniet sie in einer zugenagelten, nach Gin stinkenden Kiste.

Sie ruft. Sie schreit. Sie stemmt ihren Rücken gegen den Deckel, sie drückt mit den Füßen, sie wirft sich hin und her, nichts gibt nach. Sie kann faulige Erde riechen und ihren süßen Schweiß, ihren sauren Atem.

»Ich gestehe!«, ruft sie. Heiser.

Es ist so still, und sie ruft noch mal: »Ich gestehe, ich bin eine *Ogbanje,* lasst mich GEHEN!«, aber ihre Stimme hat kein Echo.

Precious weint. Sie wird niemals sehen, wie die Hafenprinzessinnen in neunfarbigen Trikots auf einen grünen Platz laufen. Sie wird nie mehr den weißen Ball in den Himmel schießen.

Precious atmet das letzte Mal ein.

In ihrem Todestraum sieht sie Mr Bones, der sich über ihr hin- und herwiegt, er singt ein altes Lied von Traum und Wind, und seine Hände suchen und finden ihren Hals, ihren Leib, er atmet in ihren Mund, er gießt Wasser über ihre aufgeplatzten Lippen – und dann erwacht sie in einen zweiten Traum hinein, als sie hustet und hustet und die schwere, feuchte Luft einsaugt und über ihr ein grauer Morgen heranzieht.

Der Juju-Hexer mit den sauren Augen steht im Schatten der Mangroven und hält ihr den schmutzig weißen Ball hin.

»Precious, die Kostbare … du hast ein mächtiges *Muti* an deiner Seite.« Er wirft ihr den Ball hin, sie ist zu schwach, um ihn aufzufangen. »Dein Fetisch rief mich, er zeigte mir den Weg zu deinem Grab. Du warst tot, Kostbare.« Precious sieht die Grube neben sich. Die aufgestemmte Kiste. Sie sieht das Blut an Bones' Fingern trocknen, mit denen er sie aus dem Schlamm gewühlt hat.

»Aber dein Tod ... war nicht umsonst. Es ist ein Sturm über der Stadt aufgezogen, Precious Schlammkönigin, und in allen Straßen rufen die Frauen und Mädchen deinen Namen.«

Precious greift nach dem Ball, umarmt ihn, und erst jetzt spürt sie, wie Leben in ihren Körper zurückkehrt. Sie steht auf, schwankt, hält sich an dem Ball fest. Etwas pulsiert in ihm. Oder?

Der Juju-Hexer fragt: »Darf ich ... einmal?« Behutsam nimmt er Precious den Ball aus der Hand, legt ihn vor seine Füße, rafft sein Schamanengewand und fängt an, den Ball ungeschickt vor sich herzuschubsen. Dann lacht er und wirft ihn zu Precious.

»Gott ist kein Spieler ... war es nicht das, was du den Mädchen sagtest? Spielen musst du selbst. Du hast recht, Kostbare. Und nun lauf. Spiel dein Spiel. Spiel um dein Leben. Die Hafenprinzessinnen brauchen ihre Kapitänin.«

Sie schaut an sich herab, auf ihren verdreckten Körper, rote und weiße Schlieren aus Blut und Knochenmehl ziehen sich über ihre Beine und Arme, ihr Haar ist schlammverkrustet und mit Laub verklebt, sie sieht aus wie eine wandelnde Leiche.

Und das ist es, was Bundu Ama sieht, als Precious Lee durch die Gassen läuft, den Ball unter dem Arm; sie sehen die tote Tochter Tonys und ihren Geisterball, die Wasserdämonin, die zurückgekehrt ist aus dem Schlamm.

Die Mädchen und Frauen hören auf, im Essen zu rühren und Wassereimer zu tragen, sie lassen die Kochlöffel zurück und laufen ihr nach. Erst eine, dann vier, und dann immer mehr.

Precious läuft und lässt den Slum der Waterfront hinter sich, sie rennt durch die staubigen Straßen von Port Harcourt, sie läuft an Soldaten vorbei, die ihre Maschinenpistolen mit buntem Klebeband verziert haben, vorbei an Mädchen in blau-weiß karierten Schuluniformen, die auf sie zeigen und hüpfen und lachen, an den Märkten und den Bettlern, die beinlos auf Rollbrettern zwischen den Motorradtaxis und Autos entlangfahren und auf Almosen warten; sie ignoriert das Blut, das aus ihrer Nase rinnt, und es sind noch drei Kilometer bis zum Liberation Stadium. Immer mehr Mädchen und Frauen laufen ihr nach, manche tragen T-Shirts, auf die sie mit Fingerfarbe die Buchstaben gemalt haben: »My Life! My Game!«

Der Platz vor dem Stadion ist voller weißer Bullis und Kinder in Fußballtrikots, sie wiegen sich zu Musik, und auf der Ladefläche eines Pick-ups greift eine MC nach dem Mikrofon und rappt: »tell me socca-sista, tell me what's your game. Tell me socca-sista, wanna live a life in blame? Or do you wanna be a Precious, kicking off de rules of all the specious …«

Precious läuft weiter, hinein in den dunklen Tunnel. Sie hört ein Rauschen, Singen und Klatschen, es klingt wie die Maschinengewehre am Fluss, wie die Gesänge des Shonga, wie die Hand ihres Vaters in ihrem Gesicht. Die Wände kommen näher und umschließen sie, es ist, als rissen tausend Fäuste an ihrem Shirt, als legten sich fremde Finger um ihre Kehle. Der Ball unter ihrem Arm wiegt so schwer wie ein toter Hund. Precious lässt ihn fallen, er rollt fort, immer weiter, auf das Licht zu. Sie bleibt stehen. Riecht ihren Schweiß. Faulige Erde. Sie liegt immer noch in der Kiste unter der Erde. Sie weiß, dass sie dem Ball nicht folgen darf. Dass sie sterben wird, wenn sie es tut.

Ein schlanker Schatten tritt vor das Licht am Ende des Tunnels und hält den kullernden Ball mit der Fußspitze auf.

»Come on«, sagt er. »Du hast dein Spiel noch vor dir.«

Die Falkin Perpetua Nkwocha sieht das verängstigte, dünne Mädchen an, das in der Finsternis verharrt und nicht weiß, ob es tot ist oder gerade erst geboren wird.

Und da hört Precious es. Sie rufen. Sie rufen ihren Namen.

Dann tritt sie ins Licht.

Arnold Küsters

Sauberer Urlaub, das

Urlaub an der Côte d'Azur. Blaue Küste. Malerische Buchten, verschwiegene romantische Flecken, Palmen, Pool, Picasso, das einzigartige Sonnenlicht, das schmale Küstensträßchen, die geduldige Freundlichkeit der Menschen. Die Wärme. Die Harmonie. Die Landschaft. Hochglanzromantik. Wie herrlich. Wie klar.

Klar. Das ist die eine Seite des Urlaubs. Es gibt aber auch die andere. Die hässliche Seite. Ich muss das ansprechen, denn ich lasse mich längst nicht mehr täuschen. Auf gar keinen Fall. Nix »dolce far niente«, süßes Nichtstun. Die Idylle kann trügen. Auch in ihr, vielleicht sogar gerade in ihr, keimt ein besonderer Schmutz. Überall. Nicht, dass es dort übertrieben schmutzig ist. Ich täte den Menschen und der Tradition in diesen Regionen Unrecht. Nein. Es gilt, nicht unnötig Spuren zu hinterlassen.

Und das bedeutet: Sauber machen vor der Heimfahrt! Die Spuren befristeter Existenz in der Ferienwohnung auslöschen! Als wäre ich niemals an diesem Ort gewesen. Was nicht bedeutet, einfach nur mal eben so grob zu wischen. Nicht einen einzigen Hinweis zu hinterlassen, das ist wahre Kunst und Herausforderung zugleich. Eine Aufgabe, der ich mich gerne stelle und die ich mit dem wohlverdienten Stolz eines Fachmanns ausführe. Jedes Mal aufs Neue.

Ein Urlaub, der nicht mit einer gründlichen Reinigung abschließt, was sage ich, der kein sauberes Ende hat, hinterlässt bei mir ein Gefühl von Unreinheit, das mich sehr belastet. Und den – ja, das kann man so sagen –

keimenden Verdacht, dass aus meinen Hinterlassenschaften Rückschlüsse auf meine Person, mein Leben und meine Ansichten gezogen werden können. Ein achtlos zurückgelassenes Haar in der Dusche, gekringelt auf blendend weißem Porzellan, kann trotz seiner augenscheinlich geringen Bedeutung und Größe eine Katastrophe sein. Dieses Haar ist in der Tat keinesfalls unbedeutend, es offenbart die Existenz, d. h. die körperliche und auch geistige Haltung seines Besitzers. Ein mir schier unerträglicher Gedanke. Das verstehen Sie sicher.

Ich kann Ihnen nicht sagen, wann und warum es begann. Wahrscheinlich hat es damals einfach so angefangen. Vielleicht schon während des Studiums. Wie so vieles in jenen Jahren begonnen und das weitere Leben grundlegend verändert hat. Es mag sein, dass ein nachlässiges Abwischen von Spüle oder Klobrille der Auslöser war. Wie man das halt so macht als junger Mensch. In Südfrankreich, Portugal oder am Gardasee. Mein Gott, ist das lange her! Über Hygiene hat sich damals doch kein Mensch Gedanken gemacht, geschweige denn über die Bandbreite der einsetzbaren und eigentlich schon damals unverzichtbaren Reinigungsutensilien.

Mittlerweile fahren wir nicht mehr ohne Profi-Ausrüstung in den Urlaub. Seien es nun in die verdienten »14 Tage« oder auch nur in die schnellen Wochenenden zwischendurch, Städtereisen und die gelegentlichen nachmittäglichen Fahrten »ins Blaue«. Ich bin stets auf das Beste gerüstet.

Dementsprechend beginnt die Urlaubsplanung selbstverständlich früh im Jahr. Scheuermittel in verschiedenen Stärken, Dosierungen und Füllmengen, dazu farblich nach Wirkungsgrad akkurat sortiert. Flüssigreiniger im handlichen 5-Liter-Sparkanister gibt's übrigens in bei uns in ausreichender Zahl vorhandenen Gebinden, meist im Frühjahr in diesem gut sortierten Supermarkt unseres Vertrauens an der Ecke. Um schnell und effizient einkaufen zu können, studiere ich in diesen frühen Wochen ausführlich alle mir zugelieferten Prospekte. Im Internet bestelle ich nicht. Ich muss die Qualität der Ware direkt vor Ort begutachten können. Eine Produktbeschreibung alleine nützt mir rein gar nichts. Außerdem möchte ich den örtlichen Handel stärken.

Stets erwerbe ich den Vorrat für das ganze Jahr. Na ja, und ein bisschen mehr. Das hat sich als äußerst praktikabel erwiesen. Man kann ja nie wissen, was noch so kommt. Mein Supermarkt ist mir auch deshalb so wichtig, weil ich mich auf das Fachpersonal verlassen kann. Wissen Sie, die kleine, etwas blasse Kassiererin mit den dünnen Haaren und der, leider oft etwas unsauber wirkenden, abgeplatzten Nagelmodelage, kennt mich und meine Wünsche schon und hält, gegen eine kleine Aufmerksamkeit versteht sich, eigens einen besonders großen und gut sortierten Vorrat zurück.

Ein ganz wesentlicher Bestandteil meines Profiputzzeugs sind übrigens die verschiedenen Ausführungen und Qualitäten antistatischer Wischlappen. Yes. Sie können mir glauben, ohne diese segensreichen Helfer geht bei mir gar nichts. Mehrere Sparpackungen Gummihandschuhe gehören selbstredend ebenso zur Standardausrüstung. Ich muss an dieser Stelle eingestehen, dass ich auf die Putzbürsten aus der örtlichen Blindenanstalt zu 4,50 Euro das Stück schwöre. Ein echter Tipp von mir, den Sie beherzigen sollten! Die Bürstenborsten werden noch mit der für den späteren Reinigungserfolg unbedingt nötigen Sorgfalt in die vorbereiteten Holzrohlinge eingefügt. Ich habe mir das einmal bei einer eigens für mich arrangierten Begehung vorführen lassen. Außergewöhnlich, diese flinken Hände, diese Präzision. Da steckt jahrelanges Training drin. Auch wenn sie nicht so aussehen mögen, diese Bürsten sind »high end«. Sie merken sofort, wie schonend ihre ergonomisch perfekte Form für Ihre Handgelenke ist. Da wird die Finca mit Super-

Traumhaft-Blick im Handumdrehen geschrubbt. Im wahrsten Sinne des Wortes.

Diese Bürsten und Bürstchen verlieren, das ist das Wichtigste, keine Borsten. Nicht eine. Es gibt also keine Rückstände, die Schlüsse auf den Benutzer zulassen würden. Warum ich darauf so viel Wert lege? Haben Sie zum Beispiel schon mal eine solche Borste unter dem Schulmikroskop ihres Kindes betrachtet? Ich kann Ihnen versichern, da erzählt Ihnen das anhaftende DNA-Material in Form von Hautschuppen und ähnlich Unappetitlichem, nicht immer dermatologischen Ursprungs, ganze Familiensagas, über mindestens zwei Generationen.

Also, wir haben unsere Ausrüstung wirklich immer dabei. Dafür haben wir uns vor einigen Jahren eigens einen geräumigen Van der gehobenen Mittelklasse zugelegt. Mit ein klein wenig logistischem Sachverstand haben wir noch immer alles schnell verstaut. Man entwickelt ja über die Jahre eine gewisse Routine und Gelassenheit. Wir wissen, auch wenn es mal voll zu werden scheint: Da bleibt noch jede Menge Raum für unsere Urlaubsgarderobe.

Aber ehrlich gesagt, viel Wäsche brauchen wir ohnehin nicht. Im Urlaub geben wir Deutsche uns ja gerne lässig. Flipflops, zwei T-Shirts, eine Shorts zum Wechseln, und schon ist man bereit und bestens angezogen, die Welt zu erobern. Heißt das Urlaubsziel nun »Gut Panker«, Sulzberg-Moosbach, Rom oder Bejing. Wir Deutsche sind so herrlich unkompliziert. Für unsere Städtetrips haben meine Frau und ich eigens kleine Rucksäcke angeschafft, mit doch viel Platz für Erfrischungstücher und Notfallsets für die Klos am Monmartre, am Stachus oder auf St. Pauli.

Eine Einschränkung gibt es allerdings schon. Wenn es um die Frage geht, Schiffsreise oder doch wieder Allgäu, bin ich konsequent. Mich kriegt niemand auf ein Kreuzfahrtschiff. Nicht, dass ich seekrank würde oder einen Untergang befürchte. Nein. Es ist nur so, dass ich es bisher noch nicht annähernd habe berechnen können, was ich an Reinigungsmitteln und vor allem an Zeit brauchen würde, um meinen Ansprüchen an Sauberkeit gerecht werden zu können. So eine Queen Mary 2 ist selbst für mich leider eine Nummer zu groß.

Da hat die Ferienwohnung im Oberallgäu schon eine völlig andere Qualität. Wir fahren seit mehr als zwanzig Jahren immer in den gleichen Ort. Inzwischen haben wir nach einer Reihe von Tests eine Wohnung gefunden, die unseren Bedürfnissen und Ansprüchen genügt. Über die Jahre hat sich ein echtes Feriengast-Vermieter-Verhältnis entwickelt. Wir sind in der Tat, bei aller Bescheidenheit, gern gesehene Gäste. Wir verlassen die Ferienwohnung sauberer, als wir sie vorgefunden haben. Weil wir dort jede Ecke, jeden Winkel, jede noch so versteckte Möglichkeit für die Ansammlung persönlichen »Schmutzes« kennen. Dort Sauber machen hat schon fast etwas von lieb gewonnener Routine.

Mir einen Putzfimmel unterstellen zu wollen, geht völlig am wahren Kern meiner Tätigkeit und meiner Absicht vorbei. Ich sage immer: Wer putzt, der ist. Ich bin eben für Klarheit. Keine halben Sachen. Das gibt's bei mir nicht. Am wenigsten beim Putzen. Nicht sauber, sondern rein muss es sein. Kein Werbespruch, sondern Herzenssache. Da muss auch schon mal ein Tag investiert werden. Wenn es die Umstände verlangen auch zwei oder mehr. Da bin ich leidenschaftslos korrekt. Den Aufwand berechne ich nach Urlaubsort. Im Allgäu z. B. reichen in der Regel ein paar Stunden. Wie gesagt, man kennt ja die Örtlichkeiten. Da geht der Ferienendputz ruck, zuck.

Oft bekomme ich von den Vermietern zu hören: »So gut hat es bei uns schon lange nicht mehr geduftet. Welches Deo benutzen Sie denn, wenn ich fragen darf?« Aber verraten? Verraten tue ich nix. Das ist eine Art Berufsgeheimnis, über Jahre, in etlichen VHS-Kursen und Internetrecherchen, intensiven Diskussionen in Internetforen, in Fachseminaren und auf einschlägigen Messen eingesammeltes Fachwissen. Das gibt Man(n) nicht einfach preis! Niemals.

Aber letztlich geht es darum gar nicht. Mir ist es wichtig, dass von mir und meinem Leben keine Rückstände bleiben. Nicht mehr und nicht weniger. Die Interpretation dieser Rückstände befördert doch nur Missverständnisse und Fehleinschätzungen meines Charakters, die ich niemals werde richtigstellen können. Nein, in unserer Welt existieren schon zu viele Irrtümer, Gerüchte und Vorurteile, da will ich nicht derjenige sein, der durch sein Verhalten neue hinzufügt. Das ist mir ganz wichtig. Und das bin ich unserer Umwelt schuldig. Würden doch alle Menschen ähnlich denken! Die Welt wäre im besonderen Sinn des Wortes sauberer in der inneren und äußeren Darstellung. Ich bin jedenfalls froh, dass ich meinen bescheidenen Teil zu einer besseren sauberen Welt beitragen darf.

Um nur ja keinen falschen Zungenschlag in die Sache zu bringen: natürlich buchen wir unsere Ferienwohnungen ausschließlich »mit Endreinigung«. Ich will mich auf keinen Fall gezwungen fühlen, am Ende meiner Ferien putzen zu *müssen;* um mich anschließend dann auch noch den kritischen Augen der argwöhnischen Vermieterin auszusetzen. Ich käme mir dabei nackt und schutzlos ausgeliefert vor. Niemals freiwillig. Unter gar keinen Umständen!

Ich werde niemals öffentlich machen, dass ich trotz der vertraglich vereinbarten »Endreinigung« mein komplettes Putzprogramm durchziehe. Bisher haben – ausnahmslos – alle unsere Vermieter keine Kenntnis von meiner Einstellung dem Leben gegenüber und damit auch nicht von den damit verbundenen Aufgaben. Der Schutz meiner Privatsphäre ist unabdingbar Grundlage meiner Lebensphilosophie.

Zudem will ich verhindern, dass die Vermieter schon bei der Buchung wissen, dass sie nicht nachwischen müssen, und ihr so verdientes Extrageld frecherweise im Vorhinein verplanen. Sie werden in dem Fall nämlich selbstverständlich erwarten, dass ich trotz der Vertragsklausel »mit Endreinigung« putze. Ich höre schon den Hausherren: »Du, die Weidenfels aus diesem Kaff, wie heißt es gleich, Breyell oder so ähnlich, haben wieder gebucht. Du weißt schon, die Familie, wo der Mann immer Gummihandschuhe trägt. Das gibt ein hübsches Sümmchen extra. Sauber machen brauchen wir bei denen nicht, und du kannst dir bei Quelle endlich dieses Sommerkleid mit dem tiefen Ausschnitt bestellen, Schätzelein«. Widerliche Vorstellung. Nee, nicht mit mir. Ich sehe förmlich das Händereiben der beiden. Alleine diese Vorstellung treibt mir dicke Pickel ins Gesicht. Wer kann schon aus seiner Haut raus? Ich bin nun mal für klare und saubere Verhältnisse.

Aber das nur nebenbei. Viel wichtiger ist: Putzen, gerade auch im Urlaub, ist eine unglaublich entspannende Angelegenheit, die mir sehr viel Kraft für den Alltag gibt. Man ist ähnlich auf sein Selbst zurückgeworfen, wie das zum Beispiel auch beim ausgiebigen Spülen schmutzigen Geschirrs im warmen Wasser der Fall ist. Jedenfalls für mich. Die seelische Kraftquelle Putzen wird umso größer, je intensiver ich auch kleinste Ecken nicht auslasse. Gerade sie sind doch die entscheidenden Bereiche. Nur wenn sie klinisch rein sind, kann ich am Ende des Urlaubs beruhigt meine Koffer packen.

Sie müssen das mal probieren, Sie werden ihr blaues Wunder erleben: Rücken Sie den Herd von der Ferienwohnungswand weg, nehmen Sie den Fett lösenden Wischlappen und Sie werden am Ende des Tages zufrieden mit sich und der Welt im Bett liegen. Das Aus- und Einräumen von Hängeschränken, Kommoden, Schubladen und Bettkästen versorgt Sie mit einem Gefühl der

Erhabenheit, von dem Sie über den Urlaub hinaus reichlich zehren werden.

Ich putze vor der Abreise grundsätzlich bei zugezogenen Vorhängen bzw. heruntergelassenen Rollläden und am liebsten noch vor dem Morgengrauen, damit die Vermieter und die übrigen Gäste nichts mitbekommen. Mit einer starken Taschenlampe, am Besenstiel befestigt, oder einer kleinen Grubenlampe an der Baseballkappe, besser noch einer dieser Stirnlampen, wie sie Jogger neuerdings bei schlechter Sicht gerne benutzen, ist das alles kein Problem. Glauben Sie mir.

Die Entsorgung des Mülls ist ebenfalls nur eine Frage der genauen Planung. In aller Regel nehmen wir den Abfall der zwei Wochen mit heim. Dazu haben wir uns eigens eine Dachbox mit abschließbarem Deckel fest auf das Auto installieren lassen. Da geht alles locker rein, sogar die Reste aus unserem Kugelgrill mit integriertem Aschefach. Nun gut, es ist etwas schwierig mit den Gerüchen, wenn unser Halt auf der Raststätte etwas länger dauert als geplant. Gerade bei Sonne. Aber man muss eben Opfer bringen. Meine Frau sieht das mittlerweile genauso. Warum soll irgendjemand aus unserer Mülltüte herauslesen wie aus einem offenen Buch, wie wir unseren Urlaub verbracht haben? Oder denken Sie mal an die olfaktorische Fundgrube Wäschesack. Sehen Sie! Da verstehen Sie sicherlich, warum ich die komplette Bettwäsche zur Reinigung bringe, rechtzeitig bevor wir die Fewo verlassen. Die letzten zwei Urlaubsnächte verbringen wir dann immer auf unseren Luftmatratzen. Wie früher, als wir noch auf »unseren« Campingplatz an den Gardasee fuhren. Das hält jung und diese besondere Stimmung ist wieder zurück. Ach, diese Nächte bei Kerzenschein, dem restlichen Rotwein, dem Camembert. Viel zu kurz! Meine Frau hat sich daran gewöhnt, am Morgen unserer Abreise noch schnell aus dem Teppichboden die Gummireste der Matratzen herauszureiben.

Ich habe meine Frau übrigens von Anfang an ermutigt, sich ein Stück weit intensiv einzubringen. Sie macht das inzwischen sehr gut. Zur Belohnung bekommt sie zu Hause dafür ein paar Pralinés von mir. Und sie weiß mittlerweile auch, was wahre Erholung für mich bedeutet: die unbedingte Entscheidungsfreiheit. Sie ist es doch, die wir im Urlaub suchen. Da will ich mir aussuchen können, zu wem ich mich an den Tisch setze, und da will ich am Ende auch entscheiden können, ob ich – Achtung! – vielleicht nicht doch ausnahmsweise einmal auf mein Putzen verzichten soll.

Das ist Erholung pur: nicht immer nur nach Schema F zu funktionieren. Nein, auch mal den überraschenden und unkonventionellen Weg gehen! Nicht putzen!

Na ja, eigentlich putze ich dann am Ende ja doch immer. Nach meinen gründlichen und zeitaufwändigen Studien weiß ich, dieser Entscheidungsprozess ist ein nicht zu unterschätzender Reinigungsvorgang in sich. Nämlich für die Seele. Das können Sie mir glauben. Fragen zu können »Lass ich Einblicke in meine Existenz zu? Und wenn ja, welche?« hat etwas enorm Befreiendes, Reinigendes und reicht an den Katharsisgedanken der alten Griechen heran.

Der Akt des Reinigens weist weit über das Profane hinaus. Er beruhigt mich, macht mich im Alltag ausgeglichen und offen für Neues. Das sagt auch meine Frau. Sie hat daher gerne die Aufgabe übernommen, unsere Koffer ins Auto zu räumen, die Luftmatratzen zu verstauen und die restlichen Müllbeutel sorgsam zu verschließen und sortiert in den Fond zu stellen, schon mal die Straßenkarte zu studieren und das Navi zu programmieren. Außerdem führt sie meine über die Jahre verfeinerte Putzcheckliste: Zahl der Zimmer, Ecken, Fugen, Sitzmöbel (Filzgleiter unbedingt austauschen!), Schrankrückwände, Unterseite des Kühlschranks (mit Fasern und Schuppen hoch belastete Wollmäuse durch Luftzirkulation!).

So kann ich mich ganz auf meine Aufgabe konzentrieren. Es ist schön, wenn man einen Partner hat, der versteht, worauf es im Leben ankommt. Abgehakt wird die Liste am Ende allerdings ausschließlich von mir.

Urlaub. Die schönste Zeit des Jahres. Für mich beginnt diese in Wahrheit erst um den zehnten Urlaubstag herum. Schon beim Frühstück spüre ich dann eine erste leichte Nervosität. Ich ertappe mich, wie ich Witterung aufnehme. Wie riecht die Wohnung? Dann überprüfe ich die mitgeführten Reinigungsmittel. Ich schraube wie zufällig den einen oder anderen Sicherheitsverschluss auf, schnuppere an Scheuermilch, Scheuerschwamm und Allzweckreiniger. Essigessenzen mischen sich mit der Raumluft. Zitronenduft steigt lockend in meine Nase. Die Düfte verweisen auf das nahe Urlaubsende und versprechen in ihrer Intensität pures Glück und befriedigende Erfüllung. Es mag Menschen geben, die ihre Stunden am sonnigen Strand verbringen und ihr Glück mit der Geruchsmischung Sonnenmilch und Pommes frites verbinden. Für mich gibt es wenig Schöneres, als an warmen, windstillen Abenden auf einer Terrasse oder einem Balkon zu sitzen, in einer Hand ein Caipirinha und in der anderen Hand ein Cocktail aus Limetten-, Avocado-, Zitronen- und Aloe vera-Konzentrat. Und am Horizont versinkt langsam die glutrote Sonne. Dabei summe ich gerne das alte Lied von den Capri-Fischern.

Wir unternehmen viel im Urlaub. Wir sind ein eingespieltes Team. Auf unseren To-do-Listen stehen Landschaften, Kirchen ebenso wie Museen. Keine Frage. Kultur ist eines der wichtigsten Merkmale, die unsere Existenz erst zu einem menschlichen Dasein macht. Und wir halten uns an eine unausgesprochene Übereinkunft: Ich versage mir, dem Verlangen nachzugeben, die örtlichen Supermärkte nach den Angeboten ihrer Hygiene- und Haushaltsabteilung zu bewerten. Auch wenn es mir schwerfällt, aber anders wäre der häusliche Frieden im

Urlaub nicht gewahrt. Urlaub ist schließlich Urlaub und zur Erholung da.

Aber meine Frau weiß genau: In dem Augenblick, da ich mir die Einweghandschuhe überstreife, gleite ich hinüber in eine andere Welt, erreiche ich mit dem Auswringen des Putzlappens eine höhere Stufe meines Seins. Die immer gleichen Bewegungen, das Hin und Her, das Auf und Ab, haben etwas zutiefst Beruhigendes. Ich bin auf mich selbst zurückgeworfen, kann bei dieser gleichförmigen Tätigkeit Ideen für den Alltag und die Zukunft entwickeln. Der feuchte Lappen in meiner Hand ist sozusagen die Leinwand, die mir Raum gibt für meine Kreativität.

Dabei geht es mir nicht um den allenthalben propagierten esoterischen Wischwasch, der ohnehin nicht mehr ist als ein billiger Lifestyletrend. Nein, beim sorgfältigen Auskratzen der Fugen im Bad gewinne ich eine Ruhe, die ich im Alltag und in den Gesprächen mit meiner Frau weitgehend vermisse.

Wenn ich dann endlich, nach 14 Tagen Allgäu, in unserem Auto sitze, den Kopf an die Nackenstütze lehne und den Schildern auf der Autobahn kurz zunicke, bin ich glücklich. Dann bin ich eins mit mir, meiner Frau, meinem Leben, und ich weiß: Es war ein schöner Urlaub.

Mariam Kurth

Rote Schuhe

In Köln gibt es ein Schuhgeschäft, das ist der absolute Wahnsinn.

Falls eine Frau noch nicht an einem Schuhtick leidet, gesetzt den Fall, so etwas gibt es tatsächlich, wird sie mit Betreten dieses Schuhgeschäfts augenblicklich infiziert.

Das einzige Gegenmittel, welches ich kenne, ist, die Eingangstür zu ignorieren.

Oder sich der Tradition des Veda anzuschließen. Nach dieser Philosophie nämlich ist unsere Welt, inklusive Schuhe, reine Illusion. Wir müssen lediglich unsere ungenügende Wahrnehmungsfähigkeit stärken, um zu dieser erleuchteten Erkenntnis zu gelangen. Nach etlichen Übungsstunden blitzte die Erleuchtung endlich auch vor mir hell auf. Ich erkannte, dass genau diese Ladentür der Eingang zum Nirwana *meines* Glaubens war. Hätte ich mir bloß ein One-Way-Ticket nach Bombay gekauft.

Seit zwei Jahren leide ich nun an dieser Dysfunktion meiner Impulskontrolle und pilgere bei jedem Kölnbesuch in die Schildergasse, um dort meiner Schuhleidenschaft hoffnungslos zu verfallen. Vor einem Monat hatte es mich das letzte Mal gepackt. Fünfmal hatte ich versucht, aus dem Geschäft zu fliehen, ohne einen Einkauf zu tätigen. Ich habe mich meditierend vor dem Geschäft im Lotussitz niedergelassen. Aber das Einzige, was mir das Om-Singen einbrachte, waren mitleidige Blicke und vereinzelte 10-Cent-Münzen in meinem Schoß, die mir die vorbeigehenden Shoppingmotivierten zuwarfen. Der Geist war willig, doch das Fleisch war schwach und hielt dem Sog nicht stand, der mich immer wieder magisch in den Laden zurückzog, in den rechten Gang, nahe der Wand, zum hinteren Podest. Dort, wo die teuersten Schuhe aneinandergereiht gralartig strahlten.

Wie eine Katze umschlich ich das Podest – den Blick auf ein Paar Schuhe gerichtet, das jeden Gedanken, der mir noch das letzte verbliebene Stück real existierende Wirklichkeit meines Portemonnaies vorrechnete: »Njet, nein, Ebbe!«, vernichtete.

Zehn Zentimeter hoher, roter, purer Lack. Wozu, um alles auf der Welt, hat der liebe Gott den Menschen die Kreditkarte erfinden lassen.

Meine Hand schnellte vor, damit meine Gedanken sie nicht mehr niederkämpfen konnten, und berührte die glänzende Oberfläche des einen Schuhs. Wunderbares weiches Leder. Dem Urinstinkt eines Tieres folgend, blähten sich meine Nasenflügel, als ich mein empfindlichstes Sinnesorgan in den Schuh schob und den Duft bis tief hinunter in meine Lenden sog. Der warme, erdige Geruch ließ die Gier in mir aufsteigen. Ich musste ihn sofort anprobieren. Schnell streifte ich meine alten Schuhe ab und die Strümpfe gleich dazu. Meine Zehen kreisten verspielt auf dem kühlen Lack, bis ich sie sanft ihrer Reinkarnation entgegenführte. Wie eine zweite Haut umschloss das Leder meine sehnsüchtigen Füße. Zuerst leicht spannend dehnte sie sich mit jeder Bewegung ein wenig mehr aus, bis sie letztlich eins mit mir zu werden schien. Meine Beine zitterten vor Erregung. Einem jungen Fohlen gleich stakste ich durch den Raum, tänzelte über den weichen Teppich, der unter mir nachgab, während ich Schritt für Schritt die Hacken in ihn hineinbohrte.

Als hätte ich morgens schon gewusst, dass mich dieses traumschöne rote Paar Schuhe erwartete, hatte ich eine blaue, enge Jeans angezogen, die nicht besser dazu passen konnte, wirkten doch nun meine Beine modelgleich fünfzig Zentimeter länger. Das Bild, das mir der Spiegel zeigte, war so perfekt, dass es einem Albtraum gleichgekommen wäre, sich dieser Schuhe wieder entledigen zu müssen.

Ich schwebte zur Kasse, zückte meine Visa und lächelte die Verkäuferin verträumt an, während sie den dreistelligen Betrag eingab und mich unterschreiben ließ.

Ich war meiner Sucht erlegen, die alten Schuhe lagen vergessen auf dem Boden, aber ich stolzierte glückselig mit meinen neuen roten Schuhen an den Füßen aus der Tür.

Das Klacken der Absätze führte mich durch die Gassen des Einkaufsviertels – jeder Blick in ein Schaufenster spiegelte meine Schönheit wider – und hielt vor einem Coffeeshop. Ich setzte mich, schlug meine Claudia-Schiffer-Beine übereinander, genoss die Bewunderung der Vorbeigehenden und bestellte mir, glücklich darüber, mir nie ein One-Way-Ticket nach Bombay gekauft zu haben, einen Yogitee.

Moritz Fichtner

Sterba und das Schwein

Hier, lieber Landrat, ohne weitere Einleitungen gleich der Bericht über jene leidige, uns hier im Unteramt noch immer verwirrende Angelegenheit mit dem Wildschwein. Sie haben zwar, als Sie jüngst die vierteljährliche Routinebesichtigung des Unteramts durchführten, einen streng geführten, geradezu nackten Amtsbericht gefordert, doch nehme ich mir die Freiheit, Ihnen zunächst privatim einen Abriss zu geben. Dies tue ich vor allem um der Gerechtigkeit und um jenes Erich Sterba willen, der die Wildsau fand! Eine unter Umständen auftretende epische Breite des Berichts bitte ich aufgrund der Besonderheit der Ereignisse zu entschuldigen.

Besagter Sterba hat übrigens, als Sie das Unteramt seinerzeit visitierten, als braver Aktenmann an seinem Schreibtisch über den Akten gesessen; ja, er hat, erinnere ich mich recht, mit dem Kopf im Rollschrank seines Schreibtisches gesteckt und ließ, so schien es, die Gliedmaßen und den Rest seines Körpers nur infolge der ihm widrigen Umstände draußen im Büroraum auf dem Stuhl. Diesen Rest klopften Sie damals, lieber Landrat, klopften ihn wohlwollend, nahmen so viel Arbeitseifer im Unteramt zum Anlass, die Akten dieses Mannes keiner weiteren Prüfung zu unterziehen. Sterba aber, das war bezeichnend für ihn, Sterba reagierte auf dieses Beklopfen seines Gesäßes mit einem bescheidenen Lächeln, welches als ein glucksender, huhnhafter Ton aus dem Rollschrank hörbar wurde.

Erstaunlich schon eine solche Episode! Und wie viel

erstaunlicher, wenn man bedenkt, dass diese Episode charakteristisch für Sterba ist, vor allem wenn man bedenkt, wie sich Erich Sterba angesichts des dasitzenden Wildschweines benahm! Ich sage: des dasitzenden Wildschweines, weil ich annehme, dass Sie bis zu dem Punkt, an dem das Wildschwein saß, bereits gerüchteweise über den Vorfall informiert sind. Sollte dieses jedoch nicht der Fall sein, so sei hier kurz und schlicht der Anfang der Geschichte nachgetragen, bei dem allerdings nicht Sterba, sondern eine gewisse Frau Flammery eine Rolle spielt.

Jene Flammery, die hier für die Sauberkeit der Räume verantwortlich ist, tritt eines Maimorgens in mein Amtszimmer, ohne anzuklopfen. Auf mein Abwinken weicht sie jedoch nicht zurück, dringt vielmehr weiter vor in den Raum, stößt mit dem gehissten Schrubber gegen mich vor, bleibt dann vor dem Schreibtisch stehen, reißt den Mund auf, kann aber nicht sprechen, weist stumm mit dem Schrubberstiel aus der offen gelassenen Tür. Dass Frau Flammery nicht spricht, macht mich stutzig, denn die Frau war bis dahin zu jeder Tageszeit sehr wortreich gewesen. Ich sage: »Reden Sie! So reden Sie doch, Frau!«, schlage ihr, da sie nach wie vor schweigt, ungeduldig auf den Schrubberstiel, dass der zu Boden fällt. Frau Flammery jedoch sagt noch immer nichts. Statt des Schrubberstiels zeigt jetzt ihre ausgestreckte Hand zur Tür meines Amtszimmers, und in der Tür stehen Gold, Spoon und Richards, die mit besagtem Sterba in einem Büroraum des Unteramts gemeinsam arbeiten. Spoon und Richards, Sie kennen ihre hölzernen Gestalten, blicken unverwandt auf Frau Flammery, als sei sie es, um die es hier geht, und Gold allein tritt vor, reicht Frau Flammery den Schrubber, streichelt mit der anderen ihr Haar und löst so die allgemeine Starre.

»Was«, frage ich energisch, »was geht hier eigentlich vor?«

Da reden plötzlich alle vier auf mich ein, sodass ich

nichts verstehe, außer jenes verhängnisvolle Wort »Wildschwein«.

»Wildschwein? Was denn für ein Wildschwein?«, frage ich. Ziemlich drohend muss ich wohl gesprochen haben, denn jetzt antwortete nur noch Gold, und zwar sehr zaghaft:

»Mit Verlaub, Herr Amtsrat, es ist ein Wildschwein im Amt.«

Natürlich lache ich laut auf, denke an einen verspäteten April- oder Maienscherz der Beamten. Zwar grenzt, so fällt mir ein, das Gebäude unseres Amtes an den Groß-Brackenroder, Elzumer und Groß-Zweidungener Sauenwald, zwar soll dieser Wald sogar von zahlreichen Sauen und Keilern bevölkert sein, aber den Gedanken, etwa jetzt mit dem Anblick eines dieser unerfreulichen Lebewesen konfrontiert zu werden, weise ich doch weit von mir. Halb widerstrebend, aber wohl wissend, dass man in einem solchen Falle den Leuten nicht die Laune verderben darf, wenn ein gutes menschliches Klima herrschen soll, lasse ich mich von Gold, Spoon und Richards aus meinem Amtszimmer locken und den von erregt diskutierenden Beamten bevölkerten Gang entlang zu ihrem Büro führen. Vor der Tür hält Gold an, blickt durchs Schlüsselloch, nickt und sagt: »Der Mordskerl ist noch bei der Sau!«

Im Verlaufe des weiteren Gespräches stellt sich heraus, dass besagter Erich Sterba, der in dem Büro normalerweise als Bürovorsteher wirkt, der Mordskerl sein soll. Gleichzeitig versichert man sich gegenseitig, dass keiner von denen, die draußen stehen, nur ansatzweise so ein Mordskerl sein könnte. Man ist sich sogar so weit einig, dass – trotz meines ausdrücklichen Verlangens – niemand die Tür öffnen wolle, sondern alle zuvor zumindest eine geladene Flinte verlangen. Hier scheint mir nun der Spaß, wenn auch nicht zu weit zu gehen, so doch zu lange zu dauern. In meiner Fachschulzeit hatte ich zwar während der ziemlich gründlichen psychologischen Schulung gelernt, auf die Leute einzugehen, doch nicht derart, dass dadurch die Arbeit vernachlässigt wird. Ich gebe also vor, den Scherz mitzumachen, und schicke den ängstlichen Spoon in mein Arbeitszimmer, um ihn die dort am Haken hängende Zwölfer-Schrotflinte holen zu lassen, öffne aber, als Spoon fort ist, die Tür zu Sterbas Büro.

Kaum bin ich ins Zimmer getreten, stößt die Flammery mit ihrem Schrubberstiel hinter mir die Tür zu, und ich sehe Sterba an seinem Schreibtisch stehen – nein, liegen. Ich sehe ihn über dem Schreibtisch liegen, das Kinn auf zwei, drei ebenfalls liegende Ordner gestützt. In dieser Haltung blickt der Mann unausgesetzt auf den einige Meter entfernt in der Mitte des Raumes stehenden Bürovorstehersessel und stößt leise Laute aus, die klingen wie »Wum ho! Wum ho! Tier, Tier, Tier!«

»Sterba«, rufe ich, »Sterba, ist Ihnen nicht wohl?«

Sterba jedoch, in unveränderter Haltung, murmelt etwas Unverständliches und fährt dann unbeirrt mit seinem »Wum ho, wum ho!« fort. Als ich daraufhin endlich zum Bürovorstehersessel blicke, sehe ich da etwas Braunschwarzes, sehe Zähne, die aus einem haarigen Gesicht herausragen, eine lange Schnauze mit Plattnase, zwinsende Punktaugen und Ohren wie gebeulte Kaufmannstüten.

Das verschlägt mir den Atem! Wildsau – lebendige Wildsau –, zwinsende Wildsau, denke ich und assoziiere dann mit Mühe: Wildsau muss aus dem Amt entfernt werden, kann mich aber in meiner Verwirrung auf keine Dienstvorschriften diesbezüglicher Art besinnen.

»Sterba«, sage ich endlich, zur Vorsicht auf einen Stuhl und von dort auf Golds Schreibtisch steigend, »geht dieser Scherz nicht eindeutig zu weit, Sterba?«

»Wum ho«, sagt dieser. »Reden Sie leise, leise, Herr Amtsrat! Und in meinem Tonfall. Das beruhigt das Tier! Sehen Sie nicht, wie ängstlich es ist?«

»Ängstlich? Die Sau?«

»Sicher!«, sagt Sterba mit seiner sanften Wum-ho-Stimme. »Meinen Sie, sonst hätte es so stark gekotet?«

»Gekotet?«, frage ich mit wenig sanfter Wum-ho-Stimme. »Es hat gekotet?«

»Ach ja, Sie können es nicht sehen«, sagt Sterba. »In seiner Angst sitzt es auf den Exkrementen! Armes Tier!«

So spricht er weiter, mit viel sanftem »Wum ho«, beruhigend und voller Tierliebe zur Sau, die sich tatsächlich – abgesehen von den Zwinsbewegungen der Augen und Ohren – im Sessel nicht rührt. Auch ich werde auf meinem Schreibtisch ruhiger, setze mich sogar auf die Tischplatte, kreuze die Beine und beginne, ernsthaft die Lage zu überdenken. Ich konstatiere zwei Tatsachen. Erstens: Es handelt sich hier keineswegs um einen groben Jux, sondern das Wildschwein ist selbstständig zugelaufen, und zwar unter den Augen der Frau Flammery. Zweitens: Tierfreund Sterba – er hält sich daheim Kaninchen und hat angeblich einmal durch reines Besprechen eine hinter Gittern rasende afrikanische Löwin beruhigt – versucht, das in den Amtssessel gesprungene Wildschwein durch sanften Zuspruch zum Verlassen des Unteramts zu bewegen. Daraus folgere ich wiederum: Mit meiner Psychologie komme ich hier nicht weiter, und: Sterbas Bemühungen werden erfolglos bleiben und die Sau wird anders zu entfernen sein.

Diese letzte, hoffentlich auch in Ihren Augen, lieber Landrat, richtige Folgerung bringt allerdings die Komplikationen. Jetzt nämlich höre ich Stimmen im Gang laut werden, und in der Tür erscheinen Spoon, Richards und Gold mit der Zwölfer-Schrotflinte. Ich schrecke aus meinen Überlegungen hoch und gebe Befehl, mir die Flinte zu bringen. Was aber geschieht? Spoon, der ängstliche, gibt Gold die Flinte, Gold nickt und bringt sie mir. In dem Moment erhebt sich Sterba und fuchtelt mit den Armen und ruft: »Nicht! Warum das Tier töten?«

»Es muss raus!«, sage ich und will anlegen. »Sehen Sie nicht, dass es rausmuss?«

Sterba jedoch springt vor die Wildsau, verdeckt sie, die vor Schreck die Augen verdreht, mit seinem ganzen mageren Körper, sodass ich nicht zum Schuss komme. Gold und Richards rufen ihm zu, dass dies nicht der rechte Augenblick sei, den Retter zu spielen! Frau Flammery, ganz mütterliche Freundin, mahnt: »Aber Herr Sterba, Herr Sterba – das ist doch die Sache nicht wert!«

Aber Sterba bleibt unerschütterlich auf seinem Posten und wendet ein, dass die Flammery nur an die Verkotungen denke, die sie zu entfernen habe, und wolle allein deshalb dem Tiere nicht wohl.

Ich lasse dahingestellt, was Frau Flammery sich gedacht haben mochte. Zu derlei Untersuchungen, auf die die Angestellten wohl sonst Anspruch haben, bleibt jetzt nicht die Zeit. Ich muss meine ganze Autorität walten lassen, um Ruhe und Ordnung herzustellen.

Als dies geschehen und wieder Schweigen eingetreten ist, unternehme ich pflichtbewusst sogleich einen neuen Versuch, Sterba zu bekehren, und ermahne ihn mit sehr lauten Worten, zur Seite zu treten, aber er weicht nicht und steht da wie zuvor. Ich rufe und schimpfe und gebe ihm schließlich als Amtsrat und Vorgesetzter den dienstlichen Auftrag, von jenem unrechtmäßig besetzten Sessel abzulassen. Aber Sterba rührt sich auch jetzt nicht.

»Das, Sterba«, rufe ich ihm daher nach kurzem Besinnen in scharfer Akzentuierung zu, »das, Erich Sterba, werden Sie zu bereuen haben! Sehr zu bereuen! Dienstlich zu bereuen! Ist Ihnen das klar?«

Wenn Sie jetzt meinen, dass meine Worte diesen Menschen zur Ein- und Umkehr gebracht hätten, so täuschen Sie sich.

»Jawohl«, sagt er stattdessen ganz ruhig, »jawohl, es ist klar, was Sie sagen, Herr Amtsrat, aber … es geht nicht.

Geben Sie mir zwei Stunden Zeit, und ich entferne das Tier ohne einen Schuss.«

»Wir haben aber nicht zwei Stunden Zeit«, erwidere ich.

»Doch«, sagt Sterba und züchtet gewissermaßen eine kalte Ruhe in seinem Gesicht, »doch, wir nehmen uns die Zeit, denn wir können nicht einfach den hilflosen Waldbewohner abknallen. Ordnen Sie es an, und schon haben wir Zeit.«

Unfasslich, nicht wahr? Er häuft, als wäre das gang und gäbe, Frechheit auf Frechheit, Widersetzlichkeit auf Widersetzlichkeit, er, der bis dahin Jahr um Jahr still vor sich hin gerechnet und voller Nachsicht die ihm unterstellten Beamten geleitet hat. Viel zu lange dulde ich die jäh hervorgebrochene Grobheit, viel zu lange rechte ich mit ihm, aber schließlich schlägt doch der wilde Zorn in mir hoch. Sterba versteigt sich nämlich während der weiteren Auseinandersetzung so weit, seinerseits mich, seinen Vorgesetzten, zum Verlassen des Büros aufzufordern, und zwar mit der Begründung, dass ich dem Schweine jene Entspanntheit raube, die es benötige, um von dem Bürovorstehersessel niederzusteigen. So weit ist es also gekommen! Aber Sterba geht jetzt noch weiter, spricht von Tierschutzvereinen, spricht davon, dass er mich belangen wolle, m i c h belangen. Diese Unverfrorenheit treibt mir den kochenden Zorn in die Adern und Stimme.

»Zur Seite, Sterba!«, schreie ich und reiße das Gewehr wieder an die Wange. »Zur Seite, oder ich schieße durch Sie durch!«

»Ho!«, ruft er. »Ho, Sie wagen es nicht!«

»Dürr genug sind Sie«, rufe ich, »schwach und dürr genug, um jede Kugel durchzulassen!«

Und wirklich war ich jetzt willens, wenn auch nicht durch ihn hindurch, so doch an ihm vorbei auf die Sau zu schießen. Sterba aber, als ahne er mein Vorhaben, ändert in diesem Augenblick seine Taktik: Er steht nicht mehr ruhig vor der Sau da, sondern geht vor ihr auf und ab, und zwar mit blitzschnellen Schritten. Als mein Gewehrlauf darauf zu pendeln anfängt, grinst er, als wolle er sagen: Ein Menschenleben für ein Schwein? Wie steht's damit?

Aber letztlich ist Sterba kein Waidmann wie ich, denn er kann eines nicht bedenken: dass für mich, außer Kopf und Herz des Schweins, kein Ziel infrage kommt, wollte ich nicht mich und ihn durch ein rasend gewordenes verwundetes Tier in größte Gefahr bringen. Hierin arglos, gibt Sterba auf diese beiden Zielpunkte keineswegs besonders acht, und ich muss ihn durch geschickte, weit ausholende Pendelbewegungen des Laufes nur verleiten, sich möglichst weit am Schwanzende der Sau zu postieren, um ihren Kopf, vielleicht sogar ihre Brust für eine ruckartig ausgenutzte Sekunde frei zu haben.

Ich muss leider an dieser Stelle zugeben, dass in all meinen Berechnungen ein wesentlicher Faktor fehlte: Das ist das Verhalten der Sau selbst. Diese reckt sich plötzlich, streckt die Beine, wirft den Körper herum, steht plötzlich im Sessel auf, steht auf vier Beinen im Plüsch, schnobert mit erhobener Schnauze, schabt mit ihren Flanken die Luft, wirft Kot vom Sessel. Allgemeine Unsicherheit macht sich breit. Die Beamten und die Putzfrau verschwinden umgehend durch die Tür, nur Sterba stellt sich genau vor dem Kopf des Wildschweines auf und ruft eindringlich: »Wum ho, wum ho, Tier, Tier, Tier!«

Na, denke ich, das hat noch sein Gutes, die Sau liegt nicht mehr, vielleicht steigt sie gleich herunter und steht dann im Schussfeld, warten wir's ab. Was aber tut jetzt die Sau? Sie dreht das bis dahin noch sichtbare Hinterteil ab und steht jetzt Sterba Auge in Auge im Sessel gegenüber.

»Zur Seite, Mann Gottes, dass ich sehe, was in meinem Amte vorgeht!«, schreie ich, die Flinte noch erhoben, aber Sterba legt zwei Finger an den Mund und flüstert zu mir hinauf:

»Pst – pst, sie hat sich jetzt wieder gesetzt, Herr Amtsrat!«

Das ist weiß Gott zu viel. Der Kerl fängt an, die ganze Ordnung auf den Kopf zu stellen. Bevor der blanke Zorn mich überwältigen kann, bringt das letzte Restchen Konzentration meine Denkfähigkeit zurück. Mit herkömmlichen Mitteln ist die Ordnung nicht mehr herzustellen. Mit anderen Mitteln also, überlege ich weiter, und es kommt mir sogleich ein Einfall, den ich glücklich und verwegen nennen möchte. Ich zögere nicht, springe von meinem erhöhten Standort, durcheile mit schussgerecht gehaltener Flinte, aber mit triumphierenden Blicken, den Raum, trete in den Gang, wo wieder Spoon mir als Erster ins Auge fällt, und befehle:

»Zwo, null, vier! – Notfall!«

Trotz der heiklen Situation, in der wir uns befinden, ist es mir nun eine zu Herzen gehende Freude, zu sehen, wie Spoon und alle anderen diese magischen Zahlen sofort verstehen. Ein Raunen geht durch unsere Beamten; Spoon verneigt sich, tritt ans hierfür vorgesehene Nischentelefon, wählt da zwo-null-vier, bringt mir, sich wieder verneigend, den Apparat auf beiden Händen wie auf einem Teller. Befriedigt, siegessicher schon, nehme ich den Hörer aus Spoons Händen, da tritt Sterba, bleicher denn je, aus dem Büro. Mit bohrenden Blicken erfasst er das Telefon und sagt tonlos:

»Zwo, null, vier?«

Ich nicke; Spoon nickt; Gold und Richards nicken; zwo-null-vier!

»Ist denn das ein Notfall, um den Ordnungsdienst zu holen?«, ruft Sterba. »Ist das ein Notfall, Herr Amtsrat, wenn ein Schwein in der Stube sitzt, ein hilfloses, ängstliches, vor Motorrädern geflüchtetes, zittrig schnuffelndes Schwein?«

»Seien Sie still«, sage ich darauf, »nicht Sie bestimmen, wann hier Notfälle eintreten!«

Daraufhin geht Sterba mit schnellen Schritten aus der Tür, eilt den Gang entlang und entfernt sich, trotz meines Rufens, aus dem Haus.

»Sollen wir ihn zurückholen?«, rufen die Beamten. Aber da kommt Sterba schon aus dem Garten zurück und sieht auf einmal völlig verändert aus.

Nicht mehr bleich, sondern rotköpfig ist er jetzt, der Blitzstrahl eines aufgeklappten Taschenmessers wächst ihm aus der einen Hand, ein Ast weiß blühenden Flieders, den er im Amtsgarten geschnitten haben muss, wächst ihm aus der anderen, losgerissene Fliederblätter, Fliederästchen fallen ihm aus Haar und Händen. Er eilt im Sturmschritt an uns vorbei zurück zur Sau. Die Tür zum Amtsgarten hat er offen gelassen. Im Büro kriecht er fast hinter den Bürovorstehersessel, raschelt mit dem Fliederast an den Ohren des Schweines, schlägt ihn gegen Wände und Bilder und schreit: »Ksch! Ksch!« Die Wildsau erhebt sich. Sie ist trotz der veränderten Situation um sie herum ganz ruhig geblieben, erhebt sich voll Vertrauen zum Bürovorsteher Sterba vom Sessel, schnuffelt interessiert den Fliederduft, blickt sich leicht niesend um und steigt endlich, endlich vom Sessel herab.

Kaum ist sie auf dem Parkett, entsteht unter den starrenden Beamten Bewegung, man verschwindet hinter Türen, drängt sich an die Wände, sucht mit den Wänden zu verwachsen und bildet ein atemloses Spalier. Hier hindurch aber, von Sterba und dessen raschelndem Flieder begleitet, trottet jetzt die Sau, ohne sich um etwas zu kümmern, dem Ausgang und dem Sonnenschein entgegen. Vor dem Licht stutzt sie einen Augenblick, zwinst mit den Ohren nach rechts und links, zwinst ganze Kreise in die Luft und wartet.

Sterba lässt noch einmal den Fliederzweig rascheln, da, ohne sich noch einmal umzusehen, beginnt das Schwein zu rennen, durchrennt die Tulpenrabatten des Amtsgartens, stürmt unter Geschnauf und Gegrunz aus dem Tor, überquert die Zweidungener Landstraße und entfernt sich, indem es meinen Blicken entschwindet, in Richtung des Elzumer und Groß-Brackenroder Forstes.

Erst Minuten später – Sterba ist in den Garten hinausgetreten, um die Spuren des Wildschweines in den Rabatten zu verharken – ist Spoon in der Lage, mir das Telefon noch einmal entgegenzutragen. Entgeistert sehe ich es an, erinnerte mich an zwo-null-vier, bin aber jetzt unsicher, ob wir uns noch in einem Notfalle befinden. Auch werden schon jetzt die ersten Stimmen laut, die Sterba einen Helden, nicht aber einen Widersetzlichen nennen. Sollte ich ihn unter diesen Umständen anzeigen? Ich weiß es nicht, entscheide mich, gar nichts zu tun, und rufe zunächst die Leute, vor allem Frau Flammery – des Kotes halber – an die Arbeit zurück. Um, wie in einem solchen Fall vorgeschrieben ist, eine Atmosphäre vertrauensvoller Ruhe zu verbreiten, gehe ich schulterklopfend und witzelnd unter den wieder sitzenden Beamten umher. Wie aber soll mein weiteres Verhalten gegenüber Erich Sterba aussehen?

Nun, gerade das ist es, was ich nicht weiß. Am nächsten Tag ist die Situation nicht weniger schwierig, am übernächsten ebenfalls nicht, denn die Lage, in der ich mich befinde, bleibt immer die gleiche. Ich weiß einfach nicht, wie ich mein persönliches Verhältnis zu Sterba gestalten soll, ich weiß es, offen gesagt, bis heute noch nicht, und als Folge hiervon ist inzwischen das ganze Unteramt unsicher geworden: Wie früher kommt Sterba täglich zur Arbeit, sitzt brav über den Akten, verrechnet sich nicht, beaufsichtigt Gold, Richards und Spoon, und niemand weiß, ob dieser Mann verdammungswürdig oder gar auszuzeichnen ist. Zwar neigt sich die Waagschale in letzter Zeit mehr und mehr zugunsten des Helden Sterba, es sind Tatsachen wie ein Lobschreiben des Tierschutzvereines, auch die Verleihung einer Ehrennadel des Sauenhatzvereins Zweidorf-Zweidungen nicht zu übersehen, doch kann es sich hierbei ja nicht um ein letztes Wort handeln. Dieses letzte Wort kann nur das Amt sprechen, das Oberamt, lieber Landrat. Lassen Sie mich darum bald wissen, wie wir jenem Erich Sterba und damit unserer noch immer anhaltenden seelischen Verwirrung begegnen sollen.

Hochachtungsvoll.

NICOLA BITTSCHEIDT

Die Schlafbrille

Ich hab mir eine Schlafbrille gekauft. Sie ist ein Traum: Innen aus Frottee, außen aus Satin, in Mitternachtsblau. Ich sah sie im Schaufenster eines Lingerieladens zwischen elfengleichen Negligés und wusste: ›Du bist mein.‹

Zunächst wollte ich sie im Laden testen.

»Sehr gerne«, meinte die Fachverkäuferin. »Sie dürfen die Nachtmaske selbstverständlich überziehen.«

Nachtmaske, das klang irgendwie verrucht und geheimnisvoll.

»Ich will sie nicht nur überziehen, sondern Probe tragen«, sagte ich. »Wäre es möglich, dass ich für die Dauer eines Kurzschlafes eine ihrer Kabinen in Anspruch nehme?«

»Das ist zwar nicht üblich«, sagte sie, »aber wenn Ihnen so viel daran liegt: Die hintere Kabine ist frei, da sind Sie ganz ungestört. Und sie hat besonders schwere Vorhänge, das dämpft die Geräuschkulisse.«

Sie führte mich in den Ankleidebereich. Das Geschäft war großzügig und sehr edel. Die Kabine glich einem Zimmer, mit einem richtigen Toilettentisch, und sogar eine Chaiselongue lud zum Verweilen ein. Ideal für meine Zwecke. Für das richtige Einschlaf-Feeling suchte ich mir einen hautumschmeichelnden Satinschlafanzug aus, denn gerade beim Kurzschlaf ist es wichtig, dass man sich komplett umzieht. Das hab ich von Präsident Dwight D. Eisenhower, für Freunde Ike, dem prominentesten Verfechter des Kurzschlafes und Meister des Zeitmanagements. Er war unheimlich produktiv in seiner Amtszeit, und seit ich über ihn gelesen habe, ist er schlafpolitisch mein großes Vorbild. Ich feile noch an meiner Einschlafphase und suche stets nach Mitteln der Optimierung. Weil ich so lichtempfindlich bin, dauert sie etwa neunzig Minuten, plus zwanzig Minuten, die ich schlafe, macht zusammen eine Stunde fünfzig für einen Kurzschlaf. In der Zeit hätte Ike wahrscheinlich schon fünf Verträge aufgesetzt.

Ich zog den Schlafanzug an und schminkte mich am Toilettentisch ab. Meine Schminkutensilien habe ich immer dabei, man kann nie wissen.

Als ich mich im Spiegel betrachtete, sah ich, dass man das Licht in der Kabine verändern konnte. Ich entschied mich für ›Candlelight‹, der Lichtvariante, die am ehesten meinem nächtlichen Schlafzimmer entspricht, das vom Schein einer lachsfarbenen Straßenlaterne erhellt wird.

»Ich bin so weit«, rief ich, und die Verkäuferin reichte mir die Brille durch einen Spalt im Vorhang, wie es sich für einen diskreten Wäscheladen gehört.

»Wir haben das Modell auch noch in anderen Farben«, informierte sie mich.

»Nicht nötig. Nachtblau ist perfekt.«

»Bitte beachten Sie auch die verstellbaren Elastikbänder für die individuelle Fixierung und die integrierte Abdeckung für den Nasenrücken.«

»Mach ich.«

»Kann ich sonst noch etwas für Sie tun?«, fragte sie.

»Danke, ich glaube, ich komme jetzt allein zurecht«, sagte ich und legte mich nonchalant auf die Chaiselongue. Ich setzte die Brille auf und passte die Verstellriemen an. Großartig! Sie saß wie angegossen. Ich konnte nichts, aber auch gar nichts sehen. Unmöglich festzustellen, ob es Tag oder Nacht war. Das würde die Einschlafdauer enorm begünstigen. Als ich gerade wegschlummern wollte, schüttelte mich jemand unsanft am Arm. Ich streifte die Brille vom Kopf und sah in das Gesicht einer wütenden Fremdkundin.

»Hier möchten sich auch noch andere umziehen«, giftete sie.

»Vielen Dank, jetzt kann ich von vorne anfangen«, meinte ich verärgert.

»Die Umkleiden sind keine Schlafkojen.«

»Und die Vorhänge sind nicht zum Spaß hier«, entgegnete ich.

Ich war verstimmt. Auch deshalb, weil die Kundin denselben Schlafanzug in den Händen hielt, den ich gerade trug. Es war *mein* Modell und *mein* Schlaf.

In dem Moment trat die Fachberaterin hinzu: »Bitte, meine Damen, das ist doch kein Grund, sich so zu echauffieren.« Und zur Störkundin gewandt: »Soeben ist die Nachbarkabine frei geworden. Es ist mit unsere schönste.«

»Das will ich auch hoffen«, meinte die Kundin und verließ mein Schlafgemach. Sie zog den Vorhang unwirsch hinter sich zu.

»Es tut mir sehr leid«, sagte die Verkäuferin zu mir und zog den Vorhang wieder auf, »ich war einen Moment unaufmerksam.«

»Kann ja mal passieren«, sagte ich.

»Kann ich Ihnen denn noch etwas bringen?«

»Ein Glas Wasser, wenn es keine Umstände macht.«

»Gerne«, sagte sie und brachte mir eine kleine Evian-Flasche mit einem Glas.

Ich schluckte eine Baldrian forte und dachte an etwas Schönes. Als ich gerade eine Blumenwiese visualisiert hatte, die farblich zu meinem Schlafanzug passte, nahm ich die Hintergrundmusik wahr, eine schmerzhaft kitschige Version von Cole Porters ›Night and Day‹. So hieß auch das Geschäft. »Entschuldigen Sie«, rief ich, so laut ich konnte, und richtete mich auf. »Würde es Ihnen etwas ausmachen, die Musik abzustellen? Ich schlafe nie mit Musik ein.«

Als ich den Vorhang zur Seite zog, war die Verkäuferin nur wenige Zentimeter von mir entfernt und hielt sich ein Ohr zu. Anscheinend hatte sie direkt vor der Kabine Stellung bezogen, um weitere Eindringlinge abzuschirmen.

»O Verzeihung, ich wollte sie nicht anschreien.«

»Kann ja mal passieren«, sagte sie.

Von nebenan tönte es: »Jetzt stört sie auch noch die Musik.«

»Verstehen Sie mich nicht falsch«, meinte meine Wächterin zu mir, »aber die Musik ist ein wichtiger Bestandteil unseres Konzeptes. Vielleicht ist Ihnen die Übereinstimmung mit unserem Logo aufgefallen, das wiederum auf unser Sortiment abgestimmt ist.«

»Das ist mir in der Tat aufgefallen. Sie haben da ein ganz tolles Konzept, und normalerweise bin ich eine ausgesprochene Hintergrundmusik-Befürworterin, aber könnten Sie heute wohl eine Ausnahme machen und meine neue Tiefenentspannungs-CD einlegen?« Mir war gerade eingefallen, dass ich sie bei mir trug. Sie hieß ›Sweet Dreams‹, und ich hatte sie aus der Bücherei mitgenommen, zum Probehören.

»Sie haben Glück, dass ich die Inhaberin bin«, sagte die Inhaberin, »die Zufriedenheit meiner Kunden liegt mir sehr am Herzen«, fügte sie hinzu, und etwas lauter in Richtung Nachbarkabine: »Ich mache jetzt eine *einmalige* Ausnahme.«

Genauso diskret, wie sie die Brille hineingereicht hatte, reichte ich die CD hinaus. »Das rechne ich Ihnen hoch an«, sagte ich und legte mich wieder hin.

Ich zog die Brille wieder an, und kurze Zeit später wurde Cole Porter von Walgesängen abgelöst, die perfekt mit meinem Herzschlag harmonierten. Einatmen. Ausatmen. Einatmen. Ausatmen …

Ich schreckte hoch. Ich hatte keinen Wecker dabei. Ein Blitzschlaf ohne Wecker ist wie ein Kurzurlaub ohne Rückflug.

»Verzeihung …«, rief ich, diesmal nur halblaut, um die Verkäuferin nicht aufzuschrecken. »Könnten Sie mich wohl wecken? In zwanzig Minuten. Ab … jetzt!«

Niemand antwortete mir. Ich hörte auch niemanden. Ich hörte nicht nur niemanden, ich hörte überhaupt nichts. Selbst die Wale waren verstummt. Als ich mich verwundert aufsetzte, merkte ich, dass ich mit einem geblümten Badetuch zugedeckt war. Auf dem Stuhl lagen ein paar Zeitschriften und ein Zettel: ›Liebe Kurzschläferin. Ich mache Mittagspause. Bin um 15 Uhr zurück. Fühlen Sie sich wie zu Hause.‹

Ich schaute auf die Uhr. Es war zehn vor drei. Ich hatte geschlagene zwei Stunden geschlafen. Was für eine Brille! Fantastisch! Ich würde sie die Eisenhower-Brille taufen. Als meine Hüterin zurückkam, meinte sie:

»Na, hat die Brille den Test bestanden?«

»Mit Bravour«, sagte ich.

»Sie haben wirklich einen beneidenswerten Schlaf«, sagte sie. »Ich musste fünf Kundinnen abwehren, die Sie stören wollten. Ihre Kabinennachbarin hat sich übrigens nach Ihrer CD erkundigt. Sie war plötzlich die Ruhe selbst. Kann ich mir eventuell eine Kopie von Ihren Delfingesängen machen?«

»Wale. Es sind Walgesänge. Die CD ist leider nur geliehen«, sagte ich.

»Wenn das so ist.« Sie gab mir die CD zurück und warf einen Blick auf das Cover. »›Sweet Dreams‹, das wäre kein schlechter Name für meinen Laden«, sagte sie und schrieb ihn als verschnörkelten Schriftzug auf den Quittungsblock. Weil sie so entgegenkommend war, kaufte ich zur Schlafbrille den Präsidentenpyjama gleich dazu.

»Angenehme Träume«, rief sie mir nach, als ich den Laden verließ.

Ich trat eilig den Heimweg an. Große Dinge standen bevor. Von jetzt an würde ich Unmengen von Zeit sparen, die ich zum Nutzen der Gesellschaft einsetzen wollte. Ich spürte einen akuten Kreativschub und beschleunigte meine Schritte. Zu Hause angekommen setzte ich mich an meinen Eisenhower-Schreibtisch, legte ein Blatt Papier in die Schreibmaschine ein und entwarf meinen ersten Vertrag. Zieh dich warm an, Ike!

Ewald Arenz

Terrorehe

Juliane und ich waren wieder einmal zu spät am Flughafen. Es scheint ein ehernes Gesetz zu sein, dass Frauen an Reisetagen ihre Haare waschen müssen, nachdem sich mindestens ein Kind in der Nacht zuvor übergeben hat. Außerdem hatten wir erst im Flughafenparkhaus festgestellt, dass die Katze sich wieder ins Auto geschlichen hatte. »Ja, Mama«, keuchte ich vor der Sicherheitsschleuse ins Telefon, »der Schlüssel liegt auf dem Vorderreifen und du musst sie heute noch holen. Wirklich heute!« Ich warf Juliane einen wütenden Blick zu. Sie warf ihn ungerührt zurück. Ihre Haare waren erst im Auto getrocknet, was zu einer Frisur geführt hatte, die in den siebziger Jahren bei Jimi-Hendrix-Fans mal modern gewesen war. Wir waren schon auf dem Weg vom Parkhaus in einen erbitterten Streit über die Katze und übers Haarewaschen geraten. Juliane hatte mir schließlich die Schuld an Ottos Übelkeit gegeben, weil ich ihm am Abend noch schwarzen Tee verabreicht hatte. Daraufhin hatten wir uns am Eingang getrennt, das Gepäck an zwei unterschiedlichen Schaltern aufgegeben und sprachen jetzt nicht mehr miteinander. Als es bei Juliane piepte und sie fassungslos auf eine Kuchengabel und einen Sechzehnerschlüssel starrte, die der Sicherheitsbeamte aus ihrer Handtasche gefischt hatte, lächelte ich schadenfroh zu ihr hinüber. Sie verdrehte die Augen. »Meine Damen und Herren«, erklang eine melodiöse Frauenstimme aus dem Lautsprecher, »bitte lassen Sie Ihre Gepäckstücke nicht unbeaufsichtigt und melden Sie herrenlose Koffer der Flughafenpolizei.«

Der Sicherheitsbeamte hatte jetzt Julianes Parfum entdeckt. Juliane benutzt gerne ausgefallene Marken. Der Duft hieß »Dynamite«. Ich fragte mich, warum ich nicht die Frau geheiratet hatte, der die Durchsagenstimme gehörte. Dann rannten wir zu Gate B40. »Kuchengabeln!«, zischte ich wütend. »Schwarzer Tee!«, giftete Juliane zurück. Die erotische Stimme erklang wieder. »Der Besitzer des Koffers vor Eingang A wird gebeten, sich unverzüglich bei der Flughafenpolizei zu melden.« – »Hast du meinen Ausweis?«, fragte dagegen Juliane mürrisch. Ich seufzte und holte ihn aus der Tasche. »Du hast ihn wieder im Brotkorb liegen gelassen«, sagte ich. »Na und«, sagte sie, »dafür hast du den Koffer am Eingang stehen lassen.« – »Ich habe mit meiner Mutter telefoniert«, sagte ich wütend, »wegen deiner Katze. Und wieso ich? Ich dachte, du hast den Koffer.« – »Ich hatte die Tasche«, sagte Juliane hoheitsvoll. »Einsteigen bitte!«, bat eine Stewardess mit rauchig warmer Stimme, aber ich hatte jetzt keine Zeit für Erotik. »Was?«, fragte ich fassungslos, »du hast ihn einfach am Eingang gelassen?« Juliane wollte nicken, aber ein dumpfer, schwerer Knall ließ alle Fluggäste zusammenzucken. »Was war das denn?«, fragte ich schließlich, um wenigstens die erotische Stimme der Stewardess noch einmal zu hören. »Ach«, zuckte sie mit den Schultern, »das passiert ständig. Wahrscheinlich haben sie wieder mal einen herrenlosen Koffer gesprengt. Ihre Bordkarte bitte. Als wir starteten, konnte ich völlig erschüttert einen dünnen Rauchfaden vor dem Flughafen ausmachen. Nach einer Zeit lang hatte Juliane schließlich Mitleid und fasste nach meiner Hand. »Ich konnte das Kleid nie leiden«, sagte sie dann tröstend. Irgendwie fand ich trotz des Koffers, dass ihre Stimme plötzlich viel erotischer klang als die der Stewardess.

Katinka Buddenkotte

Wie geil ist das denn?

Mitfahrgelegenheiten bieten nicht nur eine hervorragende Gelegenheit, seinen Horizont zu erweitern, sondern auch die Möglichkeit, unschätzbare Kontakte auf beruflicher und privater Ebene zu knüpfen. Nicht selten wurden mir wahre Geschichten von echten Menschen erzählt, die lediglich geplant hatten, bequem und schnell von Köln nach Berlin zu reisen, aber der Zufall (oder war es das Schicksal?) hatte es gewollt, dass Fahrer und Mitfahrer sich auf Anhieb so gut verstanden, dass sie schon kurz hinter Hannover am Rasthof Garbsen unter Zuhilfenahme zweier Plastikpommesgabeln Blutsbrüderschaft schlossen.

Eine gemeinhin als zurechnungsfähig bekannte Freundin berichtete mir von legendären Nachtreffen auf der A40, denen sie jedes Jahr beiwohne, natürlich angetan mit einem T-Shirt, welches verkünde »I survived the Superstau 1995«. Zwei der Gründungsmitglieder dieser Seilschaft, die einst vierzehn Stunden im Fiesta gefangen gewesen seien, seien mittlerweile sogar miteinander verheiratet. Natürlich sei die Ehe standesgemäß in der Autobahnkappelle geschlossen worden, und statt einander Ringe anzustecken, hätten sich die Brautleute das amtliche Kennzeichen K-ZL 2567 um die Finger tätowieren lassen. Nachwuchs sei auch schon auf dem Wege, ein Junge, den die Eltern Harrison zu nennen gedächten, weil Ford in Deutschland nicht als Vorname gelte.

Irgendetwas haben mein Freund und ich bisher also falsch gemacht.

»Vielleicht sind wir einfach etwas zu …«

Ich suche nach dem passenden Wort, während mein Freund versucht, seine Brötchenhälfte dergestalt zurechtzuschneiden, dass die Schinkenscheibe kongruent aufliegt.

»… unflexibel«, beende ich den Satz.

Mein Freund starrt auf seinen Teller, wieder kein Frühstück für ihn. Denn entsprechend belegt sieht seine Brötchenhälfte jetzt genau aus wie die ehemalige Sowjetunion, zwar deutlich kleiner, aber ebenso rot. Mein Freund legt das Kunstwerk in die Vitrine zu den anderen ungegessenen Meisterwerken. Wir betreiben kaum noch brotlose Kunst.

»Katinka, es liegt doch wahrlich nicht an uns!«, sagt mein Freund, nachdem er das neue Exponat mit »Serrano auf Weizenmehl, circa 2010« beschriftet hat. »Wir kriegen halt immer Fahrer ab, die total beknackt sind.«

Da kann ich ihm nicht widersprechen. Aus irgendeinem Grund scheinen wir bei Mitfahrgelegenheiten immer jene Leute anzuziehen, die entweder akut selbstmordgefährdet sind oder es unserer Meinung nach sein sollten. Ich denke da nur an den Typen, der uns am Kölner Hauptbahnhof mit den Worten begrüßte: »Tach, ich bin der Uwe, aber in Flensburg nennen sie mich nur den ›Dalmatiner‹.«

Kaum zwanzig Minuten später, kurz vor Bremen, fügte er hinzu: »Wenn ihr Schiss habt, zieht euch Windeln an.«

Es gelang uns dank eines zuverlässigen Staus kurz vor dem Elbtunnel, aus dem Todesmobil zu entkommen.

Mein Freund scheint ähnlichen Erinnerungen nachzuhängen, denn er stellt fest: »Immerhin ist der flotte Uwe nicht eine von diesen Laberbacken gewesen.«

Stimmt. Einmal wollten wir nur nach Düsseldorf. Der Halter des Wagens überraschte uns bei Fahrtantritt, indem er mich kurzerhand aufforderte: »Könntest du vielleicht deine Dinger rausnehmen?«

Da mein Freund mit seinem Lachanfall kämpfte, lag es

an mir, meine Ehre selbst zu verteidigen, doch als ich den Triebtäter niederringen wollte, zeigte der nur auf meine Ohren: »Die Kopfhörer. Könntest du die bitte rausnehmen? Ich meine, ich nehme ja eigentlich nur Leute mit, damit ich mich unterhalten kann. Sonst werde ich immer so müde. Sehr müde.«

Nie wieder habe ich mir so sehr gewünscht, dass ich einfach meine Dinger dringelassen hätte.

Dieser fürchterlichen Geschichte eingedenk, beschließe ich, dass mein Freund Bewegung braucht, und spreche den Fluch aus.

»Supi-cool!«, rufe ich und gehe in Deckung.

Wenn man »Supi-cool« sagt, verfällt mein Freund einem Veitstanz, in den er alle Elemente eines posttraumatischen Stresssymptoms in willkürlicher Reihenfolge hineinchoreografiert. Schuld daran ist Volker – die Fahrt von Berlin nach München. Wir hatten die Warnsignale überhört.

Schon am Telefon fand Volker es supi, dass wir uns am angegebenen Treffpunkt mit ihm zu treffen gedachten, und cool, dass wir auch zur angegebenen Zeit auftauchen wollten. Supi-cool wurde es erst, als wir uns bereit erklärten, die von Volker errechnete Gebühr für den uns bevorstehenden Höllentrip zu entrichten.

Da die Mitfahrzentrale sich weigert, Volker wegen seelischer Grausamkeit aus ihrer Datei zu werfen, hier ein paar unveränderliche Kennzeichen, um andere zu warnen: Volkers Job ist supi-cool, seine Wohnung ist supi-cool, er geht gerne auf supi-coole Partys, fährt in supi-coole Urlaube und hängt mit seinen supi-coolen Kameraden von der supi-coolen Bundeswehr herum. Achtung: Volkers Freundin ist nicht supi-cool, sondern eine ganz Liebe, was den Verdacht nahelegt, dass sie entweder eine Erfindung Volkers ist oder sich im Wachkoma befindet.

Mögen sich die geneigten Leser diese Warnung zu Herzen nehmen, ich meine es gut.

»Wir brauchen eine Frau«, stellt mein Freund plötzlich fest, »oder besser noch zwei Frauen. Die können dann die ganze Zeit miteinander rummachen, und wir hätten unsere Ruhe.«

Irritiert überlege ich, ob ich eklatante Missstände in unserem Liebesleben verpasst haben könnte, dann aber fällt mir ein: Wir müssen übermorgen los. Von Hamburg nach Kiel, per Mitfahrgelegenheit.

»Das ist genial«, lobe ich meinen Freund. »Wir suchen uns zwei Frauen und schließen sie zusammen, wie damals mit den Schachcomputern. Sie werden sich bald matt spielen, und wir haben auf dem Rücksitz unsere Ruhe.«

Frohen Mutes stürzen wir uns ins Internet, wo wir bald ernüchtert feststellen müssen, dass man sich zwar problemlos überall zwei Frauen bestellen kann, diese allerdings nie nach Kiel fahren. Zwar gibt es eine lesbische Mitfahrzentrale, die aber wiederum meinen Freund nicht transportieren will, selbst dann nicht, wenn ich ihn als Übergepäck deklariere.

Schließlich finden wir Britta. Britta ist voll okay. Sagt sie zumindest.

»Ihr wollt nach Kiel. Ich auch, okay.«

Kein Wort zu viel von unserer Fahrerin in spe, wir sind guter Dinge. Forsch frage ich nach: »Und der dritte Platz, ist der auch schon besetzt?«

»Ja«, antwortet Britta, »da hat sich eben noch so 'n Mädel gemeldet.«

Begeistert sagen wir Britta für den Mittwoch zu. Bisher haben wir Glück. Wir haben tatsächlich Frau Britta und noch so 'n Mädel bekommen. Alles Weitere hängt nun von unserer perfekten Planung ab.

Mein Freund und ich haben uns auf eine einfache, aber wirkungsvolle Tarnung geeinigt. Wir wollen ein frisch verliebtes Paar mimen, das unansprechbar, weil trunken vor jungem Glück, wirken soll. Falls uns unsere schauspielerischen Fähigkeiten im Stich lassen sollten, haben wir zur Not einen Träger Bitburger im Handgepäck. Jeder seinen eigenen, versteht sich.

Seit neun Uhr stehen wir am Treffpunkt, Bahnhof Hamburg-Ohlsdorf. Britta wird laut Protokoll gegen elf Uhr hier eintreffen oder Punkt elfhundert, zentraleuropäische Zeit, wie mein Freund es formuliert. Die Junkies von gegenüber glotzen uns verunsichert an, obwohl wir ihnen mit unseren Dosen zuprosten. Vielleicht liegt es daran, dass wir uns teilweise im Gebüsch versteckt haben. Wir gehen davon aus, dass es schlauer ist, wenn wir »noch so 'n Mädel« erst einmal ausspähen, bevor sie uns zu Gesicht bekommt. Dann können wir individuell reagieren. Falls es sich bei der Zielperson um so eine kleine Studentin handeln sollte, müssen wir unsere Bierreserven auffrischen.

Leider konnten wir in der Eile kein zufriedenstellendes Exposé über unsere Fahrerin Britta zusammenstellen, weil sie Müller mit Nachnamen heißt. Allein in Norddeutschland leben 6780 registrierte Personen unter diesem Namen, die Dunkelziffer ist vermutlich weitaus höher.

Bereits um zehn Uhr macht sich der Lagerkoller in unserem Camp hinter dem Altglas-Container breit. Keine Britta Müller, keine Spur von noch so 'm Mädel. Um nicht durchzudrehen, proben wir unseren Sprung auf die Rückbank von Brittas Wagen. Immer wieder schlagen wir hart auf dem Asphalt auf, unsere Schlafsäcke könnten uns nur schützen, wenn wir zur Punktlandung fähig wären.

Ich sehe, wie einer der Junkies auf dem Handy eine verdächtig kurze Tastenkombination eintippt, vielleicht den Notruf.

»Oder Brittas Kurzwahl«, orakelt mein Freund düster und befiehlt: »Geh rüber! Nimm Bier mit, mach dir ein paar Freunde! Ich tippe darauf, dass der mit dem grauen Bart der Maulwurf ist. Zieh doch bei Gelegenheit mal dran.«

Um zehn vor elf kommt Leben in die Bude. Das Bier ist leer, der Bart meines neuen Freundes namens Bomber echt, und »noch so 'n Mädel« ist endlich aufgetaucht. Es trägt einen riesigen Rucksack, eine Isomatte und überflüssigerweise noch einen Streifenpulli.

»Verdammt, das ist ja noch ein Kind«, entfährt es mir, als »noch so 'n Mädel« sich am Familien-Benz von Mami und Papi verabschiedet, dabei nimmt es Küsse und einen Proviantsack entgegen.

»Es ist ein grausamer Krieg, aber wir sind auf der richtigen Seite«, knurrt mein Freund und macht sich auf den Weg zum Streifenpulli.

Zur Einschüchterung bleibt er etwa einen Meter vor ihm grußlos stehen und fängt an, komisch zu riechen.

Die Operation »Skunk-Anästhesie« ist geglückt, der Streifenpulli gelähmt, mein Freund grinst. Es sind die kleinen Dinge, die einen Mann zu einem Helden machen.

Plötzlich überschlagen sich die Ereignisse. »Tut-tut!«, tutet es hinter mir, zu meiner Überraschung ist es keine Tute, sondern einen Hupe, die da tuten tut. Brittas Hupe. Sie kurbelt das Fenster herunter.

»Hallo, ihr seid wohl das Paar, oder?«, versucht sie mich auszuhorchen. Mein Freund erkennt die Brenzligkeit der Situation sofort, schlägt die Hacken zusammen und spricht zackig: »Jawoll, das Paar! Frisch verliebt, Ma'm, trunken vor Glück!«

»Okay«, antwortet Britta und wendet sich an den Streifenpulli. »Willst du dann vorne sitzen?«

»Bitte«, haucht das Mädchen.

Die lokale Betäubung, die mein Freund gerade an ihr vorgenommen hat, lässt langsam nach. Ein wenig bedauerlich ist es schon, dass wir ganz umsonst unsere Hechtsprünge exerziert haben, aber die Genugtuung macht vieles wieder wett. Wir streichen uns den Rollsplitt vom Kinn und steigen zufrieden durch die hinteren Türen ein. Als auch der Streifenpulli sitzt, erkundigt sich Britta bei ihrer Beifahrerin: »Wie heißt du denn eigentlich? Ich habe deinen Namen am Telefon nicht mitbekommen.«

»Kerstin«, antwortet Streifenpulli, und das Unheil nimmt seinen Lauf.

Ich habe viele, viele saudämliche Agentenfilme gesehen, aber auch in den billigsten Streifen wurde kein Codewort gewählt, das noch bescheuerter gewesen wäre als Kerstin.

»Kerstin!«, kreischt Doppelagentin Britta aufgeregt und tritt noch aufgeregter aufs Gas. »Krass, meine Cousine heißt auch Kerstin!«

»Das ist ja cool!«, gibt Kerstin zurück.

»Supi-cool!«, murmle ich versehentlich, und mein Freund versucht, die Autotür zu öffnen. Kindersicherung, Pech gehabt!

Die beiden Teufelinnen vorn beschließen ihren grausamen Pakt, indem Kerstin Britta von ihren Keksen anbietet. Uns nicht. Sofort wird klar, dass die Spezialzutat in den Plätzchen Adrenalin ist, und zwar nicht zu knapp. Kerstins Mutter hat Kreischkekse gebacken.

»Wohnst du in Kiel?«, erkundigt sich Kerstin.

Ich habe noch nie jemanden so laut nuscheln hören. Mein Freund blickt sich hektisch nach irgendwelchen Dingen um, die er sich in die Ohren stecken kann. Er will es mit seinem Schweizer Armeemesser versuchen, ich falle ihm in den Arm. Wenn ich leiden muss, dann soll er es auch.

»Ja, ich studier da. Auf Lehramt«, brüllt Britta zurück, und Kerstin jault: »Ich auch, Bio und Sport.«

Britta hält den Mund für eine halbe Sekunde geöffnet, hektisch blicke ich mich nach irgendwelchen Dingen um, die ich hineinstecken kann. Der Schlafsack ist nicht in meiner Reichweite, also geschieht das Unausweichliche:

»BIO UND SPORT? ICH AUCH! WIE GEIL IST DAS DENN!«

Wenn wir nach der Lautstärke gehen, in der Britta ihre

Frage formuliert hat, müsste man wohl ganz klar mit »endgeil« antworten. Doch Kerstin weiß diese Performance noch zu toppen:

»Sag bloß, du musst jetzt auch zu dem Blockseminar von Fischer-Döberlein? WIE GEIL IST DAS DENN?«

Leider fallen sich die beiden Blockseminaristinnen nicht in die Arme und bereiten uns auf der Autobahn so einen schnellen und gnadenreichen Tod. Sie schrillen einfach weiter vor sich hin.

Hilfe suchend schaue ich meinen Freund an, und es gelingt mir dabei nur mäßig, etwas von der verabredeten frischen Verliebtheit in meinen Blick hineinzulegen.

Mit letzter Kraft reicht er mir eine leere Bierdose.

»Soll ich mir die in die Ohren stopfen?«, frage ich, in der Hoffnung, dass er von meinen Lippen ablesen kann. Denn zu hören sind nur die beiden Kampfjets an der Front, die sich gerade darüber einig geworden sind, dass Fischer-Döberlein voll keine Ahnung hat.

»ECHT VOLL NICHT, NE? WIE GEIL IST DAS DENN?«

Mein Freund schüttelt den Kopf und macht vor, wie ich aus der Dosenöffnung den letzten Bierhauch inhalieren kann, um nicht wahnsinnig zu werden. Aber der Feind ist stärker. Ohne Krümel im Mund legen sie locker noch dreißig Dezibel zu und sind in der Lage, noch längere qualvolle Sätze zu bilden.

»ICH STUDIER JA NOCH NACH DER ALTEN STUDIENORDNUNG. DA HATTE ICH NATÜRLICH GLÜCK. UND DU, KERSTIN?«

»ICH LEIDER NICHT. ABER ICH FINDE DAS VOLL COOL FÜR DICH. ICH MEINE: WIE GEIL IST DAS DENN???«

Ich muss tatenlos mit ansehen, wie mein Freund zu kollabieren droht. Er reagiert extrem allergisch auf hohe, laute Stimmen. Er kann nicht über einen Spielplatz gehen, ohne den Kopf zwischendurch in den Sand zu stecken, um sich Linderung zu verschaffen. Noch etwa dreißig Kilometer bis Kiel. Er wird sterben, wenn wir nichts unternehmen.

»Plan B«, schnaufe ich ihm ins Ohr, und er nickt, mit dem leeren Blick eines Kamikazefliegers. Ich atme durch, es könnte funktionieren.

Britta sagt: »Letztes Jahr bin ich ja für ein paar Wochen ausgefallen, weil ...«, und bevor Kerstin ihr Bedauern äußern kann, brüllen mein Freund und ich unisono: »WIE GEIL IST DAS DENN?«

Wir genießen die folgende Stille, atmen sie ein wie die frische Luft, nach der man lechzt, nachdem man wochenlang in einem Schacht verschüttet war. Doch wir haben den Feind nur betäubt, nicht zerstört. Britta entpuppt sich als Veteranin auf dem Schlachtfeld, sie bringt ihren Satz zu Ende: »... weil mein Auto kaputt war.«

Bei diesen Worten schaut sie drohend in den Rückspiegel. Selten habe ich jemanden so deutlich nonverbal die Worte sprechen sehen: »Unfälle passieren, also Vorsicht auf den billigen Plätzen.«

Mein Freund und ich schauen betreten zu Boden, damit Kerstin und Britta unser Grinsen nicht sehen. Kerstin greift den Faden auf, ohne in der Lage zu sein, eine plausible Geschichte daraus zu stricken:

»Ja, ohne Auto ist scheiße, ich habe auch keins.«

»WIE GEIL IST DAS DENN?«, grölen mein Freund und ich, es sind noch zwanzig Kilometer bis Kiel, da kann uns Britta nicht mehr drohen. Sie tut es trotzdem.

»Ey, ich finde euch voll asozial, also, wenn ihr uns noch mal nachmacht, dann fliegt ihr raus!«

»WIE GEIL IST DAS DENN?«, rufen wir. Wir können nicht anders.

Britta ist so nett, anzuhalten, bevor sie uns aus dem Auto wirft. Sie hat uns die Fahrt nicht in Rechnung gestellt, will allerdings auch nicht für unsere geplatzten Trommelfelle aufkommen. Egal, von dem gesparten Geld können wir uns ein Taxi in die Innenstadt leisten, und glücklicherweise hält eins vor uns. Der Fahrer sieht auf unser Gepäck, schnaubt und deutet auf das Schild auf der Beifahrerseite, auf welchem steht: »Kippe aus, anschnallen, Schnauze halten.«

Mein Freund und ich lassen ergriffen ein paar stille Tränen fließen, umarmen uns und halten uns ganz, ganz fest. In diesem Augenblick wissen wir, wir haben die Person gefunden, mit der wir den Rest unseres Lebens zusammen sein wollen. Bis vor einer Stunde hätten wir nicht vermutet, dass es ein Mann mit beigefarbenem Pullunder, Schnauzbart und heftigem Mundgeruch ist, aber das Leben ist eben voller Überraschungen, und ich meine, WIE GEIL IST DAS DENN?

Benno Hurt

Speck im Amt

Ein leerer Sitzungssaal in der Justiz ist nicht wirklich leer. Er ist leer wie ein Raum, in dem noch vor Augenblicken Verbrechen geleugnet, Geständnisse abgelegt, Strafen gefordert wurden. Bei genauem Hinhören klingt der Tenor der Urteile, die im Namen des Volkes verkündet wurden, nach wie der vibrierende Ton einer Stimmgabel.

Im Sitzungssaal 30 ist das Gericht abgetreten. Der Angeklagte, die Zeugen und die Öffentlichkeit haben sich entfernt. Auf dem ihm unterhalb der Richterbank zugewiesenen Platz sitzt, noch immer in Robe, Staatsanwalt Professor-Bub. In seine Handakte trägt er das Ergebnis der soeben zu Ende gegangenen Hauptverhandlung ein. Von der Öffentlichkeit, die an diesem Nachmittag aufgefädelt in vier Reihen wie in den *Kammerlichtspielen* hintereinander saß, ist nur noch eine Frau übrig geblieben. Sie stammt vom Land. Ihr rot durchblutetes Gesicht verrät den Aufenthalt in viel frischer Luft. Ein süßlich würziger Geruch geht von dem Paket aus, das ihre rechte Hand an ihre fleischgepolsterte Hüfte drückt. Sie ist aufgestanden und steht in voller Größe ihrer Statur in der ersten Sitzreihe. Fürsorglich mütterlich, ja liebevoll ist ihr Blick auf den schmächtigen Staatsanwalt gerichtet, dessen langes glattes Haar beim Schreiben ähnlich wippt wie beim Plädieren. Ein Schmunzeln umspielt ihre Lippen, die bereits einige Male angesetzt haben, das erste Wort zu bilden, das sie an den Herrn in schwarzer Robe richten wird. Die zarten Nasenflügel des Staatsanwalts zittern leicht und verraten der Frau vom Land, dass der über seine Akte gebeugte

Anklagevertreter unbewusst Witterung aufgenommen hat. Die Geruchsspur führt zu dem Paket, das sich an ihre Hüfte schmiegt.

»Das mit unserem Peter, das werden wir Ihnen nie vergessen, mein Mann und ich«, spricht sie in den leeren Saal hinein.

»Entschuldigen Sie«, sagt Staatsanwalt Bub, der sie erst jetzt wahrnimmt, »hatten wir miteinander zu tun?«

»Gnade vor Recht – haben Sie gesagt. Und jetzt hat er seinen Gesellenbrief.«

»Die Staatsanwaltschaft«, sagt Professor-Bub in näselndem Tonfall, »ist ein Organ der Rechtspflege. Die Pflege des Rechts darf die schutzwürdigen Interessen eines jungen Angeklagten nicht übersehen.«

»Ich bin die Frau Meier.«

»Eine persönliche Zuordnung ist mir ohne Aktenkenntnis leider nicht möglich.«

»Die Frau Meier mit ei. Nicht mit ai oder gar mit y.«

»Was kann ich für Sie tun?«

»Sie für mich?«, lacht sie. »Nein. Wir für Sie.«

Sie fasst nun das Paket mit beiden Händen und eilt auf Staatsanwalt Bub zu.

»Nicht gepökelt! Luftgetrocknet! Nicht in den Kühlschrank! Nur in den Keller!« Sie legt den eingewickelten Speck auf die Handakte. »Das werden wir Ihnen nie vergessen, mein Mann und ich«, sagt sie nochmals und eilt davon.

Das rote Paket *Deutsche Gesetze* unter dem rechten, das ungepökelte, würzige unter dem linken Arm, durchschreitet Staatsanwalt Professor-Bub in Robe die langen Flure auf dem Weg zu seinem Büro. Mit dem 29. Abschnitt des Strafgesetzbuchs beschäftigen sich seine Gedanken, umkreisen die Tatbestände von Vorteilsannahme und Bestechlichkeit im Amt. Meiers, vor allem mit ei, gibt es in seinem Referat in Hülle und Fülle. Das Corpus Delicti, er trägt es in seinem Arm. Nachhaltiger Duft zieht in die samtenen Beschläge der Robe und setzt sich als Beweismittel darin fest. Von einem Augenblick auf den anderen ist die Rechtschaffenheit seines Staatsanwaltslebens infrage gestellt. Wohin mit dem Asservat?, denkt er verzweifelt. Es lässt sich nicht einfach an einer entlegenen Stelle des Justizpalastes deponieren.

Dass in der Geschäftsstelle des Kollegen Hans Kurz nicht nur Akten studiert, sondern auch Wurstwaren gegessen werden, fällt Professor-Bub plötzlich ein. Da die Herkunft des Specks den beiden Justizbeamten unbekannt ist, begegnet dessen Verzehr keinen strafrechtlichen Bedenken. Also, folgert der Staatsanwalt, stiftet er auch nicht zu einer Straftat an.

Da heute kein Olga-Tag ist, bleibt die Geschäftsstellentür geschlossen. Deshalb klopft Professor-Bub an ihr. Und weil Biederer und Nießlbeck auf ein Klopfen an der Tür grundsätzlich nicht sofort reagieren, klopft Bub ein zweites Mal und tritt ein.

»Guten Tag, meine Herren!«, begrüßt Professor-Bub die beiden Beamten. »Ihre Vorliebe für Wurstwaren ist mir nicht verborgen geblieben. Um Ihre morgendliche Jause ein wenig abwechslungsreicher zu gestalten, darf ich eine Kleinigkeit beisteuern.«

Misstrauisch schauen Nießlbeck und Biederer auf den runden, in Papier eingeschlagenen Laib, der auf den roten *Deutschen Gesetzen* liegt, die der Staatsanwalt in beiden Händen vor seiner Amtstracht hält.

»Ich esse aus Prinzip nur einmal am Tag, und das abends«, sagt Nießlbeck.

»Danke«, sagt Biederer. »Aber mein Leberkäs stellt mich voll zufrieden.«

»Ja«, sagt Staatsanwalt Professor-Bub verlegen, »dann wünsche ich Ihnen noch einen schönen Abend.«

»Fahren Sie ruhig mit dem Verzehr Ihrer Wurstwaren

fort! Hat der zu mir gesagt! Holde Aida! Der musikalische Hinterkopf hat bei mir verschissen!«, schimpft Biederer.

»Du bist vielleicht nachtragend!«

Zurechtgewiesen, durchschaut, trägt der empfindsam benervte Anklagevertreter seine aus deutschen Gesetzen und Speck bestehende Last über den Justizinnenhof. Ein junger Kollege, ihm noch vor Jahren als Rechtsreferendar zur Ausbildung anvertraut, steigt in seinen Wagen und fährt hinaus in einen sorgenfreien Abend. Am Ende eines Sitzungstages freut sich ansonsten Professor-Bub auf die schöne Qual der Wahl zwischen Verdi, Strauß, Mozart und Wagner. Stattdessen quält ihn jetzt der Gedanke, auf welche Weise dieser Speck aus der Welt zu schaffen sei.

Vor seiner Bürotür hält er inne. Ein breites Brummen fährt durch den Raum, nimmt zu und ab, steht auf der Stelle in den staubigen Ecken des Zimmers. Die Putzfrau ist nicht viel höher als das Saugrohr, ihr Alter ist schwer zu bestimmen, da ein geblümtes Kopftuch auch ein Großteil ihres Gesichts verdeckt. Ihre Körperbreite indes lässt Staatsanwalt Bub auf einen gesunden Appetit schließen. Wer kann ahnungsloser, unschuldiger sein, denkt Bub, als diese der deutschen Sprache nicht mächtige Person? Deutscher Speck, ungepökelt und luftgetrocknet, aus der Hand eines Staatsanwalts, ein nahrhaftes Geschenk, aber auch ein Stück Kultur. Vom Einpackpapier befreit, zeigt sich das Fleisch von seiner schönsten Seite, ist nicht nur mager, sondern auch von festem Fett durchzogen. Vor allem aber zieht ein Duft durch das Barackenbüro, süß, würzig und streng, der die Nase der Putzfrau nicht verfehlen kann.

»Für Sie«, sagt Staatsanwalt Bub und nähert sich ihr mit dem ausgewickelten Laib. »Für Sie und Familie«, lockt er.

Die Frau hält das Saugrohr in beiden Händen, hebt es an wie ein Gewehr, weicht einen Schritt zurück.

»Nix Schwein!«, sagt sie schließlich und rümpft die Nase. Dass 99 Prozent der Türken Mohammedaner sind, hat Professor-Bub glattweg vergessen.

Zwar sucht Staatsanwalt Bub täglich die Kantine auf. Aber nicht, um sich im Kreis von Kollegen an dem Verzehr von Wurstwaren zu beteiligen. Solche Abstiege dienen vielmehr dem Rechtsgespräch. Strittige Fragen werden in Sitzungspausen erörtert, die andere Meinung, a. M., wird eingeholt, um sie gegen die h. M., die herrschende, abzuwägen. Genügt es den meisten Staatsanwälten, sich der h. M. anzuschließen, so verhilft nicht selten der erhellende Disput in den dunklen Katakomben der Justiz Professor-Bub zu eigener Meinung, die er in den Sitzungssälen des Hauses dann couragiert vertritt. Über derlei Zusammenhänge denkt er gerade nach. Schuldet er nicht seinen Kantinenfreunden, von deren Gesprächsbeiträgen er profitiert, Dank? Der rettende Einfall, er ist geboren.

Staatsanwalt Bub lässt sein Auto links liegen. Der Abend, in den er hinausführe, er wäre sorgenvoll. Durch den Hintereingang betritt er stattdessen den Justizpalast. Nicht durch das Amtsgericht, nicht hinauf zum Landgericht führt ihn sein Schritt. Nein, in die Kantine steigt er hinab.

Deren Tür ist versperrt. Ein Lichtschalter glimmt rot. *Ein guter Mensch in seinem dunklen Drange ist sich des rechten Weges wohl bewusst,* zitiert Staatsanwalt Bub Goethe und verharrt im Dunkeln. Durch die Tür nebenan betritt er die Küche, die aus einem Kühlschrank besteht. »Nicht in den Kühlschrank! Nur in den Keller!« Die gut gemeinte Empfehlung dieser Frau Meier ohne y und ai, er schlägt sie in den Wind. Ungeachtet der Nachbarschaft zu blassem Aufschnitt, Maurerpresssack und deutscher Salami wird der Luftgetrocknete, Ungepökelte einen Duft verbreiten, der den Kantinenbesuchern in die Nase steigen wird, ist sich Professor-Bub sicher. Er lässt den Schalter weiter im Dunkeln glimmen und schleicht sich davon wie ein Dieb in der Nacht.

Draußen steigt er in seinen Wagen, um hinauszufahren in einen Abend, der sorgenfrei wie der des jungen Kollegen sein wird.

Südtiroler Speck! – Luftgetrocknet! Ungepökelt!, steht zwei Tage danach handgeschrieben auf der Tafel, die ansonsten *Knacker auf Semmel* oder *Bockwurst mit Senf* verkündet.

»Das sollten Sie sich nicht entgehen lassen«, sagt die Kantinenwirtin ausgerechnet zu ihm, der er in Gesellschaft von vier Richtern und drei Staatsanwälten an einem der Tische sitzt.

»Mein Mann«, lügt sie, »hat ihn aus Girlan mitgebracht. Südtiroler Speck vom Feinsten. Der zergeht Ihnen auf der Zunge. Der hat freilich seinen Preis.«

»Südtiroler Speck? – Gerne! Bitte!«

»Für Sie allein, Herr Staatsanwalt?«

»Nein, für die ganze Runde.«

Die Rechnung ist aufgegangen, freut sich Professor-Bub heimlich, als ihm die Wirtin schließlich die saftige Rechnung präsentiert. 8 Specksemmeln an Ort und Stelle, 7 eingewickelt für seine Kollegen auf ihrem dunklen Weg durch die Katakomben. Die süßlich würzig duftende Spur, sie begleitet die Herren hinauf ans Licht.

Dietmar Bittrich

Reisen macht dumm

Zu Hause sind wir klug, oft sogar scharfsinnig. Doch sobald wir mit Koffer und Ticket das Haus verlassen, sinkt der Intelligenzquotient. Womöglich war er gar nicht so hoch? Mir erscheint bereits auf dem Bahnhof die Welt nicht mehr halb so durchschaubar wie am Vorabend bei der Tagesschau.

Auf dem Flughafen kribbelt die Kopfhaut vom Schrumpfen der Gehirnmasse.

Es geht abwärts. Bei den Einreiseformalitäten verflüchtigen sich zwischen »Arrival Record« und »Departure Record« die letzten Englischkenntnisse. Gehöre ich zur »X category«? Hoffentlich nicht. *»Applicant is required to sign an affidavit«*? Was ist das? Wie in alten Zeiten schreibe ich alles beim Nachbarn ab und unterzeichne kleinlaut: *»I certify that I have read and understood all questions.«*

Im Land selbst, in fremder Sprache und gar fremder Schrift, erweisen sich schlichteste Denkaufgaben als unlösbar. Heißt dieses Wort auf der Schwingtür »Herren« und das andere »Damen« oder umgekehrt? Beim Buchen der Reise sind wir ohne Wörterbuch ausgekommen, jetzt, wo es dringend wird, gehen die Vokabeln aus. Darf ich mich Ihnen anschließen, mein Herr?

Und dann allein in der Kabine – gibt es hier tatsächlich nur ein Loch im Boden? Wie geht das jetzt, was sonst so einfach schien? Wieder draußen – wie gelangt man durch diese Drehkreuze ins Freie? Mit einer Münze, Karte, einem Chip?

Sogar Kinder kommen besser zurecht. Sie sprechen diese sonderbare Sprache fließend. Mit etwas Glück erlangen wir im Hotel für einen Augenblick unsere Weltklugheit zurück. Etwa, wenn *»caldo«* auf dem Wasserhahn steht. Darauf fallen wir nicht mehr herein. Behutsam aufgedreht – jawohl, *»caldo«* heißt warm!

Aber dann: Wie schaltet man den Ventilator ab, der mit dem Lichtschalter anspringt, aber nicht wieder ausgeht? Wie lässt sich der Sturmwind der Klimaanlage stoppen, wenn sie bei »Off« einfach weitermacht? Und, jetzt wird es völlig undurchschaubar, wie kommen wir eigentlich in dieses Bettzeug rein?

Es ist fast so peinlich wie am Abend im Restaurant, als wir unsere Finger asiatisch reinlich in der Fingerschale badeten, während wir auf die Suppe warteten – bis der Ober uns informierte: Die haben Sie schon!

Ein Schritt auf unseren Apartmentbalkon zum erleichternden Durchatmen, da fällt die Tür zu. Von außen ist sie nicht mehr zu öffnen. Wir müssen uns wohl um die Trennwand beugen: Hallo, Herr Nachbar? Die Stufe des Volltrottels ist jetzt vollständig erklommen.

In Sydney habe ich mal, weil der Fahrstuhl nicht kam, das Treppenhaus gewählt. Und dann konnte ich in keinem Stockwerk zurück auf den Hauptflur. Durch Hochsicherheitstüren aus Panzerglas sah ich glückliche Gäste bequem durch Teppichflure wandeln und musste immer weiter runter, bis zu den Müllcontainern. Versklavte Unberührbare starrten mich an. Durch erstickende Dämpfe und Fettschwaden taumelte ich in die Küche – machen Sie bitte weiter, ich bin es nur – und floh durch den Frühstücksraum nach draußen. Wie ein fremder Brötchenkorb oder gar eine Kaffeemaschine funktioniert, hätte ich zu diesem Zeitpunkt ohnehin nicht mehr begriffen.

Ein Blick hinauf zur Sonne. Erleichterung. Sie ist dieselbe. Aber wieso wandert sie hier von rechts nach links? Stehen wir verkehrt? Oder geht sie auf der Südhalbkugel im Westen auf? Wenn wir, um diese Frage zu klären, zu Hause anrufen wollen, ist es da jetzt früher oder später? Oder ist es genau dieselbe Uhrzeit, bloß an einem anderen Tag, zum Beispiel gestern? Ein Leben des strebenden Bemühens – vergebens.

Auf Reisen kommt das letzte Wissen abhanden. Früher kannten wir den Unterschied zwischen Längengrad und Breitengrad. Er war so ähnlich wie der zwischen Backbord und Steuerbord oder konvex und konkav oder Dromedar und Kamel. All das verwirrt sich zu einem Knäuel düsterer Begriffsstutzigkeit.

Und Inkas, Mayas und Azteken, was sollen auch solche Unterschiede?

Elefanten mit breiten oder kurzen Ohren, Karl der Vierte, Fünfte, Sechste, Philipp der Gute oder Schöne, ohne Land oder ohne Furcht, Johanna die Wahnsinnige und die von New Orleans – ist das nicht im Grunde alles ein und dasselbe?

Na, wir können ja zu Hause alles noch mal nachlesen.

Ach ja, zu Hause. Da sind wir wer. Da werden wir endlich wieder Bescheid wissen. Und dann können wir allen Daheimgebliebenen erklären, wie die Welt funktioniert.

Jorun Thørring

Aus Liebe zur Kunst

»Ich würde wirklich alles geben, um dieses Bild behalten zu können.«

Peter Larsen nahm das Gemälde von der Wand und hielt es behutsam, wie ein neugeborenes Kind, seiner Frau hin. Madeleine hatte es längst verstanden: Dieses Gemälde war unvorstellbar wertvoll. Der verschnörkelte, üppig verzierte Goldrahmen umgab eine 40 x 60 cm große Leinwand. Der Künstler war irgendein italienischer Meister, dessen Namen Madeleine nie zuvor gehört hatte. Das Bild zeigte eine Madonna mit Leidensmiene und dazu fette Engel, die sich mit Stoffstücken in tristen Farben bedeckt hatten. Ein Schnäppchen, wie Peter immer wieder betonte. Eines seiner vielen Projekte in dem Bestreben, ein Vermögen anzuhäufen und gesellschaftlich aufzusteigen. So sah Madeleine das.

»Aber du kannst es doch behalten, oder?« Sie musterte seine Bartstoppeln und die Haare, die dringend geschnitten werden müssten. Sein Äußeres so zu vernachlässigen passte gar nicht zu seinem sonstigen Perfektionismus.

Er betrachtete das Bild konzentriert und ohne zu antworten. »Ich habe mir mal deinen Schmuck angesehen und die wertvollsten Stücke ausgesucht«, sagte er endlich. »Ich muss ganz schnell ein paar Kronen lockermachen. Es kann doch nicht sein, dass du Diamantringe und Anhänger zu 350 000 Kronen das Stück in der Schublade liegen hast und nie trägst, während ich mich von Kunstwerken dieses Kalibers trennen muss. Du hast sowieso viel zu viele Wertsachen gehortet.«

Sie antwortete nicht gleich, sondern erhob sich und schaute fast trotzig hinaus über die weitläufige Terrasse, auf den parkähnlichen Garten, zum Strand hinunter. Diese Wohngegend war gerade überaus gefragt. »Wenn du in irgendeiner finanziellen Klemme steckst, wäre es vielleicht eine Idee, dich zuerst von dem Boot zu trennen?«

»Dem Boot?« Er machte Anstalten, ebenfalls aufzustehen. »Wie denkst du dir das denn? Wenn das Boot plötzlich weg ist, müssen wir das erklären. Dann begreifen alle, was los ist. Aber dein Schmuck, den einen oder anderen deiner Pelze, ein wenig Silberkram ... das fällt doch keinem auf.« Er hob die Hände. »Im Moment jagen sie mich wie hungrige Wölfe. Ich muss ihnen etwas in den Rachen werfen, um sie hinzuhalten. Ich krieg das schon in den Griff.«

Sie verkniff sich die Frage, wer *sie* waren. Und sie wollte auch nicht sagen, dass der Verlust möglicherweise *ihr* wehtun würde. »Ich halte das für eine schlechte Lösung. Denk dir etwas Besseres aus.« Sie setzte sich zu ihm. »Reden wir von etwas anderem. Ich habe es so satt, dass du immer nur über Geld sprichst.«

»Wir müssen aber darüber reden. Und zwar jetzt. Es ist gerade nicht einfach für mich ...« Er schien auf einmal förmlich in sich zusammenzusinken. »Ehrlich gesagt steht mir das Wasser bis zum Hals. Ich schaff das alles nicht mehr.«

»Du brauchst Hilfe.«

Er blickte auf. »Ich war doch schon bei diesem Psychiater, den du mir empfohlen hast. Dr. Werner war verständnisvoll und freundlich, aber ich bezweifle, dass er meine finanziellen Probleme lösen kann.«

Sie drehte sich von ihm weg und schaute aus dem Fenster. Die Sonne versank gerade im Meer, und der Himmel verfinsterte sich. Wie ihre Gedanken. Ihrem Mann war es immer um Geld gegangen. Um die unaufhaltsame Vermehrung von Geld. Und er hatte niemals ein Risiko gescheut.

Schon als Jugendlicher hatte er sein Taschengeld in Aktien investiert. Was vielleicht nicht so dumm gewesen wäre, nur hielt er eben nichts von langfristigen und sicheren Investitionen. Er wollte schnell reich werden. Bedingungslos reich werden. Rücksichtslos reich werden. Es war schon längst kein Spiel mehr.

Anfangs hatte Madeleine das interessant und attraktiv gefunden. Geldsorgen gab es nicht, sie legten sich immer teurere Sachen zu, und eigentlich war es ihr völlig egal, wie er zu diesem Geld kam. Immer gab es wunderbare Projekte, in die er investieren wollte. Wörter wie »Hedgefonds«, »Index« und »Zinsen« schwebten unablässig in der Luft. Das war spannend, geradezu erotisch, und ließ ihr jedes Mal ein wohliges Schaudern über den Rücken laufen. In letzter Zeit jedoch merkte sie, dass etwas schieflief.

Im Laufe der Jahre hatte Peter immer neue Einfälle gehabt. Oder besser gesagt: Anfälle, wie sie es für sich nannte. Wie zum Beispiel vor einem Jahr, als er sich in den Kopf gesetzt hatte, dass eine Kunstsammlung eine geniale Investition wäre. Mit Geld, das sie nicht hatten. Völlig überraschend flog er mit ihr zusammen nach London, sicherlich nicht für die zweiten Flitterwochen. Er hatte gelesen, dass an diesem Wochenende bei Sotheby's einige wirklich wertvolle Objekte unter den Hammer kommen sollten. Als sie im Auktionssaal saßen, gebärdete er sich wie ein Besessener. Die Gebotsspirale riss ihn in einem Euphorietaumel mit, ließ ihn wie im Fieberwahn agieren. Nur mit Mühe und Not konnte sie verhindern, dass er ein Vermögen für eine Papierserviette bot, auf der Bob Dylan einige Bleistiftstriche hinterlassen hatte. Stattdessen bezahlte er am Ende für dieses Madonnenbild eine schwindelerregende Summe, die ausgereicht hätte, eine gute Haushälterin und mehr zu finanzieren.

Was war nur los mit ihm? Madeleine ahnte, sein Stern war am Sinken, und wenn sie nicht aufpasste, würde auch sie in dem Sog mitgerissen werden.

Sie hatte nicht bemerkt, dass er aufgestanden war, und wurde erst aus ihren Gedanken gerissen, als er ihr die Hände auf die Schultern legte.

»Liebste, ich weiß nicht, wie ich das sagen soll«, begann er mit heiserer Stimme. »Ich habe dich mit so etwas nie belästigen wollen.« Der Klang seiner Stimme ließ ihr kalte Schauer über den Nacken laufen.

»Mit so etwas?«

»Wir sind bankrott. Ich habe keine Ahnung, was ich jetzt machen soll.«

»Bankrott?« Ihr wurde wirklich schwindlig.

»Abgesehen von unseren privaten Lebensversicherungen gehört uns gar nichts mehr. Aber wir sind doch beide bei bester Gesundheit, nicht wahr? Du noch mehr als ich.«

»Und was willst du jetzt machen?«, fragte sie tonlos. Er war pleite. Sie nicht. »Was passiert jetzt?«

Er schluckte. »Unser Haus gehört jetzt der Bank und wir müssen demnächst raus. Außerdem schulde ich einigen Leuten Geld ... ziemlich viel Geld. Alles, was wir besitzen, wird gepfändet werden.«

»Du musst etwas tun!«

»Und was? Mir sind doch die Hände gebunden.«

»Sollen wir denn einfach dasitzen und abwarten?«

»Wir können nichts tun. Ich habe alle Möglichkeiten ausgeschöpft. Ich bin leider schlecht beraten worden. Die letzte Investition ... das Madonnenbild ... hätte ich niemals tätigen dürfen. Jetzt ist es zu spät.« Seine Hand lag schwer auf ihrer Schulter. »Schlimmstenfalls musst du dir einen Job suchen und wir nehmen uns eine kleine Wohnung in einem anderen Stadtteil.«

Sie starrte aus dem Fenster, es war jetzt dunkel geworden.

»Und das Bild willst du also nicht verkaufen?«

»Doch, natürlich. Da bin ich doch gerade dabei«, sagte er unglücklich. »Wenn es an den Richtigen geht, können wir von dem Geld gut leben.«

Sie zweifelte an seinen Worten. Misstrauisch fragte sie: »An wen denkst du?«

»Da das Bild jetzt in die Konkursmasse fällt, ist es auf dem offenen Markt nicht mehr zu verkaufen. Es gibt aber steinreiche private Sammler, die viel Geld hinblättern würden, um es sich in ihrem Schlafzimmer an die Wand zu hängen. So einen Käufer suche ich.«

»Nichts leichter als das.« Ihre Stimme triefte vor Sarkasmus.

Er richtete sich auf, sammelte sich etwas und sagte dann mit hörbar kräftigerer Stimme: »Ich wusste, dass es so weit kommen würde. Deshalb habe ich das Gemälde vorher als gestohlen gemeldet.«

»Und die Polizei hat dir das geglaubt?«

Er zuckte mit den Schultern. »Was hätten sie denn sonst tun sollen? Ich habe erzählt, ich hätte das Bild ins Auto gelegt, um zur Versicherungsgesellschaft zu fahren, hätte dann mein Handy im Büro vergessen und sei hochgelaufen, um es zu holen. Das dauerte fünf Minuten. Als ich nach unten kam, sei das Bild verschwunden gewesen. Ich hätte dummerweise vergessen, den Wagen abzuschließen.«

»Vergisst man so etwas, wenn man solche Werte im Auto hat?«

»Das kann passieren. Irgendwer muss mich beobachtet haben.« In seinem Gesicht machte sich ein selbstzufriedener Zug breit. »Der Wagen war nicht abgeschlossen, ich hätte das Bild nicht mehr versichern können. Schwindel können sie mir also nicht vorwerfen.«

»Was passiert jetzt?«

»Wir machen am Wochenende einen Ausflug zur Hütte meiner Eltern im Vårfjelli. Die Bruchbude interessiert ja niemanden. Wir verstecken das Bild dort, bis der Verkauf unter Dach und Fach ist. Das Geld muss natürlich noch über ein paar Kanäle sauber gewaschen werden, aber das ist kein Problem. Danach sind wir sofort weg. Wo möchtest du wohnen? Bahamas? Monaco? Andorra?«

Sie wandte sich ab. »Wie lange wird es dauern, bis alles über die Bühne ist?«

»Mach dir keine Sorgen, morgen wissen wir mehr. Ich habe bereits einen ausländischen Interessenten an der Hand.«

Sie fuhr mit ihrem eigenen Wagen voraus. Wenn er seine Geschäfte erfolgreich abgeschlossen hätte, wollte er nachkommen. Geschäfte! Sie schnaubte verächtlich. Einige erniedrigende Runden am Bettelstab, das wäre die passendere Bezeichnung. Sie hätte nie geglaubt, dass es jemals so weit mit ihm kommen würde. Aber er war ja auch nie auf die Idee gekommen, sie schon mal früher um Rat zu fragen.

Es war schon dunkel, als sie sich der Hütte näherte. Der letzte Teil der Strecke war eine mühsame Fahrt durch eine aufgeweichte, unwegsame Berglandschaft, an deren Abgrund man einen See liegen sah, wie eine schwarze Augenhöhle. Sie erreichte die Abzweigung von der steilen Bergstraße und folgte den letzten Kilometern eines kurvenreichen Waldweges.

Es hatte ihr hier nie gefallen. Die Hütte lag am Rand eines ausgedehnten Krüppelwaldes, dicht bei einem Moorsee. Im Sommer wimmelte es hier von Mücken, und die Winter waren dunkel und deprimierend.

Sie ging ins Haus, wischte Spinnweben und tote Fliegen beiseite und machte Feuer im Holzofen. Wasser hatte sie in einem Plastikkanister mitgebracht. Mit dem Essenmachen wollte sie warten, bis er kam. Lieber öffnete sie eine Flasche Wein.

Peter Larsen spürte, wie seine verkrampften Schultern sich lockerten, als sich der Wagen der Hütte im Vårfjelli näherte.

Er hatte alles geregelt. Der ausländische Käufer hatte angebissen und wollte das Bild unbedingt haben. Sie würden sich nach dem Wochenende erneut treffen, um alles im Detail zu klären. In der Hütte wartete Madeleine mit Essen und einer guten Flasche Wein auf ihn. Sie würden das ganze Wochenende lang allein sein. Bei dieser Vorstellung wurde er vor Erleichterung ganz schläfrig.

Es war jetzt dunkel und am Himmel hatten heftige Wolkenberge den Mond verdeckt. Hoffentlich würde er am Ziel sein, ehe das Unwetter losbrach. Er wusste, dass auf dem letzten Teil des Weges die Straßenverhältnisse hoffnungslos schlecht waren, zumal bei Regenwetter. Mehr als einmal war er an einem Erdrutsch zum See hinunter vorbeigekommen.

Er versuchte, sich auf die holperige Straße und die quälende Fahrerei zu konzentrieren, aber seine Gedanken schweiften immer wieder ab. Es war keine leichte Entscheidung gewesen, das Bild zum Verkauf anzubieten. Aber in der Beziehung war Peter Realist und wusste, dass er keine andere Möglichkeit hatte. Letztlich interessierte es ihn nicht, wer das Bild kaufte, wenn der Betreffende nur bezahlte.

Die Straße, auf der Peter Larsen fuhr, war an dieser Stelle besonders steinig, aber immerhin schnurgerade, als ihn plötzlich ein scharfes Licht blendete. Er registrierte ein Schild, das Straßenarbeiten ankündigte, und eine Sperre. Eine hochgewachsene Gestalt in orangefarbener Weste winkte ihn nach rechts. Er sah zwar, dass der Wegweiser nach Vårfjelli auf einmal auch in diese Richtung zeigte, wunderte sich aber über diese Umleitung. Dennoch bog er ab und wurde genau in dem Moment von einem grellen Lichtschein geblendet. Vor Schreck drückte sein Fuß das Gaspedal noch etwas weiter durch, und ehe Peter Larsen bewusst werden konnte, wohin er das Auto steuerte, öffnete sich auch schon der Abgrund vor ihm. Wenn man genau hinsah, konnte man ganz unten den See schimmern sehen. Die Scheinwerfer funkelten wie Tränen in der Dunkelheit, als das Auto in die Tiefe stürzte.

Es war kurz nach neun, als Madeleine Larsen vor der Hütte einen Wagen halten hörte. Sie hatte nicht versucht, ihren Mann anzurufen, hier oben hatte man so gut wie kein Netz, das wusste sie von früheren Besuchen. Die Tür wurde geöffnet und eine dunkle Gestalt stand vor ihr. Der Mann grüßte kurz, und erst dann sah sie, dass er Uniform trug. Gleich hinter ihm stand eine Frau.

Madeleine sprang auf. »Ist etwas passiert?«

»Es tut uns leid, Ihnen mitteilen zu müssen, dass Ihr Mann bei einem Autounfall ums Leben gekommen ist.«

Sie ließ sich in den Sessel sinken. »Er ist tot?«

»Wir sind aus einer Hütte auf dem anderen Seeufer angerufen worden. Sie hatten gesehen, wie ein Wagen von der Straße abgekommen und ins Wasser gestürzt ist. Die Scheinwerfer waren in der Dunkelheit natürlich gut zu sehen.«

»Aber … wie konnte das denn passieren?«

Die beiden Uniformierten standen jetzt mitten in der Hütte. »Das wüssten wir auch gern. Wenn man an der besagten Stelle von der Straße abbiegt, muss man das nämlich ganz bewusst tun. Dort führt lediglich ein Karrenweg durch den Wald, der geht noch knapp dreißig Meter weiter und endet an einer Felskante. Wenn man zwei Meter zu weit fährt, ist klar, dass man …« Der Polizist verstummte.

»Ganz bewusst? Wie meinen Sie das?«

Die Polizistin wandte sich an Madeleine. »Hat es in letzter Zeit irgendwelche Anzeichen dafür gegeben, dass Ihr Mann mit dem Gedanken an Selbstmord spielte?«

War ihre prekäre Situation der Polizei etwa schon bekannt? Das war eher unwahrscheinlich. »Er war sehr niedergeschlagen gewesen, in der letzten Zeit«, erklärte sie. »Wir haben große finanzielle Probleme. Nach dem Wochenende hatten sich allerlei Besucher bei uns angesagt, sie wollten …« Sie schlug die Augen nieder. »Nein. Er hat niemals angedeutet, dass er an Selbstmord dachte. Ganz im Gegenteil.«

»Wir verstehen ja, dass das schwer für Sie ist«, sagte der Mann und räusperte sich. »Sie werden ihn identifizieren müssen. Aber jetzt fahren wir Sie erst mal nach Hause. Sie können die Nacht hier nicht alleine verbringen. Können wir noch irgendetwas tun? Haben Sie Angehörige oder möchten Sie mit einem Psychologen reden?«

Sie schüttelte abwehrend den Kopf. »Nein, danke. Lassen Sie mich die Sache überschlafen, ich weiß schon, an wen ich mich dann wenden kann.«

Die Polizistin stieg mit in Madeleines Auto, während der Polizist hinter ihnen herfuhr. Nach einer Weile hielten sie an.

»Hier ist die Stelle«, sagte die Polizistin. »Hier ist er einfach von der Straße abgebogen, über die Waldlichtung gefahren und dann …«

Madeleine sah ihr eigenes bleiches Gesicht in der Fensterscheibe. »Unfassbar.«

Sie starrten einige Sekunden in die Finsternis hinaus, dann fuhren sie weiter.

Am Abend des nächsten Tages, es war schon spät, klingelte es im Haus der Larsens.

Der Mann, der in der Tür stand, war groß und kräftig und trug einen eleganten Anzug. Sein schmales, knochiges Gesicht mit den tief liegenden grauen Augen verlieh ihm ein interessantes, wenn auch nicht unbedingt gutes Aussehen.

»Dr. Werner.« Madeleine öffnete die Tür. »Wie nett, dass Sie vorbeikommen.«

»Ich bin hier, um mich davon zu überzeugen, dass meine Dienste nicht nötig sind«, sagte er langsam und trat mitten ins Zimmer. In aller Ruhe betrachtete er die Möbel, die wertvollen Teppiche und die Kunst, die an den Wänden hing.

»Alles, was Sie hier sehen, muss weg«, sagte sie und folgte seinen Blicken. »Und ich auch«, fügte sie leise hinzu.

»Ihr Mann hat bei seinem Tod nichts hinterlassen, keinen Brief, keine Mitteilung?«

Sie schüttelte den Kopf. »Er hat nicht die kleinste Andeutung gemacht.«

»Die Polizei hat mich heute als Zeugen einbestellt.«

Sie nickte. Dann blieben sie stehen und blickten einander schweigend an.

»Die Polizei glaubt an die Möglichkeit, dass er Selbstmord begangen hat. Aber sie können ja auch nicht ausschließen, dass es ein Unfall war. Es war doch ein dunkler, verregneter Abend, nicht wahr? Er hat sich vielleicht verfahren, ist zu früh abgebogen? Oder er fühlte sich nicht wohl, nach all dem Stress der letzten Zeit?«

Sie schaute ihn unverwandt an, als sie ihn fragte: »Und was ist mit Mord, Dr. Werner?«

»Mord?«

Er drehte sich um und ging ein paar Schritte auf ein Kunstwerk zu, das hinter ihm an der Wand hing. »Ich habe Ihren Mann doch kennengelernt, Frau Larsen, er war mein Patient, und hat mir mehr als einmal seine vielen Probleme geschildert.« Dr. Werner legte den Kopf schräg und lächelte vielsagend. »Herr Larsen war ein kleiner unsicherer Mann mit einem großen Ego und dem dringenden Bedürfnis, gesehen und bewundert zu werden. Sein Selbsterhaltungstrieb war so groß, dass ich nicht an Selbstmord glauben kann. Und auch nicht an Mord. Wer sollte denn Interesse daran haben, einen Mann zu ermorden, der so hoch verschuldet war?«

»Ein Glas Wein, Dr. Werner?« Madeleine drehte sich um und ging hinaus in die Küche. Als sie am Küchentisch stand, merkte sie, dass er ihr gefolgt war und auf einmal dicht hinter ihr stand.

»Es war vernünftig von dir, deinen Mann zu mir zu schicken.«

Sie nickte, ohne sich umzudrehen.

Sie spürte seine stahlgrauen Augen in ihrem Nacken. Sein Blick brannte sich förmlich in ihre Haut.

»Nach unserem Gespräch vor einigen Tagen kann ich ihn nicht als suizidal einstufen. Ich glaube, dass es ein Unfall war.«

Sie zog den Korken aus der Flasche. »Das glaube ich auch.«

»Die Polizei hält den Fall für aufgeklärt, wenn ich das richtig verstanden habe. Sie gehen ebenfalls von einem Unfall aus.«

Es war die Art, wie er manche Wörter aussprach. Wenn man nicht genau hinhörte, hätte man das nicht bemerkt. Dr. Werner kam nicht aus Norwegen, aber er sprach ein perfektes Norwegisch. Madeleine war das damals erst nach einiger Zeit aufgefallen. Ihr Mann dagegen hatte es gleich beim ersten Mal bemerkt. Was hatte er gesagt? »Ich habe einen ausländischen Interessenten.«

»Das Bild«, sagte sie, ohne sich umzudrehen. »Als er bei dir war, hat er dir von dem Bild erzählt. Und von unserer finanziellen Situation.«

»Ich liebe Kunst.«

»Du hast ihm deine Hilfe angeboten …«

»Ich bin dir ewig dankbar dafür, dass du den Kontakt vermittelt hast.« Plötzlich lagen seine Hände auf ihren Schultern, genau wie Peters zwei Tage zuvor. Aber diese Hände waren wärmer, die Finger schlanker, sensibler. Ihre Haut brannte unter ihnen und sie konnte sich nicht mehr bewegen. Seine Hände wanderten über ihren Nacken, über ihren Kehlkopf, unter ihr Kinn. Er drehte sie zu sich um und umarmte sie.

»Ich habe das Bild«, murmelte sie in seinen Armen.

»Natürlich habe ich das Bild. Im Auto, unter dem Boden im Kofferraum. Peter fand es sicherer, wenn ich es mit zur Hütte nehme.«

»Und ich habe einen sehr diskreten und sehr wohlhabenden japanischen Freund, der das Bild sofort kaufen würde.«

»Ich werde Peters Lebensversicherung ausgezahlt bekommen.«

»Eine ungewöhnlich gute Lebensversicherung.«

»Und ich werde in der kommenden Zeit sehr, sehr viele Therapiestunden brauchen.«

Einige Tage später meldete sich noch einmal ein Polizist bei Madeleine Larsen: »Wir haben leider noch eine Frage«, begann er. »Ihr Mann hat vor einiger Zeit ein überaus wertvolles Gemälde gekauft, welches er letzte Woche als gestohlen gemeldet hat. Unter Berücksichtigung Ihrer finanziellen Lage will ich Ihnen nicht verhehlen, dass wir nicht an den Diebstahl glauben.«

»Sie haben recht. Er hat gelogen«, sagte Madeleine gelassen. »Er hatte das Bild versteckt. An dem Tag, als der Unfall geschah, wollte er mit einem privaten Käufer verhandeln. Das Bild hatte er im Auto dabei, um es in der Hütte zu verstecken.«

»Das Bild war im Auto?«

»Ja. Haben Sie es denn nicht gefunden?«

»Nein, das haben wir nicht.«

»Da kann ich Ihnen leider nicht helfen. Er hat mir nur gesagt, dass er es mit zur Hütte nehmen wollte. Vielleicht hat er es ja doch bei dem Kunden gelassen. Ich weiß es leider nicht. Mein Mann vertraute grundsätzlich niemandem und hat mich sowieso aus allen seinen Geschäften herausgehalten.«

»Aber Sie wissen ganz genau, dass er das Bild mit zur Hütte nehmen wollte?«

»Ja, absolut.«

»Na gut. Danke für Ihre Hilfe und entschuldigen Sie die Störung«, verabschiedete sich der Polizist. Dann fragte er zögernd: »Geht es Ihnen sonst so weit gut?«

»Es geht schon«, sagte Madeleine leise. »Ich habe Freunde und Bekannte. Und nicht zuletzt einen hervorragenden Psychiater.«

Asta Scheib

Atmen im Intercity

Beim Frühstück verkündete Amelie der Familie, dass sie ab sofort neben ihren Atemübungen noch Walking machen werde, Nordic Walking. Wegen ihres Herzens und wegen des Kreislaufs. Hier sei die Todesrate immerhin am höchsten. Und für das seelische Befinden habe sie jetzt einen Kurs in Qigong angefangen. Alle essen und reden unbeteiligt weiter, nur der Paterfamilias schaut etwas furchtsam und fragt leise: »Walking – aber doch nicht mit solchen Stöcken, oder?« Typisch. Amelie erklärte ihm, dass gerade in den Stöcken die Wirkung liege, es komme darauf an, dass der Mensch beim Einsatz jedes Mal die Hand, die den Stock nach hinten führt, öffnet. Wer das nicht wisse, dem bringe Nordic Walking praktisch nichts.

Ihr Mann nahm die dritte Weißwurst aus dem heißen Wasser. Wie soll Amelie ihre Ideen einem Mann erklären, der sich stoisch jeder Form von Fitness verschließt. Sogar davon spricht, dass er eine Intoleranz entwickelt habe gegen Fitness und jede Art von Diät. Er benötige für die Balance zwischen Körper und Seele einen Schweinsbraten und kein Chicken Delight Wrap.

Amelie hatte vergessen, dass sie früher auch irritiert gewesen war, wenn sie auf einem einsamen Waldweg über das Höhere im Leben nachdenken wollte und plötzlich Nordic Walker unter Einsatz ihrer Stöcke aus dem Unterholz brachen. Damals, noch nicht eingeweiht, dachte sie sogar an Leute vom Geheimdienst. Pullach war schließlich nahe bei München. Normale Menschen brechen nicht aus dem Unterholz. Seit damals hatte sich viel verändert, und heute sagte sich Amelie: Jeder, wie er meint.

Sie selbst ist inzwischen auch auf die Toleranz ihrer Umwelt angewiesen. Und zwar ihrer Stimmlippen wegen, die infolge lauten Vorlesens von Texten nicht mehr richtig schlossen. Das konnte übrigens gefährlich werden. Man glaubt es nicht, aber Amelie hatte von Kollegen gehört, bei denen hatten sich die Stimmlippen auf langen Lesereisen entzündet. Mediziner sagen, man könne an der akuten Entzündung seiner Stimmlippen sogar sterben. Oder, was noch schlimmer ist, die Stimme versagt einem. Bleibt weg. Gerade wenn man zu seinen Lesern sprechen will. Amelie erinnerte sich immer noch mit Schrecken daran, wie sie sich im ostfriesischen Leer über eine stattliche Lesegemeinde gefreut hatte, die trotz dichten Nebels und rutschigen Kopfsteinpflasters den Weg zu ihrer Lesung gefunden hatte. Und in dem Moment, als Amelie vor ungefähr vierzig Ostfriesen brillieren wollte – keine Stimme mehr. Die Leute saßen da und schauten Amelie an. Und sie konnte nur zurückschauen, denn die Stimmlippen erlaubten nicht mehr den geringsten Ton.

Gut, dass es Experten gibt. Logopäden heißen sie. Amelies Logopäde ist ein Spätberufener. Er war bis zu seinem dreißigsten Lebensjahr Mönch in einem Trappistenkloster. Doch dann hatte er genug von der Askese und vor allem vom Schweigen, und er wandte sich der Stimmheilkunde zu. So wie viele Spätberufene nahm er seinen neuen Beruf sehr ernst, und er verlangte von Amelie in der akuten Phase ihres Stimmlippenleidens Töne, wie sie sonst höchstens Anna Netrebko hervorbringt. *»Amamam, hohoho, ririri«* und so etwas. Amelie musste dann die Hand auf die Brust legen, wahrscheinlich wegen des Resonanzbodens. Und immer an den Faden denken, der vom Mittelpunkt des Kopfes, von den beiden Ohren aus gesehen, direkt an die Decke führt. An diesem Faden hängt alles. Der Mensch und wahrscheinlich die Welt.

Das hatte Amelie praktisch überall gelernt. Beim Yoga oder beim Qigong. *Schigung* gesprochen. Wer an diesem Faden hängt, kann schon nicht mehr viel falsch machen. Weil der einen mit dem Universum verbindet.

Gut, dass Amelie dreimal mit dem Logopäden gearbeitet hatte. Sie sollte auf Verlangen des Lehrers auch daheim weiterüben, aber dann kam die Einladung zu einer Lesereise in den Schwarzwald. Als der Intercity in Baden-Württemberg haltmachte, stieg eine Dame ins Abteil, eine Schwäbin, wie sich rasch herausstellte. Sie erklärte ihre sportliche Ausrüstung damit, dass sie auf dem Weg sei zu einer Wanderung über die Alb. Oder Alp? Amelie wusste es nicht. Sie wanderte nicht über die Alb und auch nirgendwo sonst. Niemand von ihrer Familie würde sie begleiten. Und einsam wandern, wie diese alleinstehende Dame, womöglich noch ähnlich praktisch gekleidet, das mochte Amelie sich nicht vorstellen.

Doch sie hatte Wichtigeres zu bedenken. Heute gegen neunzehn Uhr dreißig begann ihre Lesung, und sie musste schleunigst ihre Atemübungen machen. Vielleicht wurde sie ja abgeholt, möglicherweise ging es vorher zum Essen, und sie wäre atemtechnisch nicht vorbereitet. Amelie konnte auf die Schwäbin in ihrem Abteil leider keine Rücksicht nehmen, denn in einer knappen Stunde wäre sie am Ziel.

Sie brachte sich in die richtige Stellung, mit der Hand auf dem Resonanzboden und dem Faden oben an der Decke des Zugabteils. Jetzt musste sie sich aber zuerst noch ihr gesamtes Knochensystem vergegenwärtigen. Und das ging los beim Scheitelbein und Hinterhauptbein übers Schlüsselbein. Es gibt sogar ein Darmbein, aber das ist weiter unten. Vorher kommen noch jede Menge Köpfchen und Knochen, man glaubt es nicht. Oberarmkopf, Oberschenkelkopf. Den Hals am Oberschenkel, das wusste Amelie, den brachen sich ältere Damen sofort, wenn sie mal hinstürzten. Bis runter zum Mittelfußknochen musste sie alles sortieren, und vor allem musste sie es sich vergegenwärtigen, um das richtige Körperbewusstsein zu bekommen. Oh, die Beckenschalen mit den zwei Sitzhöckern – ja nicht vergessen. Also die ganzen Räume des Körpers musste Amelie sich erst einmal erarbeiten. Dann den Atem abfühlen. Der Atem verlässt den Körper auf »f«, und dann wird die Bauchdecke flach. Leider nicht bei Amelie. Jetzt eine Hand auf die Bauchdecke legen. Dazu *»psst – psst – psst«* und *»kscht – kscht – kscht«* und *»hop – hop – hop«* rufen. Das sind Explosivlaute, bei denen sich der Atem austauscht. Quasi von selbst.

In dem Moment meldete sich die Schwäbin, die bisher stumm zugeschaut hatte. »Gell«, sagte sie einsichtig, »gell, des brauchet Se zur Vitalisierung und Harmonisierung ihrer Läbenskräfte! Wisset Se, i tät des au brauche. Darf i mitmache?«

Warum nicht? Amelie erklärte ihr, wie sie das Standbein auszuschütteln hatte, erst das eine, dann das andere. Dann bleiben beide Fußsohlen fest am Boden. Schon beginnt der feste und kurze Vokaleinsatz: *»Oft – okt – opt – ost – omt – ont – olt – ort – uft – aft – eft«* – »Die Federung erfolgt erst beim Vokalbeginn!«, rief Amelie noch, und die Schwäbin zeigte sich begabt. Sie hatte viel mehr Kraft in der Stimme als Amelie, und so standen sie einander gegenüber, und beim *»oft – okt – opt – ost – omt«* kam der Schaffner und öffnete die Tür.

»Ist alles in Ordnung?«, fragte er, und die Schwäbin, ohne ihre Haltung zu verändern, rief ihm zu: »Wisset Se, mir löset unsere Blockade, mir holet uns Kraft aus der Mitte!«

Schleunigst schloss der Schaffner die Tür wieder. Er schaute noch einmal scheu zurück und machte sich davon, ohne die Fahrkarten kontrolliert zu haben. Männer wollen so gar nichts erfahren über die Räume des Körpers, denkt Amelie. Sie wollen einfach nicht die Mundhöhle als weiten Raum spüren, den Hals als weite, schöne Röhre erleben. Sie wollen nicht einmal den Oberarm als Röhre erfühlen oder den flachen, breiten Raum der Hand.

Einzig die Schwäbin hatte begriffen, worum es ging im Leben. Doch sie wanderte auf der Alb. Oder Alp?

Milena Moser

Blondinen haben einfach mehr Spaß …

Bis gleich also, sagte meine Schwester und legte auf.

So war sie.

Ich stand noch einen ganzen Augenblick so da und hielt den Hörer ans Ohr, aus dem nur noch ein dumpfes Summen klang. Ich fragte mich, was sie wohl diesmal wollte.

Nach all den Jahren.

Geld?

Zigaretten?

Gute Ratschläge?

Ein Kleid ausleihen?

Meinen Mann?

Ich legte den Hörer auf und ging ins Badezimmer. Mein Mund war ganz trocken. Ich trank einen Schluck direkt aus dem Wasserhahn. Dann ließ ich das kalte Wasser weiterlaufen und hielt meine Handgelenke darunter. Ich schaute in den Spiegel. Dunkle Augen, etwas starr blickend. Helle Haut. Dunkle Haare. Dichte, glänzende dunkelbraune Haare.

Als kleines Mädchen war ich blond gewesen. Ganz blond, fast weiß. Wilde Locken und dunkle Augen. Ich war ein hübsches Kind. Alle sagten das. Ich hüpfte an der Hand meiner Mutter durchs Leben und nahm Bonbons und Komplimente ganz selbstverständlich entgegen. Bis eines Tages meine Schwester kam und noch viel blonder war als ich.

Und vor allem hatte sie blaue Augen.

Nur darauf kommt es nämlich an.

Von diesem Tag an begann ich nachzudunkeln, unaufhaltsam. Wie alle Braunaugen. Bei denen hält das Blond nämlich nicht hin. Nie.

Je dunkler mein Haar wurde, desto seltener hörte ich, was für ein hübsches Kind ich doch sei. Die hohen Töne und zugesteckten Bonbons galten nur noch ihr. Sie nahm sie genauso selbstverständlich hin wie ich früher.

So wurde mir also schon als drei-, vierjähriges Mädchen klar, dass es Blondinen einfach leichter haben im Leben.

Meine Mutter bleichte ihr Haar. Wahrscheinlich dachte sie, nachdem sie schon unter Schmerzen zwei kleine Blondinen geboren hätte, könnte sie jetzt quasi ehrenhalber auch eine werden. Aber so einfach geht das nicht. Blond sein oder nicht ist Sache des Schicksals. Ihre Haare waren so struppig wie ein alter Abwaschschwamm. In der Farbe erinnerten sie an geronnene Milch oder an konzentrierten Urin. Je nach Packung.

Ich hasste meine Schwester. Mehrmals versuchte ich, sie umzubringen. Auf allen Babyfotos schreit sie – wenn ich mit drauf bin. Ich habe die Unterlippe vorgeschoben und die Stirn gefährlich gerunzelt. Meine Hände sieht man nicht. Irgendwo verberge ich einen spitzen Gegenstand, mit dem ich das Baby traktiere, während ich mürrisch in die Kamera schaue.

Natürlich hat sie schnell gelernt, sich zu wehren. Noch bevor sie reden konnte, bewies sie mir, dass die Blondere von zwei Streitenden immer recht hat. Ich frage mich, wo sie wohl bleibt. Das sieht ihr ähnlich. Einfach anzurufen, mitten am Nachmittag, und mich hier festzunageln. Ich werde ihr wohl etwas anbieten müssen. Tee ... da ist noch ein Rest Kuchen ... Um vier kommen die Kinder von der Schule. Ich will nicht, dass sie sie sehen. Mein erster Mann war natürlich blond. Ich meine, der erste, den ich geheiratet habe. Mit dreiundzwanzig. Und er hatte blaue Augen. Mit ihm wollte ich Kinder haben. So viele und so schnell wie möglich. Ich sah mich manchmal durch die Straßen gehen, nach der Mode der sechziger Jahre gekleidet, wie meine Mutter damals, selbstsicher auf dünnen, gebogenen Absätzen, an jeder Hand ein blondes Kind und noch eins und noch eins und noch eins, eine endlose Kette, und die Leute würden am Straßenrand stehen bleiben, jubelnd, und uns mit Bonbons bewerfen.

Aber gerade noch rechtzeitig las ich in einem Buch, dass sich blaue Augen nur mit einer Chance von 4 zu 1 durchsetzen. Und was mit blonden Braunaugen passiert, wusste ich ja. Sie dunkeln nach. Das Risiko wollte ich nicht eingehen.

Mein jetziger Mann ist so schwarz, wie man nur sein kann, und unsere drei Kinder sind nicht viel heller. Innerhalb der Familie gehe ich schon fast als Blondine durch.

Während ich das Teewasser aufsetzte und den Tisch deckte, wurde ich langsam ruhiger. Ich hatte meine Schwester lange nicht gesehen. Das war alles.

Sie war ja bei Weitem nicht die einzige Blondine auf der Welt.

Da war zum Beispiel diese fesche junge Englischlehrerin, die das tödlich Verletzende des typisch britischen Humors immer an mir demonstrierte.

Dann war da das Mädchen mit den unerträglich langen Beinen. Jedes Mal, wenn ich mit meinen Freunden ausging, baten sie mich, sie doch auch einzuladen. Sie trauten sich nicht einmal, sie selber anzurufen. Und dann kam sie und saß da und sagte den ganzen Abend kein Wort. Streckte nur ihre Beine aus und war blond. Und das genügte. Vollkommen.

Dann mein Lehrmeister in der Apotheke, der einem Vertreter erklärte, warum bei ihm nur blonde Frauen arbeiteten. »Blonde wirken einfach irgendwie seriöser und auch vertrauenerweckender. Irgendwie sauberer, Sie verstehen, darauf kommt es bei uns schließlich an. Brünette haben allesamt so etwas Vulgäres!« Er redete so laut, dass man es bis in den Verkaufsraum hören konnte, wo ich gerade eine Kundin bediente, und ich wurde rot. Ich wusste ja selber, dass ich zwei Jahre früher, bei meinem Lehrantritt, noch einiges heller gewesen war.

Und dann natürlich die Blondine im Supermarkt, die mir von hinten ihren Wagen in die Knöchel rammte. Ich sprang zur Seite, stolperte und riss im Fallen ein Gestell mit Essiggurkengläsern um. Während ich in einer übel riechenden Pfütze saß, kurvte sie elegant an mir vorbei zur Kasse und bezahlte mit kühlem Lächeln. Blondinen haben einfach mehr Spaß.

Na schön, dachte ich in diesem präzisen Moment, dafür haben sie oft eine erstaunlich kurze Lebenserwartung.

Und von da an bemühte ich mich, dem nachzuhelfen, wo immer sich eine Gelegenheit ergab. Und das war gar nicht so selten. Schließlich arbeitete ich in einer Apotheke.

Aber das alles war lange her.

Ich goss den Tee auf und stellte den Kuchen auf den Tisch. Es war nicht mehr sehr viel davon übrig, ich sah, dass sich die Kinder unregelmäßige Stückchen herausgeschnitten hatten. Ich nahm das elektrische Brotmesser aus der Schublade, um den Rest in winzige, saubere Vierecke zu zerteilen. Meine Schwester würde nichts merken. Ich war eine gute Hausfrau, eine wunderbare Hausfrau, durch nichts aus der Ruhe zu bringen. Blond oder nicht blond.

Hübsch, sagte meine Schwester laut, um das Dröhnen des elektrischen Messers zu übertönen. Ich wirbelte herum. Da stand sie im Türrahmen, dünn, ein bisschen blass, stark geschminkt, die Augen riesig unter einer Wolke leuchtend oranger Locken.

Leuchtend orange Locken?

Ich habe geklingelt, fuhr sie fort, aber du hast mich wohl nicht gehört.

Was … was … hast du mit deinen Haaren gemacht …?, stotterte ich und zeigte verwirrt auf ihren Kopf. Sie fuhr zurück.

He, pass auf mit diesem Messer, das ist ja die reinste Motorsäge!

Sie kam in die Küche, nahm sich ein Kuchenstückchen vom Tisch und aß es im Stehen.

Henna, antwortete sie dann mit vollem Mund. Ihre Lippen waren schokoladeverschmiert.

Aber warum?

Das elektrische Messer vibrierte in meiner Hand. Ach, ich hatte es satt, blond zu sein. Pass doch um Himmels willen mit dem Messer auf! Blondinen sind irgendwie fad, findest du nicht?

Peter Probst

Das Wunder von Werne

Ich habe meinen Bruder Erwin nie gern gequält, ich wollte ihn nur widerstandsfähiger machen. Weil doch klar war, dass bald wieder härtere Zeiten kommen – und der Russe. Erwin war noch klein, erst acht, und verstand den Sinn von Übungen wie der Brennnessel nicht. Er plärrte sofort los, wenn ich bei ihm die Haut am Unterarm gegeneinander verdrehte, und hörte nicht auf, bis meine Eltern angelaufen kamen. Sie bestraften mich meistens mit Stubenarrest, weil gutes Zureden bei mir nicht mehr half und auch nicht Ohne-Abendessen-ins-Bett-schicken. Wenn ich dann in mein Zimmer gesperrt wurde, las ich die *Landser*-Hefte, die ich unter meinem Bett versteckte. Mein Nennopa Rudi hatte sie mir geschenkt. Heimlich, weil mein Vater immer so schlecht über den Krieg sprach und ich doch mal ein paar ehrliche Berichte über unsere glorreiche Wehrmacht lesen sollte. Opa Rudi mit dem Klumpfuß hatte mir auch die Brennnessel beigebracht, die Schindel, die Nuss und den Spitz, vor allem aber, dass man, auch wenn's noch so wehtut, immer die Zähne zusammenbeißen muss. Er selbst hatte das begriffen, als der Russe ihm mit einem Panzer den Fuß zerquetschte: Heulen macht den Feind nur stärker.

Meine Mutter schickte mich immer mit ein paar Fläschchen Underberg zu Opa Rudi, weil der doch so Schreckliches durchgemacht hatte. An meinem zehnten Geburtstag war ich alt genug, um auch mal probieren zu dürfen. Ich leerte sieben Fläschchen, während Opa Rudi erzählte, wie er sich am Dnjepr-Fluss mit einem einzigen wuchtigen Kopfstoß aus russischer Kriegsgefangenschaft befreit hatte. Eine halbe Stunde später blutete mein Bruder heftig aus der Nase und mir war schlecht – nicht wegen des vielen Bluts, sondern wegen des Underbergs. Mein Vater wollte wissen, weshalb ich Erwin einen Russen genannt und so schwer misshandelt hatte. Er versohlte mich sogar, um es rauszukriegen, aber ich verriet Opa Rudi nicht. Da beschloss mein Vater, dass ich die Sommerferien bei seinem Freund Peter in Werne verbringen sollte.

Für meine erste Zugreise bastelte meine Mutter ein großes Schild, das sie mir um den Hals hängte. Hermann wird am Bahnhof Dortmund abgeholt. Leider war das Schild bereits in München-Pasing unleserlich, weil ich hatte pieseln müssen und damals zu den wenigen bayerischen Buben gehörte, die sich hinterher die Hände wuschen. Ich kam trotzdem gut in Dortmund an und wurde von Onkel Peter und Tante Erika abgeholt. Die beiden waren nicht verheiratet und sprachen merkwürdig höflich miteinander, obwohl sie zusammen in einem Haus wohnten. »Vielleicht setzen Sie sich nach hinten zu dem Jungen, Fräulein Paschke«, sagte Onkel Peter und Tante Erika antwortete: »Jawohl, Herr Dechant.«

Die Freunde meines Vaters waren grundsätzlich Katholiken. Ich weiß nicht, wie er es geschafft hat, sich nie mit einem Protestanten anzufreunden. Er muss öfter welchen begegnet sein, vermutlich sogar sympathischen, denn in der Großstadt München lebten viele von ihnen. Aber mein Vater war da eben sehr eigen. Er wollte auch nichts mit alten Nazis zu tun haben und hatte deswegen nur wenige Freunde. Opa Rudi mit seinen Kriegsgeschichten konnte er nicht ausstehen.

Als ich aus dem Fenster von Onkel Peters beigem Käfer blickte, hasste ich meinen Bruder, der mir Werne eingebrockt hatte. Wieso war der Depp nicht ausgewichen, als ich zum Kopfstoß ansetzte? Ich hatte ihn doch noch gewarnt. Ahnte er, was mir blühen würde? Rächte er sich mit seinem trotzigen Stillhalten für all die Brennnesseln, Schindeln und Nüsse? War ihm meine Verschickung ins ferne Westfalen eine blutige Nase wert?

Onkel Peter steuerte den Käfer durch eine Landschaft, die mich ein bisschen an den Nymphenburger Park erinnerte, wo wir immer den Sonntagsspaziergang machen mussten. Aber da waren merkwürdige schwarz-weiße Kühe und merkwürdige ziegelrote Häuser und merkwürdige Menschen, die gar nicht bayerisch aussahen. »Die in Werne sind quasi Polen«, hatte Opa Rudi gesagt, »und Polen quasi Russen.« Kein Wunder, dass ich Angst hatte und mich wie eine der Kopfweiden fühlte, die am Rand der Felder herumstanden, nur mit gesträubten Haaren statt Ästen.

»Wir sind fast da, Hermann«, sagte Onkel Peter und parkte vor einer Art Wohnwagen mit großem, nach oben geöffnetem Fenster. »Aber jetzt gibt's erst mal was zu essen!«

Tante Erika holte uns Bratwurst mit Pommes, weil sie keine Zeit zum Kochen gehabt hatte. Die Wurst war klein geschnitten und die Pommes verschwanden fast komplett unter Ketchup und Mayonnaise. Das war der erste Lichtblick. Offenbar wollte man mich in Werne nicht verhungern lassen.

Die alte Dechanei war ein dunkelroter Backsteinbau mit großen Fenstern. Die breite Treppe in den ersten Stock knarrte, als würde sie mit einem reden wollen, im Keller liefen Wasserfäden die Wand herunter und in meinem Zimmer hatte der Boden sich so nach einer Seite gesenkt, dass ich mich im Bett festhalten musste, um nicht rauszufallen. Sonst war ich aber zufrieden. Es gab einen Stuhl, einen Schrank und an der Wand einen Kalender mit frommen Sprüchen. Der August-Spruch lautete: *Mit Leib und Seele glorreich aufgenommen in den Himmel: Bitte für uns Maria!* Und weiter hinten der November-Spruch:

Kain, wo ist dein Bruder Abel? Ich weiß es nicht; soll ich meines Bruders Hüter sein?

Am schönsten war der Blick in den kleinen, verwunschenen Garten. Zu Hause hielten meine Eltern und mein Bruder die oberen Zimmer besetzt. Weil ich schon groß war, musste ich parterre mit Blick auf die Eternitfassade unserer Nachbarn wohnen.

In meiner ersten Nacht in Werne schlief ich nicht, ich zählte. Alle neunhundert Sekunden zitterte das Fenster und ein klein wenig auch das schiefe Bett, weil die Turmuhr der düsteren St.-Christophorus-Kirche schlug. Dazwischen war es still. Zu still, fand ich. Plötzlich war ich ganz sicher, dass in diesen Ferien noch etwas Schreckliches passieren würde. Ich riss die Augen auf und sah, dass über mir eine dunkle Wolke wie aus Rußflocken oder schwarzen Federn hing. Das muss der Tod sein, dachte ich.

Am nächsten Morgen lernte ich Wigbert, Hubert und Bernhard kennen. Sie waren älter und größer als ich und wollten mit mir auf dem Kirchhof Fußball spielen. Sie sagten, ich sei der Maier Sepp und müsse ins Tor. Dann schossen sie mich ab. Sie trafen mein Ohr, meinen Bauch und meine Nase. Ich heulte nicht, weil man ja damit den Feind nur stärker macht. Leider traf Wigbert mit dem Ball auch ein geparktes Auto und Hubert zwei.

Wir hauten lieber ab und schauten uns in der Eisdiele die Sorten an, damit wir am Sonntag, wenn wir vielleicht Eis kriegten, nicht lange aussuchen mussten. Wir warfen noch ein paar Steine auf Tauben, aber das war langweilig, weil wir keine erwischten. Dann fragten Wigbert, Hubert und Bernhard mich, wo ich meine Seppelhose gelassen hätte und ob ich jodeln könne. Ich überlegte, ob ich eines von Opa Rudis Durchhalteliedern singen sollte, entschied mich aber lieber für den Zwiefachen, den mein Vater sang, wenn er meine Mutter ärgern wollte. Wigbert und Hubert mussten sehr über *Unsa oide Kath braucht a no oan* lachen. Bernhard presste die Lippen zusammen, weil er Asthma hatte und beim Lachen schon mal fast erstickt war. »Aber nur, weil er sich nicht richtig zu lachen getraut hat«, sagte Wigbert, »so kurz nach der Geschichte mit seiner Mutter.« Bernhard begann, nervös an seinen Fingernägeln zu kauen, und ich fragte lieber nicht, was das denn für eine Geschichte war.

So wurden wir Freunde. Wir bauten uns im Garten der Dechanei ein Zelt aus Bohnenstangen und Decken, rauchten Heu und klauten bei der *Brennerei Moormann* alte Flaschen, in denen noch Reste vom Korn waren. Die füllten wir mit Bluna auf. Das war mein erster Cocktail. Danach kugelten wir über den Kirchhof und spielten besoffen. Na ja, richtig spielen mussten wir eigentlich nicht. In Werne war man eigentlich immer ein bisschen beschwipst, weil die ganze Stadt nach dem Schnaps vom Moormann roch.

Einmal, als es abends Wirsingrouladen mit Kartoffelbrei gab, wollte Onkel Peter, dass ich das Tischgebet spreche. Ich sagte: »An guadn.« Das gefiel ihm nicht. Was wir denn zu Hause vor dem Essen beteten? Ich sagte: »Unsa oide Kath«, weil das Lied bei meinen neuen Freunden so gut angekommen war. Das gefiel ihm noch weniger. »Fräulein Paschke, der Junge isst heute auf seinem Zimmer.«

Aber das war das einzige Mal, dass Onkel Peter mich bestrafte. Wenn sich einer über Gebete lustig machte, verstand er als Dechant nämlich keinen Spaß. Sonst interessierte ihn die Kindererziehung nicht besonders. Dafür war Tante Erika zuständig. Und die hatte ein großes Herz. Sie schimpfte nicht, wenn ich mir beim Baumklettern die Hosen zerriss oder wenn ich mit Wigbert, Hubert und Bernhard sonntags nach dem Gottesdienst zum Schützenfest am Hagen schlich und hinterher in den Pflanztrog vor der Dechanei kotzte. Tante Erika drückte sogar ein Auge zu, wenn ich das Nachbarmädchen Hildegard in mein Deckenzelt zum Kuscheln einlud. Ich musste auch nur sonntags in die Kirche gehen, nicht jeden Tag in die Frühmesse, wie mein Vater es mir angedroht hatte. Das war gut, denn ich mochte den Gottesdienst in Werne überhaupt nicht. Die verbrannten viel weniger Weihrauch als zu Hause, sodass einem gar nicht richtig schwindlig wurde. Onkel Peter schrie auch nicht bei der Predigt wie unser Pfarrer, er bekam nicht mal einen roten Kopf. Außerdem gab es in der Kirche keine richtige Männer- und Weiberseite mehr. Alles löste sich auf und es konnte passieren, dass ich, wenn ich zu den Mädchen rüberlinste, einem Kerl mit schwarzem Bart in die Augen blickte, der nach der Blondine neben mir Ausschau hielt. Das war doch kein Gottesdienst mehr.

Opa Rudi hatte nach seiner Flucht aus russischer Gefangenschaft auf dem über fünf Jahre langen Marsch mit seinem Klumpfuß vom Dnjepr bis zur Isar auch einen Kameraden aus Werne kennengelernt, der ihm seine Heimatstadt offenbar in sehr düsteren Farben geschildert hatte. Man muss zäh sein, um in Werne zu überleben – das war der Leitspruch, den er mir auf meine Reise mitgegeben hatte. Kein Wunder, dass ich anfangs kaum glauben konnte, wie viel Freiheit ich in Werne genoss. Tante Erika wusste wahrscheinlich nicht, was man zehnjährigen Buben erlauben darf und was nicht. Sie fand es normal, dass ich mit ihrem Fahrrad stundenlange Ausflüge machte. Sie gab mir nur ein paar Groschen (wie sie die Zehnerl nannte) zum Telefonieren mit, falls ich mich verirrte. Ich verirrte mich immer im riesigen Cappenberger Wald, aber ich fragte mich dann durch und kaufte für die Groschen Silberlinge und Salmiakpastillen am Kiosk neben dem Kirchhof.

Mein größtes Abenteuer aber erlebte ich mit Hildegard. Sie nahm mich mit ins Solebad und ich durfte ihren Rücken mit Tiroler Nussöl einreiben. Ich verstand zwar nicht, wofür sie das Nussöl brauchte, wo einen doch schon das Wasser des Solebads braun einfärbte, aber egal. Hildegard hatte zwar noch keinen richtigen Busen, aber schon einen echten Bikini. In Rot! Wigbert und Hubert gingen nicht gern ins Wasser, sie quälten lieber Katzen. Ihr Vater war Metzger und sie waren der Meinung, dass Tiere, die man nicht essen kann, nichts wert sind. Nur Bernhard, der keine Mutter mehr hatte, aber einen Vater, der Steiger war, band nie einer Katze eine Blechdose an den Schwanz.

Ich konnte mich nicht erinnern, je so glücklich gewesen zu sein wie in Werne. Meine Familie in München vergaß ich komplett – bis Onkel Peter mir nach zwei Wochen den Telefonhörer reichte. Es war damals so üblich, dass Kinder, die man für länger in die Fremde schickte, alle vierzehn Tage einen Anruf bekamen. Mein Vater fragte, ob ich meine Lektion denn nun gelernt hätte. Er wollte mich zerknirscht und reuig hören, aber ich erklärte, zwei Wochen Werne reichten leider nicht, um aus mir einen braven Buben zu machen. Ich müsse auf jeden Fall noch bis zum Ende der Ferien bleiben. »Du fühlst dich doch sicher manchmal ein bisschen allein?«

»Nein, gar nicht, ich habe ja Wigbert, Hubert und Bernhard.« Da kam meine Mutter an den Apparat und erklärte mir, dass Erwin solche Sehnsucht nach mir habe, dass sie ihn jetzt auch nach Werne schicken würden.

Wie in meiner ersten Nacht in der Fremde konnte ich danach nicht schlafen. Ich zählte die Sekunden und sah auch die schwarze Todeswolke wieder. »Bitte, lieber Gott«, betete ich, »lass meinen kleinen Bruder Erwin zu früh aus dem Zug steigen oder am besten gleich irgendwo rausfallen. Egal, wie du es machst, er darf nie in Dortmund ankommen.«

Der liebe Gott erhörte mein Gebet und Erwin kam nie in Dortmund an – aber nur, weil er noch zu klein für eine Bahnreise war und nach Düsseldorf fliegen durfte. Da holte ihn Onkel Peter mit seinem Käfer ab. In der alten Dechanei musste ich mein Zimmer räumen, denn Tante Erika meinte, Erwin sei im ersten Stock besser aufgehoben. Ich bekam die Kammer im Parterre und blickte wieder wie zu Hause auf eine Mauer, allerdings auf Backstein, nicht auf Eternit. Ich hasste meinen Bruder, sein Geplärr und seine Sturheit. Am meisten aber hasste ich ihn dafür, dass ich immer alles Schöne mit ihm teilen musste. Erst hatte er sich diebisch über meine Verschickung gefreut. Als er aber hörte, wie gut es mir in Werne ging, wollte er unbedingt auch dabei sein. Das war typisch.

Dann kam Mariä Himmelfahrt, mein Lieblingsfeiertag. Er beschäftigte meine Fantasie, seit ein Russe in den Weltraum geschossen worden war. Bald sollten ja sogar Menschen auf dem Mond landen und ich fragte mich, ob das schon der Himmel war, in den Maria aufgestiegen war, oder ob sie noch weiter geflogen war. Tante Erika wollte natürlich, dass wir Onkel Peters Gottesdienst besuchten, aber ich bekam rechtzeitig Bauchweh und Erwin erklärte, er müsse mich unbedingt pflegen. Zum ersten Mal seit seiner Ankunft waren wir allein.

»Wir könnten Fußball spielen«, sagte ich, »du bist der Maier Sepp.« Aber er hatte Angst vor dem Abschießen. Erwin wollte auch keine Cocktails trinken und Katzen quälen fand er blöd. Was passte dem kleinen Scheißer denn überhaupt? Wieso war er nicht in der Kirche, wenn er zu nichts Lust hatte? Wieso musste er immer mir auf die Nerven gehen? Ich schrie ihn an, aber er hielt sich einfach die Ohren zu und grinste blöd. Da sah ich die Wolke zum dritten Mal. Sie hing wie ein schwarzer Vogelflügel direkt über dem Kopf meines Bruders.

Auf einmal wusste ich, was ich zu tun hatte. Ein Mann ist erst dann ein richtiger Mann, wenn er ernst macht, hatte Opa Rudi mal gesagt. Ich packte einen Klappspaten in meinen Rucksack und verließ, ohne mich noch mal umzublicken, den Pfarrhof. Erwin würde mir folgen, da war ich mir sicher. Links die Kohlehalden, rechts die Lippeauen, dazwischen marschierten wir auf der Kamener Straße zur Lippebrücke.

»Nicht weitergehen«, rief Erwin, »dort drüben ist doch feindliches Ausland.«

Ich bog vor der Stahlbrücke nach links ab, aber nicht, weil ich Angst vor Rünthe hatte, sondern eine geeignete Stelle am Fluss suchte. Mein Bruder lief mir brav hinterher und jammerte nur ab und zu: »Nicht so schnell, Hermann.«

Der Trampelpfad führte zwischen Holundersträuchern, umgestürzten Bäumen und hohem Gras hindurch. Ich sang die zweite Strophe von *Heia Safari:* »Steil über Berg und Klüfte, durch tiefe Urwaldnacht, wo schwül und feucht die Lüfte und nie die Sonne lacht. Durch Steppengräserwogen sind wir hindurchgezogen mit Trägern und Askari: Heia, heia Safari.« Opa Rudi wäre stolz auf mich gewesen.

Auf einer kleinen Sandbank, die von Büschen wie von einer Wand umgeben war, rammte ich den Spaten in den Boden. Erwin fragte aufgeregt, ob ich einen Schatz suche. Ich bemühte mich, ganz lieb zu lächeln. »Wir spielen Stellungskrieg und du darfst deinen eigenen Schützengraben ausheben.« Mein Bruder bockte natürlich wieder. Vielleicht ahnte er schon, was ich mit ihm vorhatte, und wollte gleich losplärren. Aber hier würde ihn kein Mensch hören. Dazu rauschte die Lippe viel zu laut über das nahe Wehr an der Schlagt.

Ich brach einen Ast ab, um Erwins Größe zu messen, und steckte vier Stöckchen in den Sand, um ein Rechteck zu markieren. Bei Opa Rudi im Gefangenenlager war der Boden gefroren gewesen und die Haut war ihm immer in blutigen Fetzen von den Händen gehangen. Hier an der

Lippe war das Graben ein Kinderspiel, nach kaum zehn Minuten stand ich knietief in einer schmalen, langen Grube. »Ich will nicht Stellungskrieg spielen«, schrie Erwin und hielt nach Unterstützung Ausschau. Aber außer einem Fischreiher, der stocksteif im Wasser stand, war kein lebendes Wesen in der Nähe.

Ich war fast fertig und klopfte nur noch den Boden mit dem Spatenblatt glatt. Da stieß ich auf eine Unebenheit. Sie störte mich, mein Bruder sollte nicht unbequem auf einem Stein liegen. Ich setzte den Spaten an und trat kräftig zu. – Das Geräusch klang wie das Brechen von Knäckebrot, nur lauter. Erwin starrte mit offenem Mund auf das zur Hälfte im Boden versenkte Spatenblatt. »Was ist da?«

Ich bewegte den Stiel leicht hin und her. Unter dem Sand begann sich etwas abzuzeichnen, das aussah wie ein sehr großes Ei. Ich kniete mich hin, um das Ding mit den Händen freizulegen …

Das Schrecklichste an dem Totenschädel war nicht das frische Loch in der Stirn, an dem ich schuld war – es waren die leeren Augenhöhlen. Sie starrten mich an und mir schoss durch den Kopf: Kain, wo ist dein Bruder Abel?

Aber ich war kein Mörder. Das hätte ich doch nie fertiggebracht. Höchstens bis zum Hals hätte ich meinen Bruder eingegraben, damit er sich nicht die Ohren zuhalten konnte. Und dann hätte ich ihm mal alles gesagt, was mir an ihm nicht passte. Hinterher wären wir endlich Freunde geworden. Vielleicht. Die leeren Augen glaubten mir nicht: Kain, wo ist dein Bruder Abel?

Ich wollte weg, nur noch weg. Erwin klammerte sich panisch an mir fest, weil er Angst hatte, ich würde ihn allein bei dem Schädel zurücklassen. Ich nahm seine Hand und dann rannten wir. Und rannten, bis wir in der Ferne endlich den Turm von St. Christophorus sahen.

Ich schaffte es nicht, mit irgendjemandem über meine

Entdeckung zu reden. Nicht mit Onkel Peter oder Tante Erika, nicht mit Wigbert, Hubert oder Bernhard und schon gar nicht mit Hildegard. Ich lag den ganzen nächsten Tag allein in meinem Deckenzelt und wartete. Lange konnte es ja nicht dauern, bis jemand den Schädel fand, schließlich hatte ich ihn nicht wieder eingegraben. Und dann würde es heißen, ich hätte ihn absichtlich kaputt gemacht mit meinem Spaten und an der einsamen Stelle an der Lippe schlimme Sachen mit meinem Bruder vorgehabt. Dann würde ich wirklich in ein Gefangenenlager kommen. Aber nichts passierte. Irgendwann tauchte Erwin mit Keksen und Kaba auf. Er überredete mich, mit ihm zu kicken. Es war komisch, ich hatte überhaupt keine Lust mehr, ihn abzuschießen. Ich wollte ihn auch nicht mehr mit einer Brennnessel widerstandsfähiger machen. Ich war einfach nur froh, dass er da war, mein Bruder. Abends gab es Spiegelei mit Kartoffeln und Spinat. Tante Erika merkte, dass irgendwas mit mir nicht stimmte, und lud meine Freunde zum Lagerfeuer in den Garten ein, um mich aufzuheitern.

Wigbert war ein echter Feuerteufel. Er schleppte von überall her Holzkisten und Reisig an und hörte erst auf, als die Funken stoben und Löcher in mein Deckenzelt brannten. Aber das war mir egal, denn mir war etwas eingefallen. Als die anderen an langen Stecken Kartoffeln in die Glut hielten, fragte ich Bernhard im hintersten Eck des Gartens nach seiner Mutter.

»Die haben gestritten«, sagte er, »sie und mein Vater. Deswegen ist sie allein zur Kirmes.«

»Und dann?«

»Keine Ahnung, irgendein Dreckskerl muss sie da weggelockt haben. Die einen glauben, dass er sie in die Lippe geworfen hat, die anderen, dass sie mit ihm durchgebrannt ist.«

Ich weiß, wo sie ist, dachte ich.

Onkel Peter erkannte mich sofort, obwohl er mich nicht sah. Ich sprach immer noch sehr bayerisch, auch wenn ich schon drei Wochen in Werne war. »Was willst du denn beichten, Hermann?«, sagte er durch das vergitterte Fenster. Da erzählte ich ihm die ganze Geschichte. Also fast. Das mit Erwins Eingraben ließ ich weg, das hätte er nicht verstanden. Als ich fertig war, fragte Onkel Peter, ob er denn der Polizei einen Tipp geben dürfe. »Aber nur, wenn du nichts von mir sagst.« Das versprach er.

An unserem letzten Ferientag in Werne sind wir alle mit Bernhard hinter dem Sarg seiner Mutter hergegangen. Er war ganz grau im Gesicht und sah aus wie ein alter Mann. Sein Vater war da schon im Gefängnis. Der hatte gar nicht verstanden, wofür er bestraft werden sollte. Schließlich hatte er doch genau gesehen, dass seine Frau auf der Kirmes mit einem anderen rummachte. So stand es jedenfalls in der Zeitung. Als Bernhard mit einer kleinen Schaufel Erde ins offene Grab warf, musste ich auf einmal furchtbar heulen. Aber nicht wegen ihm oder seiner Mutter, sondern weil Erwin meine Hand nahm und ich spürte, wie er zitterte.

Für die Rückreise mit der Bahn wurde mir wieder ein Schild um den Hals gehängt. Auf dem stand: *Hermann und Erwin werden am Hauptbahnhof München abgeholt.* Auch diesmal musste ich bald pieseln, gab aber vorher meinem Bruder das Schild.

Unsere Eltern freuten sich, dass wir wieder zu Hause waren. Als sie sahen, dass wir viel weniger stritten, versprachen sie, uns auch in den nächsten Sommerferien nach Werne zu schicken. »Da merkt man doch den guten Einfluss«, sagte mein Vater. »So ein Pfarrer ist einfach ein Vorbild für einen Buben.«

»Genau«, sagte ich.

Beim Thema Vorbild fällt mir noch mein Nennopa Rudi ein. Der ist nicht lange nach meinen ersten Ferien in Werne in einen Kiosk eingebrochen, hat die Schnapsvorräte geklaut, sie ausgesoffen, sich ins Bett gelegt und ist gestorben. Schuld daran war seine Schwester. Die war nämlich bei meiner Mutter aufgetaucht und hatte sie gebeten, Rudi keinen Underberg mehr zu schenken. Der sei nicht gut für sein Magengeschwür.

»Aber wenn er doch im Krieg so Schreckliches durchgemacht hat«, hatte meine Mutter protestiert.

Da hatte die Schwester zu lachen angefangen und gar nicht mehr aufgehört. »Der Rudi im Krieg? Den haben doch nicht mal die Nazis gewollt mit seinem Klumpfuß. Dabei wäre er so gern dabei gewesen.« – So war das mit meinen Vorbildern Onkel Peter und Opa Rudi, mit meinem Bruder und mit der schönen Stadt Werne.

Paula Fox

Andere Orte

Meine Großmutter und ich lebten notgedrungen mehrere Jahre in einer sehr kleinen Wohnung in einem Dorf auf Long Island, das damals, weil sich der Einzugsbereich von New York City immer weiter ausdehnte, Veränderungen durchmachte, die ihm den dörflichen Charakter für immer raubten. Ich besuchte eine Grundschule in der Nähe. Samstags durfte ich immer in das Inwood-Filmtheater gehen, das eine gute Meile von unserem Haus entfernt war.

An die Spielfilme, die ich dort sah, kann ich mich nicht mehr erinnern, nur an eine unendliche Serie, die *The Invisible Man* hieß und deren Episoden regelmäßig damit endeten, dass sich der stämmige Schauspieler, der den »unsichtbaren Mann« spielte, abschnittsweise in Luft auflöste, erst die Beine, dann die Arme, dann der Rumpf, bis nur noch der Kopf über dem Mobiliar eines Dreißigerjahre-Wohnzimmers schwebte. Wenn auch der Kopf verschwand, wie das Grinsen der berühmten Grinsekatze aus *Alice im Wunderland*, war es Zeit, nach Hause zu gehen.

Wenn er an einem Ort verschwand, vermutete ich, musste er an einem anderen wieder auftauchen. Über diesen Ort dachte ich auf dem Heimweg in das Loch nach, in dem meine Großmutter und ich wohnten und das so ganz anders, niederschmetternd anders war als das kubanische Plantagenhaus, in dem wir vor dem Umzug nach Long Island gelebt hatten.

Ich bin mir ziemlich sicher, dass ich dieser unsichtbare Mann mit seiner Fähigkeit sein wollte, sich überall dorthin zu versetzen, wo er wollte, indem er sich bloß in irgendwelche weißen Verbände wickelte. Ich wusste, dass Kameratricks dabei im Spiel waren, und ich war nicht so naiv zu glauben, dass ein Mensch aus Fleisch und Blut an zwei Orten gleichzeitig sein konnte. Trotzdem übte das Bild auf der Leinwand eine starke Faszination auf mich aus, die sich mit Vernunftgründen nicht vertreiben ließ. Ich sann darüber nach wie über ein Rätsel. Mir schwante dunkel, dass die vermeintliche Eigenschaft eines Menschen, nach Belieben zu erscheinen und wieder zu verschwinden, die buchstäbliche Umsetzung von etwas ganz anderem war. Im Grunde begann ich zu begreifen, was eine Analogie ist, lange bevor ich das Wort zum ersten Mal hörte. Zwar ging ich auf neuen, schon wieder bröckelnden Bürgersteigen unter Bäumen mit welken Blättern an billig gebauten neuen Wohnblöcken vorbei durch die diesige, feuchte Sommerluft, doch in meiner Vorstellung lief ich auf einem Feldweg zwischen Zuckerrohrfeldern unter einem weiten tropischen Himmel dahin. Und falls diese tropische Landschaft langweilig wurde, konnte ich Jahre zurückgehen und mich an einem Wintertag, an dem die Luft vor Kälte klirrte, einen lang gezogenen Hügel zu einem viktorianischen Haus mit Blick auf den Hudson River hochstapfen sehen. Es war kein Verbandszeug, das es einem ermöglichte, an zwei Orten gleichzeitig zu sein; es war die Erinnerung.

Erinnerungen, Bücher und Fantasie. Geschichten beförderten einen an andere Orte. Maxim Gorki schrieb im zweiten Teil seiner Autobiografie *(Unter fremden Menschen)*, Bücher hätten die ganze Welt vor ihm ausgebreitet. In diesem Dorf auf Long Island gab es eine große Gemeindebücherei. Jede Woche brachte ich so viele Bücher mit nach Hause, wie ich tragen konnte. Und am Sonntag, wenn die meisten meiner Schulfreunde zu Hause blieben und das Inwood-Filmtheater geschlossen hatte, konnte ich den ganzen Nachmittag lang lesen. Ich konnte aus den beengten Verhältnissen verschwinden und an anderen Orten wieder auftauchen, wo die Geschichten aus der Fantasie der Autoren spielen: wo ein skrupelloser Ganove das Schicksal eines misshandelten Jungen verändert, wo eine Wasserratte und ein Maulwurf am Ufer eines Flusses picknicken, wo ein Waisenjunge Piraten zu einem vergrabenen Schatz führt, wo ein kleines Mädchen durch einen magischen Trunk so schrumpft, dass es in einen verzauberten Garten eintreten kann.

Damals gab es natürlich noch kein Fernsehen. Aber wir hatten ein Radio, und es gab Kindersendungen wie »Mandrake the Magician«, »Jack Armstrong«, »The All-American Boy«, »The Lone Ranger«, »Fu Manchu« und viele andere, die ich vergessen habe. Was für klangvolle Stimmen! Was für eine Fülle an Geräuschen: Gongs, Pferdegetrappel, Schiffssirenen, brechende Wellen, Nebelhörner, scheußliche knirschende Schurkenstimmen, klare, fröhliche, wenn auch etwas flache Stimmen von Helden und Heldinnen, und alles, alles unsichtbar und doch in dem Zimmer, in dem ich zuhörte, ungleich lebhafter gegenwärtig als die Bilder heute im Fernsehen, die den Raum besetzen, den die Fantasie einst ins Grenzenlose dehnte.

Außerdem erzählte meine Großmutter mir Geschichten von ihrem Leben in Spanien, bevor sie mit sechzehn mit einem Mann verheiratet wurde, den sie noch nie gesehen hatte. Einige ihrer Geschichten waren komisch, andere waren gruselig. Mein Großvater, ein Spanier aus Asturien, besaß eine Plantage fern von Havanna, und seine junge Braut wurde in eine Kolonialwelt des neunzehnten Jahrhunderts gestoßen, die heute für immer untergegangen ist. Es war ihr Glück, dass sie diesen Mann lieben lernte, obwohl die Ehe von einem älteren Verwandten von ihm eingefädelt worden war. Wie so oft, war das Glück allerdings nicht von Dauer. Er starb kurz nach dem Ende des Spanisch-Amerikanischen Krieges, und ihr Leben veränderte sich erneut, diesmal durch äußere Gewalteinwirkung, als sie die großenteils niedergebrannte Plantage verließ und in die Vereinigten Staaten ging.

Von den Geschichten, die sie mir in den Jahren unseres Zusammenlebens in Bruchstücken erzählte, ist mir ein untergründiger elegischer Ton in Erinnerung geblieben, eine verwunderte Trauer um die Vergangenheit. Jede Geschichte, so real wie der Küchentisch, an dem wir manchmal saßen, manchmal auch im Wohnzimmer, wo das Sonnenlicht durch das rostige Gestänge einer Feuerleiter auf den Fußboden fiel, hatte einen Subtext, und woran ich mich heute erinnere, ist sein melancholischer Ton. Reale Geschichten, übertragene Bedeutungen – Oberfläche und Tiefe.

Aber am dramatischsten bekam ich die Doppelbödigkeit des Lebens vorgeführt, als meine Großmutter mich einmal in ein Theaterstück mitnahm. Sie sprach nicht gut Englisch, aber sie konnte lesen, und sie musste eine Besprechung des Stücks gesehen und sich gedacht haben, es könnte mir gefallen. Wir gingen in eine Samstagsmatinee. Das Theater war klein und schön. Das Stück war eine Zeit lang am Broadway gelaufen. Soweit ich mich erinnere, gab es zu der Zeit noch keine Stücke eigens für Kinder, genauso wenig, wie es eigens Bücher für, wie wir heute sagen, junge Erwachsene gab. Aber weil das Stück von den Missgeschicken eines Oberschülers handelte, saßen viele Kinder im Publikum.

Meine Großmutter hatte uns Parkettplätze in Bühnennähe besorgt. Ich entdeckte, dass ich, wenn ich mich vorbeugte, links und rechts in die Kulisse gucken und sehen konnte, wie sich die Schauspieler bereit machten, schlagartig vom regungslosen Warten in die hektische Aktivität auf der Bühne zu wechseln. Aber dieser Einblick in das Geschehen hinter der Bühne war für mich genauso dramatisch, genauso sehr Teil der Theaterillusion wie Jahre später in London, als ich bei einer Aufführung von *King Lear* im Old Vic einen Bühnenarbeiter dabei beobachtete, wie er mit einem großen Blech den Donner auf der Heide simulierte.

Das Stück war im Stil der damaligen Andy-Hardy-Filme gehalten, ein Zerrbild der Jugend. Der Held war ein unbeholfener, schusseliger Halbwüchsiger, der ständig bei irgendeinem Unfug ertappt wurde, etwa dass er Karikaturen von einer Lehrerin zeichnete, Frösche in den Spind eines Mädchens schmuggelte oder in allen Schulfächern versagte, aber am Ende triumphierte er dann doch über einen oberschlauen Rivalen – Verstand wurde damals genau wie heute als Handicap gesehen.

Der Höhepunkt des Stücks war, als der Junge sich mit dem Direktor ein Gerangel lieferte und von der Schule verwiesen werden sollte. Er tobte und kreischte auf der Bühne herum, wie um mit Radau wettzumachen, was an Dramatik fehlte. Das Publikum lachte und beklatschte seine verzweifelte Lage. Ich wandte mich einen Moment von der Bühne ab und bemerkte etwas, das mir entgangen war, als meine Großmutter und ich uns hingesetzt hatten. Auf dem Platz neben mir saß ein kleiner Junge neben einer älteren Frau in Schwesterntracht. Seine Beine waren ausgestreckt, sodass sie beinahe die Vorbühne berührten. Er hatte an jedem Bein eine Metallschiene, die so grausam aussah wie eine Tierfalle. Ich wusste sofort, wie es jedes Kind damals gewusst hätte, dass er Kinderlähmung gehabt hatte. Er war ein kleiner, dunkelhaariger Junge. Er hatte das Kinn auf seine geballte Faust gestützt. Tränen liefen ihm übers Gesicht.

Als der Schuldirektor dem Helden streng mitteilte, er werde nunmehr von der Schule verwiesen, fiel dieser auf die Knie und bat um eine letzte Chance. Er werde, versprach er, von nun an ein vorbildlicher Schüler sein. Das Weinen des kleinen Jungen neben mir wurde vernehmlicher. Ich konnte die Augen nicht von ihm abwenden. Sonst ist mir von meinem ersten Theaterstück nicht viel in Erinnerung geblieben. Doch obwohl es zweiundfünfzig Jahre her ist, dass ich dort im Theater saß und das Profil dieses behinderten Jungen anstarrte, sehe ich seine Gesichtszüge noch immer deutlich vor mir. Ich erinnere mich, wie er das Schluchzen zu unterdrücken versuchte, wie er das Gesicht mit den Händen bedeckte, wie die Schwester den Arm um ihn legte, um ihn zu trösten.

Ich glaube, während das Publikum nur die Kaspereien einer Witzfigur sah, verstand dieser kleine Junge das ganze Elend eines Menschen, dem nicht nur der Verweis von der Schule drohte, sondern der Ausschluss aus der Menschheit: Er sah letztlich das traurige Los eines Menschen, der sich nur als Kasper in die menschliche Gesellschaft begeben kann, weil er den Eindruck hat, dass ihm kein anderer Weg offensteht. Vielleicht war es seine Krankheit, die dadurch verursachte Erschütterung, sein Ausschluss aus der normalen Kinderwelt, oder was wir dafür halten, die es ihm ermöglichte, mit einem anderen, tieferen Blick das hinter Albernheit und Selbstparodie versteckte Leid zu erkennen.

Erwirbt man ein solches vertieftes Bewusstsein nur durch Leid? Manche Philosophen und viele Erzähler haben das geglaubt. Aber können wir dem durch das Leid geweckten feineren Empfinden nur oberflächliche Fröhlichkeit entgegensetzen? Die Unfähigkeit oder Unwilligkeit, mit anderen, ja mit sich selbst zu empfinden? Das wirkliche Leben ist zu komplex für solche banalen Gegensätze. Ist es vorstellbar, dass ein Kind niemals eine Ahnung von Härten, von Verhältnissen, von Erfahrungen bekommt, die weit außerhalb seines Erfahrungshorizonts liegen? Ich glaube nicht. Schlummert nicht selbst unter den Bedingungen, die für uns eine gute Kindheit begründen – elterliche Liebe und Anteilnahme, körperliches Wohlergehen, materielle Sicherheit –, in jedem Kind ein instinktives Gefühl für die gemeinsamen Nöte, für die Schicksalsschläge, die uns alle treffen können?

Im Fernsehen habe ich vor Kurzem eine Reklame für

eine Kinderdecke gesehen, die mit irgendeinem chemischen Stoff behandelt ist und im Dunkeln leuchtet. »Damit Ihr Kind sich sicher fühlt«, sagte die Fernsehverkäuferin einschmeichelnd. Sicher, wovor? Die Drohung, die man so häufig in kommerziellen Angeboten entdeckt, ist in gewisser Hinsicht nur die plumpere Form eines erhobenen moralischen Zeigefingers: Sei fürsorglich, gütig, liebevoll – sonst ...!

Das Paradox ist, dass wir mit unserer ständigen obsessiven Beschwörung der Sicherheit die dunklen Kräfte, vor denen die Sicherheit uns schützen soll, immer stärker herbeizitieren. Wir fürchten uns vor der Dunkelheit; das Licht einer chemisch behandelten Sicherheitsdecke aber enthüllt nur ihre Schwärze. Wäre es nicht klüger, sich einzugestehen, dass unsere Kinder genau wie wir, als wir jung waren, die Unsicherheiten und Ängste und Wirrnisse des Lebens, des Aufwachsens fühlen?

Der kleine Junge mit Kinderlähmung war glatt durch die Welt der Oberflächen hindurchgestürzt. Vielleicht war seine Betroffenheit zu groß. Doch als das Stück aus war, klatschte er den Schauspielern lebhaft Beifall. Ich sah, wie er sich mühsam aufrappelte, die Schwester anstrahlte und den langen Gang hinunterhumpelte, zum Theater hinaus. Er war guter Dinge. Sein Mitgefühl mit dem armen Narren des Stücks hatte ihn nicht gebrochen. Er hatte das Sichtbare gesehen und das Unsichtbare genauso. Rückblickend denke ich heute, dass er Mut hatte.

Vor Kurzem las ich E. M. Forsters Roman *Zimmer mit Aussicht* wieder, und ich stieß auf eine Stelle, die mich nachhaltig beeindruckte. Sie lautet:

> Sie gab es auf, sich selbst verstehen zu wollen, und reihte sich in das gewaltige Heer der Unwissenden, die weder ihrem Herzen noch ihrem Verstand folgen, sondern kraft irgendwelcher Schlagworte ihrem Schicksal entgegengehen. Diese

> Heere werden aus netten und redlichen Menschen gebildet. Gleichwohl waren diese dem einzigen Gegner gewichen, auf den es ankommt – dem Feind im eigenen Inneren. Sie haben sich gegen Leidenschaft und Wahrheit versündigt, und all ihr Trachten nach Höherem bleibt vergeblich.

Es ist auf kurze Sicht natürlich viel einfacher, auf Schlagworte zurückzugreifen, wenn uns Angst erfasst, Verwirrung, eine Ahnung des Chaos, das unser Leben an jedem schönen Sonntag über den Haufen werfen kann. Mir fällt da die Geschichte einer Frau ein, die auf die Nachricht hin, dass ihr Vater im Sterben lag, prompt bemerkte, der Tod könne eine sehr bereichernde Erfahrung sein. Bevor Herz oder Hirn sich von diesem ungeheuerlichen Geschehen berühren lassen konnten, war sie schon davor fortgeeilt und hatte einen Anspruch auf Bereicherung angemeldet. Der Tod sollte ihr ja nicht zuvorkommen.

Und mir fällt ein Mädchen ein, von dem ich in einem Zeitungsartikel über junge Krebspatienten las. Sie litt schon monatelang an Leukämie und wurde mit einem Satz zitiert, den sie während der langwierigen Behandlung zu ihren Eltern gesagt hatte: »Bitte, bitte, wisst nicht immer gleich alles, was mit mir passieren wird. Bitte, versteht meine Gefühle nicht zu schnell.«

Selbst in kleinen Dingen fehlt uns oft die Geduld, uns in Erstaunen setzen zu lassen. Wir beeilen uns, Ereignisse, Anomalien, Überraschungen aller Art zu definieren, bevor wir auch nur eine Ahnung haben, wie wir sie empfinden und wahrnehmen. Wir erledigen ganze Kontinente menschlicher Unergründlichkeiten mit abgeschmackten Klischees, und manchmal reduzieren wir einen undurchschaubaren Menschen, der direkt vor uns steht, auf einen Haufen psychologischer Plattitüden. »Die Augen, die dich in einer Formel fixieren«, nannte T. S. Eliot das. Und allzu oft verwenden wir Formeln, um etwas zu erhellen. Sie geben ein trübes Licht.

In diese Formeln werden mittlerweile die geläufigen Meinungen gefasst, die wir alle vertreten sollen. Sie haben, wie Randall Jarrell in dem Essay »The Taste of the Age« darlegt, den Platz eines gemeinsamen Wissensfundus eingenommen, über den Gebildete – und viele Ungebildete – einst verfügten. »Märchen, Mythen, Sprichwörter, Literatur – die Bibel und Shakespeare und Dickens, die *Odyssee* und *Gullivers Reisen* –«, schreibt Jarrell, »bei ihnen und sonstigem in ihrer Art ist es überraschend häufig der Fall, dass die meisten Leute es nicht mehr verstehen, wenn eine Anspielung darauf, ein Witz darüber gemacht wird.« Aber, fährt er fort: »Sie waren der Grund, auf dem sich früher die Menschen zusammenfanden.«

Was die Werke auf Jarrells Liste wesentlich auszeichnet, ist ein Bewusstsein der Eigentümlichkeit und Einzigartigkeit des menschlichen Seins. Zum Menschsein gehört, wie der spanische Philosoph Ortega y Gasset schreibt, »dass wir im Grunde unseres Wesens immer dieses dramatische Bewusstsein bewahren und wie einen in unserem Inneren fortklingenden Grundton wahrnehmen, dass für uns nur die Unsicherheit sicher ist«.

Wer war sicherer, frage ich mich, wer war wirklich innerlich gefestigter in dieser Theatervorführung, die ich vor langer Zeit sah? Das selbstgefällige, lachende Publikum, das einer Karikatur jugendlicher Not frenetisch applaudierte, oder der weinende behinderte Junge, der das Stück durch sein Vorstellungs- und Empfindungsvermögen mit Sinn erfüllte?

Kinder haben eine klare Sicht. Ihr Blick ist nicht von Sentimentalität getrübt. Sie sehen die Eigentümlichkeit einer Sache, eines Menschen. Sie sehen Dinge, die sie unserer Meinung nach lieber nicht sehen sollten. Sie stellen Fragen, die wir entweder nicht beantworten können oder nicht beantworten wollen. Doch wir halten ihre Unsicherheit nicht aus und reden uns ein, wir müssten sie davor bewahren. Deshalb würgen wir hastig ihre Wissbegier, ihre Spekulationen, ihre erste Ahnung vom Geheimnis des Lebens mit unseren Formeln ab, eine Art geistige Bevormundung, zu der Randall Jarrell in dem oben angeführten Essay E. M. Forster mit der Bemerkung zitiert: »Das Einzige, was wir durch Gängeln begreifen lernen, ist die Funktion des Gängelbands.« Die Art dieses Gängelbands wechselt von Zeit zu Zeit, aber der Impuls, es dem Kind um den Hals zu legen, anscheinend nicht.

Anfang des neunzehnten Jahrhunderts wehrte sich S. T. Coleridge gegen die Formeln seiner Zeit. Was er dazu sagte, scheint mir heute so zutreffend wie damals zu sein. Er dachte viel über die passende Lektüre für Kinder nach, und in seiner *Biographia Literaria* schreibt er:

> Man sorge sich nicht wegen der Gräuel und des Blutvergießens, die wir in Kinderbüchern, den richtigen Kinderbüchern, zu sehen meinen. Es gibt sie gar nicht. Dies ist nur die Art, wie kleine Kinder von einer Generation zur andern so schmerzlos, wie sie es fassen können, mit den harten Bedingungen des Lebens und des Todes vertraut gemacht werden.

Annette Petersen

Brausepulvermaar

Sie wollen wissen, warum. Die alte Dame hätte mir doch überhaupt nichts getan. Das ist richtig. Ich habe sie gerade eben erst beim Bootsverleih kennengelernt. Jetzt wollen sie natürlich eine Erklärung. Sie können es einfach nicht verstehen. Ich schon. Und ich weiß: Nun ist alles wieder gut.

Es war gar kein Brausepulver. Nichts, was ein Prickeln auf der Zunge versprach, süßsauer schäumenden Genuss. Wenn etwas so geheimnisvoll hieß wie »Pulvermaar«, musste es mindestens bis zum Rand mit Brausepulver gefüllt sein. Und dann das: ein ganz normaler, langweiliger See mit Bäumen am Ufer und Spaziergängern in Sonntagskleidung. Unter ihnen auch ich im kurzen, dünnen Sommerkleid mit der vagen Aussicht auf ein Eis.

Urlaub in der Eifel, Anfang der Siebziger. Ein Erholungsheim in einem Ort mit dem bezeichnenden Namen Ober-Winkel, unzählige urlaubsreife Familien, ein riesiger, lärmiger Speisesaal. Ich wäre viel lieber mit meinen Eltern irgendwo ganz allein gewesen. Es ist ein gern verbreiteter Unfug, dass Kinder unbedingt die Gesellschaft anderer Kinder brauchen. Mir ging dieser Trubel auf die Nerven. Meine Eltern aber meinten, ich solle mich schon einmal daran gewöhnen. Nach den Ferien käme ich schließlich in die Schule. Mir graute davor, dass ich künftig ein solches Tohuwabohu wie hier jeden Tag erdulden sollte. Ich sehnte mich nach Zuhause, nach Oldenburg. Als mein Vater mir eines Morgens eröffnete, wir würden heute zum Pulvermaar fahren, horchte ich auf. Pulver. Ich kannte kein Pulver außer Brausepulver, aber das kannte ich gut. Unter »Maar« konnte ich mir nichts vorstellen. Vielleicht so etwas wie ein Meer? Wie das Zwischenahner Meer bei uns zu Hause. Als ich meine Eltern fragte, ob »Pulvermaar« etwas mit Brausepulver zu tun hätte, sagte meine Mutter lachend: »Na klar! Es ist ein Meer voller Brausepulver.« Sie drückte mir ein Fünfzigpfennigstück in die Hand. »Hier. Sie haben dort Schaufeln, mit denen man ein wenig Brausepulver in eine Tüte schippen kann. Das wird dann abgewogen und nach Gewicht verkauft.« Ich strahlte. Wir liehen uns Fahrräder und fuhren los. Unterwegs stellte ich mir vor, wie ich Brausepulver schaufelte. Was das wohl für eine Schaufel sein würde? So eine ganz winzige wie in unserer Salzdose? Oder eine etwas größere wie im Zuckernapf? Oder würde sie so riesig sein wie meine Sandkastenschippe? In meiner Fantasie sah ich Brausepulver bis zum Horizont. Und dann so was: ein stinknormaler, sterbenslangweiliger See – nicht annähernd so groß wie das Zwischenahner Meer! Ich stand am Ufer, die rechte Hand von der meiner Mutter umklammert, die linke hielt mein Vater fest. Ich fühlte mich verraten. Ich schwieg. Mir wurde klar, dass ein See aus Brausepulver nur in der gierigen Einbildungskraft eines kleinen Kindes existieren konnte. Und ich war doch schließlich nicht mehr klein! Wie hatte mir das passieren können! Die Enttäuschung war mir offenbar ins Gesicht geschrieben, denn meine Eltern trösteten mich.

»Schau mal«, rief meine Mutter und deutete auf die Mitte des Sees. »Da kann man sogar Tretboot fahren!« Ich folgte mit dem Blick der Richtung ihres Zeigefingers. Auf eckigen Plastikgebilden traten ein paar Leute wie verrückt in die Pedale und kamen, wie es schien, bei all der Anstrengung kaum vorwärts. Ich sah meine Mutter verächtlich an. Mein Vater kannte mich besser. Er ging neben mir in die Knie und sah aufs Wasser hinaus. »Weißt du eigentlich«, fragte er nachdenklich, »wie tief dieses Maar ist?« Er riss einen Grashalm aus und steckte ihn sich zwischen die Zähne, ohne den Blick vom See zu wenden. »Wenn man unsere Lambertikirche mitten hinein stellt, dann ragt nur noch ein Stückchen vom Kirchturm heraus.«

Ich sah ihn von der Seite an. Die Lambertikirche in diesem Tümpel? »Das glaube ich nicht!«

Ein winziges Lächeln spielte um die Mundwinkel meines Vaters. »Doch, doch! Man sagt, dass Taucher versucht haben, bis zum Grund zu kommen, aber niemand hat es geschafft. Es würde den Wassergeistern auch nicht gefallen.«

»Was für Wassergeister?«

»Na, die Gestalten, die in den Tiefen des Maars hausen. Es sind keine freundlichen Zeitgenossen. Sie haben spitze Zähne und Klauen, und ihre Haut ist blau oder grün oder braun, damit man sie im Wasser nicht sieht. Sie wohnen dort schon über zehntausend Jahre, denn so lange gibt es das Maar. Als damals hier ein Vulkan ausgebrochen ist, sind alle Feuergeister mit dem Feuer aus der Erde geschleudert worden. Das große Loch im Boden lief voll Wasser und wurde ein See. Auf einmal wurden die Feuergeister zu Wassergeistern. Und seit dieser Zeit leben sie unten am Grund des Sees und versuchen vergeblich, ins Erdinnere zurückzukommen. Sie wollen nämlich viel lieber wieder Feuergeister sein. Sie sind sehr unfreundliche Wesen und mögen keine Gesellschaft. Aber manchmal holen sie sich einen Taucher oder Schwimmer, der ihnen zu dicht auf die Pelle gerückt ist. Den behalten sie dann.«

Ich bekam eine Gänsehaut, die blonden Härchen an meinen Armen stellten sich auf. Schaudernd zeigte ich zur Seemitte: »Und warum baden die dort? Das ist doch gefährlich! Was ist, wenn die Wassergeister kommen?«

»Man muss ihnen ein Opfer bringen«, flüsterte mein Vater.

»Was für eins?«, flüsterte ich zurück.

»Früher haben sie ihnen Menschenopfer gebracht, aber inzwischen gibt man ihnen Geld. Dann sind sie besänftigt und lassen die Menschen in Ruhe.«

Meine Mutter sah uns stirnrunzelnd von der Seite zu und sagte schließlich betont unternehmungslustig: »Kommt, lasst uns ein Tretboot mieten!«

Wir spazierten zur Bootsvermietung und suchten uns ein himmelblaues Gefährt aus. Meine Eltern strampelten wie die Weltmeister, mein Vater links vorne am Lenkrad wie im Auto, meine Mutter rechts. Ich saß hinter ihnen, den Blick ins Wasser gerichtet, auf der Suche nach den Wassergeistern. Ein paar Mal war ich sicher, einen gesehen zu haben.

»Halt dich gut fest!«, rief mir meine Mutter in regelmäßigen Abständen über die Schulter zu. Ich fand das überflüssig, denn ich konnte ja schwimmen, auch wenn ich noch keinen Freischwimmer hatte. Unter dem Kleid trug ich meinen Bikini. Neben mir auf dem Sitz lag der aufgepustete blau-gelbe Plastikschwimmreifen, der immer so schön nach Sommer roch. Und in der großen Tasche, die zwischen meinen Eltern stand, befanden sich Handtücher und Wechselwäsche. Am liebsten wäre ich direkt vom Boot in den See gesprungen. Wenn da nicht die Wassergeister gewesen wären. Ich tippte meinem Vater auf die Schulter. »Wir müssen den Wassergeistern ein Opfer bringen.«

»Das stimmt. Du hast ja Geld dabei.«

Ich schluckte. Den Kiosk beim Bootsverleih hatte ich bereits inspiziert. Von den fünfzig Pfennig wollte ich mir ein Capri-Eis und ein paar lose Brausebonbons kaufen. Die dünnen runden. Ich beugte mich zu meinem Vater vor. »Gibst du mir einen Groschen? Das reicht den Geistern doch bestimmt.«

Mein Vater schüttelte den Kopf. »Ich habe mein Portemonnaie beim Bootsverleih ins Schließfach gelegt. Du wirst dich entscheiden müssen: Baden oder Eis essen.«

Meine Mutter zischte: »Norbert, jetzt ist es aber langsam mal gut.« Mein Vater drehte sich zu mir um und sagte ungerührt: »Du musst wissen, was dir wichtiger ist.« Meine Mutter schüttelte schweigend den Kopf. Ich sah sehnsüchtig auf die kleinen glucksenden Wellen am Boot. Waren die Wassergeister so gierig? Gleich fünfzig Pfennig? Zögernd öffnete ich meinen ledernen Brustbeutel. Das Geldstück fühlte sich kühl in der Hand an. Ich fuhr mit der Fingerkuppe den geriffelten Rand entlang und blickte traurig auf das Mädchen, das kniend einen Baum pflanzt. Vorsichtig rutschte ich auf der Sitzbank seitwärts. Meine Mutter sah mit missbilligendem Blick zu, wie meine Hand mit dem Fünfziger zwischen Daumen und Zeigefinger über der glitzernden Wasseroberfläche schwebte. Kurz bevor ich das Geld fallen ließ, griff sie hektisch nach meiner Hand. Dabei begann das Boot unkontrolliert zu schaukeln. Meine Mutter schrie auf und ruderte hilflos mit den Armen. Ich sehe noch ihren panischen Blick. Sie verlor das Gleichgewicht, fiel rückwärts ins Wasser und war in der Sekunde darauf verschwunden. Mein Vater zögerte keinen Moment und sprang sofort hinterher, denn er wusste genauso wie ich, dass meine Mutter nicht schwimmen konnte. Wie versteinert saß ich nun ganz allein im Tretboot, den Schwimmring umklammert, bereit, ihn jederzeit meiner Mutter zuzuwerfen, sobald ich sie sehen würde. Aber ich sah nur den Kopf meines Vaters, der ab und zu prustend auftauchte, um Luft zu holen und dann wieder abzutauchen. Irgendwann fing ich an zu weinen.

Meine Mutter wurde nie gefunden. Es war und ist mir unerklärlich, wie ein Mensch so sang- und klanglos, von einer Minute zur anderen, im Wasser versinken kann – fast eine Lambertikirche tief bis zum Grund. Die Wassergeister hatten sich ihr Opfer selbst geholt. Ich hatte ihnen nicht genug geben wollen, nur einen lächerlichen Groschen, und da wurden sie zornig auf mich. Ich hatte den Tod meiner Mutter auf dem Gewissen. Und auch die unmittelbaren Folgen. Mein Vater fing aus Kummer an zu trinken und konnte sich schließlich nicht mehr um mich kümmern. Deswegen wuchs ich in der Familie meiner Tante auf. Meine beiden Cousinen waren überzeugt davon, dass ich das Unheil anzog, und mieden mich wie der Teufel das Weihwasser. Onkel und Tante gaben sich Mühe, so zu tun, als wäre alles in Ordnung. Für mich war nichts in Ordnung. Eines Tages würde ich den Wassergeistern ein Menschenopfer bringen müssen. Ein zweites. Vielleicht wäre dann alles wieder gut.

Darum bin ich hergekommen.

Als ich heute diese Frau am See sah, die jemanden suchte, mit dem sie sich ein Tretboot teilen konnte, war mir klar, was ich zu tun hatte.

Nun ist alles wieder gut.

SIEGFRIED LENZ

Unter Dampf gesetzt

Über die finnische Sauna

Auf dem Schiff gab es keine Sauna. Duschen gab es da, kalte und warme, schlichte Wannenbäder; nie waren sie besetzt, der gestrichene Boden der Wanne trocken, aufgesprungen, die Hähne fest zugeschraubt, keine Tropfen zeugten von frischer oder gar häufiger Benutzung. Gemieden, ja mit hochmütiger Verachtung gestraft, so erschienen die Duschen, erschienen die schlichten Wannenbäder, keinem Körper durften sie zu einfacher Wohltat verhelfen, keinen abgespannten Geist erquicken, der von zehrender Verhandlung nach Hause fuhr, nach Finnland. Traurig ist das Dasein von Badeeinrichtungen auf finnischen Schiffen.

Ja, auf dem Schiff schon, auf dem kleinen, sauberen, uralten Dampfer, merkte ich, lange bevor die finnische Küste in Sicht kam, daß schlichte Bäder ein Schattendasein führen, für den absoluten Finnen nur so viel Bedeutung haben wie auf Kuba die politische Opposition. Nur im Notfall würde er ein gewöhnliches Bad betreten, und das auch nur mit anhaltendem Widerwillen und dauerhaftem Selbstvorwurf: Schon auf dem Schiff erfuhr ich es. Und mit der Verachtung für das schlichte Wannenbad erfuhr ich etwas vom Triumph der Sauna, von ihrer Bedeutung dortzuland.

Oh, sie freuten sich alle schon darauf, meine finnischen Mitpassagiere, Hochstimmung setzte ein, je näher wir der Küste kamen, fröhliche Erwartung. Es ging nach Hause, und das schien nur zu bedeuten: in die schmerzlich entbehrte Sauna.

Mitleid überkam sie, als sie erfuhren, daß ich es mit der traurigen Dusche versucht hatte; ihre Anteilnahme ging so weit, daß sie mich einluden, drei, vier Einladungen zu gleicher Zeit, jedoch nicht, um gemeinsam zu essen, spazierenzugehen oder Pilze zu sammeln, sondern alle luden mich ein, in ihre Sauna zu kommen, mit ihnen zusammen zu saunieren. Ein junger Ingenieur lud mich dazu ein, ein lederhäutiger Greis, selbst eine sehr reife Dame zeigte sich von Mitleid erfüllt und lud mich ein zur gemeinsamen Sauna. Nie, versicherten sie, nie würde ich ein gewöhnliches Bad mehr betreten, wenn ich erst die vielfältige Wohltat der Sauna erfahren hätte. Ihre Versicherungen waren so bestimmt, die Schilderungen des Saunalebens so schwelgerisch, daß ich mir ihre Sauna ungeduldig vorzustellen begann: Ich dachte an die römischen Thermen, sah mich bereits auf lockerem Ruhebett, gesalbt von den strohblonden Töchtern Suomis, von ihrer sportlichen Anmut umgeben. Ich sah mich schon Tage, Wochen, ja vielleicht mein ganzes Leben in der Sauna zubringen; denn fühlte ein Römer sich nicht in den Thermen zu Haus? Entstand die Politik, die Rom zur Weltmacht führte, nicht im Lavendelduft moussierender Bäder? Und wurden die angenehmsten Geschäfte nicht geschlossen, während eine kleine, wohlerfahrene Hand die Stirn frottierte, den Rücken verständig behandelte? Ich nahm die Einladungen an.

Ein höflicher Richter war mein Gastgeber, ein breitwangiger, untersetzter Mann um die Fünfzig, glatthäutig, sehr glatthäutig; liebevoll nahm er sich meiner an, lud mich ein in sein Landhaus, er versprach, mich in das Zeremoniell der Sauna einzuführen, mir die Augen zu öffnen für ihre vielfältige Wohltat.

Als wir dann draußen waren, draußen an einem verfilzten Wald, vor einem flachen, schilfgesäumten See, wo das Landhaus lag, suchte ich sofort nach dem Ort der vollkommenen Erquickung. Ich konnte ihn nicht entdecken. Ich fragte meinen Gastgeber, und er deutete auf ein kleines, braungetünchtes Holzhaus und sagte: »Das ist die Sauna.« – »Das«, fragte ich, »das«, sagte er höflich und mit versonnenem Blick. Das Holzhaus stand unmittelbar am See, von fettglänzenden Erlen umgeben; harmlos sah es aus, wie ein schmucker Schuppen, eine gepflegte Bude, und es war so klein, daß ich unwillkürlich überlegte, wie die strohblonden Töchter Suomis, die mich salben, verständig massieren sollten, darin Platz finden könnten. Mein Gastgeber hatte zur Saunazeremonie noch einige Freunde mitgebracht, ein Kapitän war darunter, ein Direktor, auch zwei stumme, wohlerzogene Söhne hatte er mitgebracht – auf seine Großmutter mußte er schweren Herzens verzichten, da sie verreist war, sonst wäre auch sie dabeigewesen. Höflich lächelten wir uns zu, rauchten Zigaretten und blickten auf die Stätte vollkommener Erquickung: Rauch stieg aus der braungetünchten Bude auf, giftgelber Qualm, der kräuselnd durch die Erlen strich; das einzige Fenster war blind. Es war kalt. Ein kalter Wind kam auf. Ich begann zu frieren. Mein Gastgeber kam zu mir und sagte: »Wir haben eine Redensart in Finnland, wir sagen: ›Wenn die Sauna nicht mehr hilft, das Schröpfen und der Schnaps, dann kann man sterben, ohne sich Vorwürfe machen zu müssen, eine Therapie versäumt zu haben.‹ Wenn die Sauna nicht mehr hilft, hilft nichts mehr.« – »Ich werde es mir gut merken«, sagte ich und blickte gespannt auf die schmucke Bude, die soviel Wohltat bereithalten sollte – und nicht nur Wohltat, sondern nebenbei wohl auch das belebendste Elixier der Welt. Wir schnippten nacheinander die Kippen fort, höfliche Blicke trafen mich, Blicke der Aufforderung. Ich sah auf meine Uhr: Es war neun Uhr abends. Um mich herum wurden die Hemden abgestreift, rutschten Hosen zu Boden, die Hose des Kapitäns, die Hose des Direktors und die Hose meines Gastgebers; lächelnd standen die Herren da, in eindrucksvoller Kreatürlichkeit. »Es ist soweit«, sagte mein Gastgeber leise, »der Augenblick ist da.«

Höflich sahen die Herren zu, wie ich mich auszog, sie nickten beifällig, wenn ein Stück nach dem andern fiel, und ihre Gesichter zeigten Genugtuung, als ich nackt und zitternd zwischen ihnen stand. Sie drückten mir die Hand. Sie komplimentierten mich unter Formen weltläufiger Höflichkeit zur Sauna.

Ich hatte den Vortritt. Eine höfliche Hand öffnete die Tür, drückte mich mit sanftem Zwang hinein, und ich dachte – konnte ich überhaupt noch denken, nein reagieren, panisch reagieren? –, das war das einzige, wozu ich noch fähig war: fliehen, raus hier, nur fliehen, das wollte ich. Als ob sie mir einen glühenden Pfahl in die Luftröhre gestoßen hätten, so fühlte ich mich nach dem Eintritt in ihr Heiligtum: Eine heiße, trockene, würgende Luft fiel mich an – zugegeben, sie war auch würzig –, und vor dem Auge wurde es schwarz.

Was hatten sie mit mir vor? Ich sah, soweit es noch möglich war, flehend in ihre Gesichter, hilfesuchend, ich hielt nach einer Lücke zwischen ihnen Ausschau, aber zwischen ihnen war keine Lücke, und alle Gesichter lächelten mir höflich zu. Ihre Höflichkeit zwang mich zu bleiben. Der letzte schloß die Tür. Ein irdener Rundofen in einer Ecke, in der anderen ein Bottich mit Wasser, an der Wand, stufenförmig, drei Holzbänke; war dieser kleine hölzerne Käfig schon der Ort vollkommener Erquickung? Freundlich schubsten sie mich zur Bank, nötigten mich, Platz zu nehmen, und ich setzte mich mit dem glühenden Pfahl in der Brust.

»Sie werden die ganze Zeremonie kennenlernen«, sagte mein Gastgeber, »ich hoffe, es macht Ihnen Freude.« – »Sicher«, stöhnte ich, »es macht mir ungeheure Freude.« Die Herren setzten sich auf die stufenförmige Bank, legten die Hände auf die Knie, beobachteten mich und lächelten mir liebenswürdig zu. Ich versuchte zurückzulächeln mit dem glühenden Pfahl in der Luftröhre. Meine Haut begann sich zu verfärben, Kochwurstfarbe anzunehmen, sie dehnte sich, schwoll und schwoll, gleich, dachte ich, gleich macht es pfffft, irgendwo platzt es, und dann entweicht alles zischend aus dir wie aus einem geöffneten Ventil. Soweit kam es nicht. Zu gegebener Zeit erhob sich mein Gastgeber, schöpfte mit einer Pütz Wasser aus dem Bottich und schleuderte das eiskalte Wasser gegen den irdenen Ofen. Ein Knall, ein Zischen, und in der fauchenden Dampfwolke, die sich löste, glaubte ich Luzifer auffahren zu sehen. Dampf hüllte uns ein, unsichtbar waren die höflichen Gesichter der Herren – stockte der Atem? Verweigerten Herz und Lunge die Arbeit? Etwas bereitete sich in mir vor, etwas staute und sammelte sich, ich spürte es genau, und dann, nachdem der Gastgeber eine zweite Pütz Wasser gegen den Ofen gegossen hatte, brach es von innen aus: Der Hals öffnete sich, die Stirn öffnete sich, alles tat sich auf und gab frei, woraus der Mensch zu über zwei Dritteln besteht – Wasser. Wie viele Durstige können damit getränkt werden; literweise brach es aus, rann kribbelnd in Bächen ab – welch ein Wasserreservoir ist der Mensch! Unhörbar quellend trat es hervor, und besorgt blickte ich an mir herab, erwartete zu schrumpfen oder zusammenzufallen. An den Füßen, ja, auf dem gebogenen Zementfußboden, sammelte sich das Wasser, floß sacht in eine Rinne, gewann an Kraft und strömte zu einem Abflußrohr in der Wand. Erschrocken und gelähmt, vor allem aber gelähmt, starrte ich auf das Abflußloch – war das schon Todesangst?

Ich blickte so fasziniert darauf, daß ich nicht merkte, wie mein Gastgeber aufstand – plötzlich aber riß es mich aus melancholischem Sinnen, riß mich auf die Beine, die Hände schlossen sich zu Fäusten, die Fäuste nahmen Abwehrstellung ein: Ah, während ich gebannt dagesessen hatte, schlug mir mein höflicher Gastgeber eine Pütz Wasser um die Ohren, eiskaltes Wasser, forsch gegossen, wie ein Dolch traf es mich, der Schock riß mich hoch. Ich wollte zur Tür stürzen. Doch die Herren auf der Bank lächelten höflich und nickten mir anerkennend zu. Und mein Gastgeber reichte mir die Pütz und bat mich, ihm nun die gleiche Wohltat zu erweisen, »als willkommene Abkühlung«, wie er meinte, und so keuchte ich zum Bottich, füllte die Pütz und – wo waren meine Kräfte geblieben? War die Pütz aus Blei? Zitternd stemmte ich sie über den geröteten Rücken meines Gastgebers, kippte sie langsam um, ein dünner, eiskalter Strahl ergoß sich auf den Richter, und er schaute sich um, erstaunt, ein wenig unwillig, ich goß nicht forsch genug, der Herr vermißte die »willkommene Abkühlung«. »Ist es nicht wunderbar«, fragte er, »es geht einem durch und durch.« – »Zweifellos«, hauchte ich, »zweifellos.« – »Das ist die original finnische Sauna«, sagte er. »Ich spüre es«, sagte ich mit dem glühenden Pfahl in der Brust. »Die beste Medizin«, sagte er.

Und ich dachte: Überstehen ist alles, und ließ mich auf meine Bank fallen. Als ich vorübergehend bei Atem war, sagte ich – in der Hoffnung, daß nach der willkommenen Abkühlung die Folter beendet sei: »Darf ich die Handtücher holen? Wenn die Herren wünschen, hole ich sie gern, sehr gern«, und ich erhob mich und wollte zur Tür. »Es beginnt doch erst«, sagte mein Gastgeber. Wieder zischte Wasser gegen den Ofen, fuhr Luzifer aus der fauchenden Dampfwolke, die uns verhüllte, und die Quellen öffneten sich. Gleichmütig, wie die Physik es vorschreibt, sammelte sich das Wasser in der Rinne, gab dem sanften Gefälle nach und wanderte zum Abflußrohr, das in den See führte. Ich blickte mir nach, wie ich davonrieselte, murmelte meinem verflüssigten Teil einen schwachen Gruß zu, bis es mich, unvermutet, wieder hochriß. In meditierender Wehmut klatschte eine neue Pütz Wasser gegen meinen Rücken, ich hob die Fäuste, doch Fäuste öffnen sich vor höflich lächelnden Gesichtern. Erschöpft verhalf ich dem Gastgeber zu der gleichen Abkühlung und fragte schnell: »Werden vielleicht die Handtücher gewünscht?«

Niemand wünschte sie – außer mir. Alle Herren, der Kapitän, der Direktor, mein Gastgeber und die stummen, wohlerzogenen Söhne – alle lächelten, seufzten unter belebender Wohltat, sie drehten ihre Schenkel, kniffen an den Zehen herum, kratzten sich unaufdringlich, für sie war es vollkommene Erquickung. Und während der Kapitän und der Direktor zu politisieren begannen – ich hörte mehrmals schnell hintereinander: Mao Tse-tung, Mao Tse-tung –, beugte sich mein Gastgeber zu mir und bat mich sehr höflich um Entschuldigung. »Wofür«, fragte ich, »wofür bitten Sie mich um Entschuldigung?« – »Weil wir hier keine Frauen zur Hand haben.« – »Wozu brauchen wir hier Frauen?« fragte ich matt. »Zum Abseifen«, sagte er. »In den größeren Saunen bei uns werden wir von Frauen abgeseift. Leider ist meine Großmutter verreist, sie hätte es übernommen.« – »Schade«, sagte ich, »hoffentlich hat sie eine gute Reise.«

Mein Gastgeber erhob sich, machte eine, wenn auch nur angedeutete Verbeugung der Höflichkeit, und als ich ratlos zu ihm aufsah, sagte er: »Ich bedaure zutiefst, daß keine Frau hier ist; erlauben Sie deshalb, wenn ich Sie nun abseife. Ich werde bemüht sein, mein möglichstes herzugeben. Darf ich bitten?« – »Bitte«, sagte ich. Er führte mich zum Fenster, schlug mir eine Pütz Wasser um die Ohren, worauf ich mir nur mit Mühe meine Besinnung erhalten konnte, und dann begann er sein möglichstes beim Abseifen herzugeben. Meine Stirn ruhte auf dem Fensterkreuz, und ich erschauerte plötzlich, als die Seife mich berührte: Nein, es war keine gewöhnliche Seife, zumindest keine, womit Filmsternchen ihren milchigen Teint erzeugen, ein riesiger Block von Kernseife war es, kiloschwer, in der Größe einer 15-cm-Langrohrgranate, und er stemmte die Seife hoch und gab sein möglichstes her auf meinem Rücken.

Ich schloß die Augen, die Stirn schlug rhythmisch gegen das Fensterkreuz, der Körper schüttelte sich – hatte indes nicht mehr die Kraft, sich aufzubäumen, zu protestieren, und als ich nichts mehr zu spüren glaubte, nur noch Knetmasse in seinen Händen war, da setzte er den Seifenblock auf den Boden und nahm eine Bürste. Ich vermute, er wollte meine Haut als Souvenir behalten, denn die Bürste, die er nahm, war auch keine gewöhnliche Bürste: Ein Piassava-Besen schien es zu sein oder eine solide Drahthaarbürste, mit der man den Rost von Leitungsrohren bürstet.

»Die Handtücher«, keuchte ich.

»Bitte«, sagte mein Gastgeber höflich, »bitte, wir sind erst mitten in der Zeremonie, und zunächst fände ich es ausnehmend liebenswürdig, wenn Sie nun auch mich abseiften, vorausgesetzt natürlich, daß Ihre Güte soweit reicht.« Reichte sie soweit? Ich sammelte Kraft, konzentrierte mich wie ein Hammerwerfer, dann stemmte ich den Block Kernseife hoch, ließ ihn den Rücken meines Gastgebers hinuntergleiten – schlapp, zu schlapp für ihn, der sich umwandte und mich erstaunt und sorgenvoll musterte. Als sein Rücken leidlich mit Seife bedeckt war, nahm ich die Drahtbürste, wedelte erschöpft, vor allem unsystematisch herum, nein, ich brachte die Seife nicht zum Schäumen. Verausgabt, besonders aber verzweifelt, stülpte ich zum Schluß eine Pütz Wasser über den Richter und hauchte: »Jetzt doch aber die Handtücher!« – »Jetzt gehen wir in den See«, sagte er, »wir dürfen das Zeremoniell nicht unterbrechen.«

Die anderen Herren, die sich ebenfalls abgeseift hatten, gingen an uns vorbei zur Tür, sie gingen durch die Erlen, betraten einen Steg und sprangen durchaus elegant ins Wasser. Schwimmend durchquerten sie den Schilfgürtel und schwammen hinaus auf den dunklen See. Wir standen noch auf dem Steg, ich sah zu den Wäldern hinüber – waren es die Wälder, in denen Nurmi trainiert hatte, für seine unsterblichen Läufe? Fliehen, jetzt fliehen, mit Nurmis Ausdauer, seiner enormen Schrittweite. »Bitte, nach Ihnen«, sagte mein Gastgeber und zeigte aufs Wasser.

»Oh«, sagte ich, »diesmal wollen wir doch vergessen, daß ich Ihr Gast bin. Ich lasse Ihnen gern den Vortritt!«

»Sie sind mein Gast«, sagte er, »nur zu.«

»Kann man hier springen?« fragte ich.

»Sicher«, sagte er, »es ist tief genug. Im Augenblick treiben ja keine Eisschollen.«

»Nein«, sagte ich, »schade, es ist kein Eis zu sehen.«

»Vor drei Wochen hatten wir noch Eis.«

»Dann hätte ich früher kommen sollen«, sagte ich.

Mein Gastgeber sprang zuerst, verschwand unter Wasser und tauchte prustend im Schilf auf und rief mit einer Stimme, die nichts als Behagen verriet: »Bitte, ich warte auf Sie.« Ich schloß die Augen. Ich sprang. Und in der Zeit, in der ein Schwimmender sich umdreht, stand ich wieder auf dem Steg.

»Kommen Sie nicht mit?« rief mein Gastgeber.

»Ich bin schon wieder zurück«, rief ich, »es war wunderbar, eine willkommene Abkühlung!« Ich stand auf dem Steg, beobachtete die schwimmenden Herren, die noch schwimmend politisierten, immer wieder hörte ich Mao Tse-tung, Mao Tse-tung.

Als sie zurückkehrten, fanden sie das Wasser zu warm, und auch ich fand das Wasser zu warm, und wir gingen durch die Erlen zurück zur Sauna. »Wie wär's, meine Herren«, fragte ich, »darf ich jetzt die Handtücher holen?« Sie schüttelten höflich die Köpfe, mein Gastgeber drückte mich mit sanftem Zwang wieder in den Dampfkäfig hinein, eine Pütz voll Wasser zischte gegen den irdenen Ofen, und abermals verabschiedete ich, was aus dem Körper hervorbrach. War es immer noch nicht genug? Wollten sie es auf die Spitze treiben?

Einer der stummen, wohlerzogenen Söhne kam mit einem Arm voller Saunabesen herein, sorgfältig geschnittenen Birkenreisern, die noch Laub trugen. Die Besen waren handlich, nicht länger als der Ellenbogen eines Mannes, und der Sohn verteilte die Besen und kletterte auf die oberste Bank, wo es nicht unbedingt heißer ist als in Luzifers glühender Residenz. Ich roch an dem Besen, er duftete nach frischem Laub. Lächelnd beugte sich mir mein Gastgeber zu und sagte sehr höflich: »Erlauben Sie, daß ich Ihren Rücken bearbeite und vorzugsweise die Stellen, die aus natürlichem Grunde schwer zu erreichen sind. Vorn, denke ich, können Sie es selbst besorgen. Es ist einfach: Man peitscht sich aus.«

Und mit dem letzten Wort zog er mir den ersten Schlag über den Rücken, so daß ich auffuhr und er mich beschwichtigend ansah. Kurz fielen seine Schläge, knapp aus dem Handgelenk; ich geißelte mich vorn, wedelte schlaff über meine Knie, wedelte vor meinem Gesicht, um mir Luft zuzuschanzen.

Dann bot er mir seinen Rücken an, ich schlug ihn beidhändig, klatschend fiel der Besen auf ihn nieder – es war nicht scharf genug, entsprach nicht dem Zeremoniell, und von neuem traf mich der erstaunte und unwillige Blick über die Schulter. Er entschuldigte sich bei mir, winkte seinen Söhnen und schärfte ihnen ein, ihre ganze Jugend in die Schläge zu legen; sie taten es, und mein Gastgeber krümmte sich in wohligen Schauern.

Erschöpft vor mich hin wedelnd, sonderbar angezogen von dem Abflußrohr, ergoß sich wiederum eine eiskalte Pütz Wasser über mich: Diesmal sprang ich nicht auf, keine Faust ballte sich, mein Wille war gebrochen. Ja, ich lächelte in wortloser Qual. Und als mein Gastgeber sagte: »Nun können wir die Handtücher brauchen«, nickte ich nur langsam, erhob mich zögernd und schwankte zur Tür und hinaus.

Wir frottierten uns gegenseitig zwischen den Erlen. Ich sah auf meine Uhr: Es war eine halbe Stunde vor Mitternacht. Wir rauchten, der Gastgeber verschwand noch einmal in der Sauna, und als er zurückkehrte, brachte er eine riesige Pfanne mit, in der, rötlich gedunsen, zwei armdicke Würste lagen. Der Gastgeber zerschnitt die Würste, verteilte die Stücke und holte einen ganzen Kasten Bier, und wir tranken das Bier und aßen die Würste und unterhielten uns interessant über die Sauna.

Wir standen lange zusammen, die Nacht war auf einmal warm, der Kapitän machte den Vorschlag zu fischen, und als wir das Boot losbanden, merkte ich, daß ich nur meine Turnhose trug und nicht mehr fror. Und ich spürte plötzlich noch mehr: eine vielfältige Wohltat, Leichtigkeit und vollkommene Erquickung und ein unbegreifliches Gefühl von Neugeborensein, wie sie nur eine Institution der Welt gewährt: die finnische Sauna.

Joyce Carol Oates

Nackt

Sie war allein unterwegs in einem Naturpark am Stadtrand, zwei Meilen von ihrem Haus entfernt, als sie hinter sich, scheinbar aus dem Nichts hervorbrechend, Rufe von Kindern hörte, schrille Schreie und Gelächter. Sie drehte sich um und sah ein kleines Rudel schwarzer Kinder, die den mit Holzschnitzeln bestreuten Wanderweg entlangrannten. Der Älteste, ein magerer, etwa elfjähriger Junge, in schmutzigem weißem T-Shirt, zu großen Hosen und Sneakers ohne Socken, schien ihr etwas zuzurufen und gestikulierte beschwörend mit beiden Händen – »Hey! Lady! Hey, *Sie!*« –, doch sein durchdringendes Gejohle war kaum verständlich. Es war spät am Nachmittag im Frühling, am ersten wirklich warmen, sonnigen, angenehmen Tag seit Wochen; die Luft war feucht, bebend; die Erde verströmte ein vibrierendes Gefühl kaum noch gezügelten Lebens. Sie war eine Stunde unterwegs gewesen, hatte sich angetrieben, ging schnell und genoss die Spannung in Bein-, Oberschenkel- und Armmuskeln, ein leichter Schweißfilm hatte sich auf ihrer Haut gebildet, und ihre Gedanken, die anfangs diffus und unvollständig gewesen waren, hatten sich allmählich verlangsamt, gefestigt, kristallisiert, bis sie keine Gedanken mehr waren, sondern einfach Eindrücke und vorübergleitende wortlose Bilder wie in einem Traum. Und die Kinder, angeführt von dem eigenartig erbitterten, ja zornigen schwarzen Jungen, tauchten auf wie unerwartete Bilder in diesem Traum.

»Ja? Meinst du mich?«, fragte sie.

Der Junge lachte wie aus höhnischer Freude. Wäre er nicht so jung gewesen, hätte sie vermutet, dass er betrunken sei oder im Drogenrausch. Er reichte ihr kaum bis zur Schulter, näherte sich flink wie ein drahtiges kleines Tier, das auf Blut aus ist. Er richtete sich an sie mit einer Flut von Sopranklängen, unterlegt mit Verachtung, doch sie verstand kein einziges Wort, außer vielleicht »Lady« oder »Wohin wollen Sie, Lady?«, und seine aggressiven Absichten verwunderten sie eher, als dass sie ihr Angst einjagten, weil sie so jung waren, Kinder, das jüngste nicht älter als acht oder neun, und sehr klein, und es waren auch zwei oder drei Mädchen unter ihnen. »Ja? Was ist los? Was wollt ihr?«, fragte sie mit der etwas angestrengten Ruhe einer Mutter. Es sind nur Kinder, sagte sie sich, auch als sie instinktiv einen Schritt zurücktrat.

Und im nächsten Moment waren sie auf ihr.

Selbst als es geschah, als die Kinder nah bei ihr wuselten, sie mit den Fäusten bearbeiteten, schlugen, traten, an ihr zerrten, als der Älteste sie ansprang und sie jäh zu Fall brachte, barbarisch und gewandt wie ein Raubtier, selbst als sie mit ihnen kämpfte, um sich schlug, zu stoßen, zu schlagen, zu treten versuchte – denn sie war eine Frau, die kräftig war, sehr fit war, unerschrocken, resolut –, dachte sie: Es kann nicht sein!, und: Es sind doch nur Kinder! Schon als sie sie zuerst gesehen hatte, hatte sie gewusst, dass es keine Kinder aus der Gegend der University Heights waren, wo sie selbst lebte, sondern dass sie aus den zergliederten Randgebieten der alten Industriestadt kamen, unterhalb des Felsvorsprungs, wo es steil abfiel zu einem aus Reihenhäusern, Mietskasernen, Rangierbahnhöfen und abbruchreifen Walzwerken am Fluss bestehenden Gebiet, das ihre Familie selten zu Gesicht bekam, außer von der Schnellstraße aus, die oberhalb der Ruinen dieses Viertels erbaut worden war. Doch sie war eine Frau ohne rassische Vorurteile, sie war mit Schwarzen aufgewachsen, war mit Schwarzen, Chinesen, Hispanics und anderen Minderheiten, wie sie gewöhnlich genannt wurden, zur Schule gegangen, und sie war entschlossen, ihren Kindern denselben neutralen, sachlichen Liberalismus einzupflanzen, zu dem ihre Eltern auch sie erzogen hatten. Daher kam ihr nie der Gedanke, der ihr vielleicht hätte kommen sollen, wenigstens bei Gelegenheit, dass diese Minderheiten sie als auffällig anders als sie selbst wahrnehmen könnten und dass sie, gegen alles, was vernünftig, edelmütig und gerecht war, keine andere Wahrnehmung wünschten und sich damit zufriedengaben. Und dieses dämonische kleine Rudel, das sie so völlig überrascht und überwältigt hatte – das sie geschlagen, ihr die Kleider vom Leib gerissen, ihre Taschen geleert hatte und dabei unaufhörlich gejohlt und gelacht hatte, als ob die Kinder bei allem, was sie taten, nur spielten –, sie konnte einfach nicht glauben, dass sie zu so etwas fähig waren, und mit solch albtraumhafter Schnelligkeit.

Sie war sechsundvierzig Jahre alt, sehr gesund, eine intelligente und unabhängige Frau, Mutter zweier kleiner Kinder und Stiefmutter eines halbwüchsigen Sohns, völlig ungeübt darin, körperliche Großtaten zu vollbringen, so ungeschickt in diesem bizarren Kampf wie ein Fisch, den man aus dem Wasser zieht und umstandslos auf den Boden wirft, wo er nach Luft schnappt und sich hin und her wirft und schließlich untergeht in dem fremden Element. Ihre Schreie waren atemlos und ungläubig. Ihre wilden Schläge trafen ins Leere oder glitten an Oberarmen, Schultern, vorspringenden Köpfen ab, ohne irgendetwas auszurichten. *Es sind doch nur Kinder!*, dachte sie, und da sie Mutter war, wollte sie Kindern nicht wehtun, selbst wenn sie dazu fähig gewesen wäre. Es kam ihr auch der Gedanke, dass diese Kinder, wenn sie aufgeben würde, wenn sie sich unterwerfen, sich nicht weiter wehren würde, nehmen würden, was sie wollten, und sie sich selbst überlassen würden.

Und so war es. Als sie aufhörte zu kämpfen, hörten sie auf, sie zu schlagen, doch in ihrer freudigen Erregung, ihrem Übermut zogen sie ihr die Kleider aus, drehten sie um, rollten sie hin und her, rissen an ihren Jeans, brüllten vor Lachen, als sie ihr BH und Unterhose auszogen, ihr in einem Kraftakt die Laufschuhe von den Füßen rissen, die Socken abzogen. Sie stand zu sehr unter Schock, als dass sie sie hätte bitten können aufzuhören, und dann überfiel sie die wahnsinnige Furcht, dass sie vorhätten, sie lebendig zu verschlingen; über sie herzufallen wie ausgehungerte Tiere, ihr mit den Zähnen das Fleisch von den Knochen zu reißen und es zu essen. Denn was sollte sie aufhalten?

Dann rannten sie weg und waren nicht mehr da, und sie blieb allein zurück, betäubt und schluchzend an einem Ort, den sie nicht hätte benennen können. Der Angriff hatte wahrscheinlich nicht länger gedauert als zwei oder drei Minuten, aber er war ihr unendlich lang erschienen, und nachher lag sie eine Zeit lang, die ihr ebenfalls sehr lang vorkam, nur da und wagte nicht, sich zu rühren, aus Angst zu entdecken, dass sie sie verkrüppelt hatten – denn sie hatten sie heftig auf Rücken und Gesäß getreten. *Du verdienst nichts anderes,* tröstete sie eine boshafte Stimme, doch sie war zu geschwächt, litt zu sehr, als dass sie hätte darauf reagieren können.

Sie nahm an, dass sie im Naturpark allein war, denn auf ihre Hilferufe hin war niemand gekommen.

So lag sie still und versuchte, ihre Kräfte zu sammeln, versuchte zu erfassen, was geschehen war, was sie als Nächstes tun musste. Ihr Weinen war unregelmäßig und resigniert, es war nicht das hohe, atemlose Schluchzen der Hysterie, denn sie war keine Frau, die dazu neigte, hysterisch zu sein; sie war eine Frau, die dazu in der Lage wäre, die Hysterie anderer zu besänftigen. Alles in Ordnung. Es wird dir gleich besser gehen. Das Schlimmste ist vorbei.

So sprach sie häufig mit ihren eigenen Kindern, halb tadelnd, halb liebevoll.

Doch man hatte ihr die Kleider weggenommen. Und die Autoschlüssel.

Und natürlich auch ihre Geldbörse und ihre Uhr und ihre Goldkette – mit solcher Gewalt vom Hals gerissen, dass das Schloss aufgesprungen war und ihr in die Haut geschnitten hatte wie scharfer Draht. Nur die Ringe an ihrer linken Hand waren ihr geblieben. Eins der Kinder hatte brutal an ihnen gezerrt, so fest, dass sie gespürt hatte, wie der Finger sich im Gelenk drehte, doch er musste angeschwollen gewesen sein; die Ringe hatten sich nicht abziehen lassen.

Wilde, dachte sie.

Dreckige kleine Tiere, dachte sie.

Aber warum hatten sie sie so gehasst, dass sie sie geschlagen und ausgeraubt hatten und sie demütigten, indem sie ihr die Kleider auszogen?

Sie setzte sich auf. Wischte sich das Haar aus dem schweißnassen Gesicht. Sie dachte daran, dass es eine Notrufsäule gab, die sie benutzen konnte, in der Nähe des Parkplatzes – aber gleich darauf wusste sie, dass die Notrufsäule, an die sie dachte und die sie mit solch verzweifelter Deutlichkeit vor sich sah, leuchtend in einem kühlen blauen Licht, hinter ihrem Bürogebäude an der Universität stand.

Sie verbrachte eine elende halbe Stunde oder länger damit, nach ihren Kleidern zu suchen. Jeder Teil ihres Körpers tat weh, als hätte man sie von großer Höhe irgendwo heruntergeworfen, die Knochen waren bis ins Mark erschüttert, doch auf irgendeine Weise unverletzt geblieben, sodass sie noch fähig waren, ihr Gewicht zu tragen. Dort, wo ihr büschelweise Haare ausgerissen worden waren, fühlte sie einen stechenden Schmerz an der Kopfhaut. Ihre Nase war blutig geschlagen. Beide Augenlider schwollen an und würden sich sicher bald verfärben, und sie sah schlecht, als wäre sie unter Wasser, denn einer von ihnen hatte versucht, ihr welke Blätter in die Augen zu reiben; eine Praxis, die er vom Spielplatz her kannte, nahm sie an, eine ekelhafte Spielplatz-Taktik; wahrscheinlich war alles, was man ihr angetan hatte, irgendein Spiel, bei dem man vorher wusste, was zu tun war, bei dem jede Bewegung geschickt und anmutig orchestriert war. Aber sie hatte es nicht gekannt.

Sie wollte nicht darüber nachdenken, warum die Kinder, die ihr völlig fremd waren, sie so gehasst hatten. War sie nicht freundlich und herzlich zu dem Jungen gewesen, ohne Schrecken zu zeigen, hatte sie nicht sogar zu lächeln versucht, als er sich ihr näherte? Von Natur aus und durch langes Training war sie eine stets freundliche Frau; sie übte Freundlichkeit, wie ein Musiker mit seinem Instrument übt, und mit ebenso unbezweifelbarer Hingabe. Und es gab das unerwünschte, doch unbestreitbare Privileg ihrer weißen Haut, das eine gewisse Verantwortung mit sich brachte, nicht nur gut und anständig und mildtätig zu sein, sondern bei alldem auch immer freundlich zu bleiben.

Das Gehen auf dem mit Holzschnitzeln bestreuten Weg war nicht schmerzhaft, aber im Unterholz taten ihre Füße weh; die Sohlen waren erschreckend zart, weicher als die Innenflächen ihrer Hände. Es war verwirrend, dass sie hier, im öffentlichen Raum, wo jeden Moment irgendein Unbekannter auftauchen konnte, mit entblößten und den Blicken ausgesetzten Brüsten herumlief und dass Luft sie zwischen den Beinen berührte, an einer Stelle, die sich beim Gehen dehnte und zusammenzog. Im dunstigen Sonnenlicht verschwammen die Dinge vor ihren Augen, während sie mit wachsender Verzweiflung nach ihren Kleidern suchte. Bestimmt hätten sich die Kinder nicht die Mühe gemacht, sie weit zu tragen. Bestimmt hätten sie sie ins Unterholz geworfen, wo sie sie finden würde. Ihre Jeans, ihre khakifarbene

Jacke, ihre Schuhe, Socken, Unterwäsche, wie zerrissen und schmutzig auch immer. Doch es sprangen ihr nur nutzlose Dinge in die Augen, täuschende Formen: Zeitungen, die ins Gebüsch geweht worden waren, Gruppen weißer Anemonen, zerbrochene Flaschen und leere Bierdosen, die an schattigen Stellen blinkten. Sie weinte, kläglich enttäuscht.

Sie war eine Frau, die für vieles einen sicheren Instinkt besaß, doch jetzt ließ ihr Instinkt sie im Stich. Was sollte sie tun? Sie hatte die Autoschlüssel nicht mehr, und das Auto war abgeschlossen – von ihrem Mann, der alles sehr genau nahm, hatte sie die Gewohnheit übernommen, das Auto immer abzuschließen –, sodass es nicht infrage kam, sich vorsichtig dem Parkplatz zu nähern, sich ins Auto zu setzen und auf Entdeckung und Rettung zu warten.

Eine plötzliche Schwäche überfiel sie. Das Bild einer beleibten Frau aus einem Cartoon fiel ihr ein, einer Ballonfrau mit großen Brüsten und dickem Bauch und Schamhaar, die in den Himmel hinaufgezogen wurde. Leute, hauptsächlich Männer, versammelten sich, um zu gaffen, zu feixen, mit den Fingern zu zeigen. Laut schrie sie: »Was soll ich machen!«

Wie um ihr Antwort zu geben, bog ein Auto auf den nicht sehr weit entfernten, kiesbedeckten Parkplatz ein. Sie hörte zufallende Wagentüren und Männerstimmen. In Panik stürzte sie ins Gebüsch, um sich zu verstecken, rannte weiter, ohne sich um ihre bloßen Füße zu kümmern, um die Zweige und Stacheln, die ihr die Haut aufrissen. Wie ein gejagtes Geschöpf ging sie in die Hocke und versteckte sich, obwohl sie wusste, dass sie um Hilfe rufen konnte; sie musste nur ihre Stimme erheben und »Hilfe!« oder »Helfen Sie mir, bitte!« rufen – ein schüchterner, hoffnungsvoller, verzweifelter Appell –, und der Albtraum wäre vorbei.

Sie hätte ihren Rettern sogar zurufen können – sie

zweifelte nicht daran, dass es Retter wären; fast jeder, der den Naturpark besuchte, war in irgendeiner Weise mit der Universität verbunden –, dass man ihr die Kleider weggenommen habe und ob sie ihr bitte eine Decke oder irgendetwas bringen könnten, um ihre Blöße zu bedecken; und sie konnte, wenn es die Umstände erlaubten, sogar darauf bestehen, dass der Zwischenfall, da sie nicht verletzt war, nicht der Polizei gemeldet würde, und dass sie keinen Arzt wünsche und brauche.

Aber sie sagte nichts. Sie duckte sich tief hinter einem Streifen aus dichtem Buschwerk und blühendem Hartriegel, drückte die schweißnasse Stirn an ihre Knie und umklammerte ihre Beine in einer fieberhaften Umarmung. Die grauenvolle Vorstellung, entdeckt zu werden, nackt, wie sie war, zerschlagen, zerschrammt, zerzaust wie ein wildes Tier, war einfach zu viel für sie: Sie wollte sich nur verstecken und nicht gesehen werden. Nichts war ihr mehr wichtig, nur dass sie nicht gesehen wurde.

So versteckte sie sich, und die Männerstimmen waren bald verklungen, denn sie mussten einen anderen Weg gegangen sein und würden sie nicht finden. Falls sie ihr Auto auf dem Parkplatz gesehen hatten, hatten sie es wahrscheinlich kaum richtig wahrgenommen oder sich nichts dabei gedacht. Alles in Ordnung, tröstete sie sich immer wieder, ohne zu wissen, was sie damit meinte.

Sie war eine Frau, die spät geheiratet hatte, weil sie es so gewollt hatte, und ihre Kinder spät bekommen hatte, ebenfalls, weil sie es so gewollt hatte; so hatte sie Gewohnheiten oder Praktiken des Alleinseins ausgebildet, die eng, vielleicht untrennbar mit ihrem Charakter verbunden waren, ihrem privaten, geheimen, dauerhaften Selbst. Ihr blondes, sonnenhelles gutes Aussehen war ihr nie besonders wichtig gewesen, wenn es ihr auch gefiel, dass ihr Äußeres ihr angeborenes dynamisches Temperament unterstrich; sie hielt es einfach für taktvoll, die kleinen Zweifel und Stimmungsschwankungen, die sie häufig überkamen, vor anderen, vor allem vor ihrem Mann zu verstecken. Es entsprach ihrem Stolz, dass jeder, der sie kannte, sie für eine Frau hielt, die immer oder fast immer freundlich und verträglich, belastbar, froh und zuversichtlich war.

Und jetzt, was sollte sie jetzt tun? Wie konnte sie sich weitere Demütigungen ersparen? Sie war vor den Männern geflohen, die ihr vielleicht geholfen hätten; also, was war zu tun?

Sie hätte den Kindern ihre barbarische Attacke verziehen, dachte sie, wenn sie ihr nur ihre Kleider gelassen hätten.

Es schien keinen Ausweg zu geben, nichts, was nicht scheußlich und schändlich gewesen wäre. Am Ende würde sie in das Gebüsch am Straßenrand kriechen und ein Auto anhalten in der Hoffnung, dass am Steuer ein Mensch saß, dem sie trauen konnte. Ein fremder Mann wäre das Schlimmste, aber ein Mann, der sie kannte, war kaum besser – eigentlich noch schlimmer, denn dann würde sich die Nachricht von ihrer Notlage verbreiten, und der elende kleine Zwischenfall würde zu einer Riesengeschichte aufgebauscht. Wenn es eine Frau wäre, könnte sie es vielleicht aushalten, aber wenn es eine Frau wäre, die sie kannte, wenn auch nur entfernt, eine Frau, die von ihrer Arbeit in der akademischen Gemeinde wusste oder ihr Foto in der Lokalzeitung gesehen hatte, dann würde sich die Geschichte ebenfalls sofort überall verbreiten, und das Gerücht würde lauten, dass sie vergewaltigt worden sei. Selbst Leute, die ihr nichts Böses wollten, würden die Geschichte weitertratschen und die Aufregung vergrößern; einige würden sich fragen, warum sie allein im Naturpark gewesen sei; einige würden vielleicht sogar durchblicken lassen, dass sie den Überfall herausgefordert habe – unabhängig, wie sie war, verheiratet mit einem bekannten Fachbereichsleiter der Universität, und mit ihrem eigenen ausgezeichneten Job in der Entwicklungsabteilung der Universität. So würde die hässliche Geschichte unzählige Male erzählt und wieder erzählt werden, und sie könnte nichts dagegen tun. Sie würde nur noch die Frau sein, die nackt im Meadowbrook-Naturpark aufgefunden worden war.

Und ihre Kinder würden in der Schule davon hören, ihre sechsjährige Tochter und ihr neunjähriger Sohn; man würde sticheln und spotten, und man würde sie Dinge glauben lassen, die nicht stimmten. Und ihr Stiefsohn – der Junge würde völlig niedergeschmettert sein, so peinlich wäre ihm das Ganze. Und ihr Mann, an den sie in diesem Zusammenhang kaum denken konnte: so ehrgeizig, wie er war, so erfüllt von seiner Arbeit, so besorgt um seinen Ruf in der Gemeinde. Es würde ihn erleichtern zu erfahren, dass sie nicht schwer verletzt worden war, aber später hätte er, das wusste sie, ein ebenso starkes Gefühl der Demütigung.

Und wenn sie Hilfe suchte, würde sie wahrscheinlich auch mit der Polizei zu tun bekommen. Wenn man sie ansah, musste einem klar werden, dass sie geschlagen worden war. Die Polizei würde darauf bestehen, sie zu vernehmen, und wie sollte sie ihnen sagen, dass die Angreifer Kinder gewesen waren, keine Halbwüchsigen, sondern Kinder? Und Mädchen unter ihnen? Und schwarz? *Ich bin nicht rassistisch,* würde sie der Polizei gewissenhaft erklären. Jedes Gefühl aus ihrer Stimme verbannend: *Ich bin nicht rassistisch.*

»Ich kann es nicht riskieren.«

Wie in einer Halluzination sah sie sich selbst, eine nackte, geisterhafte Gestalt, die in gleicher Richtung wie die Straßen, die zu ihrem Haus führten, aber von dort nicht sichtbar, dahinglitt, auf einer Route, die ähnlich verlief wie die, die sie zuvor mit dem Auto gefahren war.

Diese vertrauten vorstädtisch-ländlichen Straßen, die sie jeden Tag entlangfuhr. Sie war nur zwei Meilen von zu Hause entfernt, möglicherweise weniger: Konnte sie es nicht zu Fuß schaffen, allein und ohne Hilfe? Ohne dass jemand es mitbekam? Sie schätzte, dass es ungefähr halb sieben war. Und da sie oft spät nach Hause kam, nach Einbruch der Dunkelheit, weil etwas im Büro sie aufhielt, weil sie soziale Verpflichtungen hatte oder noch etwas erledigen musste, würde es noch viele Stunden dauern, bis ihre Familie sie vermissen würde; ihr Mann war in letzter Zeit häufig unterwegs, um Spenden für die Universität aufzutreiben, auch bei ihm konnte immer einmal etwas dazwischenkommen; manchmal hatte sie, wenn sie nach Hause kam, vom Kindermädchen erfahren, dass ihr Mann angerufen hatte, um zu sagen, dass er nicht zum Abendessen käme. Und ihr Stiefsohn war auch nur sporadisch daheim. Um halb sieben würde das Kindermädchen mit den kleinen Kindern essen; so gab es keinen Anlass, sich Sorgen zu machen oder sich schuldig zu fühlen, abgesehen von den Sorgen und dem Schuldgefühl, das sie überkam, wenn sie daran dachte, dass sie von ihrer Demütigung erfahren könnten oder, noch schlimmer, sie in dem Zustand sehen könnten, in dem sie sich jetzt befand.

Denn dann würden sie nie mehr *sie* sehen, die Person, die sie war.

Sie sagte laut und indem sie sich mit der Zunge über die aufgesprungenen Lippen fuhr: »Ich kann es nicht riskieren.«

Sie wartete, bis die Sonne schräg durch die Bäume fiel und der Himmel im Westen bläulich orangefarben wurde, marmoriert wie ein Bluterguss. Um sie herum wurden die Rufe der Vögel lauter, sie klangen energischer in dem schwächer werdenden Licht: reizende aufsteigende Melodien wie Bänder, Adern, Ketten aus Klang; sie lauschte, hörte jeden Ton mit unnatürlicher Deutlichkeit. Nie zuvor hatte sie solche Laute gehört.

»Ich will mein Haus zurück. Mein Zuhause.«

Sie hatte im Geist eine Karte erstellt, mit deren Hilfe sie den Weg durch Wald und Feld besser finden würde:

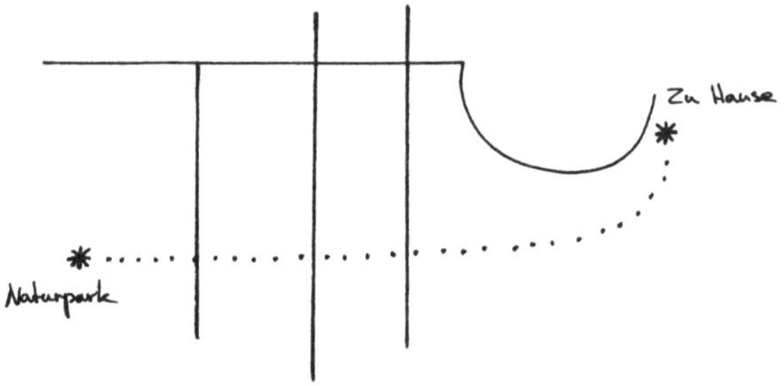

Die Entfernung zwischen ihrem gegenwärtigen Standort im Naturpark und ihrem Haus betrug etwa zwei Meilen. Es gab keinen Grund, warum sie den Weg nicht zu Fuß zurücklegen sollte, ohne gesehen zu werden! Die Überquerung dreier Straßen war nicht zu vermeiden, aber nur die erste, die direkt am Naturpark entlangführte, war breit; die anderen waren schmale Wohnstraßen. Alles kam auf das richtige Timing an.

Ihr Ziel war nicht die Vordertür ihres Hauses und auch nicht, wenigstens anfänglich, die Hintertür, sondern der Hohlweg am Ende des Grundstücks, wo sie sich im Schatten verstecken und die erleuchteten Fenster beobachten, das Kommen und Gehen ihrer Familie verfolgen konnte, falls man etwas davon sah. Denn sie wollte nicht, dass sie sie nackt sahen, nein, nicht einmal ihr Mann, nicht in diesem unwürdigen Zustand der Nacktheit, mit dem Ausdruck des Opfers im Gesicht und dem zerkratzten und verletzten Körper. Ihre Brüste schmerzten, als wäre die äußerste Hautschicht abgeschält worden; die Warzen waren hart und furchtsam gerunzelt. Dieser Junge mit den bösen Augen und dem höhnischen Mund hatte ihr in den Bauch getreten, bis sie sich abgewandt hatte, würgend und nach Luft schnappend, doch solch eine empörende Tat würde sie nie mehr erleben.

Wenn sie erst einmal zu Hause angelangt war, unentdeckt, konnte sie sich nach oben schleichen und wieder sie selbst werden. Sie würde ein Bad nehmen, sich verarzten, anziehen, wieder auftauchen. Wenn sie nur schnell genug war, würden die kleineren Kinder noch nicht im Bett sein. Sie würde eine Mahlzeit zubereiten, etwas Einfaches, für ihren Mann und ihren Stiefsohn. Oder sie würde sich zu ihnen an den Tisch setzen, wenn sie schon beim Essen waren. Sie würde ihrem Mann sagen, dass sie den Autoschlüssel im Wald verloren und beschlossen habe, zu Fuß nach Hause zu gehen, ohne ihn oder jemand anders anzurufen: kein Grund zur Aufregung; morgens konnte er sie vor ihrem Büro absetzen, und später konnte sie das Auto abholen. Es war abgeschlossen, es war sicher. (Denn die Kinder waren bestimmt zu jung, um ein Auto aufzubrechen!) »Du bist zu Fuß heimgelaufen?«, würde ihr Mann fragen, mit verhaltener Überraschung, und sie würde sagen: »Es war nicht weit. Es war ein gutes Training.«

Nachher würde sie sich mit der gleichen Entschlossenheit der Anstrengung des Vergessens widmen, wie sie, vor Jahren, bevor sie verheiratet war und in einem schönen Haus lebte, die Wand eines ihrer gemieteten Apartments gesäubert hatte, bevor sie sie frisch anstrich. *Und niemand würde davon erfahren.*

Keines der Kinder würde spüren, dass ihrer Mutter irgendetwas passiert war, denn ihre Aufmerksamkeit richtete sich fast ausschließlich auf sie selbst – was nur natürlich und gut war. Auch ihr Mann würde nichts spüren, denn in Gedanken war er hauptsächlich mit seiner eigenen Arbeit beschäftigt, seinem eigenen Sein; er war kein junger Mann mehr, sondern ein Mann am Gipfelpunkt seiner Kraft, oder ein wenig darüber hinaus: Heute beanspruchten jüngere Männer seine Aufmerksamkeit, Männer, die ihn faszinierten oder abstießen. Und was *konnte* dieser viel beschäftigte, erfolgreiche, beliebte Mann überhaupt bemerken, wenn sie, seine Frau, seine glückliche, selbstsichere Frau, nichts von Unbehagen zu erkennen gab? Sie hatten heute kaum noch Zeit für die Liebe, in dem alten, vertrauten Sinn. Aber sie waren Gefährten und manchmal Ränkeschmiede, wenn sie zusammen waren, Verschwörer.

Könnten Sie die Kinder identifizieren, wenn Sie sie sähen, Mrs –?

Ja. Ich weiß nicht.

Was für eine Hautfarbe hatten sie?

Ich bin nicht rassistisch.

Wie sorgfältig sie mit bloßen Füßen ihre Schritte setzte! Wie trügerisch die scheinbar weiche, feuchte Erde war, gespickt mit unsichtbaren Steinen und kleinen Zweigen! Als sie den Weg verließ und zum Rand des Naturparks vordrang, der an die Straße grenzte, sanken ihre Füße in den schmutzigen Boden ein, und sie musste einen panischen Schrei unterdrücken, denn was sollte sie tun, wenn sie in einen Sumpf geraten würde, oder in Treibsand, in dem sie untergehen konnte, ohne eine Spur zu hinterlassen?

Doch sie ging weiter. Sie konnte nichts anderes tun, als weiterzugehen.

Sie hatte noch nie bemerkt, dass es im Wald so viele tote Bäume gab: trockene, leblose Schäfte, an denen trockene, leblose Blätter, die Blätter des letzten Jahres, in Fetzen herabhingen. Und das ständige Gewimmel unsichtbarer Vögel, Tiere. Und der ständige Wind. Auf allen Seiten geheimnisvolle Geräusche, Geraschel, Aufruhr, Verschiebungen, als wäre ein gigantischer Organismus dabei, sich selbst zu definieren, ohne je zu vollem Bewusstsein zu erwachen. Sie empfand die Erregung einer tiefen, ruhigen Furcht, als sie das dachte. Noch nie hatte sie etwas Ähnliches gedacht.

An der Straße wartete sie. Sie war darauf vorbereitet, lange zu warten. In der Stille der ländlichen Umgebung war das Herannahen eines Autos deutlich von der Phase des Vorbeifahrens und des darauf folgenden allmählichen Verschwindens zu unterscheiden. Wenn sie nicht im letzten Moment den Mut verlor und wenn sie nicht auf irgendetwas Scharfes trat, konnte sie mühelos über die Straße gelangen, um sich in dem bewaldeten Gebiet auf der anderen Seite zu verstecken.

Ein Auto fuhr vorbei, und noch eins. Nach einer Weile ein weiteres. Und dann kamen mehrere hintereinander; dann ein Fahrzeug, das sich anhörte wie ein Lastwagen, ächzend und keuchend; und dann war Stille. Sie spähte aufgeregt aus dem Unterholz und sah nichts, außer dem Asphalt und der anderen Straßenseite. Es war noch Tag, aber sehr bald würde die Dämmerung kommen! Eine über die Fahrbahn laufende Gestalt, eine Gestalt von blasser, verblüffend weiblicher Nacktheit, konnte meilenweit zu sehen sein.

Sie zitterte. Mit träumerischer Klarheit sah sie die Entfernung zwischen ihr selbst und ihrem Haus, die sie überwinden musste, sah sich selbst geduckt in dem Hohlweg am Abhang, wartend. Sie war sich sicher, dass ihre Familie aufhören würde, sie zu lieben, wenn sie sie so sehen würde; also durfte sie sie nicht sehen, durfte nichts erfahren!

Vornübergebeugt fast bis zum Boden, machte sie sich bereit zu rennen. Holte tief Luft, wie vor Jahren, als junges Mädchen, als sie sich bereit machte, vom Sprungturm zu springen, und nicht nur das Wasser unter ihr erreichen, sondern einen perfekt ausbalancierten Sprung ausführen wollte, bei dem sie mit der gewandten Grazie einer Hand, die eine durchlässige Oberfläche genau im richtigen Winkel und ohne zu zögern durchschnitt, ins

Wasser eintauchen wollte. Denn ihr Stolz ließ nichts Geringeres zu!

Wie blind stürzte sie sich aus ihrem Versteck und begann zu laufen, die Unterarme gaben ihren Brüsten Halt, und kein Sprung, kein Flug, kein Sturz, keine je erlebte körperliche Ekstase hatte sie auf diese Leistung vorbereitet, nackt und voller Schrecken zu rennen, mit offenem Mund nach Atem ringend, mit aufgerissenen Augen die andere Straßenseite fixierend, ohne zu wagen, irgendwo anders hinzusehen. Und dann war sie da, fast im gleichen Moment, sicher, wie es schien, nachdem sie durch einen flachen Graben kriechend in das angrenzende Feld gelangt war. Aber irgendwie hatte sie sich den Fuß verletzt. War in eine Glasscherbe getreten und hatte sich in die Ferse geschnitten.

Alles in Ordnung, sagte sie sich. *Alles in Ordnung mit dir.*

Sie sagte sich ungeduldig: *Das Blut wird den Schmutz wegschwemmen.*

Sie ging hinkend weiter. Sie wollte ihren Fuß nicht untersuchen. Zu ihrer Linken waren keine Häuser in Sichtweite, und zu ihrer Rechten stand nicht sehr weit entfernt, doch teilweise durch Bäume abgeschirmt, eine Farm, und falls jemand zufällig aus dem Fenster sah, wenn sie vorbeikam, würde er nicht erkennen können, dass sie nackt war. Obwohl ihr Herz wie wild hämmerte, stieg Hoffnung in ihr auf, beinahe Euphorie.

Sie war immer eine Frau gewesen, die ihre Grundsätze hatte: eine Frau, die an intelligentes, durchdachtes, aber nicht allzu genau überlegtes Handeln glaubte. Jeder, der sie kannte, respektierte sie; ja, und einige Leute, die sie nicht auf dieselbe Weise kannten, wie sie sich selbst kannte, beneideten sie, und das war auch gut, zumindest gewährte es Befriedigung. Sie konnte und durfte sich jetzt nicht zeigen, aber sie musste sich auch schützen gegen

Wellen von Panik und Schwäche und die Möglichkeit, sich zu verirren, im Kreis zu gehen, wie es einmal, vor nicht allzu langer Zeit, passiert war, als sie sich im Naturpark verirrt hatte, denselben Weg zweimal zurücklegte, bis sie wieder an die Stelle kam, wo sie abgebogen war, dort ihren Irrtum erkannte und sicher zum Auto zurückkehrte. Jetzt hatte sie die erste und gefährlichste Straße überquert, sie musste im rechten Winkel zu ihr weitergehen und die Richtung unbedingt im Kopf behalten, auf die nächste Straße zu (wie weit war sie entfernt? Es konnte nicht weit sein, vermutete sie), die ihren Weg kreuzte.

Sie hatte geglaubt, dass das Hinterland hier einfach leer sei, aber es gab viele Beweise vom Eindringen des Menschen: Haufen von Abfall, an einem Feldweg verstreut, als ob hier nachts und heimlich regelmäßig Leute herkämen, um Sachen abzuladen, die sie nicht mehr wollten – verrottete Reifen, Autoteile, ein auf den Kopf gestellter Kühlschrank, eine angesengte Matratze. Wie ein Lumpensammler, und ebenso gierig, ebenso irrational hoffnungsvoll, durchsuchte sie den Abfall nach etwas, in das sie sich einhüllen konnte, hob ein Stück Leinwand hoch, das steif war vor Dreck, und ließ es wieder fallen, prüfte und verwarf etwas, was aussah wie ein Spielanzug für Kinder, und andere Kleidungsstücke, die nur noch Fetzen und Lumpen waren. Sie war aufgeregt, aber auch traumverloren: stand einen langen, absichtslosen Moment lang nur da und betrachtete die Überbleibsel von Fremden, wunderte sich über deren Leben, das neben ihrem eigenen hergelaufen und ihr doch so unbekannt geblieben war. Mücken umschwärmten sie, wie angezogen von ihrer Nacktheit und dem Schweißgeruch, der von ihr ausging. Ihr rechter Fuß pochte, und sie empfand etwas wie Schmerz darin, aber sie wollte sich nicht dazu verleiten lassen, ihn zu untersuchen. Sie hatte den vagen Gedanken, dass das ein Trick sein könnte, irgendeine Falle.

Sie ging hinkend weiter, bis der Feldweg abrupt endete; ein letzter Abfallhaufen kam in Sicht, aus dem etwas heraustrippelte und ins schützende Unterholz lief – eine Ratte, von der Größe her.

Sie hörte Anschuldigungen, ihr Kopf dröhnte. *Wie kannst du es wagen. Es wagen zu berühren. Ich bin nicht festgelegt von meiner Haut. Meiner Farbe, meiner Haut.* Plötzlich dachte sie an ihren Mann und das Glück seiner ersten Ehe, von dem er nie sprach, außer, um es in grober Weise zu verleugnen. Als ob einfache Wörter *jetzt* auslöschen könnten, was damals war und was, weil es damals gewesen war, unausweichlich in das einflossen, was ist. »Du denkst wahrscheinlich, was für ein Dummkopf ich bin.« Ihre Stimme war laut, ohne sie zu erschrecken.

Jetzt: Sollte sie in gerader Linie über ein offenes Feld laufen, auf dem streifenweise Heckenrosen mit ihren tödlichen Dornen wuchsen, oder sollte sie am Rand des Feldes entlanggehen, was sicherer wäre, aber wodurch sie vielleicht ihren Orientierungssinn beeinträchtigte (die Straße im rechten Winkel hinter ihr, die nächste Straße kreuzend, vor ihr)? Sie hatte fast die Kinder vergessen. Sie hatten nichts mit ihr zu tun, da sie sie früher nicht gekannt hatten, ganz sicher hatten sie jetzt nichts mit ihr zu tun.

Sie musste sich entschieden haben, am Rand des Feldes entlangzulaufen, doch wie langsam ging sie nun, wie zaghaft – ihre beiden Füße bluteten –, und dabei dachte sie, wenn sie blutete, dass das Blut den Schmutz wegschwemmen und die Wunden reinigen würde. Waren es nicht Stichwunden, die unter solchen Umständen gefährlich sein konnten?

Sie dachte auch an den seltsamen Umstand im Leben einer Frau, dass man, obwohl man so häufig blutete, unter Krämpfen und manchmal Übelkeit blutete, dass man als Frau dennoch darauf vertraute, dass das Bluten nicht immer weiterging und es am Ende zu einem tödlichen

Blutverlust kam. Und die Heimlichkeit des Blutens – gut versteckt im Innern der Kleider, immer gut versteckt, verschwiegen und unaussprechlich. Und doch, wie real, dieses Doppelte! Es hatte ihr eigentlich immer gefallen. Sie wollte es nie aufgeben, auch wenn sich in ein paar Jahren ihr Zyklus verändern und sie nicht mehr in dieser Weise bluten würde.

Hinter dem Feld führte der Weg weiter, breiter jetzt, weniger zerfurcht und weniger schmerzhaft unter den Füßen. Sie glaubte, das Grundstück zu kennen – eine alte, stillgelegte Farm –, aber die Eigentümer kannte sie nicht. Und wenn sie an einer Stelle herauskam, an die sie nicht gedacht hatte?

Ein kühler Hauch stieg von der dunkel werdenden Erde auf, obwohl der Himmel immer noch recht hell war, von Wolken durchzogen. Und die Vögel setzten ihre Rufe fort, drängender, wie es schien.

Ein Fehler würde jetzt tödlich sein.

Keine einzelnen Schmerzempfindungen, sondern Schmerzfluten stiegen auf und pulsten in ihrem Körper. Sie dachte nicht daran, aber sie durchdrangen mit immer größerer Macht ihr Bewusstsein und ließen sie keuchen, wimmern. Ihre Augen – ihr Kopf – die Kopfhaut – ihr Bauch, Gesäß, Rückgrat – ihre Füße. Immer und ewig würde sie in diesem Niemandsland umherwandern, das den vertrauten Vorstadtstraßen so seltsam nah und doch verborgen war. Die unentwickelte, immer noch wilde ländliche Gegend, in der sich die Landwirtschaft nicht mehr lohnte, war noch nicht an Wohnbaufirmen verkauft worden, die individuell gefertigte Häuser anboten, wie das, in dem sie und ihr Mann wohnten – wie sonderbar, dass ausgerechnet sie sich jetzt hier befand. Es war ein Ort des Todes, nackter Frauenleichen: Opfer von Überfällen, Morden. Sie gehörte nicht zu diesen Frauen.

Und doch konnte sie ihre Kraft verlieren und zusammenbrechen, in Ohnmacht fallen, und in ein, zwei, drei Tagen würde man sie finden, im Koma liegend, vielleicht tot. *Eine Frauenleiche,* würde es im Bericht heißen. *Die nackte Leiche einer Frau,* so würde der erste Bericht lauten. Ballonbrüste und fleischige Hüften und Oberschenkel, ein Flecken Schamhaar an der Gabelung der Beine, die Augen nach oben gerollt in den Schädel, sodass man nur noch das Weiße sah. Es passierte ständig. Kein Mensch, keine Person, sondern eine Leiche. Und die ganze vorherige Geschichte ihres Lebens – ihr Erfolg, ihre Siegesgewissheit, ihr sonniges Lächeln und ihr entschlossener Optimismus, ihre Liebe für ihre Familie und die Liebe ihrer Familie für sie – wäre kurzerhand ausgelöscht. Sie würde eine Story werden, eine Fiktion.

Getragen von diesem Zorn, ging sie schneller. In der dichter werdenden Dämmerung konnte sie nicht erkennen, ob sie in der Nähe der Straße auf ein Haus treffen würde, doch das Geräusch eines gelegentlich vorbeifahrenden Autos bedeutete, dass die Straße vor ihr lag, und das bewies, dass sie sich nicht verlaufen hatte.

Dann passierte es, dass ganz in der Nähe ein Hund aufgeregt zu bellen begann, und zu ihrem größten Schrecken kam das Tier den Weg entlanggetrabt, als wollte es sie angreifen, ein graubrauner Hund in der Größe eines Labradors, doch nicht reinrassig: Er bellte, er fletschte die Zähne, die Haare an seinem Nacken waren aufgerichtet, seine lange, schwerfällige Rute fegte von einer Seite zur anderen. Sie hatte schreckliche Angst vor Hunden, seit sie als Kind einmal gebissen worden war, so glaubte sie jedenfalls, obwohl ihre Mutter ihr versichert hatte, dass sie eigentlich gar nicht gebissen worden sei, nur fürchterlich erschreckt von einem Schäferhund, und jetzt überwältigte sie Panik, und sie ging rückwärts, indem sie dem erregten Tier klagend und unterwürfig zuflüsterte: »Nein. Bitte. Geh nach Hause. Geh *nach Hause.*« Der Hund näherte sich bis auf wenige Meter, hielt dann inne, duckte sich und bellte so wütend, dass sie glaubte, der Besitzer müsse es hören und herauskommen, um zu sehen, was vorging. Eine Farm war in der Nähe, etwa hundert Meter von dem Weg entfernt.

Halblaut bat und flehte sie, als ginge es um ihr Leben: »Guter Hund. Netter Hund. Geh *nach Hause.*« Sie fragte sich, ob ihre Nacktheit den Hund erregte, ob er ihre Angst riechen könnte, den scharfen, widerlichen Tiergeruch ihrer Hilflosigkeit.

Sie wich zurück. Sie nahm einen großen Ast in die Hand, hielt ihn drohend über den Kopf und wich zurück. Der Hund bellte weiter, folgte ihr aber nicht. Sein Schwanz wedelte ungestüm. Hieß das, dass er vielleicht keine bösen Absichten hatte? Doch sie konnte es nicht darauf ankommen lassen, denn die Aussicht, um Hilfe rufen zu müssen, erschreckte sie nicht weniger als der drohende Angriff des Hundes.

Einige Minuten gingen vorbei. Sie dachte daran, wie man sie auslachen würde – der Besitzer des Hundes, wenn er herauskäme, um nachzusehen, was los war. Eine völlig derangierte nackte Frau, die einem bellenden Hund gegenüberstand und sich mit einem Ast zu schützen versuchte. Was war aus ihrem Leben geworden?

Allmählich hörte das Bellen auf, und es schien, als sei eine Art von Krise überwunden. Der Hund ließ es zu, dass sie vorbeiging, dann trottete er, anscheinend gleichgültig, hinter ihr her, mit der Nase am Boden, an ihren Fersen schnüffelnd. Sie spürte seine feuchte, kühle Schnauze an ihren bloßen Beinen, den Kniekehlen.

Der Besitzer tauchte nicht auf.

Sie näherte sich ihrem Haus. Überquerte die zweite Straße und wähnte sich von hoch oben ins Wasser springend. Rannte, glitt irgendwohin und stolperte bergab. Eine sumpfige Stelle. Sie griff nach Büschen, um nicht den Halt zu verlieren, wie eine Betrunkene; unter den Händen rissen Zweige ab.

Sie hätte nie heiraten dürfen, dachte sie. Allein hätte sie sich am wohlsten gefühlt.

Sie war der Anstrengung des Heuchelns überdrüssig.

Das Verlangen, Wasser zu lassen, kam plötzlich und so heftig, dass sie es spürte wie eine Messerklinge in ihrem Leib. Sie hockte sich an einer Stelle hin, die schon schlammig-weich war, und entließ eine stechend riechende, siedend heiße Flüssigkeit aus ihrer Blase, nicht in einem Strom, sondern in zögernden kleinen Spasmen. Als sie endlich fertig war, wischte sie sich ungeschickt mit einem Büschel Blätter ab. Sie dachte: *Wenigstens hat es niemand gesehen.*

Ihr Gesicht glühte, ihre Hände zitterten. Eine Erinnerung stieg in ihr hoch, wie aus einem früheren Leben, das Bild, wie sie als kleines Kind im Gras gehockt hatte, um Wasser zu lassen, und die Flüssigkeit betrachtet hatte, die aus ihr herausströmte – die seltsame Hilflosigkeit, weil ihr etwas geschah, was sie nicht kontrollieren konnte. Und jemand hatte sie gerufen, um sie zurechtzuweisen. Oder hatte jemand sie ausgelacht?

Wenigstens hatte es dieses Mal niemand gesehen.

Das Haus schwebte in der Dunkelheit.

Wie viele Stunden vergangen waren, wusste sie nicht. Oder ob es vielleicht nur eine einzige Stunde war, die sich ausdehnte wie im Traum.

Warum hast du so etwas getan?, wollte er wissen, und sie sagte: *Ich tue, was ich will,* obwohl sie bis zu diesem Moment nicht gewusst hatte, dass das so war.

Schließlich hatte sie ihre Kinder bekommen, weil sie es so beschlossen hatte. Sie hätte nicht zwei Kinder bekommen, wenn sie sie nicht gewollt hätte, denn eins hätte genügt. Zwei war der unanfechtbare Beweis.

Und der Stiefsohn, der sie mit Argwohn beäugte, sie

manchmal mochte und manchmal überhaupt nicht. Denn er gehörte ihr in keiner Weise und konnte nicht dazu überredet werden, das zu glauben.

Im Innern des schwebenden Hauses bewegten sich verschwommene Gestalten. Einige Fenster waren erleuchtet, andere dunkel. *Warum um alles in der Welt hast du so etwas getan?*, würde er fragen, denn das war sein Recht.

Dort, auf der Kuppe des Hügels, war das Haus, das viereckige Gehäuse, in dem sie lebte. Sie duckte sich im Unterholz, blinzelte und rieb sich die Augen, um deutlich zu sehen, denn es war von größter Wichtigkeit, dass sie sah. Gehörte das Haus ihr? Oder war sie falsch abgebogen, hatte in der Dunkelheit etwas durcheinandergebracht? Sie hatte ihr Haus natürlich noch nie von dieser Stelle aus gesehen und würde es vielleicht nicht eindeutig identifizieren können. An einem der Fenster sah sie Bewegung – eine Gestalt, die ihr Mann sein musste, obwohl sie weniger groß war, als sie sich ihren Mann vorgestellt hatte –, und kurz danach kam eine weitere Gestalt auf ihn zu, Mann oder Frau, konnte sie nicht bestimmen; es musste der Stiefsohn sein, der Vierzehnjährige, und wie seltsam, dass sie bei seinem Anblick, beim Anblick von ihnen beiden, obwohl sie so verzweifelt gewünscht hatte, nach Hause zu kommen, nichts für sie empfand, oder für die verschwommenen Silhouetten, von denen sie glaubte, dass sie es seien – nicht mehr, als wenn es Fremde gewesen wären.

Ich tue, was ich will. So wartete sie im Dunkel unterhalb des Hauses, an einer Stelle hockend, wo niemand sie sehen konnte, wartete nackt – so lange, bis sie erfahren würde, warum sie wartete.

Lothar Schöne

Nur für Gourmets

Als ich vor Kurzem in Tel Aviv ankam und gerade meine Sachen auspackte, klingelte das Telefon. Mein Freund Uri rief an und wollte sich mit mir treffen. Wir sehen uns immer, wenn ich in Israel bin, und eigentlich genieße ich das Zusammensein mit ihm – nur quält er mich gern mit abenteuerlichen Aktionen, die riesige Konflikte heraufbeschwören. Uri ist zweiundvierzig Jahre jung und ein gut aussehender Witzbold, der stets mit einer neuen und attraktiven Begleiterin erscheint, die im Laufe des Abends eine reizvolle Freundin herbeitelefoniert, was mir nicht unlieb ist.

Wir trafen uns am späten Nachmittag auf der Dizengoffstraße und bummelten herum. Die Stadt erwacht um diese Zeit erst so richtig, und das Treiben um uns herum nahm turbulente Züge an. Das Leben in der Sonne und am Meer muss sich ja irgendwie auf den Temperamentsnerv auswirken. Uri zeigte mir ein paar neue Geschäfte und führte mich zu einer Gelateria, in der es das beste Mokkaeis der Stadt gäbe. Nur das sollte ich probieren, kein anderes. Er zog die Mundwinkel geringschätzig nach unten: »Vanille, Erdbeere, Schokolade – kannst du alles vergessen.« Ich nahm zwei Kugeln vom Mokka und musste ihm recht geben. Dieses Eis war wundervoll, cremig und zart mit einem Anflug von Espresso. Uri hatte sich wieder mal als Genießer erwiesen. Während wir zum Strand schlenderten, erzählte er mir von der Computerbranche, in der er tätig ist, und was für sensationelle Neuerungen bei den mobilen Rechnern bald auf uns zukämen. Ich wirkte bei seinen Ausführungen etwas abwesend und muss gestehen, dass die untergehende Sonne über dem Meer mein Interesse wesentlich mehr beanspruchte als seine Computerologie. Da griff er mich am Arm: »Zum Rabbi Shlomo kam eines Tages einer seiner Schüler und fragte: Wer war eigentlich der größere Gourmet, Moses oder Abraham? – Abraham, antwortete Rabbi Shlomo. – Aber Moses führte doch das Beefsteak à la Galilee ein. – Na schön, dann Moses, erwiderte der Rabbi. – Verstehe, sagte der Schüler, es war eine dumme Frage. – Blödsinn, die Frage war in Ordnung, nur du bist furchtbar dämlich, und wenn du nicht endlich von meinem Fuß runtergehst, verbiete ich dir Beefsteak, Schweineschnitzel und alles andere auch.«

Uri lachte, und ich stimmte ein, bis er auf einmal sagte: »Wir werden essen gehen! Was meinst du?«

»Das tun wir doch immer«, nickte ich, »aber sag mal, wer gesellt sich denn diesmal zu uns?«

»Wir werden allein essen gehen.«

»Oh«, sagte ich und konnte meine Enttäuschung nicht ganz verbergen.

»Noami lehnt es ab, mit mir dorthin zu gehen.«

»Noami ist deine Neue?«

»Ja, aber sie ist leider keine Feinschmeckerin. So wird das nichts mit uns. Sie versteht nichts von der Nouvelle Cuisine. Sie hat keine Zunge dafür.«

Ich wollte eine frivole Bemerkung über anderweitige Vorzüge von Zungen machen, als er schon fortfuhr: »Aber bei dir ist das natürlich etwas anderes – du bist ein Gourmet.«

Na ja, dachte ich, eigentlich ist mir ein saftiges Steak mit Bratkartoffeln lieber als auf Riesentellern kredenzte Mini-Froschschenkel, und mir fiel ein grauenhaftes Mahl in Aix-en-Provence ein, wo tote Vögel auf dem Teller meiner harrten, aus deren winzigen Körpern ich noch Schrotkugeln pulen musste. Garniert waren sie mit irgendwelchen Engerlingen, die rosafarben leuchteten und furchtbar ungesund aussahen.

»Mach dir meinetwegen doch keine Umstände«, sagte ich, »du weißt doch, dass ich eine anständige Felafel ebenso mag wie ein mehrgängiges Gericht.«

»Nein, nein«, erwiderte Uri, »das Restaurant *Ke'illu* wird dir gefallen. Es spricht deinen Sinn fürs Höhere an, es ist ein Etablissement für ausgesprochene Genussmenschen. Ich hab schon einen Tisch für uns bestellt.«

Ke'illu? Ich kramte in meinen mangelhaften Hebräischkenntnissen. Bedeutete das nicht so viel wie Als-ob? Sicher war ich mir nicht, und ich wollte Freund Uri nicht mit linguistischen Problemen langweilen. Er war ohnehin schon weitergeschlendert zu einem Strandcafé, wo er sich in einen Korbstuhl fallen ließ, mir winkte und, als ich auch saß, zwei Espressi bestellte.

Ich liebe den Strand und das Strandleben in Tel Aviv, ich kann dort stundenlang sitzen, aufs Meer schauen, auf die Beachvolleyball-Spieler und die planschenden Kinder. Und die jungen Frauen in ihren knappen Tangas erregen ebenso mein Interesse wie die vorbeihastenden Orthodoxen in ihren schwarzen Mänteln. Wir saßen eine ganze Weile wortlos da und schlürften hin und wieder vom Espresso.

»Ich frage mich allerdings«, sagte Uri auf einmal, »ob du das Revolutionäre bei *Ke'illu* erkennen wirst, das grandios Neue.«

»Du zweifelst an meinem guten Geschmack?«, fragte ich und fühlte mich herausgefordert.

»Das nicht«, antwortete er, »aber im *Ke'illu* erfährt man ein völlig neues Geschmackserlebnis, man hat dort die Nouvelle Cuisine zur Hochblüte gebracht, gewissermaßen ins Extrem getrieben.«

»Es werden doch nicht ägyptische Sandkäfer und syrische Maden serviert? Oder Wüstenskorpion à la maison?«

»Nein, nein«, beruhigte er mich, um mich sogleich wieder in tiefe Zweifel zu stürzen: »Es ist viel besser.«

Ich sah ihn nachdenklich an: »Was hast du mit mir vor, du jüdischer Teufel?«

Er lachte laut und beugte sich zu mir: »Test, Test, Test. Noami ist bei diesem Test durchgefallen.«

»Kann ich Noami nicht vorher kennenlernen?«, fragte ich, »ein kleiner gedanklicher Austausch wäre mir willkommen.«

»Du willst doch nicht mit einer Frau Kontakt aufnehmen, deren Geschmack jämmerlich versagte!«

Ich wollte gerade entgegnen, dass mir solche Frauen eigentlich am liebsten sind, als er schon fortfuhr: »Das *Ke'illu* ist nicht ganz billig. Um ehrlich zu sein, es ist sogar ziemlich teuer. Aber wir beide wissen, dass ein ausgefallenes Geschmackserlebnis schon immer etwas kostspielig war.«

»Warst du nur mit ihr dort?«, wollte ich wissen.

»Ich hab auch meinen Vater eingeladen, aber als er von den Preisen erfuhr, sagte er zu mir: Urele, du kennst doch die Geschichte von dem Touristen aus Beer Sheva, der an den See Genezareth kommt und eine Überfahrt buchen will?«

Uri hielt inne und sah mich fragend an.

»Erzähl schon, ich kenn sie auch nicht.«

»Der Bootsverleiher sagt dem Touristen, dass es fünfzig Schekel koste. Der Mann aus Beer Sheva ist entsetzt, das sei ein bisschen viel. Da erklärt ihm der Bootsmann, dass über diesen See Jesus Christus zu Fuß gegangen sei. – Kein Wunder bei solchen Preisen, antwortet ihm der Tourist.«

Ich lächelte: »Also dein Vater ist von vornherein durchgefallen, dem war's zu teuer.«

»Was soll ich machen, die Welt ist nicht aufgeschlossen für Neuerungen, vor allem nicht für lukullische.«

Er sah mich mit durchtriebener Miene an: »Aber du

bist ja eingeladen – allerdings mit einer kleinen Einschränkung.«

»Aha, der Pferdefuß galoppiert heran.«

»Du bist eingeladen, wenn du den Test bestehst. Als großzügiger Mensch, der ich nun mal bin, gehe ich sogar noch einen Schritt weiter. Ich spendiere dir morgen ein weiteres Essen, und zwar in einem Restaurant *deiner* Wahl. Na, was sagst du?«

»Und wenn ich den Test nicht bestehe?«

»Tja, wenn du nicht bestehst – dann musst du zahlen, und wir werden fortan immer im *Ke'illu* speisen, und zwar auf deine Kosten.«

Essengehen ist in Israel kein billiges Vergnügen. Selbst ein simpler Teller Humus oder ein verwelkter Salat ziehen einem schon eine ganze Menge Schekel aus dem Portemonnaie, aber das Vergnügen in jenem Lokal, das er im Sinn hatte, musste ein Vermögen kosten. Vielleicht bekäme ich das mit einem Kredit eventuell noch hin, aber was würde ich da vorgesetzt bekommen? Sandkäfer, Maden, Wüstenskorpione – all das fand Uri zu normal. Orientalische Wanderratte am Spieß, libanesische Flugkakerlaken gedünstet? Was gibt es noch für Herrlichkeiten? Welche ausgefallenen Tiere könnte man für den Teller zurechtmachen? Nattern und Schlangen mit beigelegten Giftzähnen als Sättigungsbeilage und zusätzlichem Gruselfaktor? Und koscher müssen sie auch sein. Hatte man vielleicht ein unschweinisches Schwein gezüchtet, dem das Oberrabbinat seinen Koscher-Stempel aufdrücken konnte? Waren die russischen Einwanderer mit einer Spezialität aus Sibirien durchgedrungen? Wolf im Pelz – halb gegart und serviert in einer künstlichen Schneelandschaft? Ich überlegte, ob ich mich nicht schnell noch zum Vegetarier mausern konnte oder besser noch zum Veganer.

Mir kam ein anderer Gedanke, und ich fragte Freund Uri: »Was heißt eigentlich den Test bestehen? Muss ich alles aufessen?«

»Du sollst befriedigt vom Mahl aufstehen. Ich rede nicht von satt werden, das ist eine Vokabel, die man in diesem Restaurant nicht kennt.«

Also kleine Portionen, dachte ich, das ist schon mal gut, vielleicht könnte ich eine gegrillte Flugkakerlake herunterwürgen und auf der Toilette schnell wieder auskotzen. Mit genießerischer Miene käme ich zurück, um mich dem nächsten Gang, ein paar Maden im Speck, zu widmen.

»Den Test bestehen«, fuhr Uri fort, »bedeutet auch, über die Geschmackserlebnisse zu sprechen.« Und mit bedauernder Miene erklärte er: »Wie viele Menschen schlingen das Essen herunter und empfinden gar nichts dabei. Keine Gefühle, keine Worte dafür. Man könnte ihnen auch Holzspäne vorsetzen.«

Holzspäne, ging es mir sehnsüchtig durch den Kopf, vielleicht gibt es ja angekokelte Holzspäne. Und reden darüber – das würde ich schaffen. Aber wie schmeckt eigentlich ein Sandkäfer? Wie ein Radieschen sicher nicht. Und knackt er im Mund? Setzt er sich zwischen die Zähne?

»Zahnstocher gibt es doch?«, fragte ich.

Uri sah mich beleidigt an: »Ich bitte dich. Als zivilisierter Mensch weißt du doch, dass Zahnstocher völlig unmöglich sind. Das ist etwas für primitive Kantinen.«

Ich nickte unwohl. Bitte, dann müsste ich eben noch mal auf die Toilette und überm Waschbecken die Sandkäfer ausspülen. Wenn sie nicht in Richtung Gaumen gekrabbelt waren und sich die Speiseröhre herunterhangelten. Insekten sollen sehr zäh sein, die krabbeln selbst dann noch, wenn sie schon halb zerbissen sind. Tut das eigentlich meinen Zähnen gut, dieses Chitin, aus dem die bestehen? Vielleicht verlasse ich das Lokal mit schwarzem Gebiss. Aber ich kann es erklären: Habe in einem Feinschmecker-Restaurant diniert.

»Vielleicht sollten wir vorher ein Sandwich am Strand

essen«, sagte ich und schob vorsichtig nach: »Zur Appetitanregung.«

»Auf keinen Fall«, schüttelte Uri den Kopf, »du wirst dir doch nicht den Magen mit minderwertigem Fast Food vollschlagen!« Er sah mich vorwurfsvoll an: »Am Ende willst du noch eine Cola trinken.«

Dieser Versuch war fehlgeschlagen. Ich hatte darauf spekuliert, dass ich nach dem zweiten Gang, Tintenfischaugen à la surprise, mir den Bauch wohlig reiben und sagen konnte: Ein wunderbares Menü – und so wahnsinnig sättigend, ich kann nicht mehr.

»Auch die Getränke im *Ke'illu*«, merkte Uri an, »sind ganz köstlich. Natürlich nur für Zeitgenossen, die sie zu schätzen wissen.«

Getränke gab es auch noch? Welches abartige Gesöff kam da auf mich zu? Gequirlter Rattenschwanz in Sojabrühe, pürierte Sandnatter in Rinderpisse?

»Um welche Getränke handelt es sich denn?«, mimte ich den Weltmann, »was kann man mir vorsetzen, das ich noch nicht kenne?«

Uri lächelte mich überlegen an: »Du bekommst etwas, was dein Gaumen vermutlich noch nie gekostet hat. Lass dich überraschen.«

Ich überlegte, ob ich den Test eventuell noch absagen konnte. Aber dafür war es zu spät, und ich wäre von vornherein durchgefallen. Ach, was gäbe ich darum, jetzt einen unkoscheren Cheeseburger in die Hand zu bekommen, nichts als einen unkoscheren Cheeseburger und ein einfaches Glas Wasser. Das musste ein köstliches Mahl sein. Kam da etwa Appetit bei mir auf? Seit heute Morgen hatte ich nichts mehr gegessen und wahrhaftig, ein leichtes Knurren aus der Magengegend drang an mein Ohr.

Uri sah auf seine Armbanduhr: »Allmählich wird es Zeit. Wir sollten uns aufmachen.«

»Ins *Ke'illu?*«, fragte ich angstvoll.

»Keine Sorge, wir kommen rechtzeitig an. Ich hab ja einen Tisch bestellt.«

Er zahlte, wir erhoben uns, und ich folgte ihm zögernd. Wir mussten die Ben-Yehuda- und Dizengoffstraße überqueren, ein paar kleine Seitenstraßen durchwandern, bis Uri schließlich sagte: »Dort vorne, das ist es.«

Ja, ja, ich sah es, von außen wirkte dieses Restaurant ganz normal, es vermied gewissermaßen jeden Anschein von Perversion. Es war ein heißer Tag, und in der Ferne flimmerten zwei Tische auf der Straße. Wie? Auch draußen wurde serviert? Wie weit war es von dort auf die Toilette? Am besten drinnen einen Platz suchen, da konnte man das Klo auf jeden Fall schneller erreichen. Als wir näher kamen, sah ich außen neben der Tür einen Kellner an einer Art Grill stehen. Er hantierte sehr geschickt mit zwei langen Gabeln an irgendetwas, das allerdings nicht zu sehen war. Sehr mysteriös, dachte ich, als mich Uri informierte: »Ich habe einen Tisch drinnen reserviert. Auf der Straße ist es für ein gutes Essen zu warm.«

Ich nickte abwesend, während mein Blick schon ins Innere schweifte. Da saß ja gar niemand! Die Vergifteten konnten nicht mehr kommen, schoss es mir durch den Kopf, und wahrscheinlich hatten sie mit ihrem letzten Atemzug noch den lebenden Gourmets eine Warnung vor dem *Ke'illu* zugeflüstert: Nicht dort speisen, niemals, ihr werdet es nicht überleben. Mit einem Röcheln, ruiniertem Magen und verknotetem Darm sind sie danach von dieser Welt geschieden.

Ein Ober im Smoking begrüßte Uri und mich und wies uns einen weiß gedeckten Tisch zu. Mit meinem Freund wechselte er einige vertrauliche Worte, und dieser nickte zufrieden dazu. Wohl ein neuer Rattenschwanz auf der Speisekarte. Kaum saßen wir, eilte der nächste Kellner auf uns zu. Er trug ebenfalls einen Smoking, allerdings offen, was ich ein wenig nachlässig fand. Er reichte Uri eine in weiße Bütten gebundene Speisekarte, die dieser mit eleganter Bewegung an mich weitergab. Ich durfte jetzt nicht die Beherrschung verlieren, ich musste die Karte lässig und ohne jede Hast aufschlagen und vor allem jegliches Zittern der Hände vermeiden. Um es kurz zu machen – ich schaffte es, die Speisekarte mit schnellem Ruck aufzuschlagen.

Täuschten mich meine Augen oder stand da wirklich, was sie mir vorgaukelten? Ich rieb sie mir vorsichtshalber und schaute ein weiteres Mal in die Karte. Von einer Kressesuppe, Eiersuppe, Porreesuppe war hier die Rede. Von Ziegenkäsepastete und Eiern in Portweingelee über Jakobsmuscheln mit Knoblauch und gefüllten Austern bis hin zu arabischen Lammkarrees war alles vorhanden, was das Genießerherz sich nur wünschen konnte. Ja, verflixt noch mal, das konnte man doch essen! Wozu hatte ich mir denn einen armseligen Cheeseburger als lukullisches Mahl vorgestellt? Passé, passé. Hier wird diniert! Und ich warf Uri einen äußerst anerkennenden Blick zu. Eines freilich irritierte mich. Es fehlten in der Karte ganz die Preise.

Mein Freund klärte mich auf. Gleichgültig, was ich auch bestellte, es gäbe immer einen Pauschalpreis, der auch die Getränke einschließe. Herrlich, herrlich! Mein Magen hüpfte vor Freude, und mein Appetit nahm barbarische Züge an. Hocherfreut stürzte ich mich erneut ins Studium der Speisekarte. Womit starten? Ich orderte Melone mit Kressebeilage, danach eine Trüschensuppe, anschließend gefüllte Auberginen und ein Champignonsoufflee, später dann ein Brathähnchen mit Morcheln und zum Abschluss karamelisiertes Birnenkompott. Zufrieden lehnte ich mich zurück und sah meinem Freund bei seiner Bestellung zu, die ebenfalls nicht kleinlich ausfiel.

»Wozu hast du mich so auf die Folter gespannt? Das ist doch ein Gourmet-Tempel.«

»Wart ab«, erwiderte Uri, »der Test ist noch nicht beendet, du musst ja noch sagen, wie es dir schmeckt.«

Ich winkte großmütig ab, diesen bescheidenen Teil der

Prüfung würde ich locker hinter mich bringen. Allerdings hatte mein Hunger mittlerweile beißende Formen angenommen, ich müsste mich zuerst vollkommen den Speisen widmen und würde im Nachhinein meine Kommentare abgeben. Auch Durst spürte ich inzwischen, in diesem Land muss man trinken, trinken und nochmals trinken.

Der Kellner verschwand mit der Bestellung in die Küche, um kurz darauf mit den Getränken zu erscheinen, einer Flasche stillem Mineralwasser und einem Merlot jüngeren Jahrgangs, genau das Richtige zur Eröffnung. Er öffnete beide Flaschen am Tisch und goss ein. Aber was war das? Da floss kein Tropfen heraus, kein Einziger. Aus den Flaschen entwich lediglich Luft. Hatten meine Sinne gelitten, hatte die israelische Sonne mir das Hirn verbrannt?

Ich sah Uri entgeistert an. Der jedoch nahm sein leeres Wasserglas, trank einen langen Schluck, um danach seiner Kehle eine Kostprobe vom Wein zu gönnen.

»Ausgezeichnet«, murmelte er, »dieses Wasser ist reich an Magnesium, und der Merlot ist jung, aber nicht zu jung.« Er nickte dem Kellner zu, der seinerseits befriedigt etwas Luft nachschenkte.

Uri sah mich aufmunternd an: »Imagination ist alles! Die Vorstellungskraft muss genügen.« Und er schob nach: »Denk an unsere Abmachung.«

Ich ließ einen tiefen Seufzer hören, und während ich das Glas in die Hand nahm, fiel mir der Name des Restaurants ein, *Ke'illu.* Das heißt Als-ob, jetzt war ich mir ganz sicher. Ich muss gestehen, dass mir der Kommentar zu dem Luftwein schwerer fiel, als ich dachte. Aber so richtig peinigend wurde es, als meine Melone mit Kressebeilage kam, die gefüllten Auberginen und das Champignonsoufflee. Wunderbar große und in edlem Design gestaltete Teller stellte der Kellner vor mir ab – aber leider waren sie wahnsinnig leer. Natürlich durfte ich diesen unwesentlichen Umstand nicht erwähnen, ich musste schwärmen und den Test bestehen, es ging um die Folgekosten.

»Ja«, sagte Uri und leckte sich die Lippen bei seinem dritten Gang, »ich hab dir ja versprochen, hier erlebst du die Nouvelle Cuisine extreme, hier ist sie zur Hochblüte gebracht.« Ich funkelte ihn böse an und erwiderte mit kauendem Mund, knarzendem Magen und einer Ohnmacht nahe: »Sogar der Gang auf die Toilette wird hier überflüssig.«

»Jetzt kann ich es dir ja sagen«, grinste mich Uri an, »der Schüler von Rabbi Shlomo war ich.«

P. S.: Erst bei meiner Rückreise erfuhr ich, dass Uri selbst der Inhaber des Restaurants *Ke'illu* ist und es nach meinem Besuch geschlossen hat. Der Gästemangel war zu eklatant. In New York will er es aber neu eröffnen, und ich überlege schon, wen ich dorthin einladen könnte. Vorher aber muss mein Gast eine Fastenkur absolvieren, damit er die erste lukullische Mahlzeit danach voll und ganz genießen kann.

Peter Stamm

Männer und Knaben

Die Badeanstalt unten am Fluss war geschlossen, der Eingang verriegelt. Es regnete und es war kühl. Der Bademeister war nirgends zu sehen, vielleicht war er nach Hause gegangen oder ins Dorf. Als Lukas über den Maschendrahtzaun kletterte, dachte er an den Betrunkenen, der vor ein paar Jahren nachts hier eingestiegen und ins Becken gefallen war. Man hatte ihn erst am nächsten Morgen gefunden.

Er ging zu den Umkleidekabinen, die sich in einem flachen weißgestrichenen Backsteingebäude befanden. Neben dem Eingang war ein Schild, *Männer und Knaben.* Licht fiel nur durch einen breiten Spalt zwischen den Mauern und dem Dach, in den Kabinen war es immer etwas schummrig und feucht, selbst bei der größten Hitze. Lukas schaute in den Schließfächern nach, ob jemand das Pfand vergessen hatte, aber er fand nichts. Nach der Hälfte der Fächer gab er die Suche auf. Er lief zum Fluss hinunter. Das Wasser war hellbraun und stand hoch. Es floss so schnell, dass seine Oberfläche sich unruhig kräuselte. Äste trieben vorüber, es sah aus, als seien sie schneller als die Strömung. Das Wehr flussabwärts musste nach dem Gewitter geöffnet worden sein, Lukas hörte das entfernte Tosen des stürzenden Wassers. Es regnete nur noch ganz leicht, schließlich hörte es auf. Er ging zurück zu den Kabinen und zog sich um.

Er dachte an die schulfreien Nachmittage, wenn es heiß war und alle in die Badeanstalt gingen. Auf der Liegewiese bildeten sich kleine und größere Gruppen. Lukas' Mitschüler spielten am Rand des Beckens, stießen oder warfen sich ins Wasser oder sprangen selbst hinein, bis der Bademeister sie ermahnte. Lukas schwamm hin und her. Er zählte die Bahnen. Nach einem Kilometer stieg er aus dem Wasser, sein Körper war kühl und er taumelte, als habe er das Gehen verlernt. Seine Freunde lagen auf der großen Wiese auf ihren bunten Badetüchern. Sie redeten über die Sommerferien und darüber, wo sie sie verbringen würden. Er legte sich neben sie ins Gras.

Wenn er mit anderen zusammen war, hatte Lukas immer das Gefühl, als schlössen sich seine Poren, er fühlte sich klein und war sich seines Körpers fast schmerzhaft bewusst. Er war eingeschlossen in diesen Körper, ein Mensch nur dann. War er allein, vergaß er sich, die einzigen Grenzen waren dann jene seiner Wahrnehmung, die nasse Wiese, über die er ging, die vorüberziehenden Wolken, der blaue Streifen am Horizont, der Waldrand am anderen Ufer des Flusses. Dann hätte Lukas irgendjemand sein können oder niemand.

Er legte sich am Rand des Schwimmbeckens auf die rauen Zementplatten. Auf dem Wasser trieben Blätter, die das Gewitter von den Bäumen geschlagen hatte, dazwischen zappelte eine Wespe. Lukas streckte die Hand aus, er wollte das Insekt retten, aber er hatte Angst, gestochen zu werden. Seine Hand verharrte über dem Tier, als wolle er es beschützen. Langsam trieb es ab und entfernte sich immer weiter vom Beckenrand.

Lukas dachte an Franziska, die mit ihm in einer Klasse war. Sie hatten denselben Heimweg und gingen zusammen bis zur Bahnschranke, wo ihre Wege sich trennten. Oft standen sie noch lange da an der Kreuzung und redeten. Franziska hatte so viel zu erzählen, sie schien nie fertig zu werden. Aber beim Klassenfest wollte sie nicht mit ihm tanzen, sie machte eine komische Bemerkung und holte sich etwas zu trinken. Mit Leo hatte sie später getanzt.

Lukas nahm drei Steine aus dem Rosenbeet, das das Schwimmbecken einfasste, wusch die lehmige Erde ab und warf einen nach dem anderen ins Wasser. Als sich die Wellen geglättet hatten, konnte er die Steine auf dem Grund liegen sehen. Er stieg ins Becken, langsam, die Kälte nahm ihm den Atem. Lange stand er auf der untersten Sprosse der Leiter, bis zum Bauch im Wasser, dann ließ er sich fallen. Sobald er sich bewegte, ließ das Gefühl der Kälte nach. Er tauchte nach den Steinen. Beim ersten Mal schaffte er nur zwei, den dritten sah er erst, als er wieder oben war. Er ließ die Steine aus der Hand gleiten. Als sie eintauchten, machte das Wasser ein kleines, schluckendes Geräusch, und sie sanken zitternd auf den Grund. Beim zweiten Versuch schaffte Lukas alle drei. Er war kein besonders guter Schwimmer, aber ein guter Taucher. Er atmete ein paar Mal tief durch, stieß sich vom Beckenrand ab und tauchte schräg nach unten. Verschwommen sah er die weißen Linien und den Boden des Bassins schnell vorüberziehen. Er schwamm jetzt dicht über dem Grund. Nach der dritten Linie spürte er ein Saugen im Hals und im Brustkorb. Er musste an die Oberfläche, er schaffte es nicht bis zur anderen Seite. Aber dann schwamm er einfach weiter, und das Saugen ließ nach. Er hatte jetzt das Gefühl, er könne ewig tauchen. Auf den letzten Metern stieß er die Luft aus, die er noch in den Lungen hatte, dann schoss sein Kopf dicht am Beckenrand aus dem Wasser. Er atmete tief ein, wendete und schwamm mit langsamen Zügen zurück. Jetzt hätte er sich gewünscht, Franziska wäre da und sähe ihn. Einmal, als sie aus dem Wasser stieg, verrutschte ihr Bikinioberteil, und bevor sie es zurechtrücken konnte, sah Lukas für eine Sekunde ihre nackte kleine Brust, die dunkle, von der Kälte des Wassers steife Brustwarze.

Als er aus dem Becken kam, fror er und rannte zum Sprungturm und zurück. Die Wasseroberfläche war wieder ganz glatt. Lukas tauchte die Länge des Beckens, fünfzig Meter, und schoss am entfernten Ende mit einem Schrei aus dem Wasser. Franziska stand da und lächelte ihm zu. Sie kauerte sich nieder, streckte die Hand aus und half ihm hinaus. Er wollte sie umarmen, aber er wusste nicht wie. Sie schauten sich nur an und gingen nebeneinander zur Liegewiese. Franziska lief im Badeanzug ganz anders als sonst, selbstbewusster, ihr ganzer Körper bewegte sich, die Hüften, die Schultern, die schmalen Arme. Sie setzte sich, es sah aus, als lasse sie sich fallen. Dann saß sie da auf der Wiese, die Beine verschränkt, den Oberkörper vorgebeugt. Sie hörte nicht auf zu reden.

Lukas streunte umher, ging über die große Wiese und am Zaun entlang unter den Bäumen, wo die Erde an manchen Stellen nackt glänzte wie poliert. Es roch nach Gras und Erde und süßlich nach Blüten oder Abfällen. Die Sonne war unter den Wolken hervorgekommen und schien flach über die Wiese. An den Blättern der Bäume und im Gras glitzerten Wassertropfen, und es war plötzlich sehr hell.

Lukas ging über die Wiese, er hoffte etwas zu finden, einen Geldbeutel, eine Uhr, ein Taschenmesser, irgendetwas. Unten am Fluss legte er sich ins kurz geschnittene Gras und schaute zu, wie das braune Wasser vorüberzog. Das Gras war nass und kalt. Alles war sehr klar und oberflächlich. Es war eine Mischung aus Glück und Unglück. Es war Glück, das sich wie Unglück anfühlte.

Franziska ging mit ihren Freundinnen in die Badeanstalt. Sie saßen im Kreis, sie hatten Süßigkeiten gekauft und redeten und lachten. Lukas konnte sich nicht vorstellen, worüber sie sprachen, er konnte sich nicht erinnern, worüber Franziska die ganze Zeit mit ihm gesprochen hatte. Irgendwann würde sie nichts mehr zu erzählen wissen. Vielleicht war das der Moment, in dem man sich küsste. Bevor man sich küsste, musste man still sein.

Lukas lag im Gras. Er legte die Hände auf die Brust und wölbte sie zu zwei flachen Hügeln. Von irgendwoher fielen ein paar Wassertropfen auf seinen Bauch. Ein leichter Wind war aufgekommen. Lukas schauerte vor Kälte.

Er stand vor den Umkleidekabinen: *Frauen und Mädchen.* Er ging hinein. Hier gab es mehr Einzelkabinen, dafür keinen Umkleideraum wie bei den Männern, die sich voreinander auszogen. Lukas fragte sich, ob die Frauen sich schämten, ob sie Geheimnisse hatten und welche.

Franziska kam herein, unter dem Arm eine Plastiktüte mit ihren Sachen. Sie schloss sich in einer der Kabinen ein, streifte Hose und T-Shirt ab. Bevor sie sich ganz auszog, nahm sie den Badeanzug aus der Tüte und schüttelte ihn aus und hängte ihn über den Kleiderhaken. Sie beeilte sich. Sie dachte an die anderen, die schon da waren, die in einem Kreis auf der Wiese lagen und auf sie warteten.

Lukas hatte seine Badehose ausgezogen und aufgehängt. Er klemmte sich das Glied zwischen die Beine und schaute an sich herunter, fuhr sich mit den Händen über die Hüften. Er konnte irgendjemand sein oder niemand. Er hatte ein Gefühl von Wärme, seine Haut schien zu glühen, aber im Inneren war sein Körper immer noch kalt.

Er öffnete die Tür der Kabine und fühlte sich sofort viel nackter. Als er ins Freie trat, hatte er Angst, jemand könne ihn sehen, nackt, wie er war. Er wagte nicht, weiterzugehen, blieb vor dem Eingang stehen. Die Frauen gingen an ihm vorbei, die Mädchen in leichten Sommerkleidern und junge Frauen mit Kindern und ältere Frauen. Sie verschwanden in der Umkleidekabine und kamen gleich darauf wieder heraus in bunten Badeanzügen.

Lukas lief zu den Männerkabinen. Er hatte die Kleider nicht eingeschlossen, sie lagen da auf einer der langen Holzbänke, ein kleines Häufchen. Er zog die klammen Sachen an. Dann schaute er noch einmal bei den Schließfächern nach, ob jemand das Pfand vergessen hatte, fing wieder bei den ersten Fächern an und hörte wieder nach der Hälfte auf und verließ das Gebäude.

Die Toiletten waren abgeschlossen. Lukas versuchte, beide Türen zu öffnen, jene der Frauen- und jene der Männertoilette. An der Rückseite des Häuschens war eine Tür, die einen Spaltbreit offen stand. Ein tiefes monotones Summen war zu hören. Lukas schaute in den dunklen Raum. Das Geräusch kam von einer großen Umwälzpumpe. Am Boden standen weiße und blaue Plastikkanister mit Chemikalien. Es roch nach Chlor.

Er betrat den Raum, in dem es viel wärmer war als draußen, und zog die Tür hinter sich zu. Eine Zeit lang stand er in der Dunkelheit. Er wagte nicht, sich zu bewegen. Plötzlich hatte er Angst, der Bademeister könne zurückkommen und ihn hier erwischen.

Als er wieder über den Zaun kletterte, fiel ihm ein, dass er die Badehose in der Frauenkabine vergessen hatte. Er stellte sich vor, wie Franziska sie vom Haken nahm, mit spitzen Fingern, und sie dem Bademeister brachte, der sie in den Karton warf, in dem er die vergessenen und die verlorenen Dinge sammelte, bis sie abgeholt wurden.

B. A. Robin

Kommunikation im öffentlichen Raum

Das Klo war sauber, und mehr sollte man meiner Ansicht nach nicht von einer Toilette erwarten. Ich verschloss die Kabinentür und begann meine Hose aufzuknöpfen.

»Hallo«, hörte ich eine Stimme.

Ich bin ein höflicher Mensch; wie reagiert man da? Also sagte ich auch »Hallo« und fuhr fort, das zu tun, weswegen ich gekommen war.

»Wie läuft's bei dir?«, fragte die Stimme aus der Kabine nebenan.

Obwohl es gerade in diesem Moment nicht den Tatsachen entsprach, sagte ich zögernd: »Gut.«

»Das freut mich für dich.«

Es schien, als sei damit das Ende unserer Unterhaltung gekommen. Ich wandte meine Aufmerksamkeit wieder meinem eigentlichen Tun zu.

Da fragte die Stimme in Anteil nehmendem Ton: »Hattest du früher mal Probleme damit?«

Sehr verhalten antwortete ich: »Nein.«

»Ich glaube, ich komme besser rüber zu dir, und wir klären das zusammen.«

In heller Panik überprüfte ich die Kabinentür. Fest verschlossen. Auch schien sie durchaus stabil zu sein. Dadurch etwas beruhigt sagte ich: »Das ist wirklich nicht nötig.«

Die Stimme erwiderte: »Du, ich muss jetzt wirklich Schluss machen. Ich bin gerade auf dem Klo und neben mir ist so ein Idiot, der quatscht mir ständig dazwischen.«

Zwanzig Minuten später war es mir erst wieder möglich, mich der menschlichen Gesellschaft anzuschließen, und ich verließ die Toilette.

Die Autoren

Selma Lønning Aarø, geboren 1972, ist eine norwegische Schriftstellerin und Journalistin. Sie schrieb regelmäßig Kolumnen für die norwegische Zeitung ›Dagbladet‹. 1995 erschien ihr Debütroman ›Die letzte Geschichte‹; seitdem schreibt sie erfolgreich Bücher für Erwachsene und Jugendliche und ist Herausgeberin verschiedener Anthologien.

(Abdruck mit freundlicher Genehmigung der Autorin. Aus: S. L. Aarø, Hotel Selma. Gyldendal Norsk Forlag 2005. Originaltitel: Enda ei badebukse. Aus dem Norwegischen übersetzt von Gabriele Haefs.)

Ewald Arenz, geboren 1965 in Nürnberg, studierte Anglistik, Amerikanistik und Geschichte und publiziert seit Beginn der Neunzigerjahre. Unter anderem erschienen die beiden erfolgreichen Romane ›Ehrlich & Söhne‹ (dtv 14051) und ›Der Duft von Schokolade‹ (dtv 13808) und zuletzt ›Das Diamantenmädchen‹ (2011). Für sein literarisches Werk wurde er mehrfach ausgezeichnet. Er lebt mit seiner Familie in Fürth.

(Abdruck mit freundlicher Genehmigung des Verlags ars vivendi, Cadolzburg. Aus: E. Arenz, Meine kleine Welt 2. Cadolzburg 2010)

Dietmar Bittrich, 1958 als Kind Hamburger Auswanderer in Triest geboren, ist Autor und Herausgeber. 1999 erhielt er den Hamburger Satirepreis und verfasste Bestseller wie ›Das Gummibärchen-Orakel‹ (1996) und ›Böse Sprüche für jeden Tag‹ (dtv 20676). Mehr über den Autor unter: www.dietmar-bittrich.de

(Abdruck mit freundlicher Genehmigung des Hoffmann und Campe Verlags, Hamburg. Aus: D. Bittrich, Urlaubsreif. Hamburg 2006)

NICOLA BITTSCHEIDT, 1976 in Bonn geboren, ist seit 2004 Wahlhamburgerin. Während des Germanistikstudiums entdeckte sie ihre Vorliebe für mittelalterliche Literatur. Um auch die Helden von heute zu würdigen, begann sie, Kurzgeschichten zu schreiben, die die Skurrilität des vermeintlich Alltäglichen thematisieren.

(Erstveröffentlichung. Abdruck mit freundlicher Genehmigung der Autorin. © 2013 Nicola Bittscheidt)

T. CORAGHESSAN BOYLE, geboren 1948 in Peekskill/New York im Hudson Valley, entdeckte seine Liebe zum Schreiben während des Geschichtsstudiums. Heute zählt er zu den bekanntesten und produktivsten amerikanischen Autoren. Für seinen Roman ›World's End‹ (dtv 21030) erhielt er 1987 den PEN/Faulkner-Preis. Er lebt mit seiner Familie in Kalifornien und unterrichtet an der University of Southern California in Los Angeles.

(Abdruck mit freundlicher Genehmigung des Carl Hanser Verlags, München. Aus: T. C. Boyle, Greasy Lake und andere Geschichten. Deutsch von Giovanni und Ditte Bandini. München 1993)

WOLFGANG BRENNER, geboren 1954, lebt als Journalist, Schriftsteller und Drehbuchautor (›Tatort‹, ›Polizeiruf 110‹) in Berlin und im Hunsrück. Er wurde 2007 mit dem

Berliner Krimipreis »Krimifuchs« ausgezeichnet. Seine Schmalenbach-Geschichten, die siebzehn Jahre in der ›Frankfurter Allgemeinen Sonntagszeitung‹ erschienen sind, haben Kultstatus.

(Aus: W. Brenner, Elke versteht das. Deutscher Taschenbuch Verlag GmbH & Co. KG. München 2010)

KATINKA BUDDENKOTTE, Jahrgang 1976, lehrte nach langen Lehr- und Wanderjahren die Betreiber von Call-Centern, Jugendherbergen und Messeständen das Fürchten. Sie arbeitete als Werbetexterin und lebt inzwischen als Autorin in Köln. Mit ihren Büchern ›Ich hatte sie alle‹ (dtv 21156), ›Mit leerer Bluse spricht man nicht‹ (dtv 21230) und ›Nicht lecker, aber Weltrekord‹ (dtv 21396) erreichte sie Kultstatus. Zuletzt erschien ihr Roman ›Betreutes Trinken‹ (2012).

(Abdruck mit freundlicher Genehmigung des Verlags Die Muschel, Köln. Aus: K. Buddenkotte, Nicht lecker, aber Weltrekord. Köln 2010)

MORITZ FICHTNER war Herausgeber verschiedener Literaturzeitschriften und schrieb Kurzgeschichten für Radio und Zeitung. Er starb 2010 in Braunschweig.

(Abdruck mit freundlicher Genehmigung von Brigitte Fichtner. © 2013 Brigitte Fichtner)

PAULA FOX wurde 1923 in New York geboren, wo sie auch heute lebt. Sie zählt mit Philip Roth, Richard Ford u. a. zu den großen Realisten der amerikanischen Gegenwartsliteratur. Sie veröffentlichte zahlreiche Kinderbücher, sechs Romane und ihre Autobiografie ›In fremden Kleidern‹ (dtv 13346). Ihr gesamtes Werk für Erwachsene ist bei dtv lieferbar.

›Andere Orte‹ 220
(Abdruck mit freundlicher Genehmigung des C.H. Beck Verlags, München. Aus: P. Fox, Die Zigarette und andere Stories. Deutsch von Karen Nölle und Hans-Ulrich Möhring. München 2011)

Arno Geiger, 1968 in Bregenz geboren, wuchs in Wolfurt/Voralberg auf und studierte in Wien und Innsbruck. 1997 veröffentlichte er seinen ersten Roman ›Kleine Schule des Karussellfahrens‹ (dtv 13505). Für ›Es geht uns gut‹ (dtv 13562) erhielt er 2005 den Deutschen Buchpreis. Zuletzt erschien ›Der alte König in seinem Exil‹ (dtv 14154).
›Es rührt sich nichts‹ 95
(Abdruck mit freundlicher Genehmigung des Carl Hanser Verlags, München. Aus: A. Geiger, Anna nicht vergessen. München 2007)

Nina George, geboren 1973 in Bielefeld, ist Autorin und Journalistin. Sie schreibt Krimis, Romane (›Die Mondspielerin‹ war Gewinnerin der DeliA 2011, der Preis für den besten deutschsprachigen Liebesroman), Sachbücher und Erzählungen. George arbeitet seit 1992 als freie Reporterin und Kolumnistin für diverse Magazine und Zeitungen. Unter ihrem Pseudonym Anne West gilt sie als erfolgreichste Sexautorin Deutschlands. Für die vorliegende Erzählung erhielt sie 2012 den Friedrich-Glauser-Preis für den besten Kurzkrimi. Die Autorin lebt im Hamburger Grindelviertel. Mehr über die Autorin unter: www.ninageorge.de
›Das Spiel ihres Lebens‹ 118
(Abdruck mit freundlicher Genehmigung der Autorin. © 2011 Nina George. Aus: Scharf geschossen. Die Krimi-Anthologie zur Frauen-Fußball-WM 2011. Herausgegeben von Rebecca Gablé und Thomas Hoeps. Hillesheim 2011)

Bethan Gwanas, eigentlich Bethan Evans, Jahrgang 1962, ist eine Schriftstellerin aus Wales, die ihre Bücher ausschließlich auf Walisisch schreibt. Sie studierte Französisch und arbeitete in ihrer Heimat und im Ausland in den unterschiedlichsten Berufen, bevor sie sich ganz auf das Schreiben konzentrierte. Sie schreibt für Erwachsene und Jugendliche und hat mehr als siebzehn Bücher veröffentlicht. Gwanas ist der Name des alten Familiensitzes, auf dem sie einen Teil ihrer Kindheit verbrachte.

(Abdruck mit freundlicher Genehmigung der Autorin. Aus: B. Gwanas, Straeon Siesta: Tocyn Tramor, herausgegeben von Delyth George. Y Lolfa 1997. Originaltitel: Un letusen ni wna salad. Übersetzt aus dem Walisischen von Gabriele Haefs.)

Dora Heldt, 1961 auf Sylt geboren, ist gelernte Buchhändlerin, Verlagsvertreterin und Autorin. Mit ihren spritzig-unterhaltenden Romanen erobert sie regelmäßig sämtliche Bestsellerlisten. Die Romane ›Urlaub mit Papa‹ (dtv 21143), ›Tante Inge haut ab‹ (dtv 21209) und ›Bei Hitze ist es wenigstens nicht kalt‹ (dtv 24857) wurden auch verfilmt. Dora Heldt lebt in Hamburg.

(Erstveröffentlichung. Abdruck mit freundlicher Genehmigung der Autorin. © 2013 Dora Heldt)

Benno Hurt, geboren 1941, studierte Jura und schlug die Richterlaufbahn ein. Schon früh veröffentlichte er Lyrik und Prosa und schrieb Theaterstücke. 2011 erschien sein Roman ›Im Nachtzug‹ (dtv 24828). 2012 wurde er mit dem Friedrich-Baur-Preis der Stadt Nürnberg ausgezeichnet. Benno Hurt lebt in Regensburg.

(Abdruck mit freundlicher Genehmigung des Verlags

lichtung, Viechtach. Aus: B. Hurt, Der Samt der Robe. Viechtach 2001)

Jess Jochimsen, 1970 geboren, lebt als Autor und Kabarettist in Freiburg. Seit 1992 tritt er auf allen bekannten deutschsprachigen Bühnen auf und erzählt dort meist lustige Geschichten, zeigt immer schlimme Dias und singt oft traurige Lieder. Ausgezeichnet wurde er u. a. mit dem Kleinkunstpreis Baden-Württemberg 2011. Zuletzt erschien von ihm »Krieg ich schulfrei, wenn du stirbst?« (dtv 34715).

(Aus: J. Jochimsen, »Krieg ich schulfrei, wenn du stirbst?«, Deutscher Taschenbuch Verlag GmbH & Co. KG. München 2012)

Arnold Küsters, geboren 1954, studierte unter anderem Anglistik, Amerikanistik, Pädagogik und Psychologie, ist Journalist und Schriftsteller. Privat liebt er den Blues und spielt Mundharmonika in der Rockband STIXX. Er veröffentlichte mehrere Niederrhein-Krimis. 2013 erscheint sein sechster Roman »Ein Knödel zuviel«. Mehr über den Autor unter: www.arnold-kuesters.de

(Abdruck mit freundlicher Genehmigung des Autors. © 2013 Arnold Küsters)

Mariam Kurth, 1976 in Halle an der Saale geboren, ist Tochter eines arabischen Vaters und einer deutschen Mutter. Da ihr Vater nicht in der DDR bleiben durfte, musste die Arztfamilie nach Westdeutschland ausreisen. Nach Abitur im Ruhrgebiet und Schauspielstudium in Berlin, arbeitet Mariam Kurth als Theater- und Filmschauspielerin. In ihren Kurzgeschichten erzählt sie von Menschen unterschiedlicher Herkunft und setzt sich humorvoll mit den Phänomenen des Alltags auseinander. Mehr über die Autorin unter: www.mariamkurth.de

›Rote Schuhe‹ 142
(Erstveröffentlichung. Abdruck mit freundlicher Genehmigung der Autorin. © 2013 Mariam Kurth)

SIEGFRIED LENZ, geboren am 17. März 1926 in Lyck/Ostpreußen, zählt zu den bedeutendsten und meistgelesenen Autoren der deutschen Nachkriegs- und Gegenwartsliteratur. Sein Werk wurde mit zahlreichen Preisen und Auszeichnungen geehrt, u. a. dem Goethe-Preis der Stadt Frankfurt und dem Friedenspreis des Deutschen Buchhandels. Er lebt als freier Schriftsteller in Hamburg.

›Unter Dampf gesetzt‹ 236
(Abdruck mit freundlicher Genehmigung des Hoffmann und Campe Verlags, Hamburg. Aus: S. Lenz, Die Erzählungen. Hamburg 2006)

MILENA MOSER, 1963 in Zürich geboren, arbeitete nach einer Buchhändlerlehre als Journalistin für Rundfunk und Zeitungen und lebte lange in San Francisco. Sie zählt zu den erfolgreichsten Schriftstellerinnen der Schweiz. Zuletzt erschien ihr Roman ›Montagsmenschen‹ (2012). Mehr über die Autorin unter: www.milenamoser.com

›Blondinen haben einfach mehr Spaß ...‹ 202
(Abdruck mit freundlicher Genehmigung der Autorin. Aus: M. Moser, Das Schlampenbuch. Erzählungen. Zürich 1992)

JOYCE CAROL OATES wurde 1938 in New York geboren und lebt heute in Princeton, wo sie als Professorin Kreatives Schreiben lehrt. Sie gehört zu den bekanntesten amerikanischen Gegenwartsautorinnen und wurde vielfach mit dem Pulitzer-Preis ausgezeichnet.

›Nackt‹ 247
(Abdruck mit freundlicher Genehmigung des Aufbau Verlags, Berlin. Aus: J.C. Oates, Die Lästigen. Eine

amerikanische Chronik in Erzählungen. Ausgewählt von Gabriella Jaskulla und übersetzt von Susanne Röckel, AB – Die Andere Bibliothek GmbH & Co. KG. Berlin 2011)

Annette Petersen, Jahrgang 1964, ist Diplom-Geografin, war Hörfunkredakteurin und Journalistin und wurde mehrfach mit dem Niedersächsischen Hörfunkpreis ausgezeichnet. Sie hat zahlreiche Kurzkrimis in verschiedenen Anthologien veröffentlicht und war 2008 nominiert für den Agatha-Christie-Krimipreis. 2011 erschien ihr Kriminalromandebüt ›Luft und Lüge‹. Sie ist Mitorganisatorin des jährlich stattfindenden Krimifests Hannover und 1. Vizepräsidentin der Mörderischen Schwestern. Mehr zur Autorin unter: www.annette-petersen.de

(Abdruck mit freundlicher Genehmigung der Autorin. © 2013 Annette Petersen)

Franka Potente wurde 1974 geboren und gehört seit ihrer Titelrolle in Tom Tykwers ›Lola rennt‹ zu den international gefragtesten deutschen Schauspielerinnen. U. a. stand sie für die Verfilmungen von ›Die Bourne Identität‹ und ›Elementarteilchen‹ vor der Kamera. Dreharbeiten für einen Dokumentarfilm über ›Underground Art‹ in Tokio führten sie 2005 nach Japan, wohin sie seitdem immer wieder zurückkehrt. Franka Potente lebt in den USA.

(Abdruck mit freundlicher Genehmigung des Piper Verlags GmbH, München. Aus: F. Potente, Zehn. Stories. München 2012)

Peter Probst, 1957 in München geboren, studierte katholische Theologie, Germanistik und Italienische Literatur in seiner Heimatstadt und in Rom. Er war Regieassistent, Regisseur und Dozent an Filmakademien und schrieb seit

1982 etwa neunzig Drehbücher, vor allem für Fernsehspiele und ›Tatort‹. Seit der Gründung des Vereins »Lichterkette« engagiert er sich gegen Ausländerfeindlichkeit und für Integration. Peter Probst lebt mit seiner Frau Amelie Fried und seinen Kindern in München. Bei dtv erscheinen seine Kriminalromane um den Ermittler Anton Schwarz, ›Blinde Flecken‹ (dtv 21195), ›Personenschaden‹ (dtv 21264) und ›Im Namen des Kreuzes‹ (dtv 21350).

›Das Wunder von Werne‹ 207
(Abdruck mit freundlicher Genehmigung des Westfälischen Literaturbüros in Unna e. V., Unna. Aus: Kalendarium des Todes. Mord am Hellweg VI, Kriminalstories. Herausgegeben für das Krimifestival »Mord am Hellweg« von H. P. Karr, Herbert Knorr und Sigrun Krauß. Dortmund 2012).

B. A. Robin ist Münchnerin und verdankt ihr Pseudonym ihren WG-Genossen in Irland. Statt sich mit unnötigen Sorgen zu belasten, solle sie sich ein Vorbild an der Unbeschwertheit des Rotkehlchens (engl. *robin*) nehmen. Daher schreibt sie nun – als Diplom-Pessimistin in Umschulung – neben rabenschwarzen Krimis auch humoristische Kurzgeschichten.

›Kommunikation im öffentlichen Raum‹ 287
(Erstveröffentlichung. Abdruck mit freundlicher Genehmigung der Autorin. © 2013 B. A. Robin)

Rafik Schami, wurde 1946 in Damaskus geboren. 1971 kam er nach Deutschland, studierte Chemie und schloss das Studium 1979 mit der Promotion ab. Heute lebt er in der Pfalz. Schami zählt zu den bedeutendsten Autoren deutscher Sprache. Sein Werk wurde vielfach ausgezeichnet und in 24 Sprachen übersetzt.

›Der letzte Zettel‹ 68
(Aus: R. Schami, Eine deutsche Leidenschaft namens Nudelsalat und andere seltsame Geschichten. Deut-

scher Taschenbuch Verlag GmbH & Co. KG. München 2011)

Asta Scheib, geboren 1939 in Bergneustadt/Rheinland, arbeitete als Redakteurin bei verschiedenen Zeitschriften. In den Achtzigerjahren veröffentlichte sie ihre ersten Romane und gehört heute zu den bekanntesten deutschen Schriftstellerinnen. Sie lebt mit ihrer Familie in München. Zuletzt erschien ihr Roman ›Das stille Kind‹ (dtv 24854).

›Atmen im Intercity‹ 197

(Abdruck mit freundlicher Genehmigung des Hoffmann und Campe Verlags, Hamburg. Aus: A. Scheib, Streusand. Hamburg 2011)

Lothar Schöne, 1949 in Herrnhut (Sachsen) geboren, studierte in Frankfurt und Mainz, promovierte in Tübingen, arbeitete als Bankkaufmann, Journalist, Hochschullehrer und Drehbuchautor. Er veröffentlichte Romane, Erzählungen und Sachbücher. Sein Roman ›Der blaue Geschmack der Welt‹ wurde von den Lesern der ›Welt‹ 2002 zum »Buch des Jahres« gewählt; der Roman ›Das jüdische Begräbnis‹ (1996) wurde in sechs Sprachen übersetzt, unter anderem ins Hebräische. Lothar Schöne erhielt etliche Preise und Auszeichnungen.

›Nur für Gourmets‹ 270

(Abdruck mit freundlicher Genehmigung des Verlags Klöpfer und Meyer, Tübingen. Aus: L. Schöne, Schall und Rauch. Schwarze Geschichten. Tübingen 2012)

Peter Stamm, geboren 1963, studierte einige Semester Anglistik, Psychologie und Psychopathologie. Er arbeitete in verschiedenen Berufen, unter anderem in Paris und New York. Seit 1990 arbeitet er als freier Autor und Journalist. Er schrieb mehrere Romane und Erzählsammlungen sowie Hörspiele und Theaterstücke. Zuletzt erschienen 2009 der Roman ›Sieben Jahre‹ und 2011 die

Erzählungen ›Seerücken‹. Er lebt mit seiner Familie in Winterthur.

›Männer und Knaben‹ 281
(Abdruck mit freundlicher Genehmigung des Fischer Verlags, Frankfurt. Aus: P. Stamm, Wir fliegen. Erzählungen. Frankfurt 2008)

Jorun Thørring, 1955 in Tromsø, Norwegen, geboren, ist Gynäkologin und hat eine Praxis in Trondheim. Sie schreibt Kriminalromane um den samischen Kriminalhauptkommissar Aslak Eira und um die in Paris lebende, norwegische Rechtsmedizinerin Orla Os. In ihrer Heimat gilt Jorun Thørring längst als Glücksfall für die jüngere Kriminalliteratur. Ihre Bücher sind in mehrere Sprachen übersetzt. Bei dtv sind erschienen: ›Schattenhände‹ (dtv 21271) und ›Kein Zeichen von Gewalt‹ (dtv 21166) – zwei Fälle für Orla Os – und ›Glaspuppen‹ (dtv 21285) und ›Im Auge des Feuers‹ (dtv 21395) – zwei Fälle für Aslak Eira.

›Aus Liebe zur Kunst‹ 184
(Abdruck mit freundlicher Genehmigung der Autorin. Aus: J. Thørring, Paskekim. Justitzen Forlag, 2012. Originaltitel: Kunstelskerne. Aus dem Norwegischen übersetzt von Gabriele Haefs.)

Dora Heldt im dtv

»Freuen Sie sich auf ein Lesevergnügen, das Sie zum Lachen, zum Weinen und zum Nachdenken bringen wird.«
Bild der Frau

Ausgeliebt
Roman
ISBN 978-3-423-**21410**-0

Nach 10 Jahren Ehe mit fast 40 per Telefon verlassen zu werden – ein Schock. Zum Glück ist Frau nicht alleine …

Unzertrennlich
Roman
ISBN 978-3-423-**21133**-8

Christine glaubt auch ohne beste Freundin auszukommen. Dabei verpasst sie eine Menge, findet ihre Kollegin Ruth.

Urlaub mit Papa
Roman
ISBN 978-3-423-**21143**-7
ISBN 978-3-423-**25303**-1
(dtv großdruck)

Eigentlich hatte Christine für Norderney andere Pläne. Doch ihre Mutter verdonnert sie dazu, ihren Vater Heinz (73) mitzunehmen – eine Nervenprobe.

Tante Inge haut ab
Roman
ISBN 978-3-423-**21209**-0
ISBN 978-3-423-**25308**-6
(dtv großdruck)

Freudig begrüßt Christine am Bahnhof ihren Johann, doch das Unheil naht: Hinter ihr steht Tante Inge (64), Papas jüngere Schwester. Was macht sie allein auf Sylt? Noch dazu mit so vielen Koffern?

Kein Wort zu Papa
Roman
ISBN 978-3-423-**21362**-2
ISBN 978-3-423-**24814**-3
(dtv premium)

Christine und Ines müssen für ein paar Tage eine Pension auf Norderney übernehmen – ein Job, von dem die Schwestern keine Ahnung haben!

Bei Hitze ist es wenigstens nicht kalt
Roman
ISBN 978-3-423-**21437**-7
ISBN 978-3-423-**24857**-0
(dtv premium)

Bloß nicht den 50. Geburtstag mit der Familie feiern! Doris (49) sucht ihr Heil in der Flucht und fährt mit zwei alten Schulfreundinnen in ein Wellness-Hotel an der Ostsee.

Herzlichen Glückwunsch, Sie haben gewonnen!
Roman
ISBN 978-3-423-**28007**-5

Papa Heinz und Onkel Walter gewinnen eine Luxusreise an die Schlei, doch die entpuppt sich als dubiose Verkaufsfahrt.

Bitte besuchen Sie uns im Internet: www.dtv.de

Dietmar Bittrich im dtv

»Geschrieben von einem, der das Zeug hat,
dem feinsinnig satirischen Loriot nachzufolgen.
Wilhelmshavener Zeitung

Wie man die geniale Hochzeitsrede hält
Sprüche, Zitate, Frechheiten
ISBN 978-3-423-21369-1

Ein unverzichtbarer Ratgeber für Paare, die heiraten wollen.
Ein geistreicher Helfer für Freunde, die gratulieren möchten.
Ein geniales Handbuch für alle, die eine Hochzeitsrede halten sollen.
Und ganz nebenbei: Eine kleine Kulturgeschichte der Ehe.

Das Osterkomplott
Eine heitere Geschichte
ISBN 978-3-423-21126-0

Der Schokoladenkonzern Lindemann startet eine großangelegte Oster-Rallye mit äußerst kniffligen Aufgaben, die dem Sieger einen ruhmreichen Gewinn verspricht. Doch was niemand ahnt: Hinter dem atemberaubenden Wettkampf steckt eine Verschwörung, in der eine gigantische Macht alles auf eine Karte setzt …

Der bitterböse Weihnachtsmann
Eine festliche Geschichte
ISBN 978-3-423-21027-0

Schluss mit dem alljährlich wiederkehrenden Märchen vom lieben guten Weihnachtsmann! Hier kommt die einzig wahre und lustige Geschichte vom bitterbösen Weihnachtsmann zum Vorlesen, Selberlesen und Nachmachen.

Geschichten vom alltäglichen Wahnsinn:

»Die Buddenkotte schreibt einen schwindelig.«
Dewezet

Ich hatte sie alle
Erzählungen
ISBN 978-3-423-**21156**-7

Sie hatte sie alle: die schlimmsten Jobs, die miserabelsten Männer und die grässlichsten Krankheiten. Fies und komisch – und nichts als die Wahrheit.

Mit leerer Bluse spricht man nicht
Erzählungen
ISBN 978-3-423-**21230**-4

Siebzehn kleine und große Katastrophen aus dem Leben von Katinka Buddenkotte.

Nicht lecker, aber Weltrekord
Komische Geschichten
ISBN 978-3-423-**21396**-7

»Unser Leben war hart, aber dreckig.« – Vierzehn neue charmant-ätzende Betrachtungen über das Leben an sich und im Besonderen.